KNAUR

DIANA WYNNE JONES

DAS WANDELNDE SCHLOSS

ROMAN

Aus dem Englischen
von Gabriele Haefs

KNAUR

Die englische Originalausgabe erschien 1986 unter dem Titel
»Howl's Moving Castle«.

Der Abdruck der zweiten Strophe des Gedichts »Lied« von John Donne erfolgt mit freundlicher Genehmigung des Insel Verlags.
Textauszug aus: John Donne, Lied, in: Geh, fang einen Stern, der fällt. Gedichte von John Donne, George Herbert und Andrew Marvell. Aus dem Englischen von Werner Vordtriede. © Insel Verlag Frankfurt am Main 2001.

Besuchen Sie uns im Internet:
www.knaur.de
Facebook: https://www.facebook.com/KnaurFantasy/
Instagram: @KnaurFantasy

MIX
Papier | Fördert gute Waldnutzung
FSC® C014496

Überarbeitete Neuausgabe Dezember 2019
Knaur Taschenbuch

Ein Imprint der Verlagsgruppe
Droemer Knaur GmbH & Co. KG
Maria-Luiko-Straße 54, 80636 München

Redaktion: Simon Weinert
Covergestaltung: Nele Schütz Design, München
Coverabbildung: Sascha Michael Scholz
Satz: Adobe InDesign im Verlag
Druck und Bindung: GGP Media GmbH, Pößneck
ISBN 978-3-426-52538-8

Kontaktadresse nach EU-Produktsicherheitsverordnung:
produktsicherheit@droemer-knaur.de

10 12 13 11 9

Dieses Buch ist für Stephen.

Die Idee zu diesem Buch bekam ich von einem Jungen bei einer Schullesung. Er schlug vor, ich sollte ein Buch namens »The Moving Castle« schreiben.

Ich hatte mir seinen Namen notiert und den Zettel an einem so sicheren Ort aufbewahrt, dass ich ihn seither nicht mehr wiederfinden kann.

Ich möchte mich bei ihm ganz herzlich bedanken.

1. KAPITEL

IN DEM SOPHIE MIT HÜTEN SPRICHT

Im Lande Ingari, wo es Dinge wie Siebenmeilenstiefel und Tarnkappen wirklich gibt, gilt es als großes Pech, als ältestes von drei Geschwistern geboren zu werden. Denn wie jedermann weiß, versagt das älteste Kind als erstes und am schlimmsten, wenn die drei sich aufmachen, um ihr Glück zu suchen.

Sophie Hatter war die älteste von drei Schwestern. Wäre sie das Kind eines armen Holzfällers gewesen, hätte sie vielleicht doch Hoffnung auf Erfolg haben können, aber das war sie nicht. Ihr Vater war wohlhabend und betrieb im reichen Ort Market Chipping einen Laden für Damenhüte. Sophies Mutter war gestorben, als Sophie erst zwei und ihre Schwester Lettie ein Jahr alt gewesen waren, und ihr Vater hatte seine jüngste Verkäuferin geheiratet, ein hübsches blondes Mädchen namens Fanny. Bald darauf brachte Fanny die dritte Schwester zur Welt, Martha. Damit hätten Sophie und Lettie eigentlich zu bösen und hässlichen Stiefschwestern werden müssen, aber alle drei Mädchen waren äußerst hübsch, wobei Lettie allgemein als die Schönste galt. Fanny war zu allen gleich liebevoll und zog Martha in keiner Weise vor.

Mr Hatter war stolz auf seine drei Töchter und schickte sie auf die besten Schulen der Stadt. Sophie lernte am eifrigsten. Sie las sehr viel und erkannte bald, wie gering ihre Aussicht auf eine interessante Zukunft war. Das war zwar eine Enttäuschung, aber sie war trotzdem recht zufrieden mit ihrem Leben. Sie kümmerte sich um ihre Schwestern und bereitete Martha darauf vor, dereinst auszuziehen und ihr Glück zu suchen. Da Fanny immer im Laden zu tun hatte, musste Sophie auf die jüngeren Schwestern aufpassen. Zwischen den beiden kam es immer wieder zu lauten Streitereien, bei denen sie sich gegenseitig an den Haaren zogen. Lettie wollte sich durchaus nicht damit abfinden, nach Sophie diejenige mit den geringsten Erfolgsaussichten zu sein.

»Das ist nicht fair!«, schrie Lettie oft. »Warum kriegt Martha das Beste, nur weil sie die Jüngste ist? Ich werde einen Prinzen heiraten, da habt ihr's!«

Worauf Martha antwortete, dass *sie* widerlich reich werden wollte, ohne dafür irgendwen heiraten zu müssen.

Sophie musste die beiden dann immer trennen und ihre Kleider flicken. Mit der Nadel besaß sie großes Geschick. Später nähte sie für ihre Schwestern auch Kleider. Für den letzten Maifeiertag vor dem eigentlichen Beginn unserer Geschichte nähte sie für Lettie ein tiefrosa Kleid, das laut Fanny aussah, als stamme es aus dem teuersten Laden in ganz Kingsbury.

Um diese Zeit fing alle Welt an, wieder über die Hexe der Wüste zu reden. Es hieß, die Hexe habe der Königstochter den Tod angedroht und der König habe seinen Leibzauberer, den Hexenmeister Suliman, in die Wüste geschickt, wo er sich die Hexe vorknöpfen sollte. Aber offenbar hatte Hexenmeister Suliman es nicht nur nicht geschafft, sich die Hexe vorzuknöpfen, er hatte sich zu allem Überfluss auch noch von ihr umbringen lassen.

Als dann einige Monate später auf den Hügeln oberhalb von Market Chipping plötzlich ein hohes schwarzes Schloss auftauchte, aus dessen vier dünnen, hohen Türmen schwarze Rauchwolken quollen, ging alle Welt davon aus, dass die Hexe die Wüste wieder verlassen hatte, um wie vor fünfzig Jahren das ganze Land zu terrorisieren. Deshalb hatten alle schreckliche Angst. Niemand wagte sich allein aus dem Haus, schon gar nicht nachts. Was die Sache noch unheimlicher machte, war, dass das Schloss nicht an derselben Stelle blieb. Manchmal bildete es einen langen schwarzen Fleck über den Mooren im Nordwesten, manchmal ragte es über den Felsen im Osten auf, und manchmal kam es einfach die Hügel herab, um sich gleich hinter dem letzten Hof im Norden auf der Heide häuslich niederzulassen. Manchmal konnte man sogar sehen, wie es sich bewegte und wie die Türme dabei schmutzig graue Rauchfetzen ausstießen. Eine Zeit lang herrschte die Überzeugung, dass das Schloss bald ins Tal herunterkommen würde, und der Bürgermeister sprach schon davon, dass er den König um Hilfe bitten wollte.

Aber das Schloss trieb sich weiterhin in den Hügeln herum, und schließlich kam heraus, dass es nicht der Hexe gehörte, sondern dem Zauberer Howl. Und der war schlimm genug. Obwohl dieser offenbar nicht vorhatte, die Hügel zu verlassen, war doch allgemein bekannt, dass er leidenschaftlich gerne junge Mädchen sammelte, um ihnen die Seele auszusaugen. Manche behaupteten auch, er verzehre ihre Herzen. Er war ein durch und durch kaltblütiger und herzloser Zauberer, und kein junges Mädchen war vor ihm sicher, wenn es ihm allein über den Weg lief. Sophie, Lettie und Martha wurde, wie allen anderen jungen Mädchen in Market Chipping, eingeschärft, dass sie niemals allein aus dem Haus gehen durften, was sie schrecklich ärgerte. Sie hätten gern gewusst, was Zauberer Howl mit all seinen gesammelten Seelen machte.

Schon bald hatten sie jedoch ganz andere Sorgen, denn Mr Hatter starb plötzlich, gerade als Sophie alt genug war, um von der Schule abzugehen. Und dann kam heraus, dass Mr Hatter viel zu stolz auf seine Töchter gewesen war. Die Schulgebühren, die er bezahlt hatte, hatten dem Hutladen eine große Schuldenlast beschert. Nach der Beerdigung setzte Fanny sich ins Wohnzimmer und erklärte den Mädchen die missliche Lage.

»Ihr könnt alle drei nicht mehr zur Schule gehen, fürchte ich«, sagte sie. »Ich habe kreuz und quer und vor und zurück alles durchgerechnet, aber ich kann den Laden nur behalten und mich zugleich um euch kümmern, wenn ich euch alle drei irgendwo in die Lehre gebe. Ihr könnt nicht alle hier im Laden bleiben. Das kann ich mir nicht leisten. Also habe ich Folgendes beschlossen: Als Erstes Lettie ...«

Lettie schaute auf. Sie strotzte vor Gesundheit und Schönheit, und nicht einmal Trauer und schwarze Kleider konnten das überdecken. »Ich möchte weiter lernen«, sagte sie.

»Das wirst du auch, Liebes«, sagte Fanny. »Du kommst in die Lehre zu Cesari, dem Zuckerbäcker am Marktplatz. Der ist dafür berühmt, dass die Lehrlinge wie Könige und Königinnen behandelt werden, also wirst du dich da sicher sehr wohlfühlen und dabei auch noch ein nützliches Handwerk lernen. Mrs Cesari ist eine gute Kundin und eine gute Freundin, und sie hat sich bereit erklärt, dich aufzunehmen, um mir einen Gefallen zu tun.«

Lettie lachte auf eine Weise, die verriet, dass diese Lösung ihr durchaus nicht passte. »Na, danke«, sagte sie. »Was für ein Glück, dass ich gern koche, was?«

Fanny machte trotzdem ein erleichtertes Gesicht. Lettie konnte bisweilen unangenehm starrköpfig sein. »Und jetzt zu Martha«, sagte sie dann. »Ich weiß, dass du viel zu jung bist, um arbeiten zu gehen, und deshalb habe ich mir den Kopf zerbrochen, dass ich dir eine lange, geruhsame Lehre finde, die dir nützen wird, egal, was du danach machen willst. Du erinnerst dich doch an meine alte Schulfreundin Annabel Fairfax?«

Martha, die schlank und blond war, richtete ihre großen grauen Augen auf fast so starrköpfige Weise auf Fanny wie zuvor Lettie. »Du meinst die, die so viel redet«, sagte sie. »Ist das nicht eine Hexe?«

»Ja, und sie hat ein wunderschönes Haus und überall im Folding Valley Kundschaft«, sagte Fanny eifrig. »Sie ist eine liebe Frau, Martha. Sie wird dir alles beibringen, was sie weiß, und wahrscheinlich wird sie dich auch den feinen Leuten vorstellen, die sie in Kingsbury kennt. Wenn du bei ihr fertig bist, werden dir sämtliche Türen offen stehen.«

»Sie ist wirklich nett«, gab Martha zu. »Na gut.«

Sophie hatte beim Zuhören das Gefühl, dass Fanny alles ganz richtig gemacht hatte. Lettie konnte als zweite Tochter nicht viel vom Leben erwarten, und deshalb hatte Fanny ihr eine Lehrstelle gesucht, bei der sie einen gut aussehenden jungen Lehrling kennenlernen und glücklich bis ans Ende ihrer Tage sein konnte. Martha, die irgendwann losziehen und ihr Glück suchen musste, hätte dann Zauberei und reiche Freunde zu ihrer Verfügung. Was Sophie selbst anging, so wusste sie genau, was auf sie zukam. Es war also keine Überraschung für sie, als Fanny sagte: »Und du, liebe Sophie, was dich betrifft, so finde ich es nur recht und billig, dass du den Hutladen erbst, wenn ich in Pension gehe, schließlich bist du die Älteste. Deshalb werde ich dich selbst in die Lehre nehmen, damit du dich mit dem Handwerk vertraut machen kannst. Was sagst du dazu?«

Sophie konnte schlecht sagen, dass ihr ja kaum etwas anderes übrig blieb. Deshalb dankte sie Fanny herzlich.

»Damit ist alles abgemacht«, sagte Fanny.

Am nächsten Tag half Sophie Martha, ihre Kleider in einen Karton zu packen, und am folgenden Morgen winkten ihr alle hinterher, als sie auf dem Wagen des Fuhrmanns davonfuhr. Sie sah klein und aufrecht und ängstlich aus. Denn der Weg nach Upper Folding, wo Mrs Fairfax lebte, führte durch die Hügel und vorbei an dem fliegenden

Schloss von Zauberer Howl. Es war also kein Wunder, dass Martha sich fürchtete.

»Der passiert schon nichts«, sagte Lettie. Lettie wollte sich beim Packen nicht helfen lassen. Als der Wagen des Fuhrmanns nicht mehr zu sehen war, stopfte Lettie ihr gesamtes Hab und Gut in einen Bettbezug und bezahlte dem Laufburschen des Nachbarn sechs Pence dafür, dass er ihn in einer Schubkarre zur Bäckerei Cesari am Marktplatz brachte.

Lettie marschierte hinter der Schubkarre her und sah viel fröhlicher aus, als Sophie erwartet hatte. Sie schien den Staub des Hutladens regelrecht von ihren Füßen zu schütteln.

Der Laufbursche brachte eine von Lettie gekritzelte Nachricht zurück, dass Lettie sich im Schlafsaal der Mädchen eingerichtet hatte und dass es bei Cesaris lustig zuging. Eine Woche darauf brachte der Fuhrmann einen Brief von Martha, in dem es hieß, dass Martha heil angekommen war und dass Mrs Fairfax »ein totaler Schatz ist, die zu allem Honig nimmt. Sie hat Bienen.« Für lange Zeit war das alles, was Sophie von ihren Schwestern hörte, denn an dem Tag, an dem Martha und Lettie das Haus verlassen hatten, trat sie ihre eigene Lehre an.

Natürlich kannte Sophie die Hutmacherei bereits ziemlich gut. Schon als kleines Kind war sie in der großen Werkstatt im Hinterhof ein und aus gelaufen. Dort wurden die Hüte gedämpft und auf Holzrahmen geformt, und aus Wachs und Seide wurden Blumen, Früchte und andere Verzierungen hergestellt. Sophie kannte die Leute, die dort arbeiteten. Die meisten waren schon dort gewesen, als ihr Vater noch ein Junge gewesen war. Sie kannte Bessie, die einzige verbliebene Verkäuferin. Sie kannte die Kundinnen, die die Hüte kauften, und den Fuhrmann, der unbearbeitete Strohhüte vom Land holte, damit sie auf den Holzrahmen geformt werden konnten. Sie kannte die anderen Lieferanten und wusste, wie Filzhüte für den Winter hergestellt wurden. Es gab wirklich nicht viel, was Fanny ihr noch beibringen konnte, außer vielleicht, wie man eine Kundin zu einem Hutkauf überredet.

»Ganz allmählich führst du sie zu dem passenden Hut, Herzchen«, sagte Fanny. »Zeig ihnen erst Hüte, die nicht so ganz infrage kommen, damit sie den Unterschied merken, sobald sie den richtigen Hut aufsetzen.«

Aber in Wirklichkeit verkaufte Sophie nur selten etwas. Nachdem sie einen oder zwei Tage in der Werkstatt zugesehen und mit Fanny die Lieferanten für Tuch und Seide besucht hatte, saß Sophie nur noch in einem kleinen Alkoven hinten im Laden und nähte Rosen auf Hauben und Schleier an Velourshüte, befestigte seidene Borten und fertigte elegante Arrangements aus Wachsfrüchten und Bändern an. Das machte sie gut. Die Arbeit gefiel ihr. Aber sie fühlte sich einsam und fand ihr Leben ein wenig langweilig. Die Leute in der Werkstatt waren zu alt, um mit ihnen Spaß zu haben, und außerdem behandelten sie sie nicht wie ihresgleichen. Schließlich würde Sophie eines Tages den Laden erben. Auch Bessie verhielt sich so. Sie sprach ohnehin nur von dem Bauern, den sie nach dem Maifeiertag heiraten wollte. Sophie beneidete Fanny sehr, denn die konnte jederzeit losziehen, um mit dem Seidenhändler über die Preise zu sprechen.

Das Interessanteste an der Arbeit waren die Gespräche mit den Kundinnen. Niemand kann einen Hut kaufen, ohne dabei zu klatschen. Während Sophie in ihrem Alkoven saß und nähte, hörte sie, dass der Bürgermeister niemals grünes Gemüse aß und dass das Schloss von Zauberer Howl schon wieder zu den Klippen geflogen sei, also wirklich, dieser Kerl, flüster, flüster, flüster … immer wenn die Rede auf Zauberer Howl kam, wurden die Stimmen gesenkt, aber Sophie bekam trotzdem mit, dass er im vergangenen Monat unten im Tal ein Mädchen eingefangen hatte. »Blaubart«, tuschelten die Flüsterstimmen, und dann schwollen sie wieder zu normalen Stimmen an, die verkündeten, dass Jane Farriers Frisur einfach eine Schande sei. Die würde ja nicht einmal Zauberer Howl bezirzen können, von einem ehrenwerten Mann ganz zu schweigen. Und dann wurde kurz und ängstlich etwas über die Hexe der Wüste geraunt. Nach und nach kam Sophie zu der Überzeugung, dass Zauberer Howl und die Hexe der Wüste sich zusammentun sollten.

»Die sind wie füreinander geschaffen. Irgendwer sollte eine Ehe arrangieren«, teilte sie dem Hut mit, den sie gerade verzierte.

Aber gegen Ende des Monats drehte sich der Klatsch im Laden plötzlich nur noch um Lettie. Die Bäckerei Cesari war offenbar von früh bis spät von Herren gefüllt, die massenhaft Kuchen kauften und nur von Lettie bedient werden wollten. Sie hatte schon zehn Heiratsanträge bekommen, vom Sohn des Bürgermeisters bis hin zum Straßenkehrer, und sie hatte alle abgewiesen, mit der Begründung, sie sei noch zu jung, um sich zu entscheiden.

»Das nenne ich mal vernünftig«, sagte Sophie zu einer Haube, in die sie gerade ein Seidenband einflocht.

Fanny hörte diese Nachrichten gern. »Ich hab ja gewusst, dass es das Richtige für sie ist!«, sagte sie. Sophie hatte das Gefühl, dass Fanny sich darüber freute, dass Lettie aus dem Haus war.

»Lettie ist nicht gut für die Kundschaft«, erzählte sie der Haube und flocht weiter die champignonbraune Seide. »An ihr würdest sogar du sensationell aussehen, du schäbiger Deckel. Die Damen, die Lettie anschauen, verzweifeln.«

Im Laufe der Wochen redete Sophie immer häufiger mit

Hüten. Sie hatte ja sonst niemanden, mit dem sie sprechen konnte. Fanny besuchte die Lieferanten oder versuchte, Kundschaft in den Laden zu locken, und Bessie musste bedienen und aller Welt von ihren Hochzeitsplänen erzählen. Sophie machte es sich zur Gewohnheit, jeden fertigen Hut auf ein Gestell zu setzen, wo er fast wie ein Kopf ohne Körper aussah. In den Pausen erzählte sie dem Hut dann, welcher Körper unter ihn gehörte. Sie schmeichelte den Hüten ein wenig, weil es sich immer empfiehlt, der Kundschaft um den Bart zu gehen.

»Du hast eine geheimnisvolle Anziehungskraft«, teilte sie einem Hut mit, aus dessen vielen Schleiern es verborgen herausfunkelte. Einem breiten, cremefarbenen Hut mit Rosen unter der Krempe sagte sie: »Du wirst Geld heiraten müssen«, während ein raupengrüner Strohhut mit geschwungener grüner Feder sich anhören musste: »Du bist so jung wie ein Frühlingsblatt.« Sie teilte rosa Hauben mit, sie besäßen Charme mit Grübchen in den Wangen, und eleganten Hüten mit Samtverzierungen, sie seien geistreich. Zu der Haube mit dem Pilzband sagte sie: »Du hast ein goldenes Herz, und eine hoch stehende Persönlichkeit wird das erkennen und sich in dich verlieben.« Das sagte sie, weil gerade diese Haube ihr leidtat. Sie sah so hausbacken und schlicht aus.

Am nächsten Tag kam Jane Farrier in den Laden und kaufte sie. Ihre Frisur war wirklich ein wenig seltsam, dachte Sophie, die aus ihrem Alkoven lugte. Als habe Jane ihre Haare um eine Reihe von Schürhaken gewickelt. Sophie fand es schade, dass Jane sich diese Haube ausgesucht hatte. Aber alle Welt schien sich um diese Zeit Hüte und Hauben zuzulegen. Vielleicht lag es an Fannys Überredungskünsten oder am nahenden Frühling, jedenfalls erlebte der Huthandel ganz deutlich einen Aufschwung. Fanny sagte jetzt einige Male mit einem Anflug von schlechtem Gewissen: »Vielleicht hätten wir es nicht so eilig damit haben sollen, Martha und Lettie wegzugeben. Wenn die Geschäfte so weitergehen, könnte es für uns alle reichen.«

Als der Maifeiertag näher rückte, kam so viel Kundschaft, dass Sophie ein züchtiges graues Kleid anziehen und ebenfalls im Laden aushelfen musste. Aber die Nachfrage war so groß, dass sie zwischendurch immer wieder neue Hüte dekorieren musste, und jeden Abend nahm sie einige mit hinüber in das Haus nebenan, wo sie bis tief in die Nacht hinein bei Lampenlicht arbeitete, um auch am nächsten Tag noch Ware anbieten zu können. Raupengrüne Hüte wie der, den die Frau des Bürgermeisters trug, waren sehr gefragt, ebenso wie rosa Hauben. In der Woche vor dem Maifeiertag kam eine Kundin in den Laden und bat um eine Haube mit Pilzplissee, wie die, die Jane Farrier getragen hatte, als sie mit dem Grafen von Catterack durchgebrannt war.

Als Sophie an diesem Abend über ihrer Näharbeit saß, musste sie sich eingestehen, dass ihr Leben ziemlich öde war. Statt mit den Hüten zu reden, probierte sie sie an, wenn sie fertig waren, und schaute dabei in den Spiegel. Das war ein Fehler. Das bescheidene graue Kleid stand Sophie nicht, vor allem nicht, wenn ihre Augen vor Müdigkeit rot waren, und da ihr Haar eine rötliche Strohfarbe aufwies, schmeichelten ihr weder Raupengrün noch Rosa. Mit der Pilzplisseehaube sah sie einfach nur verhärmt aus. »Wie eine alte Jungfer!«, sagte Sophie. Nicht, dass sie gern mit einem Grafen durchgebrannt wäre wie Jane Farrier oder von der halben Stadt Heiratsanträge gewollt hätte, so wie Lettie. Sie wollte etwas erleben, sie wusste nicht so recht, was – aber etwas Interessanteres, als immer nur Hüte zu verzieren. Sie nahm sich vor, sich am nächsten Tag die Zeit für einen Besuch bei Lettie zu nehmen.

Aber dann ging sie doch nicht. Entweder fehlte die Zeit oder ihr fehlte die Energie oder es war ein zu weiter Weg bis zum Marktplatz. Oder ihr fiel ein, dass ihr, wenn sie allein war, der Zauberer Howl gefährlich werden könnte – jedenfalls erschien es ihr mit jedem Tag schwieriger, diesen Besuch bei ihrer Schwester zu machen. Das war wirklich seltsam. Sophie hatte sich immer für ähnlich dickköpfig wie Lettie gehalten. Aber jetzt stellte sie fest, dass sie einige Dinge nur dann tun konnte, wenn es wirklich keine Ausreden mehr gab. »Das ist absurd«, sagte Sophie. »Der Marktplatz ist nur zwei Straßen weiter. Wenn ich renne …« Und dann schwor sie sich, in die Bäckerei zu gehen, wenn der Hutladen am Maifeiertag geschlossen hatte.

Inzwischen wurde neuer Klatsch in den Laden getragen. Der König hatte sich mit seinem Bruder, Prinz Justin, zerstritten, hieß es, worauf der Prinz sich ins Exil begeben hatte. Den Grund für diesen Streit kannte niemand so recht, aber der Prinz war einige Monate zuvor verkleidet durch Market Chipping gereist, und niemand hatte es gewusst. Der Graf von Catterack war vom König losgeschickt worden, den Prinzen zu suchen, und dabei war ihm Jane Farrier über den Weg gelaufen. Sophie hörte sich das alles an und wurde traurig. So viele interessante Dinge passierten, aber sie passierten nur den anderen. Immerhin war es ganz nett, dass sie Lettie sehen würde.

Der Maifeiertag kam. Vom Morgengrauen an herrschte ausgelassene Stimmung auf den Straßen. Fanny ging früh aus dem Haus, aber Sophie musste noch einige Hüte fertig machen. Sie sang bei der Arbeit. Schließlich arbeitete auch Lettie. An Feiertagen hatte die Bäckerei bis Mitternacht geöffnet. »Ich werde mir ein Stück Sahnetorte kaufen«, entschied Sophie. »Ich hab schon seit einer Ewigkeit keine mehr gegessen.« Sie sah, wie sich Leute in Sonntagskleidern am Ladenfenster vorbeidrängten, manche verkauften Andenken oder liefen auf Stelzen, und Sophie fand das alles sehr aufregend.

Aber als sie dann endlich ein graues Tuch über ihr graues Kleid warf und hinaus auf die Straße ging, war Sophie nicht mehr aufgeregt. Sie war überfordert. Viel zu viele Leute eilten vorbei, sie lachten und riefen, es war zu laut, zu viel Geschiebe.

Sophie hatte das Gefühl, dass die vergangenen Monate, in denen sie über ihrer Näharbeit gesessen hatte, sie zu einer alten Frau oder einer Halbinvaliden gemacht hatten. Sie zog ihr Tuch fester um sich und drückte sich eng an die Hauswände, um nicht von den Sonntagsschuhen der Leute getreten oder von Ellbogen in herunterhängenden Seidenärmeln angestoßen zu werden. Als sie dann plötzlich von irgendwo oben eine Salve von Schüssen hörte, glaubte Sophie, in Ohnmacht fallen zu müssen. Sie schaute hoch und sah das Schloss vom Zauberer Howl auf dem Hügel oberhalb der Stadt, so nah, dass es auf den Hausdächern zu hocken schien. Flammen loderten aus allen vier Schlosstürmen und schleuderten blaue Feuerkugeln hoch, die in der Luft mit schrecklichem Lärm explodierten. Zauberer Howl schien sich durch die Maifeiern beleidigt zu fühlen. Oder vielleicht wollte er sich auf seine Weise daran beteiligen. Sophie hatte zu große Angst, sich darüber Gedanken zu machen. Sie wäre beinahe wieder nach Hause gegangen, aber nun war sie schon auf halbem Weg zur Bäckerei. Deshalb nahm sie die Beine in die Hand.

»Wie konnte ich mir nur ein interessantes Leben wünschen?«, fragte sie sich im Laufen. »Ich hätte doch viel zu große Angst. Das kommt davon, dass ich die Älteste von drei Geschwistern bin.«

Als sie den Marktplatz erreichte, wurde alles noch schlimmer. An diesem Platz lagen die meisten Wirtshäuser.

Scharen von jungen Männern in Umhängen und mit langen Ärmeln stolzierten bierselig herum und stampften mit ihren Schnallenstiefeln auf, die sie an einem Arbeitstag nicht im Traum angezogen hätten. Sie grölten laut und quatschten Mädchen an. Die Mädchen in ihren Sonntagskleidern spazierten paarweise herum und wollten gerne angequatscht werden. An einem Maifeiertag war das ganz normal, aber Sophie fürchtete sich auch hier. Und als ein junger Mann in einem fantastischen blauen und silbernen Anzug sie entdeckte und auch sie anquatschen wollte, zog Sophie sich in den Eingang eines Ladens zurück und versuchte, sich zu verstecken.

Der junge Mann musterte sie überrascht. »Ist schon gut, kleine graue Maus«, sagte er und lachte einigermaßen mitleidig. »Ich wollte dich doch nur zu einem Glas einladen. Mach nicht so ein ängstliches Gesicht.«

Angesichts des mitleidigen Blicks schämte Sophie sich fürchterlich. Der Mann war aber auch eine umwerfende Erscheinung – mit einem hageren, vornehmen Gesicht. Er war schon etwas älter, bestimmt über zwanzig, und hatte sorgfältig frisierte blonde Haare. Seine Ärmel hingen tiefer als alle anderen auf dem Platz, ihre Ränder waren reich verziert, und sie waren mit Silber gefüttert.

»Ach nein, danke, bitte nicht, Sir«, stammelte Sophie. »Ich – ich will meine Schwester besuchen.«

»Dann solltest du das unbedingt tun«, lachte der vornehme junge Mann. »Wer bin ich, dass ich eine hübsche Dame von ihrer Schwester fernhalten würde? Soll ich dich begleiten, wo du doch solche Angst hast?«

Das war nett gemeint, weshalb Sophie sich umso mehr schämte. »Nein. Nein, danke, Sir«, keuchte sie und floh an ihm vorbei. Er benutzte offenbar Parfüm. Der Duft von Hyazinthen begleitete sie auf ihrer Flucht. Was für ein eleganter Mann!, dachte Sophie, als sie sich zwischen den kleinen Tischen hindurchdrängte, die vor der Bäckerei aufgestellt waren.

Die Tische waren voll besetzt. Der Laden war genauso überfüllt und laut wie der Platz. Sophie entdeckte Lettie zwischen den vielen Verkäuferinnen hinter dem Tresen, weil eine Gruppe von Bauernsöhnen dort ihre Ellbogen aufstemmte und ihr Komplimente zubrüllte. Lettie, hübscher denn je und vielleicht ein bisschen dünner, steckte, so schnell sie konnte, Kuchen in Tüten, drehte jede Tüte mit einer knappen, geschickten Handbewegung zu, und jedes Mal schaute sie sich mit einem Lächeln und einer netten Antwort um. Es wurde viel gelacht. Sophie musste sich ihren Weg zum Tresen erkämpfen.

Lettie bemerkte sie. Für einen Moment wirkte sie entsetzt. Dann wurden ihre Augen groß und ihr Lächeln breit, und sie rief: »Sophie!«

»Kann ich mit dir reden?«, brüllte Sophie. »Irgendwo«, schrie sie ein wenig hilflos, während ein breiter, elegant gekleideter Ellbogen sie vom Tresen zurückstieß.

»Moment noch«, schrie Lettie zurück. Sie drehte sich zu dem Mädchen neben ihr um und flüsterte mit ihr. Die andere nickte, grinste und trat an Letties Platz.

»Ihr werdet euch mit mir zufriedengeben müssen«, sagte sie an die Menge gerichtet. »Wer ist an der Reihe?«

»Aber ich will mit dir reden, Lettie!«, brüllte ein Bauernsohn.

»Sprich mit Carrie«, sagte Lettie. »Ich will mich mit meiner Schwester unterhalten.« Dagegen hatte niemand etwas einzuwenden. Die Kunden schoben Sophie an das Ende des Tresens, wo Lettie ihr winkte und eine Klappe öffnete. Man rief ihr zu, sie solle Lettie nicht den ganzen Tag aufhalten. Als Sophie sich durch die Klappenöffnung hindurchgezwängt hatte, packte Lettie sie beim Handgelenk und zerrte sie nach hinten, in einen Raum voller Holzregale, die allesamt mit Kuchen gefüllt waren. Lettie zog zwei Schemel hervor. »Setz dich«, sagte sie. Mit zerstreuter Miene schaute sie auf das nächststehende Regal und gab Sophie daraus ein Stück Sahnetorte. »Das brauchst du vielleicht«, sagte sie.

Sophie ließ sich auf den Schemel sinken, nahm den wunderbaren Kuchenduft in sich auf und hätte ein wenig weinen mögen. »Ach, Lettie«, sagte sie. »Es ist so gut, dich zu sehen.«

»Ja, und es ist auch gut, dass du sitzt«, sagte Lettie. »Denn schau, ich bin nicht Lettie. Ich bin Martha.«

2. KAPITEL

IN WELCHEM SOPHIE GEZWUNGEN WIRD, LOSZUZIEHEN UND IHR GLÜCK ZU SUCHEN

»Was?« Sophie starrte das Mädchen auf dem anderen Schemel an. Sie sah genauso aus wie Lettie. Sie trug Letties zweitbestes Kleid, das blaue, es war ein wunderschönes Blau, das perfekt zu ihr passte. Sie hatte Letties dunkle Haare und ihre blauen Augen.

»Ich bin Martha«, sagte ihre Schwester. »Wen hast du dabei erwischt, als sie Letties seidene Unterhosen zerschnitten hat? *Ich* habe das Lettie nie erzählt. Du vielleicht?«

»Nein«, sagte Sophie ziemlich verblüfft. Jetzt fiel es ihr auf, dass sie Martha vor sich hatte. Letties Kopf war so geneigt, wie es für Martha typisch war, und genau wie Martha hielt sie die Hände um die Knie gefaltet und drehte die Daumen. »Warum?«

»Ich hab mich vor deinem Besuch gefürchtet«, sagte Martha. »Weil ich wusste, dass ich es dir sagen müsste. Es ist eine Erleichterung, dass ich das jetzt getan habe. Versprich mir, dass du es nicht weitersagst. Ich weiß, dass du deine Versprechen hältst. Du bist doch so anständig.«

»Versprochen«, sagte Sophie. »Aber warum? Und wie?«

»Lettie und ich haben das so abgemacht«, sagte Martha und drehte Däumchen. »Weil Lettie gern Zauberei lernen wollte und ich nicht. Lettie ist intelligent, und sie will später mal etwas machen, wo sie ihren Verstand anwenden kann – aber versuch mal, das Mutter zu erzählen. Mutter ist viel zu eifersüchtig auf Lettie, um zuzugeben, dass sie Grips hat.«

Sophie konnte das von Fanny nicht glauben, aber sie widersprach nicht. »Aber was ist mit dir?«

»Iss deinen Kuchen«, sagte Martha. »Der ist lecker. Aber ja, auch ich kann schlau sein. Schon nach zwei Wochen bei Mrs Fairfax hatte ich den richtigen Zauber gefunden. Ich bin nachts aufgestanden und habe heimlich ihre Bücher gelesen, und dann war alles ganz leicht. Ich habe gefragt, ob ich meine Familie besuchen darf, und Mrs Fairfax hat es mir erlaubt. Sie ist ein Schatz. Sie dachte, ich hätte Heimweh. Also hab ich den Zauber gelernt und bin hergekommen, und Lettie ist zu Mrs Fairfax zurückgegangen und hat sich als mich ausgegeben. Das Problem war die erste Woche, als ich noch nicht alles wusste, was ich hier wissen muss. Das war schrecklich. Aber dann habe ich gemerkt, dass die Leute mich mögen – das tun sie wirklich, wenn man sie auch mag –, und danach ging alles glatt. Und da Mrs Fairfax Lettie noch nicht vor die Tür gesetzt hat, nehme ich an, dass bei ihr auch alles glattgeht.«

Sophie kaute auf dem Kuchen herum, dessen Geschmack sie gar nicht richtig wahrnahm. »Aber warum wolltest du herkommen?«

Martha schaukelte auf ihrem Schemel hin und her, grinste über Letties ganzes Gesicht und drehte ihre Däumchen, ein fröhlicher rosa Wirbel. »Ich möchte heiraten und Kinder kriegen.«

»Dafür bist du doch nicht alt genug«, sagte Sophie.

»Nicht ganz«, stimmte Martha zu. »Aber wenn ich auf zehn Kinder kommen will, muss ich früh anfangen. Und auf diese Weise habe ich Zeit, um in aller Ruhe zu sehen, ob der Mann mich will, weil ich ich bin. Der Zauber wird nach und nach seine Wirkung verlieren, und ich werde mir selbst immer ähnlicher werden, verstehst du?«

Sophie war so verblüfft, dass sie ihren Kuchen aufaß,

ohne seinen Geschmack wahrgenommen zu haben. »Warum zehn Kinder?«

»So viele will ich eben«, sagte Martha.

»Ich hatte ja keine Ahnung!«

»Na, es hatte ja auch keinen Sinn, viel darüber zu reden, wo du so damit beschäftigt warst, Mutter zuzustimmen, wenn sie meinte, ich müsste mein Glück suchen«, sagte Martha. »Du hast gedacht, sie meint das ernst. Ich auch, bis Vater starb und ich sah, dass sie nur versuchte uns loszuwerden – sie steckte Lettie an einen Ort, wo sie jede Menge Männer treffen und ganz schnell heiraten könnte, und ich wurde so weit weggeschickt, wie es überhaupt nur geht. Ich war so wütend, und da dachte ich, warum nicht? Und dann habe ich mit Lettie gesprochen, und sie war genauso wütend, und dann haben wir alles arrangiert. Jetzt geht's uns beiden gut. Aber wir machen uns Sorgen um dich. Du bist viel zu intelligent und lieb, um für den Rest deines Lebens in diesem Laden zu versauern. Wir haben darüber gesprochen, aber wir wussten nicht, was wir machen sollten.«

»Mir geht's gut«, widersprach Sophie. »Ich langweile mich nur ein bisschen.«

»Gut?«, rief Martha. »Ja, das beweist du damit, dass du dich monatelang nicht blicken lässt, und dann tauchst du in einem grauen Kleid und einem gruseligen Schal auf und machst ein Gesicht, als hättest du Angst vor mir. Was hat Mutter denn bloß mit dir gemacht?«

»Nichts«, sagte Sophie, die sich gar nicht wohl in ihrer Haut fühlte. »Wir hatten viel zu tun. Du solltest nicht so über Fanny reden, Martha. Sie ist doch deine Mutter.«

»Ja, und ich bin ihr ähnlich genug, um sie zu verstehen«, gab Martha zurück. »Deshalb hat sie mich so weit fortgeschickt oder es zumindest versucht. Mutter weiß, dass man Leute auch ausnutzen kann, ohne sie schlecht zu behandeln. Sie weiß, wie pflichtbewusst du bist. Sie weiß, dass du dich für eine Versagerin hältst, weil du die Älteste bist. Sie hat dich voll im Griff, und du rackerst dich für sie ab. Ich wette, sie zahlt dir nicht mal Lohn!«

»Ich bin doch noch in der Lehre«, wandte Sophie ein.

»Ich auch, aber Lohn bekomme ich trotzdem. Die Cesaris wissen, dass ich das wert bin«, sagte Martha. »Der Hutladen bringt im Moment doch ein Vermögen ein, und das alles nur deinetwegen. Von dir stammt ja der grüne Hut, mit dem die Bürgermeistersfrau so umwerfend aussieht wie ein Schulmädchen, oder nicht?«

»Raupengrün. Ich habe die Verzierungen gemacht«, sagte Sophie.

»Und dann die Haube, die Jane Farrier aufhatte, als ihr dieser Adlige über den Weg gelaufen ist«, zählte Martha weiter auf. »Du bist ein Genie, wenn es um Hüte und Kleider geht, und Mutter weiß das genau! Als du Lettie zum letzten Maifeiertag dieses Kleid genäht hast, hast du damit dein Schicksal besiegelt. Und jetzt verdienst du das Geld, während sie sich herumtreibt …«

»Sie kauft das Material ein«, sagte Sophie.

»Kauft ein!«, rief Martha. Ihre Daumen wirbelten umeinander. »Dazu braucht sie einen halben Vormittag. Ich hab sie gesehen, Sophie, und ich höre, was die Leute sagen. Sie fährt in einer Mietkutsche herum, mit neuen Kleidern, die sie von dem Geld gekauft hat, das du verdienst, und sie besucht die ganzen Landsitze im Tal. Angeblich will sie sich das große Haus unten in Vale End kaufen und es schick renovieren lassen. Und wo bleibst du?«

»Na ja, Fanny hat doch ein bisschen Spaß verdient, wo sie so hart hat arbeiten müssen, um uns aufzuziehen«, sagte Sophie. »Und ich werde wohl den Laden erben.«

»Was für ein Schicksal!«, rief Martha. »Hör mal gut …«

Doch in diesem Moment wurden auf der anderen Seite des Raumes zwei leere Kuchenregale auseinander geschoben, und ein Lehrling steckte von irgendwoher seinen Kopf hindurch. »Wusst ich's doch, dass das deine Stimme ist, Lettie«, sagte er und grinste durchaus nett, aber auch schäkernd. »Die neue Kuchenrunde ist fertig. Sag vorn Bescheid.« Sein von Locken und Mehl bedeckter Kopf verschwand wieder. Sophie fand ihn sympathisch. Sie hätte gern gefragt, ob er derjenige war, den Martha am liebsten hatte, aber dazu kam sie nicht. Martha sprang eilig auf und redete dabei weiter.

»Ich muss die Mädchen holen, damit das alles in den Laden gebracht wird«, sagte sie. »Pack mal mit an.« Sie zog das nächststehende Gestell hervor, und Sophie half ihr, es durch die Tür in den lauten, überfüllten Laden zu bringen. »Du musst etwas unternehmen, Sophie«, keuchte Martha unterwegs. »Lettie hat immer wieder gesagt, dass sie nicht weiß, was aus dir werden soll, wenn wir nicht in der Nähe sind und dir ein bisschen Selbstachtung geben können. Und es war nur richtig, dass sie sich Sorgen gemacht hat.«

Im Laden nahm Mrs Cesari das Gestell in ihre massiven Arme und brüllte Befehle, und allerlei Angestellte jagten an Martha vorbei, um weiteren Nachschub zu holen. Sophie rief einen Abschiedsgruß und machte sich im Gewühl davon. Es kam ihr nicht richtig vor, noch mehr von Marthas Zeit zu beanspruchen. Außerdem wollte sie allein sein, um nachzudenken. Sie lief nach Hause. Auf der Wiese am Fluss, wo der Jahrmarkt abgehalten wurde, gab es gerade ein Feuerwerk, das mit den blauen Kugeln über Howls Schloss um die Wette leuchtete. Sophie fühlte sich unzulänglicher denn je.

Sie überlegte und überlegte fast die ganze folgende Woche, wurde davon aber immer verwirrter und unzufriedener. Nichts schien so zu sein, wie sie erwartet hatte. Sie staunte über Lettie und Martha. Jahrelang hatte sie die beiden mit anderen Augen betrachtet. Aber sie konnte nicht glauben, dass Fanny so gemein war, wie Martha sie beschrieben hatte.

Sophie bekam sehr viel Gelegenheit zum Nachdenken, weil Bessie endlich heiratete und sie meistens allein im Laden war. Fanny war tatsächlich sehr viel unterwegs, ob sie sich nun herumtrieb oder nicht, und nach dem Maifeiertag kam kaum noch Kundschaft. Nach drei Tagen fasste Sophie sich ein Herz und fragte Fanny: »Warum bekomme ich eigentlich keinen Lohn?«

»Ja, den hast du verdient, so viel, wie du arbeitest, Herzchen«, sagte Fanny mit warmer Stimme, während sie gerade vor einem Ladenspiegel einen mit Rosen besetzten Hut aufprobierte. »Wir besprechen das, wenn ich heute Abend die Buchführung erledigt habe.« Dann ging sie und kam erst zurück, nachdem Sophie den Laden geschlossen und die neuen Hüte zum Dekorieren mit nach Hause genommen hatte.

Anfangs hatte Sophie ein schlechtes Gewissen, weil sie auf Martha gehört hatte, aber als Fanny den Lohn dann nie wieder erwähnte, weder an diesem Abend noch später in der Woche, beschlich Sophie der Gedanke, dass Martha vielleicht doch recht gehabt hatte.

»Vielleicht werde ich wirklich ausgenutzt«, sagte sie zu einem Hut, den sie mit roter Seide und einer Dolde aus Wachskirschen besetzte. »Aber irgendwer muss das hier machen, sonst haben wir keine Hüte mehr zu verkaufen.« Sie machte den Hut fertig und widmete sich einem tiefschwarzen und schneeweißen, der sehr modisch war, und dabei kam ihr ein ganz neuer Gedanke. »Spielt es denn eine Rolle, ob wir Hüte zu verkaufen haben?«, fragte sie den Hut. Sie schaute die versammelten Hüte an, die fertigen auf ihren Ständern und die blanken auf einem Haufen. »Wozu seid ihr denn schon gut?«, fragte sie. »Mir bringt ihr jedenfalls überhaupt nichts.«

Fast hätte sie das Haus verlassen und sich aufgemacht, ihr Glück alleine zu suchen, aber dann fiel ihr ein, dass sie die Älteste war und dass ein solches Unternehmen folglich zum Scheitern verurteilt war. Sie seufzte und wandte sich wieder dem Hut zu.

Am nächsten Morgen stand sie noch immer unzufrieden und allein im Laden, als eine sehr unscheinbare junge Kundin hereinkam und eine geflochtene Pilzhaube an ihren Bändern wirbeln ließ. »Sieh dir das an!«, kreischte die junge Dame. »Du hast mir gesagt, das sei die gleiche Haube wie die, die Jane Farrier trug, als ihr der Graf begegnete. Aber du hast gelogen! Mit mir ist gar nichts passiert!«

»Das wundert mich nicht«, sagte Sophie, ehe sie sich zusammenreißen konnte. »Wenn du so blöd bist, zu einem Gesicht wie deinem diese Haube zu tragen, dann hast du wahrscheinlich auch nicht genug Grips, um den König zu erkennen, wenn er zum Betteln kommt – falls er bei deinem Anblick nicht gleich zu Stein erstarrt.«

Die Kundin funkelte sie wütend an. Dann warf sie Sophie die Haube an den Kopf und stürzte aus dem Laden. Sophie stopfte die Haube in den Papierkorb und war außer sich. Die Regel lautete: Wenn du die Fassung verlierst, verlierst du auch die Kundschaft. Diese Regel hatte sie soeben bestätigt. Sie gestand sich nur ungern ein, was für ein Vergnügen ihr das bereitet hatte.

Sophie blieb keine Zeit, um sich von diesem Schock zu erholen. Sie hörte Räder rollen und Hufe klappern, und eine Kutsche verdunkelte das Fenster. Die Ladenglocke bimmelte, und die großartigste Kundin, die sie je gesehen hatte, rauschte herein. Sie trug eine Stola aus Zobelfell, die über ihre Ellbogen hing, und Diamanten, die überall auf ihrem schwarzen Kleid funkelten. Sophies Augen wanderten zuerst zu dem breiten Hut der Dame – echte Straußenfedern, so gefärbt, dass sie das rosa und grüne und blaue Funkeln der Diamanten widerspiegelten und trotzdem noch schwarz aussahen. Das war ein prachtvoller Hut. Das Gesicht der Dame war von gepflegter Schönheit. Die kastanienbraunen Haare machten sie jung, aber … Sophies Augen wanderten zu dem jungen Mann, der der Dame in den Laden gefolgt war, einem Mann mit einem etwas nichtssagenden Gesicht und rötlichen Haaren, sehr gut gekleidet, aber bleich und offenbar verstört. Er starrte Sophie flehend und zugleich entsetzt an. Er war eindeutig jünger als die Dame. Sophie wusste nicht, was sie davon halten sollte.

»Miss Hatter?«, fragte die Dame mit melodischer, aber gebieterischer Stimme.

»Ja«, sagte Sophie. Der junge Mann wirkte verstörter denn je. Vielleicht war die Dame seine Mutter.

»Ich höre, Sie verkaufen himmlische Hüte«, sagte die Dame. »Zeigen Sie mal!«

Sophie wagte es nicht, in ihrer derzeitigen Stimmung etwas zu sagen. Sie ging Hüte holen. Keiner davon war prachtvoll genug für diese Dame, aber sie spürte, wie die Blicke des Mannes ihr folgten, und das war ihr sehr unangenehm. Je eher die Dame entdeckte, dass diese Hüte nichts für sie waren, umso schneller würde dieses seltsame Paar wieder verschwunden sein. Sophie hielt sich an Fannys Rat und zeigte zuerst die ungeeigneten Hüte.

Die Dame fing sofort an, die Hüte zu beleidigen.

»Grübchen«, sagte sie zu der rosa Haube und »Jugend« zu der raupengrünen. Zu der mit Funkeln und Schleiern sagte sie: »Geheimnisvolles Gehabe. Wie offensichtlich. Was haben Sie sonst noch?«

Sophie holte den eleganten schwarzweißen Hut, der der einzige war, der die Dame auch nur vage interessieren konnte.

Die Dame musterte ihn verächtlich. »Der taugt doch nichts. Sie vergeuden meine Zeit, Miss Hatter.«

»Nur weil Sie mich nach Hüten gefragt haben«, erwiderte Sophie. »Das hier ist ein kleiner Laden in einer kleinen Stadt, Madam. Warum haben Sie ...«, der junge Mann hinter der Dame schnappte nach Luft und schien Sophie warnen zu wollen, »sich eigentlich die Mühe gemacht herzukommen?«, endete Sophie, die sich fragte, was hier überhaupt los war.

»Ich mache mir diese Mühe immer, wenn jemand versucht, der Hexe der Wüste in die Quere zu kommen«, sagte die Dame. »Ich habe von Ihnen gehört, Miss Hatter, und mir gefällt weder die Konkurrenz noch Ihre Einstellung. Ich bin gekommen, um der Sache ein Ende zu machen. So.« Sie spreizte die Finger und machte eine Handbewegung, als würde sie etwas auf Sophies Gesicht schleudern.

»Soll das heißen, dass Sie die Hexe der Wüste sind?«, krächzte Sophie. Vor Angst und Überraschung klang ihre Stimme ganz seltsam.

»Das bin ich in der Tat«, sagte die Dame. »Und jetzt werde ich dich lehren, dich in meine Angelegenheiten einzumischen.«

»Das habe ich bestimmt nicht getan. Sicher liegt hier ein Missverständnis vor«, krähte Sophie. Der Mann starrte sie entsetzt an, obwohl sie wirklich nicht begreifen konnte, warum.

»Kein Missverständnis, Miss Hatter«, sagte die Hexe. »Komm, Gaston.« Sie drehte sich um und fegte zur Ladentür. Während der Mann unterwürfig die Tür für sie aufhielt, drehte sie sich noch einmal zu Sophie um. »Übrigens, du wirst niemandem erzählen können, dass ein Zauber auf dir liegt«, sagte sie. Die Ladentür dröhnte wie eine Begräbnisglocke, als die Dame verschwand.

Sophie schlug die Hände vors Gesicht und fragte sich, was der Mann so entsetzt angestarrt haben mochte. Sie spürte weiche, zähe Runzeln. Sie betrachtete ihre Hände.

Auch die waren von Runzeln überzogen und mager, mit dicken Adern auf den Handrücken und Fingerknöcheln wie Knoten. Sie zog ihren grauen Rock hoch und sah ihre mageren, bläulichen Knöchel und ihre Füße, die ihre Schuhe überall ausbeulten. Es waren die Beine einer Neunzigjährigen, und sie schienen echt zu sein.

Sophie schleppte sich zum Spiegel und stellte fest, dass sie humpelte. Ihr Gesicht im Spiegel blieb ruhig, denn sie sah das, was sie zu sehen erwartet hatte. Sie sah das Gesicht einer hageren alten Frau, verwittert und bräunlich, umrahmt von dünnen weißen Haaren. Ihre eigenen Augen, gelblich und wässrig, starrten sie an und wirkten sehr traurig.

»Keine Sorge, altes Haus«, sagte Sophie zu dem Gesicht. »Du schaust ziemlich gesund aus. Und jetzt passt du viel eher zu dem, was du tatsächlich bist.«

Völlig gelassen überdachte sie ihre Lage. Sie war ganz ruhig, und alles erschien ihr sehr weit weg. Nicht einmal besonders wütend war sie auf die Hexe der Wüste.

»Ja, natürlich werde ich mich rächen müssen, wenn sich eine Gelegenheit bietet«, sagte sie sich. »Aber wenn Lettie und Martha es ertragen können, jeweils die andere zu sein, dann kann ich es ja wohl auch ertragen, für eine Weile so zu sein. Aber hier kann ich nicht bleiben. Fanny würde durchdrehen. Mal überlegen. Dieses graue Kleid passt eigentlich ganz gut, aber ich brauche noch mein Tuch und etwas zu essen.«

Sie humpelte zur Ladentür und hängte sorgfältig das »GESCHLOSSEN«-Schild auf. Ihre Gelenke ächzten bei jeder Bewegung. Sie musste gekrümmt und langsam gehen. Aber erleichtert stellte sie fest, dass sie doch eine recht rüstige alte Frau war. Sie fühlte sich nicht krank oder schwach, sondern nur steif. Sie humpelte weiter, um ihr Tuch zu holen, und wickelte es sich nach der Art alter Frauen um

Kopf und Schultern. Dann schlurfte sie wieder ins Haus und holte ihren Geldbeutel, in dem ein paar Münzen lagen, und ein Bündel mit Brot und Käse. Sie ging hinaus, versteckte den Schlüssel sorgsam an der üblichen Stelle und humpelte dann die Straße entlang. Dass sie dabei immer noch so gelassen war, überraschte sie.

Sie spielte mit dem Gedanken, sich von Martha zu verabschieden. Aber die Vorstellung, dass Martha sie nicht erkennen würde, mochte sie gar nicht. Deshalb war es besser, stillschweigend zu gehen. Sie nahm sich jedoch vor, ihren Schwestern zu schreiben, wenn sie dort angekommen wäre, wo immer sie nun hinging. So schlurfte sie weiter, über die Wiese, wo der Jahrmarkt stattgefunden hatte, über die Brücke und weiter auf die dahinter liegende Landstraße. Es war ein warmer Frühlingstag. Sophie stellte fest, dass sie auch als Greisin den Anblick und den Duft der Weißdornhecken genießen konnte, obwohl sie nicht mehr ganz so gut sah. Ihr Rücken fing an wehzutun. Sie humpelte zwar stetig weiter, aber auf Dauer würde sie einen Stock brauchen. Im Vorübergehen hielt sie in den Hecken nach einem passenden Stecken Ausschau.

Offenbar waren ihre Augen wirklich nicht mehr so gut wie früher. Nach ungefähr einer Meile glaubte sie einen Stock zu erkennen, aber als sie daran zog, erwies er sich als unteres Ende einer alten Vogelscheuche, die irgendwer in die Hecke geworfen hatte. Sophie richtete das Ding mit Mühe auf. Es hatte eine vertrocknete Rübe als Gesicht. Sophie fühlte sich dieser Rübe kameradschaftlich verbunden. Statt die Vogelscheuche auseinanderzureißen und den Stock zu nehmen, schob sie sie zwischen zwei Zweige der Hecke, wo sie dann kühn aus dem Weißdorn herausragte und die zerlumpten Ärmel der hölzernen Arme über der Hecke flatterten.

»So«, sagte Sophie, und ihre brüchige Greisinnenstimme

überraschte sie so, dass sie alt und gackernd loslachen musste. »Wir taugen beide nicht mehr viel, was, mein Freund? Vielleicht kommst du auf dein Feld zurück, wenn ich dich so hinstelle, dass die Leute dich sehen.« Sie wollte schon weiterwandern, aber dann kam ihr ein Gedanke, und sie machte kehrt. »Wenn ich als Älteste von drei Geschwistern nicht zum Versagen verurteilt wäre«, sagte sie zu der Vogelscheuche, »dann könntest du zum Leben erwachen und mir deine Hilfe bei der Suche nach dem Glück anbieten. Aber ich wünsche dir trotzdem alles Gute.«

Kichernd ging sie weiter. Vielleicht war sie ein bisschen verrückt, aber das waren alte Frauen oft.

Etwa eine Stunde später, als sie sich am Straßenrand hinsetzte, um eine Pause zu machen und Brot und Käse zu essen, fand sie einen Stock. Aus der Hecke hinter ihr hörte sie Geräusche: leises, ersticktes Quäken, gefolgt von Ächzen, das die Blätter von der Hecke fegte. Auf ihren knochigen Knien kroch Sophie ein Stück, um an Blättern und Blüten und Dornen vorbei in die Hecke zu spähen. Dort entdeckte sie einen mageren grauen Hund. Er hatte sich hoffnungslos verheddert, die Schnur, die um seinen Hals gebunden war, hatte sich um einen dicken Stock gewickelt, und dieser hatte sich zwischen zwei Zweigen der Hecke verkeilt, sodass der Hund sich kaum noch rühren konnte. Wild verdrehte er die Augen, als er Sophies Gesicht sah.

Als Mädchen hatte Sophie sich vor Hunden gefürchtet. Und auch der alten Frau waren die beiden Reihen weißer Reißzähne im offenen Maul des Tieres nicht geheuer. Aber sie sagte sich: »So, wie ich jetzt bin, brauche ich mir ja wohl kaum noch Sorgen zu machen«, und suchte in ihrem Nähbeutel nach der Schere. Sie schob die Hand mit der Schere in die Hecke und fing an, die Schnur um den Hundehals durchzufeilen.

Der Hund war außer sich. Er zuckte zurück und knurrte. Aber Sophie feilte tapfer weiter. »Du verhungerst oder erstickst, mein Freund«, erklärte sie dem Hund mit ihrer brüchigen alten Stimme, »wenn du dich nicht losschneiden lässt. Ich glaube sogar, da hat schon jemand versucht, dich zu erwürgen. Vielleicht bist du deshalb so wütend.« Die Schnur war ziemlich fest um den Hals des Hundes gebunden und der Stock brutal darunter gezwängt worden. Sophie musste sehr lange feilen, bis die Schnur riss und der Hund sich von dem Stock befreien konnte.

»Möchtest du ein wenig Brot und Käse?«, fragte Sophie. Aber der Hund knurrte sie nur an, zwängte sich auf der gegenüberliegenden Seite aus der Hecke heraus und war verschwunden. »Das nennt man Dankbarkeit«, sagte Sophie und rieb sich die zerstochenen Arme. »Aber ohne es zu wissen, hast du mir trotzdem ein Geschenk gemacht.« Sie zog den Stock, der den Hund gefangen gehalten hatte, aus der Hecke und stellte fest, dass es sich um einen richtigen Wanderstock handelte, sorgfältig zurechtgeschnitzt und mit einer eisernen Zwinge versehen. Sophie aß Brot und Käse auf und machte sich dann wieder auf den Weg. Da die Straße immer steiler wurde, war ihr der Stock eine große Hilfe. Und sie konnte mit ihm reden. Verbissen humpelte Sophie weiter und redete auf den Stock ein. Schließlich führen alte Leute oft Selbstgespräche.

»Das waren schon zwei Begegnungen«, sagte sie. »Und bei keiner erntete ich zum Dank auch nur einen Funken Magie. Immerhin, du bist ein guter Stock. Ich will mich nicht beklagen. Aber mir steht doch sicher noch eine dritte Begegnung zu, ob nun magisch oder nicht. Ich bestehe sogar darauf. Ich wüsste ja gern, wie die aussehen wird.«

Die dritte Begegnung hatte sie gegen Ende dieses Nachmittags, als sie schon ziemlich weit ins Hügelland hinaufgestiegen war. Da kam ihr pfeifend ein Mann entgegen. Ein Schäfer, dachte Sophie, auf dem Nachhauseweg, nachdem er nach seinen Schafen gesehen hat, ein gut gebauter junger Bursche von vielleicht vierzig. »Meine Güte«, sagte Sophie zu sich. »Heute Morgen hätte ich ihn als alten Mann betrachtet. Wie die Perspektive sich doch ändert!«

Als der Schäfer sah, wie Sophie vor sich hin murmelte, wich er behutsam auf die andere Straßenseite aus und rief sehr herzlich: »Guten Abend, Mutter! Wo soll es denn hingehen?«

»Mutter«, erwiderte Sophie. »Ich bin nicht deine Mutter, junger Mann.«

»Nur so eine Redensart«, sagte der Schäfer und drückte sich an der Hecke entlang. »Es sollte nur eine höfliche Frage sein, weil Sie so spät noch in die Hügel gehen. Bis es dunkel wird, schaffen Sie es doch nicht mehr bis Upper Folding, oder?«

Darüber hatte Sophie noch gar nicht nachgedacht. Sie blieb stehen und überlegte. »Eigentlich spielt das keine Rolle«, sagte sie, halb zu sich selbst. »Wenn man sein Glück sucht, darf man es nicht so genau nehmen.«

»Wirklich nicht, Mutter?«, fragte der Schäfer. Er hatte es an Sophie vorbei geschafft, war jetzt unterhalb von ihr und schien sich wohler zu fühlen. »Dann wünsche ich Ihnen alles Gute, Mutter, solange Ihr Glück nicht davon abhängt, dass Sie andrer Leute Vieh verzaubern.« Und dann lief er in großen Schritten die Straße hinunter. Er rannte fast.

Empört starrte Sophie ihm hinterher. »Der hat mich für eine Hexe gehalten!«, sagte sie zu ihrem Stock. Sie war versucht, dem Schäfer Angst einzujagen, indem sie ihm ein paar Gemeinheiten hinterherrief, aber das kam ihr doch ein wenig grausam vor. Vor sich hin grummelnd kämpfte sie sich weiter den Weg hinauf. Bald wichen die Hecken kargem Boden, und das Land dahinter verwandelte sich in eine mit Heide bewachsene Hochebene und dahinter steile Hänge mit gelbem, knisterndem Gras. Verbissen kämpfte sich Sophie weiter. Inzwischen taten ihre knotigen alten Füße weh und ihr Rücken und ihre Knie auch. Zum Murmeln war sie zu müde und schleppte sich einfach so weiter, keuchend, bis die Sonne ganz tief stand. Und dann, urplötzlich, merkte sie, dass sie auch nicht einen einzigen Schritt mehr weitergehen konnte.

Sie ließ sich auf einen Stein am Wegrand fallen und überlegte, was sie tun sollte. »Das einzige Glück, das ich mir vorstellen kann, wäre ein bequemer Sessel«, keuchte sie.

Der Stein befand sich auf einem flachen Grat, von dem Sophie einen wunderbaren Blick auf den Weg hatte, den sie gekommen war. Im Sonnenuntergang breitete sich fast das ganze Tal vor ihr aus – mit den ganzen Feldern und Mauern und Hecken, dem sich windenden Fluss und den schönen Villen der reichen Leute, die zwischen Wäldchen hervorleuchteten – bis zu den blauen Bergen in der Ferne. Gleich unter ihr lag Market Chipping. Sophie konnte in die vertrauten Straßen blicken. Dort lagen der Marktplatz und die Bäckerei Cesari. Sie hätte einen Stein in den Schornstein des Hauses neben dem Hutladen werfen können.

»Wie nah das noch immer ist!«, sagte Sophie entmutigt zu ihrem Stock. »So weit bin ich gelaufen, nur, um über meinem eigenen Dach zu sitzen.«

Als die Sonne unterging, wurde es kalt auf dem Stein. Ein unangenehmer Wind wehte, und wie sie sich auch drehte, entging sie ihm nicht. Jetzt spielte es keine so geringe Rolle mehr, ob sie die Nacht in den Hügeln verbringen musste. Sie ertappte sich dabei, dass sie immer häufiger an einen bequemen Sessel und einen Kamin dachte, aber auch an Finsternis und wilde Tiere. Aber wenn sie nach Market Chipping zurückginge, würde sie dort erst mitten in der Nacht eintreffen. Da konnte sie auch ebenso gut weiterwandern. Sie seufzte und erhob sich mit ihren alten Knochen. Es war entsetzlich. Sie fühlte sich wie gerädert.

»Ich wusste ja gar nicht, was alte Leute alles erleiden müssen!«, keuchte sie, als sie sich weiter bergauf schleppte. »Aber ich glaube nicht, dass ich von Wölfen gefressen werde. Ich bin viel zu ausgedörrt und zäh. Das ist immerhin ein Trost.«

Die Nacht senkte sich rasch auf die blaugraue Heide des Hochlands herab. Der Wind wurde schärfer. So laut dröhnten Sophie ihr eigenes Keuchen und das Ächzen ihrer Glieder in den Ohren, dass sie erst nach einiger Zeit merkte, dass nicht alles Keuchen und Schnaufen von ihr stammte. Sie schaute auf.

Das Schloss von Zauberer Howl rumpelte über das Moor auf sie zu. Über die schwarzen Zinnen quollen schwarze Rauchwolken. Das Schloss sah hoch und eng und schwer und scheußlich und ganz und gar bedrohlich aus. Sophie stützte sich auf ihren Stock und sah ihm zu. Sie hatte keine besonders große Angst. Sie hätte gern gewusst, wie das Schloss sich bewegte. Aber wichtiger war für sie, dass der Rauch auf einen großen Kamin irgendwo innerhalb dieser schwarzen Mauern schließen ließ.

»Na, warum nicht?«, sagte sie zu ihrem Stock. »Meine Seele wird Zauberer Howl wohl kaum wollen. Der nimmt nur junge Mädchen.«

Sie hob den Stock und schwenkte ihn gebieterisch vor dem Schloss.

»Halt!«, schrie sie mit schriller Stimme.

Gehorsam, polternd und rumpelnd kam das Schloss ungefähr fünfzig Fuß über ihr zum Stillstand. Zufrieden humpelte Sophie darauf zu.

3. KAPITEL

IN DEM SOPHIE EIN SCHLOSS BETRITT UND EINEN HANDEL ABSCHLIESST

In der schwarzen Mauer, vor der Sophie stand, gab es eine große schwarze Tür, und auf die humpelte sie nun eilig zu. Aus der Nähe sah das Schloss scheußlicher aus denn je. Es war viel zu breit für seine Höhe und überhaupt nicht gleichmäßig geformt. Soweit Sophie in der zunehmenden Dunkelheit sehen konnte, war es aus großen kohlschwarzen Quadern erbaut, und wie bei Kohlen waren alle Blöcke von unterschiedlicher Größe und Form. Im Näherkommen spürte Sophie die Kälte, die von ihnen abstrahlte, doch das machte ihr keine Angst. Sie dachte nur an Sessel und Kamine und streckte die Hand eifrig nach der Tür aus.

Aber sie kam nicht bis zur Tür. Ungefähr einen Fuß von der Tür entfernt traf ihre Hand auf eine unsichtbare Wand. Sophie tippte die Wand mit einem Finger an. Das brachte nichts, und deshalb klopfte sie mit ihrem Stock dagegen. Überall war Wand, von oben, wo sie mit ihrem Stock gerade noch hinkam, bis zum Heidekraut, das unter der Türschwelle hervorlugte.

»Aufmachen«, herrschte Sophie die Tür an.

Der Mauer schien das egal zu sein.

»Na gut«, sagte Sophie. »Dann such ich mir eben die Hintertür.« Sie humpelte zur linken Ecke des Schlosses, die ihr am nächsten war und zu der es außerdem ein wenig abwärts ging. Aber auch dort kam sie nicht weiter. Die unsichtbare Mauer hielt sie wieder auf, als sie die unregelmäßigen schwarzen Ecksteine erreicht hatte. Darauf stieß Sophie ein Wort aus, das sie von Martha gelernt hatte, ein Wort, das weder alte Damen noch junge Mädchen kennen sollten, und dann schleppte sie sich bergauf und entgegen dem Uhrzeigersinn zur rechten Ecke des Schlosses. Dort gab es kein Hindernis. Sie bog um die Ecke und humpelte zielstrebig auf die zweite große schwarze Tür zu.

Doch auch vor dieser Tür gab es eine Sperre.

Sophie starrte sie ärgerlich an. »Das nenne ich wirklich ungastlich«, sagte sie.

Von den Zinnen trieben schwarze Rauchwolken herab. Sophie hustete. Jetzt wurde sie wütend. Sie war alt und gebrechlich, sie fror, und alles tat ihr weh. Die Nacht rückte näher, und das Schloss blies ihr einfach Rauch ins Gesicht. »Das sag ich Howl«, sagte sie und steuerte verärgert die nächste Ecke an. Dort gab es keine Sperre – offenbar musste man das Schloss einmal entgegen dem Uhrzeigersinn umrunden – und, ein Stück zur Seite in der Wand gelegen, eine dritte Tür. Sie war viel kleiner und heruntergekommener als die anderen.

»Endlich die Hintertür«, sagte Sophie.

Doch als sie sich der Hintertür näherte, setzte das Schloss sich wieder in Bewegung. Der Boden bebte. Die Mauer wackelte und ächzte, und die Tür bewegte sich seitwärts von Sophie weg.

»Nein, so haben wir nicht gewettet!«, brüllte Sophie. Sie rannte hinter der Tür her und schlug wütend mit ihrem Stock darauf ein. »Aufmachen«, schrie sie.

Die Tür öffnete sich nach innen, hastete aber noch immer seitwärts von Sophie weg. Sophie humpelte wütend hinterher und schaffte es, einen Fuß auf die Schwelle zu setzen. Dann sprang und hüpfte und sprang sie wieder, während die großen schwarzen Blöcke zu beiden Seiten der Tür hin und her rutschten und mahlten und das Schloss an dem unebenen Hang Tempo gewann. Sophie wunderte es nicht mehr, dass es windschief aussah. Verwunderlich war lediglich, dass es nicht auf der Stelle auseinanderbrach.

»Wie kann man ein Gebäude nur so blödsinnig umherjagen«, keuchte sie, als sie sich ins Haus fallen ließ. Den Stock musste sie dabei loslassen und sich an die offene Tür klammern, um nicht gleich wieder hinausgeschleudert zu werden.

Als sie wieder zu Atem kam, merkte sie, dass vor ihr jemand stand und sich ebenfalls an der Tür festhielt. Er war einen Kopf größer als Sophie, doch sie konnte sehen, dass er noch fast ein Kind war, nur wenig älter als Martha. Und er schien die Tür vor ihrer Nase zuknallen und sie aus dem warmen, hellen Raum hinaus und zurück in die Nacht stoßen zu wollen.

»Untersteh dich, mich vor die Tür zu setzen, mein Junge«, sagte sie.

»Das hatte ich gar nicht vor, aber wegen Ihnen kann ich die Tür nicht zumachen«, erwiderte er. »Was wollen Sie hier?«

Sophie schaute an dem Jungen vorbei. Von den Deckenbalken hingen allerlei Gegenstände herunter, die vermutlich mit Zauberei zu tun hatten – Ketten aus Zwiebeln, Bunde von Kräutern und Bündel von seltsamen Wurzeln. Daneben gab es Dinge, die eindeutig mit Zauberei zu tun hatten, wie in Leder gebundene Bücher, Glaskolben und einen alten, braunen, grinsenden Menschenschädel. Hinter dem Jungen sah sie einen Kamin, in dem ein kleines Feuer brannte. Das Feuer war viel kleiner, als der viele Rauch über dem Schloss vermuten ließ, aber letztlich war das ja auch nur ein Hinterzimmer im Schloss. Für Sophie war viel wichtiger, dass das Feuer das glühende, rosige Stadium erreicht hatte, bei dem blaue Flämmchen auf den Holzscheiten tanzten, und dass an der wärmsten Stelle daneben ein niedriger Sessel mit einem Kissen stand.

Sophie schob den Jungen beiseite und steuerte den Sessel an. »Ach, was für ein Glück«, sagte sie und machte es sich darin gemütlich. Was für eine Wohltat. Das Feuer wärmte ihre schmerzenden Glieder, der Sessel stützte ihren Rücken, und wer sie jetzt noch vor die Tür setzen wollte, würde extreme und brutale Magie anwenden müssen.

Der Junge schloss die Tür. Dann hob er Sophies Stock hoch und lehnte ihn höflich an ihren Sessel. Sophie fiel auf, dass nichts darauf hindeutete, dass das Schloss sich weiterhin den Hang entlang bewegte; nicht einmal ein Hauch von einem Wackeln oder das leiseste Beben waren zu spüren. Wie seltsam!

»Sag Zauberer Howl«, trug sie dem Jungen auf, »dass ihm dieses Schloss um die Ohren fliegen wird, wenn es noch lange weiterfliegt.«

»Das Schloss wird durch einen Zauber zusammengehalten«, sagte der Junge. »Und Howl ist im Moment leider nicht hier.«

Das hörte Sophie gern. »Wann kommt er denn zurück?«, fragte sie leicht nervös.

»Vermutlich erst morgen«, sagte der Junge. »Aber was führt Sie her? Kann ich Ihnen behilflich sein? Ich bin Howls Lehrling, Michael.«

Das war nun wirklich Musik in Sophies Ohren. »Ich fürchte, nur der Zauberer kann mir helfen«, sagte Sophie schnell und entschieden. Es war vermutlich auch die Wahrheit. »Wenn es dir nichts ausmacht, warte ich auf ihn.«

Ganz offensichtlich machte es Michael sehr wohl etwas aus. Er stand ein wenig hilflos vor ihr. Um ihm klarzumachen, dass sie nicht vorhatte, sich von einem bloßen Lehrjungen vor die Tür setzen zu lassen, schloss Sophie die Augen und gab vor, kurz vor dem Einschlafen zu sein. »Sag ihm, dass Sophie hier ist«, murmelte sie. »Die *alte* Sophie«, fügte sie sicherheitshalber hinzu.

»Dann müssen Sie aber die ganze Nacht auf ihn warten«, sagte Michael. Da Sophie genau das wollte, stellte sie sich taub. Im Grunde nickte sie bereits ein, so müde war sie nach der langen Wanderung. Michael sah sie kurz an, dann gab er auf und machte sich an der Werkbank unter der Lampe zu schaffen.

Damit hatte Sophie einen Unterschlupf für die Nacht, wenn auch unter Vorspiegelung falscher Tatsachen, wie sie schläfrig überlegte. Da Howl ein böser Mann war, geschah es ihm vermutlich nur recht, dass sie sich ihm einfach aufdrängte. Aber ehe Howl nach Hause kam und ihr Vorwürfe machen konnte, wollte sie weit weg sein.

Träge und verstohlen lugte sie zu dem Lehrling hinüber. Es überraschte sie nicht wenig, in ihm einen so netten, höflichen Jungen vorzufinden. Schließlich war sie einfach so in das Schloss eingedrungen, aber Michael hatte sich nicht darüber beklagt. Vielleicht war Howl ein schrecklich strenger Herr. Aber Michael wirkte nicht wie ein unterdrückter Knecht. Er war ein großer, dunkler Junge mit einem sympathischen, offenen Gesicht, und er war äußerst anständig angezogen. Wenn Sophie nicht gesehen hätte, wie er just in diesem Moment aus einem Kolben vorsichtig eine grüne Flüssigkeit auf schwarzen Puder in einer Art Glasschlange goss, dann hätte sie ihn für einen wohlhabenden Bauernsohn gehalten. Wirklich seltsam!

Aber wenn es um Zauberer ging, musste es seltsam zugehen, fand Sophie. Und diese Küche, oder Werkstatt, war wunderbar gemütlich und überaus friedlich. Sophie schlief vollends ein und schnarchte. Sie wurde nicht durch den grellen Blitz und einen dumpfen Knall auf der Werkbank geweckt, denen rasch ein Fluch von Michael folgte. Sie wurde auch nicht geweckt, als Michael, der sich seine verbrannten Finger in den Mund gesteckt hatte, die Zauberei für diese Nacht an den Nagel hängte und sich Brot und

Käse aus der Vorratskammer holte. Sie rührte sich nicht, als Michael ihren Stock umwarf und dieser klappernd zu Boden ging, als er die Hand über ihr ausstreckte, um Holz ins Feuer nachzulegen, oder als Michael, der in Sophies offenen Mund schaute, zum Kamin sagte: »Ihr fehlen keine Zähne. Dann ist sie nicht die Hexe der Wüste, oder?«

»Dann hätte ich sie ja wohl nicht hereingelassen«, lautete die Antwort des Kamins.

Michael zuckte mit den Schultern und hob Sophies Stock behutsam wieder auf. Dann legte er ebenso behutsam ein weiteres Stück Holz ins Feuer und ging irgendwo weiter oben im Schloss zu Bett.

Mitten in der Nacht wurde Sophie von einem Schnarchen geweckt. Sie fuhr senkrecht hoch und stellte genervt fest, dass es ihr eigenes Schnarchen gewesen war. Sie hatte das Gefühl, nur für eine oder zwei Sekunden eingenickt zu sein, aber während dieser Sekunden war Michael offenbar verschwunden und hatte das Licht mitgenommen. Bestimmt lernte ein Zauberlehrling so etwas in seiner ersten Woche. Und er hatte das Feuer fast herunterbrennen lassen. Es zischte und knisterte. Ein kalter Luftzug traf Sophies Rücken. Ihr fiel ein, dass sie sich im Schloss eines Zauberers befand, und ihr war unwohl bei dem Gedanken, dass irgendwo hinter ihr auf einer Werkbank ein Totenschädel lag.

Ihr schauderte, und sie quälte ihren steifen alten Hals, um sich umzuschauen, doch hinter ihr war nur Dunkelheit. »Machen wir uns ein bisschen mehr Licht, ja«, sagte sie. Ihre brüchige leise Stimme kam ihr ebenso schwach vor wie das Knistern des Feuers. Sophie staunte. Sie hatte erwartet, dass ihre Stimme in den Gewölben des Schlosses widerhallen würde. Jedenfalls stand neben dem Kamin ein Korb Brennholz. Sie streckte einen Arm aus und legte ein Stück Holz aufs Feuer, das sofort einen Wirbel aus grünen und blauen Funken zum Kamin hochjagte. Sie legte ein zweites Holzscheit dazu und ließ sich zurücksinken, nicht ohne sich nervös umzuschauen, zu der Stelle, wo das blaulila Licht des Feuers über die polierten braunen Knochen des Totenschädels tanzte. Der Raum war nicht groß. Außer Sophie und dem Schädel war niemand hier.

»Er steht mit beiden Füßen im Grab, ich aber nur mit einem«, tröstete sie sich. Sie wandte sich wieder dem Feuer zu, das jetzt in blauen und grünen Flammen hochloderte. »In dem Holz muss Salz gewesen sein«, murmelte Sophie. Sie setzte sich behaglicher hin, stellte ihre knotigen Füße auf das Kamingitter und schmiegte ihren Kopf in eine Ecke des Sessels. Sie starrte in die bunten Flammen und überlegte sich verträumt, was sie am Morgen unternehmen würde. Aber ihre Gedanken gerieten durcheinander, weil sie in den Flammen ein Gesicht sah. »Es könnte ein dünnes blaues Gesicht sein«, murmelte sie. »Sehr lang und schmal, mit einer dünnen blauen Nase. Aber die krausen grünen Flammen da oben sind bestimmt deine Haare. Und was, wenn ich warte, bis Howl zurückkommt? Ein Zauberer muss doch einen Zauber aufheben können. Und diese lila Flammen unten könnten der Mund sein – du hast grausame Zähne, mein Freund. Du hast zwei grüne Flammenbüschel als Augenbrauen ...« Seltsamerweise befanden sich die einzigen orangefarbenen Flammen im Feuer unter den grünen Augenbrauenflammen, ganz wie Augen, und in der Mitte saß ein kleines lila Funkeln, das Sophie fast anzuschauen schien wie eine Pupille. »Andererseits«, fügte Sophie hinzu und schaute weiter in die orangefarbenen Flammen, »wenn der Zauber aufgehoben würde, dann würde er mein Herz verschlingen, ehe ich piep sagen könnte.«

»Willst du nicht, dass dein Herz verschlungen wird?«, fragte das Feuer.

Es war eindeutig das Feuer, das diese Frage gestellt hatte. Sophie sah, wie sich der lila Mund bewegte, während sie die Wörter hörte. Die Stimme war fast so brüchig wie ihre eigene, sie spuckte und jammerte wie brennendes Holz. »Natürlich nicht«, antwortete Sophie. »Was bist du denn für ein Wesen?«

»Ein Feuerdämon«, antwortete der lila Mund. In seiner Stimme lag mehr Gejammer als Gespucke, als er hinzufügte: »Ich bin durch einen Vertrag an diesen Kamin gefesselt. Ich kann diesen Ort nicht verlassen.« Dann wurde seine Stimme lebhafter und knisternder. »Und was bist du?«, fragte er. »Ich sehe doch, dass auf dir ein Zauber lastet.«

Das riss Sophie aus ihrem Traumzustand. »Das kannst du sehen!«, rief sie. »Kannst du den Zauber auch aufheben?«

Darauf herrschte Schweigen, während die orangefarbenen Augen im flackernden blauen Gesicht des Dämons an Sophie auf und ab wanderten. »Es ist ein starker Zauber«, sagte er endlich. »Er kommt mir vor wie einer von der Hexe der Wüste.«

»Stimmt«, sagte Sophie.

»Aber offenbar ist das noch nicht alles«, knisterte der Dämon. »Ich sehe zwei Schichten. Und natürlich wirst du niemandem davon erzählen können, der es nicht ohnehin schon weiß.« Er starrte Sophie noch einen Moment lang an. »Ich werde die Sache genauer untersuchen müssen«, sagte er.

»Wie lange wird das dauern?«, fragte Sophie.

»Das kann eine Weile dauern«, sagte der Dämon. Mit sanftem, eindringlichem Flackern fügte er hinzu: »Wie wäre es, wenn wir einen Handel abschließen? Ich befreie dich von dem Zauber, wenn du meinen Vertrag auflöst.«

Wachsam schaute Sophie in das dünne blaue Gesicht des Dämons. Er sah ausgesprochen schlau aus, als er diesen

Vorschlag machte. Alles, was sie bisher über Dämonen gelesen hatte, machte deutlich, wie ungeheuer gefährlich es war, mit einem Dämon ins Geschäft kommen zu wollen. Und dieser hier sah extrem bösartig aus. Diese langen, lila Zähne! »Bist du sicher, dass du ganz ehrlich bist?«, fragte sie.

»Nicht so ganz«, gab der Dämon zu. »Aber willst du bis zu deinem Tod so bleiben? Der Zauber hat dein Leben um etwa sechzig Jahre verkürzt, wenn ich das überhaupt beurteilen kann.«

Das war eine abscheuliche Vorstellung und noch dazu eine, die Sophie bisher zu verdrängen versucht hatte. So betrachtet sah alles ganz anders aus. »Dieser Vertrag, der dich hier festhält«, sagte sie. »Den hast du mit Zauberer Howl abgeschlossen, nicht wahr?«

»Natürlich«, sagte der Dämon, und seine Stimme jammerte jetzt wieder ein wenig. »Ich bin an diesen Kamin gefesselt und kann mich nicht einen Fußbreit von ihm entfernen. Ich muss fast alle Magie hier verrichten. Ich muss das Schloss in Schuss halten, dafür sorgen, dass es sich bewegt, ich bin für die ganzen Tricks verantwortlich, die die Leute abschrecken, und auch sonst muss ich alles tun, was Howl will. Howl ist ziemlich herzlos, musst du wissen.«

Niemand brauchte Sophie zu erzählen, dass Howl herzlos war. Andererseits war der Dämon vermutlich genauso tückisch. »Und bringt dieser Vertrag dir denn gar nichts?«, fragte sie.

»Sonst wäre ich ja wohl nicht darauf eingegangen«, sagte der Dämon mit traurigem Flackern. »Aber ich hätte es nicht getan, wenn ich gewusst hätte, worauf ich mich da einlasse. Ich werde ausgebeutet.«

Trotz ihres Misstrauens empfand Sophie ein gewisses Mitgefühl mit dem Dämon. Sie erinnerte sich, wie sie für Fanny Hüte verziert hatte, während die sich herumtrieb.

»Na gut«, sagte sie. »Und wie lauten die Bedingungen dieses Vertrags? Wie kann ich ihn auflösen?«

Ein eifriges lila Grinsen breitete sich über dem blauen Gesicht des Dämons aus. »Du bist also zu einem Handel bereit?«

»Wenn du versprichst, mich von dem Zauber zu befreien«, sagte Sophie mit dem tapferen Gefühl, eine schicksalhafte Entscheidung getroffen zu haben.

»Abgemacht!«, rief der Dämon, und sein langes Gesicht jagte voller boshafter Freude den Schornstein hoch. »Ich werde den Zauber in der Sekunde aufheben, in der du meinen Vertrag auflöst.«

»Dann sag mir, wie ich deinen Vertrag auflösen kann«, sagte Sophie.

Die orangefarbenen Augen funkelten sie an und wandten sich dann ab. »Das kann ich nicht. Ein Teil des Vertrags besagt, dass weder der Zauberer noch ich die Hauptklausel verraten dürfen.«

Sophie begriff, dass sie übers Ohr gehauen worden war. Sie machte schon den Mund auf, um dem Dämon mitzuteilen, dass er dann eben bis zum Ende der Welt im Kamin sitzen könnte.

Natürlich wusste der Dämon, dass sie das sagen würde. »Nichts überstürzen«, krächzte er. »Du kannst die Klausel erraten, wenn du genau beobachtest und zuhörst. Ich flehe dich an, versuch es. Auf Dauer ist der Vertrag für uns beide nicht von Vorteil. Und ich halte wirklich mein Wort. Die Tatsache, dass ich hier festsitze, beweist das doch.«

Er schien es ernst zu meinen, und er hüpfte erregt auf seinen Holzscheiten herum. Wieder empfand Sophie tiefes Mitgefühl mit ihm. »Aber wenn ich beobachten und zuhören soll, dann muss ich hier in Howls Schloss bleiben«, wandte sie ein.

»Nur für etwa einen Monat. Vergiss nicht, ich muss mich

auch erst über deinen Zauber informieren«, bettelte der Dämon.

»Aber wie kann ich mein Hiersein denn bloß erklären?«, fragte Sophie.

»Da wird uns schon was einfallen. Howl ist eigentlich zu kaum etwas zu gebrauchen. Meistens«, zischte der Dämon wütend, »ist er viel zu sehr mit sich beschäftigt, um weiter als bis zu seiner Nasenspitze zu schauen. Wir können ihn an der Nase herumführen – wenn du nur erst bereit bist, hierzubleiben.«

»Na gut«, sagte Sophie. »Dann bleibe ich eben. Und jetzt denk dir eine Erklärung aus.«

Sie machte es sich im Sessel gemütlich, während der Dämon überlegte. Er dachte laut, ein leises, krächzendes, flackerndes Murmeln. Sophie fühlte sich daran erinnert, wie sie auf dem Weg hierher mit ihrem Stock gesprochen hatte. Beim Nachdenken flackerte das Feuer und prasselte so zufrieden und kräftig, dass sie wieder einnickte. Ihr war so, als würde der Dämon einige Vorschläge machen. Vage wusste sie noch, dass sie den Vorschlag, sich als Howls lange verschollene Großtante auszugeben, ebenso kopfschüttelnd abgelehnt hatte wie ein oder zwei noch mehr an den Haaren herbeigezogene Erklärungen, aber an die konnte sie sich nicht mehr erinnern. Irgendwann verfiel der Dämon darauf, ein sanftes, flackerndes Liedchen zu singen. Der Text war in keiner Sprache, die Sophie kannte – das glaubte sie jedenfalls, bis sie einige Male das Wort »Kochtopf« deutlich heraushörte –, und es war überaus einschläfernd. Sophie versank in tiefen Schlaf, mit dem leisen Verdacht, dass sie gerade noch einmal behext wurde, nachdem schon der Zauber der Hexe auf ihr lastete, aber es machte ihr nicht sonderlich viel aus. Sie würde sich bald genug von diesem Zauber befreien …

4. KAPITEL

IN DEM SOPHIE EINIGE SELTSAME ENTDECKUNGEN MACHT

Als Sophie aufwachte, strömte ihr das Tageslicht ins Gesicht. Da sie sich überhaupt nicht an Fenster im Schloss erinnern konnte, war ihr erster Gedanke, dass sie über ihren Hüten eingeschlafen war und nur geträumt hatte, nicht mehr zu Hause zu sein. Das Feuer vor ihr war zu weißer Asche zusammengesunken, was sie davon überzeugte, dass der Feuerdämon ganz bestimmt nur ein Traum gewesen war. Aber gleich ihre ersten Bewegungen sagten ihr, dass sie nicht alles geträumt haben konnte. All ihre Glieder machten sich schmerzhaft bemerkbar.

»Au!«, rief sie. »Mir tut ja alles weh!« Die Stimme, die das rief, brachte nur ein schwaches, brüchiges Piepsen zustande. Sie hob ihre knotigen Hände zum Gesicht und betastete die Runzeln. Dabei wurde ihr klar, dass sie den ganzen Vortag in einer Art Schockzustand verbracht hatte. Sie war wirklich ungeheuer wütend auf die Hexe der Wüste, die ihr das angetan hatte, sie war gewaltig und unendlich wütend. »Einfach in Läden segeln und Leute in Greisinnen verwandeln«, rief sie. »Oh, wie werd ich mich an ihr rächen!«

Ihr Zorn ließ sie aufspringen, dass es in ihren Gelenken ächzte und knarrte, und zu dem unerwarteten Fenster hinüberhumpeln. Es befand sich über der Werkbank. Zu ihrer großen Verwunderung blickte es auf eine Hafenstadt. Zwischen kleinen, recht ärmlich wirkenden Häusern, über deren Dächern Schiffsmasten aufragten, führte eine ungepflasterte Straße abwärts. Hinter den Masten war ein Stück glitzerndes Meer zu erkennen, und das hatte Sophie in ihrem Leben noch nie gesehen.

»Wo bin ich denn bloß?«, fragte sie den Schädel, der auf der Bank stand. »Ich gehe zwar nicht davon aus, dass du mir das verraten kannst, mein Freund«, fügte sie eilig hinzu, als ihr einfiel, dass sie sich im Schloss eines Zauberers aufhielt, und sie wandte sich um, um sich den Raum anzusehen.

Es war ein kleiner Raum mit dicken schwarzen Deckenbalken. Bei Tageslicht sah er überraschend schmutzig aus. Die Bodenplatten waren fleckig und speckig, hinter dem Kamingitter türmte sich die Asche auf, und Spinnweben hingen wie staubige Schleier von der Decke. Auch den Totenschädel bedeckte eine Staubschicht. Zerstreut wischte Sophie sie weg, und dabei fiel ihr Blick in das Ausgussbecken neben der Werkbank. Sie fuhr zurück, als sie dort rosa und grauen Schleim sah, dazu den weißen, der aus der darüber angebrachten Pumpe tropfte. Howl war es offenbar egal, in welchem Dreck seine Bediensteten hausten.

Das übrige Schloss musste hinter einer der vier niedrigen schwarzen Türen liegen, die aus diesem Raum hinausführten. Sophie öffnete die hinter der Werkbank gelegene Tür. Dahinter verbarg sich ein großes Badezimmer. In gewisser Weise war es die Sorte Badezimmer, die man sonst nur in einem Palast vorfindet. Es enthielt solche Luxusartikel wie eine Toilette, eine Duschkabine, eine riesige Badewanne mit Löwenfüßen und Spiegel an jeder Wand. Aber es war noch schmutziger als der andere Raum. Sophie schauderte angesichts der Toilette, fuhr zurück, als ihr die Farbe des Badezimmers auffiel und sie das grüne Unkraut in der Dusche entdeckte, und bewahrt wurde sie nur vom Anblick ihrer eigenen verschrumpelten Gestalt in den Spiegeln, denn das Glas war mit getrockneten Blasen und Rinnsalen verklebt, die namenlose Substanzen dort hinterlassen hatten. Diese namenlosen Substanzen waren auf einem sehr großen Regalbrett über der Badewanne nebeneinander aufgereiht. Sie befanden sich in Krügen, Schachteln, Tuben und Hunderten von zerfetzten braunen Päckchen und Papiertüten. Der größte Krug hatte einen Namen. Darauf stand in krakeligen Buchstaben TROCKENPUDER. Sophie hob wahllos ein Päckchen hoch. Darauf war HAUT gekritzelt, und sie legte es eilig wieder zurück. Auf einen anderen Krug hatte dieselbe Krakelschrift AUGEN geschrieben. Auf einer Tube stand FÜR VERFALL.

»Es scheint auch zu wirken«, murmelte Sophie und schaute schaudernd ins Waschbecken. Als sie einen blaugrünen Knopf drehte, der vielleicht aus Messing war, strömte Wasser ins Waschbecken und entfernte einige Folgen des Verfalls. Sophie wusch sich Gesicht und Hände, ohne das Becken zu berühren, aber ihr fehlte der Mut, es mit TROCKENPUDER zu versuchen. Deshalb trocknete sie sich mit ihrem Rock ab und öffnete dann die nächste schwarze Tür.

Dahinter sah sie eine wackelige Holztreppe. Sophie hörte, wie sich oben im Schloss jemand bewegte, und machte die Tür ganz schnell wieder zu. Die Treppe schien ohnehin nur zu einer Art Dachboden zu führen. Sie humpelte zur nächsten Tür. Inzwischen konnte sie sich recht problemlos bewegen. Sie war eben eine rüstige alte Frau, wie sie bereits am Vortag festgestellt hatte.

Die dritte Tür führte zu einem schäbigen Hinterhof mit hohen Ziegelmauern. Auf diesem Hof gab es einen riesigen Brennholzstapel und wild umherliegende Haufen aus Alteisen, Rädern, Eimern, Metallgehäusen und Draht, die fast bis an den Mauerrand reichten. Auch diese Tür machte Sophie reichlich verwirrt wieder zu, denn der Hof schien so gar nicht zum Schloss zu passen. Über den Ziegelmauern war nichts vom Schloss zu sehen gewesen, sondern nur der Himmel. Sophie konnte sich das nur damit erklären, dass dieser Teil des Schlosses auf der Seite lag, wo sie in der Nacht von der unsichtbaren Mauer aufgehalten worden war.

Sie öffnete die vierte Tür, und die führte einfach in eine Besenkammer, in der zwei schöne, aber eingestaubte Samtumhänge über den Besen hingen. Sophie schloss auch diese Tür langsam. Die einzige verbleibende Tür befand sich in der Wand, in der auch das Fenster war, und durch diese Tür war sie in der Nacht hereingekommen. Sie humpelte hinüber und öffnete sie vorsichtig.

Sie blieb für einen Moment stehen und vertiefte sich in den Anblick der sich langsam bewegenden Hügel. Sie sah zu, wie unter ihr Heidekraut vorbeizog, sie spürte, wie der Wind ihre schütteren Haare erfasste, und sie lauschte dem Poltern und Mahlen der schwarzen Steinblöcke, während das Schloss sich bewegte. Dann schloss sie auch diese Tür und ging zum Fenster. Und dort sah sie nun wieder die Hafenstadt. Es war kein Bild. Im Haus gegenüber hatte eine Frau die Tür geöffnet und fegte Kehricht hinaus auf die Straße. Hinter diesem Haus wurde ein graues Segel an einem Mast gehisst, und das kräftige Rucken scheuchte eine Schar Möwen auf, die darauf vor der glitzernden See immer neue Runden flogen.

»Das verstehe ich nicht«, teilte Sophie dem Totenschädel mit. Und dann, weil das Feuer fast erloschen war, ging sie hinüber, legte einige Holzscheite hinein und stocherte ein wenig in der Asche herum.

Grüne Flammen züngelten zwischen den Holzstücken empor, klein und kräuselig, und jagten dann hoch, um ein langes blaues Gesicht mit lodernden grünen Haaren zu bilden. »Guten Morgen«, sagte der Feuerdämon. »Vergiss nicht, dass wir eine Abmachung haben.«

Es war also kein Traum gewesen. Sophie neigte sonst

nicht zum Weinen, aber sie blieb eine ganze Weile im Sessel sitzen und starrte den undeutlichen und hin und her huschenden Feuerdämon an. Deshalb hörte sie auch nicht, dass Michael aufstand, bis dieser plötzlich vor ihr auftauchte und etwas verlegen und auch genervt aussah.

»Noch immer hier«, sagte er. »Stimmt etwas nicht?«

Sophie schniefte. »Ich bin alt«, fing sie an.

Aber es war so, wie die Hexe gesagt und wie der Feuerdämon geraten hatte. Michael sagte fröhlich: »Na, irgendwann sind wir das alle. Möchten Sie etwas frühstücken?«

Sophie merkte, dass sie tatsächlich eine rüstige alte Frau war. Da sie am Vortag nur Brot und Käse zu sich genommen hatte, hatte sie einen Bärenhunger. »Ja!«, sagte sie. Als Michael zum Vorratsschrank hinüberging, sprang sie auf und schaute ihm über die Schulter, um sich ein Bild vom Frühstücksangebot zu machen.

»Es gibt leider nur Brot und Käse«, sagte Michael ziemlich steif.

»Aber da steht doch ein ganzer Korb voll Eier«, erwiderte Sophie. »Und ist das nicht Speck? Und wie wäre es mit einem heißen Getränk dazu? Wo ist euer Kessel?«

»Es gibt keinen«, sagte Michael. »Howl ist der Einzige hier, der kochen kann.«

»Ich kann kochen«, sagte Sophie. »Nimm die Bratpfanne von der Wand, dann werde ich es dir beweisen.«

Sie streckte die Hand nach der großen schwarzen Pfanne an der Speisekammerwand aus, obwohl Michael versuchte, sie davon abzuhalten. »Sie verstehen das nicht«, sagte Michael. »Das liegt an Calcifer, dem Feuerdämon. Er weigert sich, den Kopf einzuziehen, damit man auf ihm kochen kann, außer für Howl.«

Sophie drehte sich zu dem Feuerdämon um. Er flackerte sie wütend an. »Ich lass mich doch nicht ausnutzen«, sagte er.

»Soll das heißen«, sagte Sophie zu Michael, »dass du nicht einmal etwas Heißes zu trinken bekommst, wenn Howl nicht hier ist?« Michael nickte beschämt. »Dann bist du hier derjenige, der ausgenutzt wird«, sagte Sophie. »Jetzt gib schon her.« Sie befreite die Pfanne aus Michaels widerstrebenden Fingern, nahm den Speck, legte einen praktischen Holzlöffel in den Eierkorb und marschierte mit der ganzen Ausbeute zum Kamin. »Und jetzt, Calcifer«, sagte sie, »ist Schluss mit dem Unsinn. Zieh den Kopf ein.«

»Du kannst mich nicht zwingen!«, krächzte der Feuerdämon.

»Oh doch, das kann ich«, krächzte Sophie mit demselben Temperament, das ihre beiden Schwestern oft inmitten eines wilden Streits gebändigt hatte. »Denn wenn du nicht mitmachst, gieße ich Wasser auf dich. Oder ich schnappe mir die Zange und nehme dir die Holzstücke weg«, fügte sie hinzu, während sie vor dem Kamin auf ihre alten Knie fiel. Dann flüsterte sie: »Oder ich kann unsere Abmachung aufkündigen und Howl davon erzählen, oder etwa nicht?«

»Oh verdammt!« Calcifer spuckte um sich. »Warum hast du sie bloß reingelassen, Michael?« Schmollend senkte er sein blaues Gesicht, bis von ihm nur noch ein Ring aus krausen grünen Flammen zu sehen war, die über die Holzstücke tanzten.

»Danke«, sagte Sophie und knallte die Pfanne auf den grünen Ring, um sicherzugehen, dass Calcifer sich nicht plötzlich wieder aufrichtete.

»Ich hoffe, dein Speck brennt an«, sagte Calcifer unter der Pfanne mit unterdrückter Stimme.

Sophie ließ Speckscheiben in die Pfanne fallen. Die Pfanne war schön heiß. Der Speck brutzelte, und sie musste sich den Rock um die Hand wickeln, um die Pfanne festhalten zu können. Es brutzelte so laut, dass sie nicht hörte, wie die Tür aufging. »Stell dich nicht an«, sagte sie zu Calcifer. »Und halt still, ich will jetzt die Eier dazugeben.«

»Oh, hallo, Howl«, sagte Michael hilflos.

Sophie fuhr herum, als sie das hörte. Und stierte. Der hochgewachsene junge Mann in seinem prachtvollen blauen und silbernen Anzug, der eben zur Tür hereingekommen war, hatte gerade eine Gitarre in die Ecke stellen wollen. Er strich sich die blonden Haare aus seinen neugierigen blassgrünen Augen und erwiderte Sophies starrenden Blick. Verblüfft verzog er das lange, eckige Gesicht.

»Wer in aller Welt bist du?«, fragte Howl. »Und wo habe ich dich schon einmal gesehen?«

»Ich bin hier wildfremd«, log Sophie mit fester Stimme. Aber es war fast die Wahrheit, denn Howl hatte sie gerade mal lange genug gesehen, um sie als graue Maus zu bezeichnen. Sie sollte wohl ihren Sternen danken, dass sie ihm damals so glücklich entkommen war, mutmaßte sie, aber vor allem dachte sie: Meine Güte! Bei all seiner Verdorbenheit ist Zauberer Howl doch bloß ein Kind von Mitte zwanzig! Wenn man alt war, wirkte alles so anders, dachte sie dann, während sie den Speck in der Pfanne umdrehte. Und sie wäre lieber gestorben, als diesem aufgetakelten Knaben mitzuteilen, dass sie das Mädchen war, das er am Maifeiertag bedauert hatte. Herzen und Seelen hatten damit nichts zu tun. Howl würde es nie erfahren.

»Sie sagt, sie heißt Sophie«, teilte Michael mit. »Sie ist gestern Nacht hergekommen.«

»Wie hat sie Calcifer dazu gebracht, sich zu bücken?«, fragte Howl.

»Sie war gemein zu mir und hat gedroht«, sagte Calcifer mit jämmerlicher, erstickter Stimme unter der Bratpfanne.

»Das gelingt nicht vielen«, sagte Howl nachdenklich. Er stellte seine Gitarre in die Ecke und kam zum Herd herüber. Der Duft von Hyazinthen vermischte sich mit dem des Specks, als er Sophie beiseiteschob. »Calcifer will nicht, dass außer mir noch andere auf ihm kochen«, sagte er, kniete nieder und wickelte einen seiner langen Ärmel um seine Hand, damit er die Pfanne greifen konnte. »Gib mir bitte noch zwei Scheiben Speck und sechs Eier und sag mir, was dich hergeführt hat.«

Sophie starrte den blauen Edelstein an, der von Howls Ohr herunterhing, und reichte ihm ein Ei nach dem anderen. »Was mich hergeführt hat, junger Mann?«, fragte sie. Das lag doch auf der Hand, jetzt, wo sie das Schloss gesehen hatte. »Ich bin hergekommen, weil ich deine neue Putzfrau bin, ist doch klar.«

»Bist du das wirklich?«, fragte Howl, zerschlug die Eier mit einer Hand und ließ die Schalen zwischen die Holzscheite fallen, wo Calcifer sie mit heftigem Fauchen und Gurgeln zu verschlingen schien. »Wer hat das behauptet?«

»Ich«, sagte Sophie und fügte lammfromm hinzu: »Ich kann dieses Schloss von seinem Schmutz befreien, auch wenn ich dich nicht von deiner Verdorbenheit befreien kann, junger Mann.«

»Howl ist nicht verdorben«, sagte Michael.

»Bin ich wohl«, widersprach Howl. »Du hast nur kurz vergessen, wie verdorben ich gerade bin, Michael.« Er zeigte mit dem Kinn auf Sophie. »Wenn du dich unbedingt nützlich machen willst, gute Frau, dann hol ein paar Messer und Gabeln und räum die Bank leer.«

Unter der Werkbank standen hohe Schemel. Michael zog sie hervor, damit sie sich setzen konnten. Er schob alle Gegenstände von der Bank, um Platz für Messer und Gabeln zu schaffen, die er aus einer Schublade in der Bank genommen hatte. Sophie wollte ihm helfen. Sie hatte natürlich nicht erwartet, dass Howl sie mit offenen Armen empfangen würde, aber bisher hatte er ja auch nicht zugesagt, dass sie nach dem Frühstück bleiben konnte. Da Michael aber offenbar keine Hilfe brauchte, schlurfte Sophie zu ihrem Stock hinüber und stellte ihn langsam und demonstrativ in die Besenkammer. Als sie Howls Aufmerksamkeit damit nicht zu erregen schien, sagte sie: »Du kannst mir doch einen Monat Probezeit geben, wenn du willst.«

Zauberer Howl sagte nur »Teller, bitte, Michael« und richtete sich mit der dampfenden Pfanne in der Hand auf. Calcifer brüllte erleichtert, schnellte in die Höhe und loderte hoch in den Schornstein hinein.

Sophie machte einen weiteren Versuch, den Zauberer festzunageln. »Wenn ich hier für Sauberkeit sorgen soll«, sagte sie, »dann möchte ich auch wissen, wo sich der Rest des Schlosses befindet. Ich kann nur diesen einen Raum und das Badezimmer entdecken.«

Zu ihrer Überraschung prusteten Michael und der Zauberer beide los.

Erst als sie mit dem Frühstück fast fertig waren, begriff Sophie, was die beiden zum Lachen gebracht hatte. Howl war nicht nur schwer festzunageln. Er schien überhaupt nicht gern irgendwelche Fragen zu beantworten. Sophie gab den Versuch auf und wandte sich stattdessen an Michael.

»Sag es ihr«, sagte Howl. »Damit sie nicht noch mehr nervt.«

»Es gibt keinen Rest des Schlosses«, sagte Michael. »Außer dem, was du gesehen hast, und den beiden Schlafzimmern oben.«

»Was?«, rief Sophie.

Howl und Michael lachten wieder. »Howl und Calcifer haben das Schloss erfunden«, erklärte Michael. »Und Calcifer hält es in Betrieb. Das Innere besteht eigentlich nur aus Howls altem Haus in Porthaven, das ist der einzige echte Teil.«

»Aber Porthaven liegt doch viele Meilen entfernt am Meer«, sagte Sophie. »Das finde ich wirklich übel! Was soll denn das, mit diesem großen, hässlichen Schloss durch die Hügel zu gondeln und allen in Market Chipping eine Sterbensangst einzujagen?«

Howl zuckte mit den Schultern. »Was bist du doch für eine freimütige alte Frau. Ich habe in meiner Karriere jene Phase erreicht, in der ich alle Welt durch meine Macht und meine Verdorbenheit beeindrucken muss. Es kann nicht angehen, dass der König eine gute Meinung von mir hat. Und voriges Jahr habe ich eine überaus mächtige Persönlichkeit beleidigt und muss ihr aus dem Weg gehen.«

Dafür hatte er sich ja eine seltsame Methode ausgesucht, aber Sophie nahm an, dass Zauberer andere Maßstäbe setzten als gewöhnliche Sterbliche. Und bald darauf stellte sie fest, dass das Schloss noch andere Besonderheiten aufwies. Sie waren mit dem Essen fertig, und Michael stellte die Teller in dem schleimigen Ausgussbecken neben der Werkbank aufeinander. Da ertönte ein lautes, dumpfes Klopfen an einer der Türen.

Calcifer loderte auf. »Kingsbury-Seite!«

Howl, der gerade ins Badezimmer wollte, ging zur Tür. Darüber war in den Türrahmen ein viereckiger hölzerner Knauf eingelassen, der auf jeder Seite einen bunten Farbtupfer aufwies. In diesem Moment zeigte ein grüner Tupfer nach unten, aber Howl drehte einen roten Tupfer nach unten, ehe er die Tür aufmachte.

Draußen stand ein Mann mit einer starren weißen Perücke und einem breiten Hut. Er trug scharlachrote, lila und goldene Gewänder und hielt einen kleinen mit Bändern dekorierten Stab hoch wie einen Miniatur-Maibaum. Er verneigte sich. Wolken aus Nelken- und Apfelsinenduft schwebten ins Zimmer.

»Seine Majestät, der König, lassen höflich grüßen und

die Bezahlung für zweitausend Paar Siebenmeilenstiefel übersenden«, sagte der Mann.

Hinter ihm sah Sophie eine Kutsche, die auf einer von prunkvollen Häusern gesäumten Straße wartete. Sie war mit vergoldeten Schnitzereien verziert, und hinter ihr ragten Türme und Kuppeln und Kirchen auf, eine Pracht, die Sophie bisher nur aus ihrer Fantasie kannte. Es tat ihr leid, dass der Sendbote nicht mehr Zeit brauchte, um einen länglichen, klirrenden Geldbeutel aus Seide zu überreichen, den Howl ebenso schnell entgegennahm, worauf er sich seinerseits verbeugte und die Tür schloss. Howl drehte den eckigen Knauf wieder um, sodass der grüne Tupfer abermals nach unten zeigte, und steckte den Geldbeutel in die Hosentasche. Sophie sah den dringlichen, sehnsüchtigen Blick, mit dem Michael dem Beutel folgte.

Dann ging Howl sofort ins Badezimmer, rief: »Ich brauche heißes Wasser, Calcifer«, und blieb lange, lange verschwunden.

Sophie konnte ihre Neugier nicht bezähmen. »Wer war denn das an der Tür?«, fragte sie Michael. »Oder besser gesagt, wo war das denn?«

»Diese Tür führt nach Kingsbury«, sagte Michael, »wo der König lebt. Ich glaube, der Mann war der Sekretär des Kanzlers. Und«, fügte er hinzu und schaute besorgt zu Calcifer hinüber, »ich wünschte, er hätte Howl nicht so viel Geld gegeben.«

»Wird Howl mich bleiben lassen?«, fragte Sophie.

»Wenn, dann wirst du ihn nicht darauf festnageln können«, antwortete Michael. »Er will um nichts in der Welt auf irgendetwas festgenagelt werden.«

5. KAPITEL

IN WELCHEM VIEL ZU VIEL GEWASCHEN UND GEPUTZT WIRD

Sophie gelangte zu dem Schluss, dass ihr nichts anderes übrig blieb, als Howl zu beweisen, dass sie eine hervorragende Putzfrau war, ein wahrer Schatz. Also band sie ihre dünnen weißen Haare unter einen alten Stofffetzen, krempelte die Ärmel an ihren mageren alten Armen hoch und wickelte sich als Schürze eine alte Tischdecke aus dem Besenschrank um den Leib. Sie war froh, dass sie nur vier Zimmer putzen musste und nicht ein ganzes Schloss. Sie packte sich einen Eimer und einen Besen und machte sich an die Arbeit.

»Was machst du denn da?«, riefen Michael und Calcifer wie aus einem Mund.

»Sauber«, antwortete Sophie energisch. »Dieses Haus ist eine Schande.«

Calcifer sagte: »Das ist nicht nötig«, und Michael murmelte: »Howl wird dich vor die Tür setzen«, aber Sophie achtete nicht auf die beiden. Staubwolken wirbelten in die Höhe.

Noch ehe sie sich wieder gelegt hatten, klopfte es abermals an die Tür. Calcifer loderte auf und rief: »Porthaven-Seite.« Dann nieste er laut und zischend, wobei lila Funken durch die Staubwolken schossen.

Michael löste sich von der Werkbank und ging zur Tür. Durch die Staubwirbel lugte Sophie hinüber und sah, dass diesmal Michael den eckigen Knauf über der Tür so drehte, dass ein blauer Farbtupfer nach unten zeigte. Dann öffnete er die Tür zu der Straße, die durch das Fenster zu sehen war.

Vor der Tür stand ein kleines Mädchen. »Bitte, Mr Fisher«, sagte sie. »Ich soll für meine Mama den Zauber holen.«

»Den Schutzzauber für das Boot deines Vaters, ja?«, fragte Michael. »Geht sofort los.« Er kehrte zur Werkbank zurück und streute Puder aus einem der Krüge im Regal auf ein viereckiges Stück Papier. Dabei schaute das kleine Mädchen so neugierig zu Sophie herein, wie Sophie neugierig zu dem kleinen Mädchen hinausschaute.

Michael rollte das Papier zu einer Tüte, kam dann wieder zur Tür und sagte: »Sag ihr, sie soll es im ganzen Boot verstreuen. Das reicht dann für die Fahrt hinaus und auch für den Rückweg, selbst wenn ein Sturm kommt.«

Das Mädchen nahm die Tüte und reichte Michael eine Münze. »Hat der Zauberer jetzt auch noch eine Hexe eingestellt?«, fragte sie.

»Nein«, sagte Michael.

»Bin ich damit gemeint?«, rief Sophie. »Oh doch, mein Kind, ich bin die beste und sauberste Hexe von ganz Ingari.«

Michael schloss die Tür und wirkte sehr gereizt. »Innerhalb von Minuten weiß das jetzt ganz Porthaven. Ob Howl das gefallen wird?« Er drehte wieder den grünen Tupfer nach unten.

Sophie giggelte vor sich hin und empfand keinerlei Reue. Vermutlich hatte der Besen ihr Flausen in den Kopf gesetzt. Aber vielleicht würde Howl sie auch bleiben lassen, wenn alle Welt glaubte, dass sie für ihn arbeitete. Es war schon seltsam. Als Kind wäre Sophie vor Scham im Erdboden versunken, wenn sie sich so aufgeführt hätte wie jetzt. Als alte Frau war es ihr egal, was sie tat oder sagte. Das empfand sie als große Befreiung.

Mit lauten Schritten ging sie zu Michael hinüber, der gerade einen Stein aus dem Kamin nahm und die Münze des kleinen Mädchens darunter versteckte. »Was machst du denn da?«

»Calcifer und ich sind dabei, uns eine Geldreserve anzulegen«, gestand Michael schuldbewusst. »Sonst gibt Howl jeden Penny aus, den wir einnehmen.«

»Dieser zügellose Verschwender«, knisterte Calcifer. »Der wird das Geld des Königs schneller ausgeben, als ich ein Stück Holz verbrenne. Ohne Sinn und Verstand!«

Sophie sprenkelte Wasser aus dem Ausgussbecken auf den Boden, um den Staub zu binden, und Calcifer zog sich in den Kamin zurück. Dann fegte sie noch einmal den Boden. Fegenderweise bewegte sie sich zur Tür, weil sie sich den eckigen Knauf darüber ansehen wollte. Die vierte Seite, die bisher noch nicht benutzt worden war, wies einen schwarzen Tupfer auf. Während sie überlegte, wohin der wohl führen mochte, begann sie, in raschem Tempo die Spinnweben von den Balken zu wischen. Michael stöhnte, und Calcifer nieste wieder.

In diesem Moment kam Howl aus dem Badezimmer, eingehüllt in eine Wolke aufdringlichen Parfüms. Er sah ungeheuer frisch aus. Sogar die silbernen Aufnäher und die Stickereien auf seinem Wams schienen jetzt heller zu leuchten. Er schaute sich einmal um und verzog sich dann wieder ins Badezimmer, wobei er den Kopf mit einem blau-silbernen Ärmel schützte. »Hör auf damit, Frau«, sagte er. »Lass die armen Spinnen in Ruhe!«

»Diese Spinnweben sind eine Schande«, erklärte Sophie und holte sie bündelweise herunter.

»Dann mach sie weg, aber verschone die Spinnen«, sagte Howl.

Wahrscheinlich fühlt er sich in seiner Bosheit mit den Spinnen verwandt, mutmaßte Sophie. »Aber die machen dann neue Spinnweben.«

»Und sie töten Fliegen, was enorm nützlich ist«, sagte

Howl. »Keine Bewegung mit dem Besen, während ich mein Zimmer durchquere, bitte.«

Auf den Besen gestützt sah Sophie zu, wie Howl durch das Zimmer lief und seine Gitarre hochhob. Als er die Hand auf die Türklinke legte, sagte sie: »Wenn der rote Tupfer nach Kingsbury führt und der blaue nach Porthaven, wohin bringt dich dann der schwarze?«

»Was bist du bloß für eine naseweise alte Frau«, sagte Howl. »Der bringt mich in meinen Unterschlupf, und ich werde dir nicht verraten, wo der ist.« Er öffnete die Tür zum weiten, dahingleitenden Moor und den Hügeln.

»Wann kommst du zurück, Howl?«, fragte Michael leicht verzweifelt.

Howl stellte sich taub. Zu Sophie sagte er: »Während ich weg bin, wirst du keine einzige Spinne töten.« Und dann ließ er die Tür knallend ins Schloss fallen. Michael warf Calcifer einen vielsagenden Blick zu und seufzte. Calcifer knisterte ein boshaftes Lachen.

Da niemand ihr erklären wollte, wohin Howl gegangen war, ging Sophie davon aus, dass er sich wohl wieder auf die Jagd nach jungen Mädchen gemacht hatte. Deshalb ging sie mit gerechterem Zorn denn je ans Werk. Nach allem, was Howl gesagt hatte, wagte sie es nicht, den Spinnen etwas anzutun. Deshalb schlug sie mit dem Besen gegen die Balken und schrie: »Raus da, ihr Spinnen! Aus dem Weg!«

Die Spinnen rannten um ihr Leben, in alle erdenklichen Richtungen, und ganze Schwaden von Spinnweben fielen zu Boden. Worauf Sophie den Boden natürlich ein weiteres Mal putzen musste. Danach fiel sie auf die Knie und scheuerte ihn.

»Kannst du nicht aufhören!«, sagte Michael genervt. Um ihr nicht im Weg zu sein, saß er auf der Treppe.

Calcifer, der hinten im Kamin kauerte, murmelte: »Ich

wünschte, ich wäre niemals diesen Handel mit dir eingegangen.«

Sophie schrubbte wütend weiter. »Wenn alles schön sauber ist, wirst du dich viel wohler fühlen«, sagte sie.

»Aber im Moment fühle ich mich elend!«, jammerte Michael.

Howl kehrte erst am späten Abend zurück. Inzwischen hatte Sophie so viel gefegt und geschrubbt, dass sie sich kaum noch bewegen konnte. Sie hockte im Sessel, und alles tat ihr weh. Michael packte Howl an einem seiner langen Ärmel und zog ihn zum Badezimmer hinüber. Sophie hörte ihn dort leise, aber leidenschaftlich seine Beschwerden vorbringen. Ausdrücke wie »schreckliche alte Vettel« und »lässt sich kein Wort sagen!« waren gut zu vernehmen, obwohl Calcifer die ganze Zeit brüllte: »Howl, mach, dass sie damit aufhört! Sie bringt uns beide um!«

Aber als Michael ihn dann losließ, sagte Howl nur: »Hast du irgendwelche Spinnen umgebracht?«

»Natürlich nicht«, fauchte Sophie. Wegen ihrer Schmerzen war sie ziemlich reizbar. »Sie sehen mich kommen und rennen um ihr Leben. Wer sind sie denn eigentlich? Die vielen Mädchen, deren Herzen du gefressen hast?«

Howl lachte. »Nein, das sind einfach schnöde Spinnen«, sagte er und ging in Gedanken versunken die Treppe hoch.

Michael seufzte. Er verschwand in der Besenkammer und wühlte dort herum, bis er ein altes Feldbett, eine Strohmatratze und einige Decken gefunden hatte und sie in den Hohlraum unter der Treppe legte. »Du solltest heute Nacht besser da schlafen«, sagte er zu Sophie.

»Soll das heißen, dass Howl mich bleiben lässt?«, fragte Sophie.

»Woher soll ich das wissen?«, fragte Michael gereizt zurück. »Howl geht nie irgendwelche Verpflichtungen ein.

Ich war schon sechs Monate hier, bis ihm auffiel, dass ich hier wohnte, und er mich zu seinem Lehrling machte. Ich dachte nur, ein Bett wäre besser für dich als der Sessel.«

»Dann danke ich dir ganz herzlich«, sagte Sophie ehrlich. Das Bett war tatsächlich bequemer als ein Sessel, und als Calcifer sich mitten in der Nacht beklagte, weil er Hunger hatte, war es für Sophie eine Leichtigkeit, unter der Treppe hervorzukriechen und ihm ein neues Stück Holz zu geben.

In den folgenden Tagen putzte Sophie erbarmungslos einmal durch das Schloss. Das machte ihr richtig Spaß. Indem sie sich einredete, nach Hinweisen zu suchen, putzte sie das Fenster, scheuerte den stinkenden Ausguss und ließ Michael die Werkbank abräumen und die Regale leeren, damit sie dort schrubben konnte. Sie nahm alles aus den Schränken und von den Balken und machte auch dort sauber. Der Totenschädel, so kam es ihr vor, setzte inzwischen denselben Leidensblick auf wie Michael. Er war so oft hin und her geschoben worden. Dann befestigte sie ein altes Laken an dem Balken neben dem Kamin und zwang Calcifer, den Kopf einzuziehen, während sie den Kamin auskehrte. Calcifer fand das schrecklich. Er gackerte voller Schadenfreude, als Sophie feststellte, dass das ganze Zimmer verrußt war und dass sie alles noch einmal putzen musste. Das war Sophies Problem. Sie kannte bei der Arbeit kein Pardon, aber sie arbeitete offenbar auch ohne Methode. Ein gewisses System hatte ihr erbarmungsloses Vorgehen allerdings: Denn sie ging davon aus, dass, wenn sie dermaßen sorgfältig alles putzte, sie früher oder später Howls versteckten Hort von Mädchenseelen finden würde, oder zerkaute Herzen oder sonst etwas, das Calcifers Vertrag erklärte. Der von Calcifer bewachte Kamin war ihr als gutes Versteck erschienen. Aber dort fand sie nur jede Menge Ruß, den sie dann in Säcken auf dem Hinterhof verstaute. Der Hinterhof stand hoch oben auf ihrer Liste möglicher Verstecke.

Wann immer Howl hereinkam, beklagten Michael und Calcifer sich lauthals über Sophie. Aber Howl schien nicht darauf zu reagieren. Ihm schien nicht aufzufallen, dass es sauberer war. Ebenso wenig fiel ihm die Tatsache auf, dass die Speisekammer sich jetzt mit Kuchen und Marmelade und ab und zu auch einem Kopfsalat füllte.

Denn, wie Michael vorausgesagt hatte, wusste inzwischen ganz Porthaven Bescheid. Leute kamen an die Tür, die Sophie sehen wollten. In Porthaven wurde sie Frau Hexe genannt und in Kingsbury Madam Zauberin. Denn auch in der Hauptstadt wusste man jetzt von ihr. Obwohl die Leute, die an die Kingsbury-Tür kamen, besser angezogen waren als die in Porthaven, wollten sie alle nicht ohne einen guten Grund eine so mächtige Persönlichkeit aufsuchen. Deshalb musste Sophie ihre Arbeit immer wieder unterbrechen und nicken und lächeln und ein Geschenk entgegennehmen oder Michael für irgendjemanden einen schnellen Zauber zusammenschustern lassen. Manche der Geschenke, die sie erhielt, waren wirklich hübsch – Bilder, Muschelketten und nützliche Schürzen. Sophie trug die Schürzen bei der Arbeit und hängte die Muscheln und die Bilder in ihren Verschlag unter der Treppe, in dem es bald richtig gemütlich aussah.

Sophie wusste, dass ihr das alles fehlen würde, wenn Howl sie vor die Tür setzte. Und davor hatte sie immer größere Angst. Ihr war klar, dass er sie nicht bis in alle Ewigkeit übersehen würde.

Als Nächstes nahm sie sich das Badezimmer vor. Dazu brauchte sie Tage, da Howl immer sehr lange Zeit dort verbrachte, ehe er aus dem Haus ging. Sowie er verschwunden war und das Badezimmer in einer Wolke aus Dampf und Düften zurückließ, rückte Sophie ein. »Jetzt wollen wir doch mal sehen, was es mit diesem Vertrag auf sich hat«, murmelte sie der Badewanne zu, aber ihre eigentliche Zielscheibe war natürlich das Regalfach mit den Päckchen, Krügen und Tuben. Unter dem Vorwand, das Brett abzuschrubben, nahm sie alles einzeln heraus und verbrachte fast einen ganzen Tag bei der Untersuchung, ob die Behälter mit der Aufschrift HAUT, AUGEN und HAARE in Wirklichkeit Stücke von Mädchen enthielten. Aber soviel sie sehen konnte, waren wirklich nur Cremes und Puder und Schminke darin. Wenn sie irgendwann einmal Mädchen gewesen waren, dann hatte Howl wohl den Inhalt der Tube FÜR VERFALL auf sie angewandt und sie so gründlich im Waschbecken verfallen lassen, dass auch die Erinnerung an sie ausgelöscht war. Aber Sophie hoffte, dass die Behälter eben doch nur Kosmetika enthielten.

Sie stellte alles wieder ins Regal und schrubbte. Als sie an diesem Abend mit schmerzenden Gliedern im Sessel saß, grummelte Calcifer, er habe eine heiße Quelle für sie leer geschöpft.

»Wo sind denn diese heißen Quellen?«, fragte Sophie. Inzwischen interessierte sie sich für alles.

»Vor allem unter den Porthavener Marschen«, sagte Calcifer. »Aber wenn du so weitermachst, werde ich heißes Wasser aus der Wüste holen müssen. Wann wirst du mit dem Putzen aufhören und dich der Frage widmen, wie ich aus meinem Vertrag herauskomme?«

»Das kommt schon noch«, sagte Sophie. »Wie kann ich die Bedingungen aus Howl herauskitzeln, wenn er nie zu Hause ist? Ist er immer so viel unterwegs?«

»Nur, wenn er es auf eine Dame abgesehen hat«, sagte Calcifer.

Als das Badezimmer vor Sauberkeit glänzte, schrubbte Sophie die Treppe und den oberen Treppenabsatz. Dann machte sie sich an Michaels kleines, nach vorne gelegenes Zimmer. Michael, der sich inzwischen offenbar widerstrebend mit Sophie abgefunden hatte wie mit einer Art Naturkatastrophe, stieß einen Verzweiflungsschrei aus und jagte nach oben, um seine kostbarsten Besitztümer zu retten. Die befanden sich in einer alten Schachtel unter seinem wurmstichigen Bett. Als er die Schachtel hastig in Sicherheit brachte, sah Sophie für einen Moment ein blaues Band, eine Rose aus Zuckerwatte und darunter Papiere, die sie für Briefe hielt.

»Michael hat also eine Liebste«, sagte sie sich, als sie das Fenster aufriss – auch dieses Fenster blickte auf die Straße in Porthaven hinaus – und sein schweres Bettzeug zum Auslüften über die Fensterbank wuchtete. So neugierig, wie sie in letzter Zeit geworden war, fand Sophie es ziemlich erstaunlich, dass sie Michael nicht danach fragte, wer dieses Mädchen war und wie er sie vor Howl beschützte.

Sie fegte solche Mengen von Staub und Abfällen aus Michaels Zimmer, dass sie bei dem Versuch, alles zu verbrennen, Calcifer fast erstickt hätte.

»Du bringst mich noch um! Du bist genauso herzlos wie Howl!«, würgte Calcifer. Nur seine grünen Haare und ein blaues Stück seiner langen Stirn waren noch zu sehen.

Michael verstaute seine kostbare Schachtel in der Schublade der Werkbank und schloss die Schublade ab. »Ich wünschte, Howl würde auf uns hören«, sagte er. »Warum braucht er bei diesem Mädchen so lang?«

Am nächsten Tag versuchte Sophie, mit dem Hinterhof anzufangen. Aber in Porthaven regnete es gerade, und der Regen schlug gegen das Fenster und prasselte in den Schornstein, weshalb Calcifer wütend fauchte. Der Hof gehörte zum Haus in Porthaven, und deshalb goss es dort, als Sophie die Tür öffnete. Sie schlug sich die Schürze über den Kopf und wühlte ein wenig herum, und ehe sie ganz durchnässt war, fand sie einen Eimer mit weißer Tünche und einen großen Malerpinsel. Sie trug beides ins Haus und machte sich an die Wände. Im Besenschrank fand sie eine alte Trittleiter und tünchte dann auch die Decke zwischen den Balken. In Porthaven regnete es noch zwei Tage, doch als Howl die Tür mit dem grünen Tupfer nach unten öffnete und hinaus auf den Hügel trat, schien dort die Sonne, und dicke Wolkenschatten jagten schneller über die Heide, als das Schloss sich bewegen konnte. Sophie tünchte ihren Verschlag, die Treppe, den Treppenabsatz und Michaels Zimmer.

»Was ist denn hier passiert?«, fragte Howl, als er am dritten Tag heimkam. »Es kommt mir viel heller vor.«

»Sophie«, sagte Michael mit Weltuntergangsstimme.

»Hätte ich mir ja denken können«, erwiderte Howl, als er im Badezimmer verschwand.

»Er hat es bemerkt«, flüsterte Michael Calcifer zu. »Offenbar wird die Kleine endlich weich.«

Am nächsten Tag nieselte es in Porthaven noch immer. Sophie wickelte sich das Tuch um den Kopf, krempelte die Ärmel hoch und band ihre Schürze um. Sie holte ihren Besen, den Eimer und Seife, und sobald Howl aus der Tür war, machte sie sich wie ein greiser Racheengel auf den Weg zu Howls Schlafzimmer.

Dieses Zimmer hatte sie sich bis zuletzt aufgespart, aus Angst vor dem, was sie dort finden würde. Sie hatte nicht einmal gewagt, einen Blick hineinzuwerfen. Und das war dumm von ihr, überlegte sie, als sie die Treppe hochhumpelte. Inzwischen wusste sie, dass Calcifer für alle starke Magie im Schloss verantwortlich war, während Michael den Kleinkram erledigte und Howl sich auf Mädchenjagd herumtrieb. Außerdem wusste sie, dass er die beiden so ausnutzte, wie Fanny Sophie ausgenutzt hatte. Auf

Sophie hatte Howl niemals besonders beängstigend gewirkt. Jetzt aber brachte sie ihm nur noch Verachtung entgegen.

Sie erreichte den Treppenabsatz und entdeckte Howl, der in seiner Schlafzimmertür stand. Träge ruhte seine Hand am Türrahmen, und er verstellte ihr schlicht den Weg.

»Nein, das lässt du«, sagte er liebenswürdig. »Ich möchte es schmutzig haben, danke.«

Sophie starrte ihn an. »Wie bist du denn hierhergekommen? Ich habe dich doch rausgehen sehen.«

»Das war auch der Sinn der Sache«, sagte Howl. »Calcifer und den armen Michael hast du ja schon durch die Mangel genommen. Da war es logisch, dass ich heute an die Reihe komme. Aber was Calcifer dir auch immer erzählt hat: Ich bin tatsächlich ein Zauberer, weißt du? Hast du geglaubt, ich könnte überhaupt nicht zaubern?«

Damit waren Sophies Mutmaßungen in sich zusammengebrochen. Sie wäre lieber gestorben, als das zuzugeben. »Alle Welt weiß, dass du ein Zauberer bist, junger Mann«, sagte sie mit ernster Miene. »Aber das ändert nichts an der Tatsache, dass dein Schloss das schmutzigste Loch ist, das ich je betreten habe.« Sie spähte an Howls tief herunterhängendem blauen und silbernen Ärmel vorbei in das Zimmer. Der Teppich auf dem Boden sah aus wie ein Vogelnest. Von den Wänden blätterten die Tapeten ab, und sie konnte ein Regal voller seltsamer Bücher erkennen. Aber keine Spur von einem Haufen zernagter Herzen, doch die befanden sich vermutlich hinter oder unter dem riesigen Himmelbett. Dessen Vorhänge waren vom Staub grauweiß und verhinderten, dass sie zum Fenster hinausblicken konnte.

Howl schwenkte seinen Ärmel vor ihrem Gesicht hin und her. »Aber, aber. Sei mal nicht so neugierig.«

»Ich bin nicht neugierig«, widersprach Sophie. »Dieses Zimmer …!«

»Doch, du bist neugierig«, sagte Howl. »Du bist eine grauenhaft neugierige, entsetzlich herrschsüchtige, abstoßend reinliche alte Frau. Reiß dich zusammen. Du machst uns allen das Leben zur Hölle.«

»Aber das ist ein Schweinestall«, sagte Sophie. »Und ich kann mich nicht ändern.«

»Doch, das kannst du«, sagte Howl. »Und mein Zimmer gefällt mir so. Du musst zugeben, dass es mein Recht ist, in einem Schweinestall zu leben, wenn ich will. Und jetzt geh nach unten und such dir eine andere Beschäftigung. Bitte. Ich streite mich gar nicht gern herum.«

Sophie blieb nichts anderes übrig, als mit ihrem klappernden Eimer nach unten zu humpeln. Sie war leicht erschüttert und ziemlich überrascht darüber, dass Howl sie nicht stehenden Fußes aus dem Schloss geworfen hatte. Aber das hatte er nicht getan, und deshalb überlegte sie sich, was sonst noch zu erledigen war. Sie öffnete die Tür neben der Treppe, stellte fest, dass es fast nicht mehr nieselte, und wanderte hinaus auf den Hof, um dort wütend die Haufen aus tropfendem Abfall durchzusehen.

Es klapperte metallisch, und schon wieder tauchte Howl auf, und zwar auf einer breiten, rostigen Eisenplatte, die Sophie gerade wegziehen wollte, und ein wenig wackelig.

»Hier auch nicht«, sagte er. »Du bist wirklich eine Plage, was? Finger weg von diesem Hof. Ich weiß, was hier wo liegt, und wenn du hier aufräumst, dann finde ich die Dinge nicht mehr, die ich zum Herumreisen brauche.«

Also gab es hier draußen wohl irgendwo ein Bündel Seelen oder eine Schachtel voller zerkauter Herzen, dachte Sophie. Wie ärgerlich, dass er ihr einen Strich durch die Rechnung gemacht hatte. »Ich bin aber hier, um aufzuräumen!«, schrie sie Howl an.

»Dann musst du dir einen neuen Sinn für dein Leben suchen«, sagte Howl. Einen Moment lang schien auch er die Fassung zu verlieren. Wütend starrte er sie mit seinen seltsamen blassen Augen an. Aber er riss sich zusammen und sagte: »Und jetzt gehst du ins Haus und suchst dir mit deinem Übereifer ein anderes Spielzeug, ehe ich wirklich böse werde. Ich hasse es, böse zu werden.«

Sophie verschränkte ihre mageren Arme. Sie mochte nicht aus Augen wie Glasmurmeln angestarrt werden. »Natürlich hasst du es, böse zu werden«, gab sie zurück. »Du hasst doch alles Unangenehme, oder? Du bist ein Drückeberger, das bist du! Du drückst dich vor allem, was dir nicht passt!«

Howl lächelte gezwungen. »Na gut«, sagte er. »Jetzt kenne ich deine Fehler, und du kennst meine. Und nun gehst du wieder ins Haus. Na los. Weg hier!« Er scheuchte Sophie mit einer Handbewegung in Richtung Tür. Dabei verfing sich sein weiter Ärmel an einer rostigen Metallkante, blieb hängen und riss. »Verdammt«, sagte Howl und hob die herunterhängenden blauen und silbernen Fetzen hoch. »Sieh dir an, was du angerichtet hast.«

»Das kann ich nähen«, sagte Sophie.

Wieder sah Howl sie auf seine glasige Weise an. »Jetzt fängst du schon wieder an«, sagte er. »Du musst solche Magddienste ja wirklich lieben!« Mit den Fingern der rechten Hand fasste er vorsichtig seinen zerrissenen Ärmel und ließ ihn hindurchgleiten. Als seine Finger den silbernen und blauen Stoff wieder losließen, war von dem Riss keine Spur mehr zu sehen. »Bitte sehr«, sagte er. »Alles klar?«

Sophie humpelte gedemütigt ins Haus zurück. Offenbar brauchten Zauberer nicht zu arbeiten wie normale Menschen. Howl hatte ihr bewiesen, dass er wirklich ein Zauberer war, den man nicht unterschätzen sollte. »Warum hat er mich nicht vor die Tür gesetzt?«, fragte sie sich, halb an sich gerichtet und halb an Michael.

»Keine Ahnung«, sagte Michael. »Aber ich glaube, er hält sich an Calcifer. Die meisten Leute, die herkommen, bemerken Calcifer entweder gar nicht oder sie haben schreckliche Angst vor ihm.«

6. KAPITEL

IN DEM HOWL SEINE GEFÜHLE DURCH GRÜNEN SCHLEIM ZUM AUSDRUCK BRINGT

An diesem und auch an den folgenden Tagen verließ Howl das Haus nicht. Sophie saß schweigend im Sessel neben dem Kamin, ging ihm aus dem Weg und dachte nach. Sie sah ein, dass sie ihre Wut am Schloss ausgelassen hatte, während sie doch eigentlich auf die Hexe der Wüste wütend gewesen war. Und es machte ihr zu schaffen, dass sie sich unter Vorspiegelung falscher Tatsachen hier eingeschlichen hatte. Howl dachte vielleicht, dass Calcifer sie leiden mochte, aber Sophie wusste ja, dass Calcifer bloß die Gelegenheit ergriffen hatte, um mit ihr eine Abmachung zu treffen. Sophie war der Meinung, dass sie Calcifer enttäuscht hatte.

Diese Stimmung hielt jedoch nicht lange an. Sophie entdeckte einen Stapel von Michaels Kleidungsstücken, die geflickt werden mussten. Sie packte Fingerhut, Schere und Nadel aus und machte sich an die Arbeit. Als der Abend kam, fühlte sie sich so gut gelaunt, dass sie in Calcifers albernes kleines Lied über Kochtöpfe einstimmte.

»Macht dich die Arbeit glücklich?«, fragte Howl spöttisch.

»Ich brauche mehr zu tun«, sagte Sophie.

»Mein alter Anzug müsste geflickt werden, wenn du unbedingt etwas tun musst«, sagte Howl.

Das schien zu bedeuten, dass Howl ihr nicht mehr böse war. Sophie war erleichtert. An diesem Morgen hatte sie sich fast vor ihm gefürchtet.

Allerdings war deutlich zu spüren, dass Howl das Mädchen, hinter dem er gerade her war, noch immer nicht gefangen hatte. Sophie hörte mit, wie Michael ziemlich offensichtliche Fragen zu diesem Thema stellte. Howl vermied es geschickt, auch nur eine davon zu beantworten. »Er ist wirklich ein Drückeberger«, murmelte Sophie zu einem Paar Socken, die Michael gehörten. »Kann seiner eigenen Verdorbenheit nicht ins Auge blicken.« Sie beobachtete, wie Howl sich ununterbrochen mit irgendetwas beschäftigte, um seine Unzufriedenheit zu verbergen. Und das konnte Sophie sehr gut nachvollziehen.

An der Werkbank arbeitete Howl um einiges schneller und härter als Michael, er setzte Zauber fachkundig, aber schludrig zusammen. Michaels Gesicht verriet, dass die meisten Zauber ungewöhnlich und zugleich schwer zu bewerkstelligen waren. Aber es kam vor, dass Howl einen halb fertigen Zauber liegen ließ und ins Schlafzimmer hochrannte, um nach etwas Versecktem – und zweifellos Unheilvollem – zu sehen, das sich dort oben abspielte. Bald darauf stürzte er dann in den Hinterhof hinaus, um dort an einem großen Zauber herumzubasteln. Sophie öffnete die Tür einen Spaltbreit und sah zu ihrem Erstaunen, dass der elegante Zauberer im Dreck kniete und seine langen Ärmel hinter seinem Nacken zusammengebunden hatte, damit sie ihm nicht im Weg waren, während er sorgfältig ein Gewirr aus fettigem Metall in eine Art Spezialrahmen hob.

Dieser Zauber war für den König bestimmt. Ein weiterer aufgetakelter und duftender Bote brachte einen Brief und hielt eine lange, lange Rede, in der er fragte, ob Howl vielleicht die Zeit erübrigen könnte, die sich zweifellos für andere Dinge sinnvoller anwenden lasse, um seinen mächtigen und erfinderischen Geist einem kleinen Problem zuzuwenden, das Seiner Königlichen Majestät gerade zu schaffen machte – nämlich, wie eine Armee ihre schweren Wagen durch Marsch und unwegsames Gelände bringen könne. Howl war ungemein höflich und antwortete ausgiebig, geradezu ausschweifend. Doch sagte er Nein. Trotzdem redete der Bote noch eine halbe Stunde weiter, bevor er und Howl sich voreinander verneigten und Howl sich dann doch bereit erklärte, diesen Zauber anzufertigen.

»Das ist kein gutes Zeichen«, sagte Howl zu Michael, als der Bote verschwunden war. »Warum musste Suliman bloß in der Wüste verloren gehen? Der König meint wohl, ich könnte ihn ersetzen.«

»Er war nicht so erfinderisch wie du, nach allem, was man hört«, sagte Michael.

»Ich bin zu höflich und zu geduldig«, sagte Howl düster. »Ich hätte ihm einen noch viel höheren Wucherpreis abknöpfen sollen.«

Wenn Kundschaft aus Porthaven kam, war Howl ebenso höflich und geduldig, aber, erklärte Michael besorgt, das Problem war, dass Howl von diesen Leuten nicht genug Geld verlangte. Das sagte Michael, nachdem sich Howl von der Frau eines Seemanns eine Stunde lang die Gründe angehört hatte, weshalb sie ihm keinen Penny bezahlen konnte, und dem Kapitän dann fast gratis einen Windzauber versprochen hatte. Howl entzog sich Michaels Vorwürfen, indem er ihm eine Zauberstunde gab.

Sophie nähte Knöpfe an Michaels Hemden und hörte zu, wie Howl mit Michael den Zauber durchsprach. »Ich weiß, dass ich schludere«, sagte er gerade, »aber du brauchst mir das nicht nachzumachen. Lies den Spruch immer zuerst sorgfältig durch. Seine Form kann dir viel sagen, ob er sich von selbst erfüllt oder sich von selbst entwickelt, ob es eine einfache Beschwörung ist oder eine Mischung aus Geste und Wort. Wenn du das herausbekommen hast, dann gehst du sie noch einmal durch und schaust, welche Teile selbsterklärend und welche als Rätsel formuliert sind. Du kannst jetzt mit den mächtigeren Zaubern anfangen. Du wirst feststellen, dass jeder mächtige Zauber mindestens einen gewollten Fehler oder ein Rätsel aufweist, die Unfälle verhindern sollen. Die musst du entdecken. Sieh dir diesen Zauber an …«

Als Sophie Michaels zögernde Antworten auf Howls Fragen hörte, und als sie sah, wie Howl mit einer seltsamen, nie versiegenden Feder Bemerkungen auf das Papier kritzelte, wurde ihr bewusst, dass auch sie hier einiges lernen konnte. Ihr kam ein Gedanke: Wenn Martha bei Mrs Fairfax einen Zauber entdeckt hatte, durch den sie und Lettie ihre Gestalt tauschen konnten, dann konnte ihr das hier auch gelingen. Mit ein wenig Glück würde sie sich dann nicht mehr auf Calcifer verlassen müssen.

Als Howl das Gefühl hatte, dass Michael völlig vergessen hatte, wie viel oder wie wenig Howl von den Leuten aus Porthaven verlangte, ging er mit ihm hinaus auf den Hof, um an dem Zauber für den König zu arbeiten. Sophie mühte sich auf ihre schmerzenden Füße und humpelte zur Werkbank. Der Zauber war schon klar zu sehen, aber Howls gekritzelte Bemerkungen konnte sie nicht entziffern. »So eine Sauklaue hab ich noch nie gesehen«, knurrte sie den Totenschädel an. »Nimmt der einen Stift oder ein Schüreisen?« Begierig sah sie jeden Papierfetzen auf der Bank durch und untersuchte die Puder und die Flüssigkeiten in den Glaskolben. »Ja, ich gebe es ja zu«, teilte sie dem Schädel mit. »Ich schnüffele herum. Und ich bekomme auch meine Quittung dafür. Ich kann herausfinden, wie ich Vogelpest heilen und Keuchhusten beheben kann, wie man Wind entfacht und wie man Haare aus Gesichtern verschwinden lässt. Wenn Martha den Kram gefunden hätte, wäre sie noch immer bei Mrs Fairfax.«

Howl, so kam es Sophie vor, überprüfte alle Gegenstände, die sie bewegt hatte, nachdem er vom Hof zurückgekehrt war. Aber das schien nur seiner Unruhe zu entspringen. Als er damit fertig war, wusste er offenbar nicht, was er mit sich anfangen sollte. Sophie hörte ihn in der Nacht immer wieder hin und her laufen. Am nächsten Morgen verbrachte er nur eine Stunde im Badezimmer. Er schien sich nicht konzentrieren zu können, während Michael seinen besten Anzug aus pflaumenblauem Samt anlegte, um sich damit in den Palast von Kingsbury zu begeben. Und während die beiden den unförmigen Zauber in goldenes Papier wickelten. Für seine Größe war der Zauber offenbar erstaunlich leicht. Michael konnte ihn problemlos allein tragen, wenn er ihn mit beiden Armen umschlang. Howl drehte den Knauf über der Tür auf Rot und ließ Michael dann auf die Straße mit den reich verzierten Häusern hinaus.

»Die lauern schon darauf«, sagte Howl. »Deshalb lassen sie dich sicher nur bis Mittag warten. Sag ihnen, dass den Zauber auch ein Kind durchführen könnte. Und wenn du zurückkommst, kannst du dich an einem Machtzauber versuchen. Bis dann.«

Er schloss die Tür und lief wieder ruhelos im Zimmer auf und ab. »Meine Zehen jucken«, sagte er plötzlich. »Ich mache einen Spaziergang durch die Hügel. Sag Michael, dass der Zauber, den ich ihm versprochen habe, auf der Werkbank liegt. Und hier hast du etwas, womit du dich beschäftigen kannst.«

Aus dem Nirgendwo fiel ein grauer und scharlachroter Anzug, so elegant wie der blau-silberne, in Sophies Schoß. Derweil holte Howl seine Gitarre aus der Ecke, drehte den grünen Tupfer auf dem Türknauf nach unten und trat hinaus in die wogende Heide oberhalb von Market Chipping.

»*Seine* Zehen jucken«, grummelte Calcifer. Über Porthaven hing dichter Nebel. Calcifer lag tief unten zwischen seinen Holzscheiten und rutschte besorgt hin und her, um den Tropfen auszuweichen, die durch den Kamin kamen.

»Was glaubt er denn, wie ich mich fühle, hier in diesem feuchten Kamin?«

»Dann musst du mir zumindest einen Tipp geben, wie wir deinen Vertrag lösen können«, sagte Sophie und schüttelte den rot-grauen Anzug aus. »Meine Güte, du bist ja ein toller Anzug, auch wenn du ein bisschen abgetragen bist. Bist dazu geschaffen, die Mädchen anzulocken, was?«

»Ich hab dir schon einen Tipp gegeben«, fauchte Calcifer.

»Dann musst du ihn mir noch einmal geben. Ich hab ihn nicht mitgekriegt«, sagte Sophie, als sie den Anzug weglegte und zur Tür humpelte.

»Wenn ich dir einen Tipp gebe und sage, dass das ein Tipp ist, dann ist das eine Auskunft, und die darf ich nicht geben«, sagte Calcifer. »Wo willst du denn hin?«

»Etwas erledigen, was ich nur zu erledigen wage, wenn sie beide aus dem Haus sind«, sagte Sophie. Sie drehte den eckigen Knauf auf Schwarz. Dann öffnete sie die Tür.

Draußen war nichts. Es war weder schwarz noch grau noch weiß. Es war weder dicht noch durchsichtig. Es bewegte sich nicht. Es roch nach nichts und fühlte sich nach nichts an. Als Sophie ganz vorsichtig einen Finger hineinsteckte, war es weder heiß noch kalt. Es war gar nichts. Es schien einfach und ganz und gar aus nichts zu bestehen.

»Was ist denn das?«, fragte sie Calcifer.

Calcifer staunte ebenso sehr darüber wie Sophie. Sein blaues Gesicht lehnte sich aus dem Kamin, damit er die Tür sehen konnte. Den Nebel hatte er total vergessen. »Ich weiß nicht«, flüsterte er. »Ich muss es erhalten, mehr weiß ich nicht. Ich weiß nur, dass es sich auf der Seite des Schlosses befindet, wo niemand durchgelassen wird. Es kommt mir sehr weit weg vor.«

»Es kommt mir vor wie auf der anderen Seite des Mondes!«, sagte Sophie. Sie schloss die Tür und drehte den grünen Tupfer nach unten. Sie zögerte einen Moment, dann humpelte sie die Treppe hoch.

»Er hat abgeschlossen«, sagte Calcifer. »Das soll ich dir sagen, falls du wieder herumschnüffeln willst.«

»Ach«, sagte Sophie. »Was bewahrt er denn da oben auf?«

»Keine Ahnung«, sagte Calcifer. »Ich weiß überhaupt nichts darüber. Wenn du nur wüsstest, wie frustrierend das ist! Ich kann nicht einmal richtig aus dem Schloss hinausblicken. Nur so weit, dass ich sehe, in welche Richtung ich mich bewege.«

Sophie, die ebenfalls frustriert war, setzte sich und fing an, den rot-grauen Anzug zu stopfen. Bald darauf kehrte Michael zurück.

»Der König hat mich sofort empfangen«, sagte er. »Er …« Er schaute sich im Zimmer um. Sein Blick wanderte zu der leeren Ecke, in der sonst die Gitarre stand. »O nein!«, sagte er. »Nicht schon wieder die Dame. Ich dachte, die hat sich schon vor Tagen in ihn verliebt und damit sei die Sache vergessen. Wieso wartet sie denn so lange?«

Calcifer zischte hämisch. »Du hast es falsch verstanden. Mit dieser Dame hat der herzlose Howl seine Mühe. Er hat beschlossen, sie ein paar Tage ihrem Schicksal zu überlassen, vielleicht hilft das ja. Das ist alles.«

»Menno!«, sagte Michael. »Das gibt bestimmt Ärger. Und ich habe schon gehofft, Howl sei wieder zur Vernunft gekommen.«

Sophie schlug mit dem Anzug auf ihre Knie. »Also wirklich!«, sagte sie. »Wie könnt ihr so reden, wo es um eine so bodenlose Verdorbenheit geht! Ich denke, Calcifer kann man keine Vorwürfe machen, der ist schließlich ein böser Dämon. Aber du, Michael …«

»Ich halte mich keineswegs für böse«, widersprach Calcifer.

»Und ich nehme das durchaus nicht auf die leichte Schulter, falls du das glauben solltest«, sagte Michael. »Wenn du wüsstest, was wir schon für Ärger hatten, weil Howl sich immer wieder verliebt. Wir hatten Gerichtsverfahren und Rivalen mit Schwertern und Mütter mit dem Nudelholz und Väter und Onkel mit Dreschflegeln. Und Tanten. Tanten sind entsetzlich. Sie greifen mit Hutnadeln an. Aber ganz schlimm wird es, wenn das Mädchen herausfindet, wo Howl lebt, und wenn sie dann vor der Tür steht und verzweifelt weint. Howl verzieht sich durch die Hintertür, und Calcifer und ich müssen sehen, wie wir mit der Sache klarkommen.«

»Die Unglücklichen hasse ich«, sagte Calcifer. »Die tropfen mich voll. Mir ist es lieber, wenn sie wütend sind.«

»Also jetzt mal Klartext«, sagte Sophie und ballte ihre Fäuste um den roten Satin. »Was tut Howl diesen armen Mädchen an? Ich habe gehört, dass er ihre Herzen frisst und ihnen die Seelen wegnimmt.«

Michael lachte unbehaglich. »Dann kommst du sicher aus Market Chipping. Howl hat mich hingeschickt, um seinen Namen in Verruf zu bringen, als wir damals das Schloss aufgebaut haben. Ich … äh … ich habe so Zeug gesagt. So drücken die Tanten sich meistens aus. Es ist aber nur bildlich gemeint.«

»Howl ist einfach unbeständig«, sagte Calcifer. »Sein Interesse hält nur so lange an, bis die Frau sich in ihn verliebt hat. Und dann interessiert sie ihn nicht mehr.«

»Aber bis er sie rumgekriegt hat, findet er keine Ruhe«, fügte Michael eifrig hinzu. »Er wird erst wieder vernünftig, wenn das vorbei ist. Ich freue mich immer auf den Tag, an dem sich eine in ihn verliebt. Dann wird es für uns wieder besser.«

»Bis sie ihn dann ausfindig macht«, sagte Calcifer.

»Man sollte doch meinen, er sei klug genug, um ihnen einen falschen Namen zu nennen«, sagte Sophie verächtlich. Ihre Verachtung sollte die Tatsache verbergen, dass sie sich ein wenig töricht vorkam.

»Ach, das macht er doch immer«, sagte Michael. »Er gibt schrecklich gern falsche Namen und Berufe an. Das tut er sogar, wenn es nicht um Mädchen geht. Weißt du denn nicht, dass er in Porthaven Zauberer Jenkins ist, in Kingsbury Hexenmeister Pendragon und hier im Schloss der Entsetzliche Howl?«

Sophie hatte das nicht gewusst, und deshalb kam sie sich noch törichter vor. Und weil sie sich töricht vorkam, wurde sie wütend. »Na, ich finde das immer noch ruchlos, einfach arme Mädchen unglücklich zu machen«, sagte sie. »Es ist herzlos und sinnlos.«

»So ist er eben«, sagte Calcifer.

Michael zog einen dreibeinigen Schemel ans Feuer und setzte sich darauf, und während Sophie nähte, erzählte er ihr von Howls Eroberungen und einigen der Probleme, die sich daraus ergaben. Sophie murmelte in den vornehmen Anzug hinein. Sie kam sich noch immer überaus töricht vor. »Du hast also Herzen gefressen, was, Anzug? Warum drücken Tanten sich so verschroben aus, wenn sie über ihre Nichten reden? Vermutlich waren sie selbst auf dich scharf, mein guter Anzug. Wie würdest du dich fühlen, wenn eine wütende Tante hinter dir her wäre?« Als Michael ihr die Geschichte einer besonderen Tante erzählte, an die er gerade dachte, kam Sophie der Gedanke, dass es vermutlich gar nicht schlecht war, dass die Gerüchte über Howl sich in Market Chipping in diesem Wortlaut verbreitet hatten. Denn sie konnte sich gut vorstellen, dass ein lebhaftes Mädchen wie Lettie sich sonst sehr für Howl hätte interessieren können und am Ende sehr unglücklich gewesen wäre.

Michael hatte eben vom Mittagessen gesprochen, und Calcifer hatte wie immer gestöhnt, als Howl die Tür aufriss und hereinkam. Er wirkte unzufriedener denn je.

»Etwas zu essen?«, fragte Sophie.

»Nein«, sagte Howl. »Heißes Wasser ins Badezimmer, Calcifer.«

Einen Moment lang blieb er mit düsterer Miene in der Badezimmertür stehen. »Sophie, hast du zufällig dieses Regal mit den Zaubern aufgeräumt?«

Sophie kam sich törichter vor denn je. Niemals würde sie zugeben, dass sie diese vielen Tüten und Krüge durchgesehen hatte, weil sie Bestandteile von Mädchen darin vermutet hatte. »Ich habe nichts angerührt«, erwiderte sie beleidigt, während sie die Bratpfanne holte.

»Das will ich auch hoffen«, sagte Howl nervös und knallte die Badezimmertür zu.

Als Sophie das Mittagessen in der Pfanne hatte, war aus dem Badezimmer Rauschen und Plätschern zu hören. »Der braucht aber viel heißes Wasser«, sagte Calcifer unter der Bratpfanne. »Ich glaube, er färbt sich die Haare. Ich hoffe, du hast die Haarzauber nicht angerührt. Für einen Mann mit aschgrauen Haaren ist er verdammt eitel.«

»Ach, halt die Klappe«, fauchte Sophie. »Ich habe alles genau dorthin gestellt, wo es vorher war.« Sie war so verärgert, dass sie die Eier und den Speck in der Pfanne auf Calcifer kippte.

Der verschlang natürlich alles mit großer Begeisterung und mit viel Zischen und Brodeln. Über den spuckenden Flammen briet Sophie eine neue Portion. Sie und Michael aßen. Als sie gerade aufräumten und Calcifer sich seine lila Lippen mit der blauen Zunge ableckte, wurde die Badezimmertür aufgerissen, und Howl schoss mit verzweifeltem Geheul heraus.

»Seht euch das an!«, schrie er. »Nun seht euch das nur an! Was hat diese Ein-Frau-Chaosmacht mit den Zaubern angerichtet?«

Sophie und Michael fuhren herum und starrten Howl

an. Seine Haare waren nass, aber ansonsten konnten sie beide keinen Unterschied entdecken.

»Wenn du mich meinst …«, setzte Sophie an.

»Natürlich meine ich dich! Schau her!«, kreischte Howl. Er ließ sich auf den dreibeinigen Schemel fallen und tippte sich mit dem Finger an seinen nassen Kopf. »Schau her. Sieh es dir an! Gründlich! Meine Haare sind ruiniert. Ich sehe aus wie eine Pfanne voll Eier und Speck.«

Michael und Sophie beugten sich besorgt über Howls Kopf. Sie hatten den Eindruck, dass die Haare bis zu ihren Wurzeln ihre übliche flachsblonde Färbung aufwiesen. Der einzige Unterschied war womöglich ein leichter, ein ganz leichter roter Schimmer. Sophie gefiel dieser Schimmer. Er erinnerte sie ein wenig an die Farbe, die ihre eigenen Haare eigentlich haben sollten.

»Ich finde das sehr hübsch«, sagte sie.

»Hübsch!«, schrie Howl. »Das kann ich mir denken! Du hast das absichtlich getan! Du hattest keine Ruhe, bis du auch mich ins Elend gestürzt hast. Sieh dir das doch nur an! Das ist ja fuchsrot! Ich werde mich verstecken müssen, bis die Farbe wieder herausgewachsen ist!« Wie ein Sterbender breitete er die Arme aus. »Verzweiflung!«, schrie er. »Qual! Horror!«

Das Licht im Zimmer wurde trübe. Riesige, menschlich aussehende Wolkengestalten tauchten in allen vier Ecken auf und drängten heulend auf Sophie und Michael ein. Das Geheul war ein angsterfülltes Stöhnen, steigerte sich zu verzweifeltem Blöken und schlug dann in Schmerz- und Entsetzensschreie um. Sophie hielt sich die Ohren zu, aber das Geschrei ging durch ihre Hände und wurde immer lauter und lauter und mit jeder Sekunde entsetzlicher. Calcifer verkroch sich eilig im Kamin und kauerte sich flackernd unter das unterste Holzscheit. Michael packte Sophie am Ellbogen und zog sie zur Tür. Er drehte den Knauf auf

Blau, öffnete die Tür mit einem Fußtritt und floh, so schnell er konnte, mit Sophie hinaus auf die Straße von Porthaven.

Dort war der Lärm fast ebenso entsetzlich. In der ganzen Straße wurden Türen aufgerissen, und Leute, die sich die Ohren zuhielten, stürzten heraus.

»Dürfen wir ihn in diesem Zustand überhaupt allein lassen?«, fragte Sophie zitternd.

»Ja«, sagte Michael. »Wenn er meint, dass du daran schuld bist, dann auf jeden Fall.«

Sie rannten durch den Ort, verfolgt von den hämmernden Schreien. Eine stattliche Menschenmenge heftete sich an ihre Fersen. Trotz der Tatsache, dass der Nebel sich in einen durchdringenden Seeregen verwandelt hatte, steuerten alle den Hafen oder die Sanddünen an, wo ihnen der Lärm erträglicher vorkam. Das graue, weite Meer saugte ein wenig davon in sich auf. Hier scharten sich dann alle in Gruppen und schauten zu dem nebligen weißen Horizont und den triefenden Tauen der verankerten Schiffe hinüber, während sich der Lärm in ein gewaltiges, herzzerreißendes Schluchzen verwandelte. Sophie machte sich bewusst, dass sie zum ersten Mal in ihrem Leben das Meer aus der Nähe sah. Es war wirklich schade, dass sie es nicht genießen konnte.

Aus dem Schluchzen wurden tiefe, erbärmliche Seufzer, dann war alles still. Vorsichtig kehrten die ersten Leute in die Stadt zurück. Einige sprachen Sophie schüchtern an.

»Stimmt etwas nicht mit dem armen Zauberer, Frau Hexe?«

»Er ist heute ein bisschen unglücklich«, sagte Michael. »Na los. Ich glaube, wir können es jetzt riskieren.«

Als sie an den steinernen Kais entlanggingen, riefen einige besorgte Seeleute sie von den ankernden Schiffen her an; sie wollten wissen, ob der Lärm Sturm oder Unglück zu bedeuten hatte.

»Nichts davon«, rief Sophie zurück. »Und jetzt ist ja alles vorbei.«

Aber das stimmte nicht. Sie kehrten zum Haus des Zauberers zurück, das von außen ein ganz normales verwinkeltes Gebäude war. Sophie hätte es nicht erkannt, wenn Michael nicht dabei gewesen wäre. Äußerst vorsichtig öffnete Michael die schäbige kleine Tür. Howl saß noch immer auf dem Schemel. Seine ganze Haltung strahlte abgrundtiefe Verzweiflung aus. Und er war über und über mit dickem grünem Schleim bedeckt.

Es waren entsetzliche, dramatische, gewaltige Mengen von grünem Schleim – Unmengen. Howl war vollkommen davon bedeckt. Der Schleim klebte in dicken Tropfen an seinem Kopf und seinen Schultern, er häufte sich auf seinen Knien und Händen, rann zähflüssig an seinen Beinen hinunter und tropfte in klebrigen Fäden vom Schemel. Er lief zu dampfenden Lachen und wackelnden Pfützen zusammen, die fast den ganzen Boden bedeckten. Mit langen Fingern kroch er in den Kamin. Er stank.

»Rettet mich!«, wimmerte Calcifer heiser. Er bestand nur noch aus zwei verzweifelt flackernden Flämmchen. »Sonst wird mich dieses Zeug löschen!«

Sophie raffte ihren Rock und trat so dicht an Howl heran, wie es überhaupt nur möglich war – was immer noch weit weg war. »Hör auf«, sagte sie. »Hör sofort auf! Du benimmst dich ja wie ein Baby!«

Howl gab keine Antwort und rührte sich nicht. Weiß und tragisch und mit großen Augen starrte er durch den Schleim.

»Was sollen wir tun? Ist er tot?«, fragte Michael, der neben der Tür von einem Fuß auf den anderen trat.

Michael ist ja ganz nett, dachte Sophie, aber in einer Krisensituation ist er ein wenig hilflos. »Nein, natürlich nicht«, sagte sie. »Und wenn Calcifer nicht wäre, könnte er von mir aus den ganzen Tag Aal in Aspik spielen. Mach die Badezimmertür auf!«

Während Michael sich zwischen den Schleimlachen einen Weg zum Badezimmer suchte, warf Sophie ihre Schürze in den Kamin, um den Schleim von Calcifer abzuhalten, und schnappte sich dann die Aschenschaufel. Sie türmte Asche darauf auf und schaufelte sie auf die größten Schleimlachen. Der Schleim zischte wütend. Der Raum füllte sich mit Rauch und stank schlimmer denn je. Sophie krempelte die Ärmel hoch, machte den Rücken krumm, um die schleimigen Knie des Zauberers zu packen, und stieß Howl mitsamt dem Schemel in Richtung Badezimmer weiter. Ihre Füße rutschten und glitten im Schleim hin und her, aber der Schemel ließ sich auf dem glitschigen Boden natürlich leichter bewegen. Michael kam und zog an Howls von Schleim überzogenen Ärmeln. Gemeinsam schafften sie ihn ins Badezimmer. Und da Howl sich noch immer weigerte, sich zu bewegen, stießen sie ihn dort ins Duschkabinett.

»Heißes Wasser, Calcifer«, keuchte Sophie wütend. »Sehr heißes.«

Es dauerte eine Stunde, um Howl den Schleim abzuwaschen. Michael brauchte eine weitere Stunde, um Howl zu überreden, vom Schemel aufzustehen und sich trockene Kleider anzuziehen. Glücklicherweise hatte der von Sophie geflickte rot-graue Anzug außer Reichweite des Schleims über dem Sesselrücken gehangen. Der blau-silberne Anzug war ruiniert. Sophie befahl Michael, ihn in der Badewanne einzuweichen. Inzwischen holte sie murmelnd und knurrend noch mehr heißes Wasser. Sie stellte den Türknauf auf Grün und fegte den ganzen Schleim hinaus ins Moor. Das Schloss hinterließ auf dem Heidekraut eine Schleimspur wie die einer Schnecke, aber es war die einfachste Methode, sich von dem Schleim zu befreien. Es hatte schon seine Vorteile, ein fliegendes Schloss zu bewohnen, fand Sophie, während sie den Boden schrubbte. Überdies fragte sie sich, ob Howls Lärm aus dem Schloss gedrungen war. In diesem Fall taten ihr die Leute in Market Chipping leid.

Danach war Sophie müde und verärgert. Ihr war klar, dass Howl sich mit dem grünen Schleim an ihr hatte rächen wollen, und sie hatte nicht vor, Mitgefühl zu zeigen, als Michael den in Grau und Scharlachrot gewandeten Howl endlich aus dem Badezimmer führte und ihn liebevoll im Sessel beim Kamin absetzte.

»Das war doch vollkommen blödsinnig«, erklärte Calcifer knisternd. »Wolltest du dich vom besten Teil deiner Magie befreien oder was?«

Howl beachtete ihn nicht. Er saß einfach da, sah tragisch aus und zitterte.

»Ich kann ihn nicht zum Reden bringen«, flüsterte Michael verzweifelt.

»Das ist nur eine Laune«, sagte Sophie. Auch Martha und Lettie hatten bisweilen solche Launen. Und Sophie wusste, wie sie ihnen diese Launen austreiben konnte. Andererseits ist es natürlich gefährlich, einen Zauberer übers Knie zu legen, wenn der wegen seiner Frisur hysterisch wird. Sophies Erfahrung sagte ihr außerdem, dass solche Launen meistens einen ganz anderen Grund haben, als auf der Hand zu liegen scheint. Sie bat Calcifer, zur Seite zu gehen, damit sie auf die Holzscheite einen Topf voll Milch stellen konnte. Als die Milch warm war, drückte sie Howl einen Becher davon in die Hände. »Trink das«, sagte sie. »Was sollte dieser Unfug eigentlich? Geht es um die junge Dame, die du so oft besuchst?«

Mit Leidensmiene nippte Howl an der Milch. »Ja«, sagte er. »Ich habe mich nicht bei ihr blicken lassen, weil ich dachte, dann würde sie mich vermissen, aber das war nicht der Fall. Als ich zuletzt bei ihr war, war sie noch unentschlossen. Und jetzt hat sie mir gesagt, dass es einen anderen gibt.«

Er hörte sich so niedergeschlagen an, dass er Sophie leidtat. Und jetzt, wo seine Haare trocken waren, stellte sie voller Schuldbewusstsein fest, dass die fast rosa waren.

»Sie ist das schönste Mädchen, das es in dieser Gegend je gegeben hat«, klagte Howl jetzt. »Ich liebe sie so innig, aber sie verschmäht meine tiefe Hingabe und grämt sich wegen eines anderen. Wie aber kann sie einen anderen haben, wo ich mich so um sie bemüht habe? Normalerweise schicken sie die anderen in die Wüste, sobald ich auftauche.«

Sophies Mitgefühl ließ gewaltig nach. Wenn Howl sich so einfach mit grünem Schleim bedecken konnte, dann müsste er auch seinen Haaren mit Leichtigkeit die gewünschte Farbe geben können, dachte sie. »Und warum gibst du dem Mädchen nicht einen Liebestrank und bringst die Sache hinter dich?«, fragte sie.

»Nicht doch«, sagte Howl. »Das wäre gegen die Spielregeln. Das würde den ganzen Spaß verderben.«

Sophies Mitgefühl ließ noch mehr nach. Er hielt das also für ein Spiel? »Denkst du denn nie an das arme Mädchen?«, fauchte sie.

Howl trank den letzten Schluck Milch und starrte mit einem sentimentalen Lächeln in den Becher. »Ich denke die ganze Zeit an sie«, sagte er. »An die schöne, bezaubernde Lettie Hatter.«

Sophies verbliebenes Mitgefühl zerplatzte mit einem heftigen Knall. An ihre Stelle trat große Sorge. Oh, Martha, dachte sie. Du hast wirklich nicht auf der faulen Haut gelegen. Dann hast du also gar nicht über irgendeinen Angestellten von Cesari geredet!

7. KAPITEL

IN DEM EINE VOGELSCHEUCHE SOPHIE AM VERLASSEN DES SCHLOSSES HINDERT

Nur ein ganz böser Anfall von Schmerzen hinderte Sophie an diesem Abend daran, sich auf den Weg nach Market Chipping zu machen. Der Regen von Porthaven war ihr in die Knochen gefahren. Sie lag in ihrem Unterschlupf, alles tat ihr weh, und sie machte sich Sorgen um Martha. Vielleicht war die Sache ja gar nicht so schlimm. Sie brauchte Martha doch nur zu sagen, dass es sich bei dem Verehrer, für den sie sich nicht entscheiden konnte, um den Zauberer Howl handelte. Das würde Martha abschrecken. Und sie konnte Martha erklären, dass Howl von ihr ablassen würde, sobald sie ihm seine Liebe gestand und anschließend vielleicht noch mit Tanten drohte.

Als sie am nächsten Morgen aufstand, schmerzten Sophies Glieder noch immer. »Verdammte Hexe der Wüste«, knurrte sie ihren Stock an, den sie hervorholte, um sich auf den Weg zu machen. Howl hörte sie im Badezimmer singen, als hätte er in seinem ganzen Leben noch keine schlechte Laune gehabt. So schnell sie humpeln konnte, schlich sie auf Zehenspitzen zur Tür.

Natürlich kam Howl aus dem Badezimmer, ehe sie an der Tür war. Er wirkte frisch und umwerfend und verströmte einen leichten Apfelblütenduft. Der Sonnenschein, der durch das Fenster fiel, brachte seinen rot-grauen Anzug zum Leuchten und verwandelte seine Haare in einen blassrosa Heiligenschein.

»Ich finde, meine Haare sehen mit diesem Farbton ziemlich gut aus«, sagte er.

»Ach, wirklich?«, knurrte Sophie.

»Und die Farbe passt zum Anzug«, sagte Howl. »Du hast ein gutes Händchen mit der Nähnadel, was? Irgendwie hast du den Anzug eleganter gemacht.«

»Ha«, sagte Sophie.

Howls Hand verharrte auf dem Knauf über der Tür. »Machen dir deine Schmerzen zu schaffen?«, fragte er. »Oder hat dir etwas die Laune verdorben?«

»Die Laune verdorben?«, fragte Sophie. »Was sollte mir schon die Laune verderben? Da hat jemand das Schloss mit verfaultem Aspik gefüllt und ganz Porthaven taub werden lassen und Calcifer so erschreckt, dass er bis auf die Asche runtergebrannt ist, und ein paar hundert Herzen gebrochen. Warum sollte mir das die Laune verderben?«

Howl lachte. »Ich bitte um Entschuldigung«, sagte er und drehte den Knauf auf Rot. »Der König will mich heute sprechen. Wahrscheinlich werde ich bis zum Abend im Palast bleiben müssen, aber wenn ich zurückkomme, kann ich etwas gegen deinen Rheumatismus unternehmen. Vergiss nicht, Michael zu sagen, dass der Zauber für ihn auf der Werkbank liegt.« Er lächelte Sophie strahlend an und trat hinaus zwischen die Türme von Kingsbury.

»Und du glaubst, damit ist alles in Ordnung«, grummelte Sophie, als die Tür zuging. Trotzdem hatte sein Lächeln sie besänftigt. »Wenn dieses Lächeln bei mir wirkt, ist es kein Wunder, dass die arme Martha nicht weiß, was sie will«, murmelte sie.

»Ich brauche noch ein Stück Holz, ehe du gehst«, mahnte Calcifer.

Sophie humpelte zum Kamin, um Holz nachzulegen. Dann steuerte sie wieder die Tür an. Doch nun kam Michael die Treppe heruntergelaufen, rannte zur Tür und sackte dabei die Überreste eines Brotes auf der Bank ein. »Das ist in Ordnung für dich, oder?«, fragte er aufgeregt.

»Ich bringe nachher neues Brot mit. Ich muss heute ganz dringend etwas erledigen, aber abends bin ich wieder da. Wenn der Kapitän nach seinem Windzauber fragt, der liegt hinten auf der Bank und ist deutlich beschriftet.« Er drehte den Türknauf auf Grün und sprang hinaus auf den windigen Berghang, wobei er das Brot an seinen Bauch presste. »Bis nachher«, rief er, als das Schloss an ihm vorbei polterte und die Tür zufiel.

»Verflixt«, sagte Sophie. »Calcifer, wie macht man denn die Tür auf, wenn niemand im Schloss ist?«

»Ich mache sie für dich auf, oder Michael. Howl öffnet sie sich selber«, sagte Calcifer.

Es würde also niemand ausgesperrt, wenn Sophie nun auch ginge. Allerdings wusste sie nicht, ob sie noch einmal zurückkehren würde, wobei sie nicht vorhatte, das Calcifer zu erzählen. Sie ließ Michael Zeit, um sich auf den Weg zu machen, wo immer er hinwollte, und steuerte dann abermals die Tür an. Diesmal hielt Calcifer sie auf.

»Wenn du lange ausbleiben willst«, sagte er, »dann leg doch ein paar Holzscheite so hin, dass ich sie erreichen kann.«

»Kannst du denn Holzscheite aufheben?«, fragte Sophie, die trotz ihrer Ungeduld neugierig geworden war.

Als Antwort streckte Calcifer einen blauen Flammenarm aus, der sich am Ende in grüne Fingerflämmchen aufteilte. Der Arm war nicht sehr lang und sah auch nicht stark aus. »Siehst du? Ich komme fast an das Holz ran«, sagte er stolz.

Sophie legte vor dem Kamin einige Holzscheite aufeinander, sodass Calcifer auf jeden Fall das oberste erreichen konnte. »Die darfst du aber erst verbrennen, wenn du sie im Kamin hast«, mahnte sie und steuerte ein weiteres Mal die Tür an.

Diesmal wurde geklopft, ehe sie sie erreicht hatte.

Es war einer dieser Tage, dachte Sophie. Bestimmt war das der Kapitän. Sie streckte die Hand aus, um den Knauf auf Blau zu stellen.

»Nein, das ist die Schlosstür«, sagte Calcifer. »Aber ich weiß nicht so recht …«

Dann ist Michael aus irgendeinem Grund zurückgekommen, vermutete Sophie, als sie die Tür aufmachte.

Ein Rübengesicht schaute sie feixend an. Es roch faulig. Vor dem weiten blauen Himmel wirbelte ein zerlumpter Arm, der in einem Stock endete, und wollte sie antippen. Es war eine Vogelscheuche. Sie bestand zwar nur aus Lumpen und Stöcken, aber sie lebte und versuchte, in das Schloss zu gelangen.

»Calcifer«, schrie Sophie. »Das Schloss muss sich schneller machen!«

Die Steinblöcke rund um die Tür dröhnten und knirschten. Das grünbraune Moorland jagte jäh vorbei. Der Stockarm der Vogelscheuche knallte gegen die Tür und kratzte dann an der Schlossmauer entlang, als das Schloss die Vogelscheuche abschüttelte. Die Vogelscheuche wirbelte den anderen Arm herum und schien sich an den Steinen festklammern zu wollen. Sie wollte unbedingt in das Schloss hinein.

Sophie knallte die Tür zu. Da, dachte sie, zeigt sich mal wieder, wie dumm es ist, wenn das älteste Kind sein Glück suchen will! Es war die Vogelscheuche, die sie auf ihrem Weg zum Schloss in der Hecke aufgerichtet hatte. Sie hatte Witze darüber gemacht. Und ihre Witze schienen die Vogelscheuche zu einem tückischen Leben erweckt zu haben, sie war Sophie bis hierher gefolgt und hatte versucht, nach ihrem Gesicht zu fassen. Sophie rannte zum Fenster, um nachzusehen, ob die Kreatur noch immer ins Schloss wollte.

Aber natürlich sah sie nur einen sonnigen Tag in Porthaven, wo hinter den gegenüberliegenden Häusern ein Dutzend Segel an einem Dutzend Masten gehisst wurden, und eine Wolke aus Möwen unter dem blauen Himmel kreiste.

»Das ist das Problem, wenn man an mehreren Orten zugleich ist«, teilte Sophie dem Totenschädel auf der Werkbank mit.

Und dann ging ihr plötzlich der wirkliche Nachteil ihres Daseins als alte Frau auf. Ihr Herz machte einen Sprung und schien ein wenig zu stottern, und dann wollte es sich offenbar einen Weg aus ihrer Brust hinaus schlagen. Das tat weh. Sophie zitterte am ganzen Leib, und ihre Knie bebten. Sie glaubte durchaus, sterben zu müssen. Sie schaffte es gerade noch in den Sessel neben dem Kamin. Und da saß sie dann keuchend und presste die Hand auf ihre Brust.

»Stimmt was nicht?«, fragte Calcifer.

»Ja. Mit meinem Herz. Da war eine Vogelscheuche an der Tür«, keuchte Sophie.

»Was hat eine Vogelscheuche mit deinem Herzen zu tun?«, fragte Calcifer.

»Die wollte hier rein. Und sie hat mich furchtbar erschreckt. Und mein Herz – aber das würdest du sowieso nicht verstehen, du blöder Dämonjunge!«, keuchte Sophie. »Du hast ja kein Herz.«

»Hab ich wohl«, sagte Calcifer ebenso stolz, wie er zuvor seinen Arm vorgeführt hatte. »Tief unten in dem glühenden Teil unter den Holzstücken. Und nenn mich nicht Junge. Ich bin eine gute Million Jahre älter als du! Kann ich das Tempo des Schlosses jetzt wieder drosseln?«

»Nur, wenn die Vogelscheuche weg ist«, sagte Sophie. »Ist sie das?«

»Das kann ich nicht sagen«, antwortete Calcifer. »Sie ist nicht aus Fleisch und Blut, weißt du? Ich hab dir doch gesagt, dass ich nicht richtig nach draußen sehen kann.«

Sophie stand auf und schleppte sich wieder zur Tür, und dabei fühlte sie sich sehr schwach. Langsam und vorsichtig öffnete sie die Tür. Grüne Steilhänge, Felsen und lila Heidekraut wirbelten vorüber, dass ihr schwindlig wurde, aber sie packte energisch den Türrahmen und beugte sich hinaus, um an der Mauer entlang auf das Moorgebiet zu schauen, das sie gerade verließen. Die Vogelscheuche war an die fünfzig Meter hinter ihnen. Sie sprang von einem Heidekrautbüschel zum nächsten mit dem Ausdruck finsterer Tapferkeit. Ihre Stockarme hatte sie ausgebreitet, um am Hang nicht aus dem Gleichgewicht zu geraten. Doch sie fiel immer weiter zurück. Die Vogelscheuche war langsam, aber trotzdem folgte sie dem Schloss. Sophie schloss die Tür.

»Die ist immer noch da«, sagte sie. »Sie hüpft hinter uns her. Schneller.«

»Aber das bringt meine Berechnungen durcheinander«, erklärte Calcifer. »Ich hatte vor, eine Runde um die Hügel zu drehen, um rechtzeitig an die Stelle zurückzukehren, wo Michael uns verlassen hat, und ihn heute Abend dort aufzulesen.«

»Dann mach eben doppelt so schnell und umrunde die Hügel zweimal. Hauptsache, du schüttelst dieses schreckliche Ding ab«, sagte Sophie.

»Was für ein Theater!«, grummelte Calcifer. Aber er erhöhte das Tempo des Schlosses. Zum ersten Mal spürte Sophie das Poltern tatsächlich in ihrem Sessel, in dem sie sich fragte, ob sie wohl sterben müsste. Sie wollte noch nicht sterben, vorher musste sie mit Martha sprechen.

Die Raserei brachte im Laufe des Tages alle Gegenstände im Schloss zum Wackeln. Flaschen klirrten. Der Totenschädel klapperte auf der Bank. Aus dem Badezimmer hörte Sophie, wie alles Mögliche aus dem Regal fiel und in die Badewanne platschte, wo noch immer Howls blau-silberner Anzug einweichte. Inzwischen fühlte sie sich ein wenig besser. Sie schleppte sich wieder zur Tür und schaute hinaus, und ihre Haare flatterten im Wind. Unter ihr huschte der Boden vorbei. Die Hügel schienen sich langsam um sich selbst zu drehen, während das Schloss an ihnen entlangjagte. Das Knirschen und Mahlen der Steine ließ Sophie fast taub werden, und hinten schossen Rauchschwaden in die Luft. Aber mittlerweile war die Vogelscheuche zu einem winzigen schwarzen Punkt an einem fernen Hang geworden. Als Sophie das nächste Mal hinschaute, war sie überhaupt nicht mehr zu sehen.

»Gut. Dann mach ich jetzt erst mal Feierabend«, sagte Calcifer. »Das war ganz schön anstrengend.«

Das Poltern ebbte ab. Nichts klirrte mehr. Calcifer schlief ein, so wie es Feuer tun, versank er zwischen den Holzstücken, bis sie nur noch rosa Zylinder mit weißem Ascheüberzug waren, unter denen Blau und Grün nur noch zu erahnen waren.

Sophie fühlte sich wieder einigermaßen gesund. Sie fischte sechs Tüten und eine Flasche aus dem schleimigen Wasser in der Badewanne. Die Tüten hatten sich mit Wasser vollgesogen. Sie wagte nicht, sie so liegen zu lassen, nach allem, was am Vortag passiert war, und deshalb legte sie sie auf den Boden und beträufelte sie ganz vorsichtig mit dem Inhalt der mit TROCKENPUDER beschrifteten Packung. Beinahe augenblicklich waren sie trocken. Davon ermutigt, ließ sie das Wasser aus der Badewanne laufen und streute PUDER auf Howls Anzug. Auch der trocknete. Er war noch immer mit grünen Flecken übersät und um einiges kleiner als vorher, aber Sophie freute sich, dass sie immerhin etwas in Ordnung gebracht hatte.

Vor lauter Freude machte sie sich daran, Abendessen zu kochen. Sie schob alles, was auf der Werkbank lag, um den Totenschädel zusammen und fing an, Zwiebeln zu schneiden. »Immerhin tränen deine Augen nicht, mein Freund«, sagte sie zum Schädel. »Du hast's gut.«

Die Tür sprang auf.

Sophie hätte sich vor Schreck fast geschnitten und dachte, es sei wieder die Vogelscheuche. Aber es war Michael. Triumphierend platzte er herein. Er ließ ein Brot, eine Pastete und eine rosa und weiß gestreifte Schachtel auf die Zwiebeln fallen. Dann packte er Sophies magere Taille und tanzte mit ihr durch das Zimmer.

»Alles in Ordnung! Alles in Ordnung!«, rief er glücklich.

Hüpfend und stolpernd bemühte sich Sophie, Michaels Stiefeln auszuweichen. »Halt, halt«, keuchte sie und versuchte panisch, das Messer so zu halten, dass sie sich nicht daran schnitten. »Was ist in Ordnung?«

»Lettie liebt mich!«, brüllte Michael und tanzte mit Sophie erst fast bis ins Badezimmer und dann fast bis in den Kamin. »Sie hat Howl nie gesehen! Das war alles ein Missverständnis!« Er wirbelte mit Sophie durch die Zimmermitte.

»Lass mich endlich los, sonst schneiden wir uns noch an dem Messer«, keuchte Sophie. »Und jetzt erklär mal, was überhaupt los ist.«

»Hussa!«, rief Michael. Er wirbelte Sophie zum Sessel und ließ sie hineinfallen, und da saß sie dann und schnappte nach Luft. »Gestern hab ich mir gewünscht, du hättest seine Haare blau gefärbt«, sagte er. »Aber jetzt ist es mir egal. Als Howl ›Lettie Hatter‹ sagte, hätte ich fast selber zur blauen Farbe gegriffen. Du siehst doch, wie er redet. Ich wusste, dass er dieses Mädchen fallen lassen würde, genau wie alle anderen; sobald er sie dazu gebracht hätte, dass sie ihn liebt. Und erst meinte ich, er meinte meine Lettie, und da … Na, jedenfalls, du weißt ja, dass er von einem anderen Mann geredet hat, und ich dachte, der sei ich! Also bin ich heute nach Market Chipping geflitzt. Und alles war in Ordnung! Offenbar ist Howl hinter einem Mädchen mit demselben Namen her. Lettie hat ihn noch nie gesehen.«

»Jetzt mal Klartext«, sagte Sophie, der noch immer schwindlig war. »Wir reden von der Lettie Hatter, die in der Bäckerei Cesari arbeitet, ja?«

»Aber natürlich«, sagte Michael glücklich. »Ich liebe sie, seit sie dort angefangen hat, und ich konnte es kaum glauben, als sie sagte, dass sie mich liebt. Sie hat doch Hunderte Verehrer. Es hätte mich nicht überrascht, wenn Howl zu ihnen gehörte. Jetzt bin ich so erleichtert. Ich hab dir zur Feier des Tages von Cesari einen Kuchen mitgebracht. Wo hab ich den nur hingestellt? Ach, da ist er ja.«

Er warf Sophie die weiß-rosa Schachtel zu. Dabei fielen Zwiebeln in ihren Schoß.

»Wie alt bist du, mein Kind?«, fragte Sophie.

»Bin am letzten Maifeiertag fünfzehn geworden«, sagte Michael. »Calcifer hat über dem Schloss ein Feuerwerk veranstaltet, was, Calcifer? Ach, er schläft. Du hältst mich wahrscheinlich für zu jung, um mich zu verloben – und ich habe ja auch noch drei Jahre von meiner Lehrzeit vor mir und Lettie sogar noch mehr –, aber wir haben uns unser Wort gegeben, und das Warten macht uns nichts aus.«

Dann war Michael ungefähr im richtigen Alter für Martha, fand Sophie. Und sie hatte ihn als netten, zuverlässigen Jungen kennengelernt, der eine Karriere als Zauberer vor sich hatte. Gott segne Marthas Herz, dachte sie. Also rief sie sich den verwirrenden Maifeiertag ins Gedächtnis und erinnerte sich, dass Michael zu der lärmenden Gruppe vor Marthas Tresen gehört hatte. Howl hingegen war draußen auf dem Marktplatz gewesen.

»Bist du sicher, dass deine Lettie dir über Howl die Wahrheit gesagt hat?«, fragte sie besorgt.

»Ganz sicher«, sagte Michael. »Ich weiß, wann sie lügt. Denn dann dreht sie nicht mehr Däumchen.«

»Richtig«, sagte Sophie und schmunzelte.

»Woher weißt du das denn?«, fragte Michael überrascht.

»Weil sie meine Schwester – äh, meiner Schwester Enkelin ist«, sagte Sophie, »und als kleines Mädchen hat sie es mit der Wahrheit nicht immer ganz genau genommen. Aber sie ist ja noch recht jung und … äh … Aber was ist, wenn sie sich beim Wachsen verändert? In einem Jahr oder so sieht sie vielleicht nicht mehr ganz so aus wie heute.«

»Ich auch nicht«, sagte Michael. »Leute in unserem Alter ändern sich dauernd. Für uns wird das keine Rolle spielen. Sie wird immer noch Lettie sein.«

Wie man's nimmt, dachte Sophie. »Aber wenn sie nun die Wahrheit gesagt hat«, fragte sie dann voller Sorge, »und wenn sie Howl nur unter falschem Namen kennt?«

»Mach dir keine Sorgen«, sagte Michael. »Daran habe ich auch schon gedacht. Ich habe Howl beschrieben – und du musst zugeben, dass man ihn leicht erkennt –, und sie hat ihn und seine miese Gitarre wirklich nie gesehen. Ich brauchte ihr nicht einmal zu erzählen, dass er gar nicht weiß, wie man darauf spielt. Sie hat ihn nie gesehen, und als sie mir das sagte, hat sie die ganze Zeit Däumchen gedreht.«

»Das beruhigt mich«, sagte Sophie und ließ sich steif in ihren Sessel zurücksinken. Und was Martha betraf, war es wirklich eine Beruhigung. Ansonsten war es keine, denn Sophie war sich sicher, dass die einzige andere Lettie Hatter in der Gegend eben die richtige war. Wenn es noch eine gegeben hätte, dann hätte irgendwer im Hutladen darüber geklatscht. Zu der starrköpfigen Lettie passte es auch, sich nicht von Howl einwickeln zu lassen. Was Sophie Sorgen machte, war, dass Lettie Howl ihren wahren Namen genannt hatte. Sie wusste vielleicht nicht, was sie für ihn empfand, aber sie mochte ihn doch so sehr, dass sie ihm ein so wichtiges Geheimnis anvertraut hatte.

»Mach nicht so ein besorgtes Gesicht«, sagte Michael lachend und lehnte sich von hinten über den Sessel. »Sieh dir lieber den Kuchen an, den ich dir mitgebracht habe.«

Als Sophie die Schachtel öffnete, merkte sie, dass Michael sie nicht mehr für eine Naturkatastrophe hielt, sondern dass er sie wirklich mochte. Sie war so glücklich und dankbar, dass sie beschloss, ihm die ganze Wahrheit über Lettie, Martha und sich selbst zu erzählen. Es war nur fair, ihm zu erklären, in was für eine Familie er da einheiraten wollte. Die Schachtel ging auf. Darin war Cesaris köstlichster Kuchen, bedeckt mit Sahne und Schokolade und winzigen Schokoladekringeln.

»Oh«, sagte Sophie.

Der eckige Knauf über der Tür drehte sich auf eigene Faust auf Rot, und Howl kam herein. »Was für ein wunderbarer Kuchen«, sagte er. »Meine Lieblingssorte. Wo hast du den denn her?«

»Ich ... äh ... ich war kurz bei Cesari«, sagte Michael schuldbewusst und verlegen. Sophie schaute zu Howl hoch. Immer wenn sie von dem Zauber sprechen wollte, der auf ihr lastete, kam etwas dazwischen. Und wenn es sein musste sogar Zauberer.

»Der scheint die Mühe ja wirklich wert zu sein«, sagte Howl und musterte den Kuchen. »Cesari soll ja noch besser sein als alle Bäckereien in Kingsbury. Blöd von mir, dass ich noch nie da war. Und ist das da auf der Bank eine Pastete?« Er ging hinüber. »Pastete auf einem Bett aus rohen Zwiebeln. Totenschädel sieht ziemlich beleidigt aus.« Er hob den Schädel hoch und fischte einen Zwiebelring aus der Augenhöhle. »Ich sehe, Sophie hat wieder zugeschlagen. Hättest du sie nicht zurückhalten können, mein Freund?«

Daraufhin fletschte der Totenschädel die Zähne. Howl machte ein verwirrtes Gesicht und legte ihn eilig wieder hin.

»Ist was passiert?«, fragte Michael. Er schien die Zeichen zu kennen.

»Allerdings«, sagte Howl. »Ich muss jemanden finden, der mich beim König anschwärzt.«

»Hat mit dem Wagenzauber etwas nicht gestimmt?«, fragte Michael.

»Nein. Der hat tadellos funktioniert. Das ist ja das Problem«, sagte Howl und ließ ruhelos den Zwiebelring um seinen Finger kreiseln. »Jetzt will der König mich auf etwas anderes festnageln. Calcifer, wenn wir nicht sehr vorsichtig sind, wird er mich zum Königlichen Zauberer ernennen.« Calcifer gab keine Antwort. Howl lief zum Kamin hinüber und stellte fest, dass Calcifer schlief. »Du musst ihn wecken, Michael«, sagte er. »Ich brauche seinen Rat.«

Michael warf zwei Holzstücke auf Calcifer und rief seinen Namen. Nichts passierte, nur ein dünner Rauchfaden stieg auf.

»Calcifer!«, brüllte Howl. Auch das half nichts. Howl schaute Michael fragend an und griff zum Schürhaken, was Sophie noch nie erlebt hatte. »Tut mir leid, Calcifer«, sagte er und stocherte unter den unverbrannten Holzscheiten herum. »Aufwachen!«

Eine dicke schwarze Rauchwolke stieg auf und blieb hängen. »Geh weg«, knurrte Calcifer. »Ich bin müde.«

Jetzt sah Howl wirklich besorgt aus. »Was ist denn los mit ihm? So habe ich ihn noch nie erlebt.«

»Ich glaube, das liegt an der Vogelscheuche«, sagte Sophie.

Howl fuhr auf seinen Knien herum und richtete seine Glasmurmelaugen auf sie. »Was hast du denn schon wieder angestellt?« Er starrte sie weiterhin an, während Sophie es ihm erzählte. »Eine Vogelscheuche?«, fragte er. »Calcifer hat das Schloss beschleunigt wegen einer schnöden Vogelscheuche? Liebe Sophie, bitte, erzähl mir, wie es dir gelingt, einen Feuerdämon derart zum Gehorsam zu zwingen. Das wüsste ich zu gerne.«

»Ich hab ihn nicht gezwungen«, sagte Sophie. »Die Vogelscheuche hat mich furchtbar erschreckt, und da tat ich ihm leid.«

»Sie hat sie erschreckt und da tat sie Calcifer leid«, wiederholte Howl. »Meine gute Sophie, niemand tut Calcifer je leid. Und ich hoffe, du möchtest heute Abend gern rohe Zwiebeln und kalte Pastete essen, Calcifer hast du jedenfalls fast ausgelöscht.«

»Wir haben noch den Kuchen«, sagte Michael versöhnlich.

Das Essen schien Howls Laune nicht zu bessern, und immer wieder schaute er ängstlich zu den unverbrannten Holzscheiten im Kamin hinüber. Die Pastete schmeckte auch kalt gut und die Zwiebeln ebenfalls, nachdem Sophie sie in Essig eingelegt hatte. Der Kuchen war köstlich. Beim Essen wagte Michael die Frage, was der König von Howl wollte.

»Noch nichts Konkretes«, sagte Howl düster. »Aber er wollte mich nach seinem Bruder ausfragen, und das verheißt nichts Gutes. Offenbar hatten sie sich richtig gefetzt, ehe Prinz Justin davongeprescht ist, und darüber wird jetzt geredet. Der König hofft wohl, dass ich mich anbiete, seinen Bruder zu suchen. Und ich Trottel hab auch noch gesagt, dass ich nicht glaube, dass Hexenmeister Suliman tot ist. Das hat alles noch schlimmer gemacht.«

»Warum willst du dich davor drücken, den Prinzen zu suchen?«, fragte Sophie. »Glaubst du, du findest ihn nicht?«

»Du bist nicht nur herrisch, sondern auch unhöflich, was?«, fragte Howl. Das mit Calcifer hatte er ihr noch nicht verziehen. »Ich will ihn nicht suchen, weil ich weiß, dass ich ihn finden kann, wenn du es unbedingt wissen willst. Justin und Suliman waren dicke Freunde, und sie haben sich gestritten, weil Justin dem König gesagt hatte, dass er ihn suchen wollte. Er fand es überhaupt nicht richtig, dass der König Suliman in die Wüste geschickt hatte. Und selbst du dürftest wissen, dass in der Wüste eine gewisse Dame haust, die einfach nur Ärger macht. Voriges Jahr hat sie versprochen, mich bei lebendigem Leib zu grillen, und sie hat einen Fluch nach mir ausgesandt, dem ich bisher nur ausweichen konnte, weil ich schlau genug war, ihr einen falschen Namen zu nennen.«

Fast hätte Sophie ihn bewundert. »Du meinst, du hast die Hexe der Wüste sitzen lassen?«

Howl schnitt sich noch ein Stück Kuchen ab und machte ein trauriges und ehrbares Gesicht. »So würde ich das nicht ausdrücken. Ich gebe zu, dass ich eine Zeit lang geglaubt habe, sie zu mögen. In mancher Hinsicht ist sie eine sehr traurige Dame, sehr ungeliebt. Jeder Mann in Ingari erstarrt vor Angst vor ihr. Du dürftest ja wissen, was das für ein Gefühl ist, Sophie.«

Sophie riss empört den Mund auf. Michael sagte rasch: »Glaubst du, wir sollten das Schloss bewegen? Deshalb hast du es doch erfunden, oder?«

»Das hängt von Calcifer ab.« Wieder schaute Howl sich über die Schulter zu den kaum rauchenden Holzscheiten um. »Ich muss schon sagen, wenn ich mir vorstelle, dass der König und die Hexe es beide auf mich abgesehen haben, dann würde ich dieses Schloss am liebsten auf einen hübschen, finsteren Felsen ungefähr tausend Meilen von hier entfernt setzen.«

Michael hätte seine Frage offensichtlich gerne wieder

zurückgenommen. Sophie sah ihm an, dass ihm tausend Meilen zu weit weg von Martha waren. »Aber was wird dann aus deiner Lettie Hatter«, sagte sie zu Howl, »wenn du so weit weggehst?«

»Bis dahin wird das vorbei sein, nehme ich an«, sagte Howl zerstreut. »Aber wenn ich nur wüsste, wie ich den König abschütteln soll ... ich weiß!« Er hob seine Gabel, auf der ein schmelzender Klumpen Kuchen mit Sahne steckte, und zeigte damit auf Sophie. »Du kannst mich beim König anschwärzen. Du gibst dich als meine alte Mutter aus und bittest für deinen Herzensjungen.« Er bedachte Sophie mit dem Lächeln, das zweifellos die Hexe der Wüste und möglicherweise auch Lettie bezaubert hatte, er feuerte es an der Gabel entlang und über die Sahne hinweg direkt in Sophies Augen, sodass ihr schwindelte. »Wenn du mit Calcifer fertigwirst, kann der König für dich doch kein Problem sein!«

Vom Schwindel benommen starrte Sophie ihn an und schwieg. Das, dachte sie, sei der Punkt, wo sie sich drücken würde. Sie würde gehen. Pech für Calcifer und seinen Vertrag. Sie hatte genug von Howl. Zuerst grüner Schleim, dann wurde sie schief angeguckt für etwas, das Calcifer ganz freiwillig getan hatte, und jetzt auch noch das! Am nächsten Morgen würde sie sich nach Upper Folding absetzen und Lettie alles erzählen!

8. KAPITEL

IN DEM SOPHIE DAS SCHLOSS IN MEHRERE RICHTUNGEN GLEICHZEITIG VERLÄSST

Zu Sophies Erleichterung loderte Calcifer am nächsten Morgen hell und fröhlich auf. Wenn sie Howl nicht so sattgehabt hätte, hätte sie es fast rührend gefunden, wie sehr dieser sich über Calcifers Anblick freute.

»Ich dachte, sie hätte dich erledigt, du alte Gaskugel«, sagte Howl, der neben dem Kamin kniete und seine Ärmel durch die Asche schleifen ließ.

»Ich war einfach müde«, sagte Calcifer. »Irgendwas hat am Schloss gezogen. Und ich hatte es noch nie so schnell werden lassen.«

»Na, lass dich von ihr nicht zwingen, das noch mal zu machen«, sagte Howl. Er erhob sich und wischte mit eleganter Geste Asche von seinem rot-grauen Anzug. »Fang heute mit dem Zauber an, Michael. Und wenn der König einen Boten schickt, dann bin ich bis morgen in dringenden Privatangelegenheiten unterwegs. Ich will zu Lettie, aber das braucht ihr ihm nicht auf die Nase zu binden.« Er griff nach seiner Gitarre und öffnete die Tür, mit dem Knauf auf Grün, zu den weiten, wolkenverhangenen Hügeln.

Die Vogelscheuche war wieder da. Als Howl die Tür aufmachte, schnellte sie seitwärts auf ihn zu und bohrte ihm ihr Rübengesicht in die Brust. Die Gitarre ließ ein schreckliches »twing, twing« hören. Sophie stieß einen leisen Entsetzensschrei aus und klammerte sich an ihren Sessel. Ein Stockarm der Vogelscheuche tastete steif und kratzend herum und suchte Halt an der Tür. So, wie Howl die

Füße in den Boden stemmte, war klar, dass die Vogelscheuche ihn kräftig bedrängte. Offenbar war sie wild entschlossen, in das Schloss zu gelangen.

Calcifers blaues Gesicht beugte sich aus dem Kamin. Michael stand stocksteif dahinter. »Das ist ja wirklich eine Vogelscheuche«, sagten sie beide.

»Ach, wirklich! Was ihr nicht sagt«, keuchte Howl. Er stemmte einen Fuß gegen den Türrahmen und stieß zu. Die Vogelscheuche flog rückwärts und landete mit leisem Rascheln einige Meter weiter im Heidekraut. Sofort sprang sie wieder auf und hüpfte erneut auf das Schloss zu. Howl legte eilig die Gitarre auf der Türschwelle ab und sprang nach unten, um der Vogelscheuche entgegenzutreten. »Nein, so nicht, mein Freund«, sagte er und hob eine Hand. »Scher dich dahin zurück, woher du gekommen bist.« Langsam ging er weiter, noch immer mit erhobener Hand. Die Vogelscheuche wich ein wenig zurück, sprang langsam und vorsichtig rückwärts. Als Howl stehen blieb, blieb auch die Vogelscheuche stehen, ihr eines Bein bohrte sich ins Heidekraut, und ihre zerlumpten Arme fuchtelten wie die eines Boxers, der an der Deckung des Gegners vorbeikommen will. Die Lumpen, die ihre Arme umflatterten, wirkten wie eine irrwitzige Nachahmung von Howls Ärmeln.

»Du willst also nicht gehen?«, fragte Howl. Und der Rübenkopf bewegte sich langsam hin und her. Nein. »Ich fürchte, mir bleibt nichts anderes übrig«, sagte Howl. »Du machst Sophie Angst, und wenn sie sich fürchtet, dann ist ihr alles zuzutrauen. Und wenn ich es mir recht überlege, dann machst du auch mir Angst.« Howls Arme bewegten sich mühsam, als müsse er ein schweres Gewicht heben, bis sie hoch über seinen Kopf gestreckt waren. Er rief ein seltsames Wort, das von einem plötzlichen Donnerschlag halb geschluckt wurde. Und die Vogelscheuche jagte davon.

Rückwärts jagte sie hinauf mit flatternden Lumpen, wehrte sich mit wild wedelnden Armen, hoch und höher und immer weiter, bis die Vogelscheuche nur noch ein wirbelnder Punkt am Himmel war, dann ein verschwindender Punkt in den Wolken, und dann endlich war sie gar nicht mehr zu sehen.

Howl ließ die Arme sinken, kam zur Tür zurück und fuhr sich mit dem Handrücken übers Gesicht. »Ich nehme meine harten Worte zurück, Sophie«, sagte er keuchend. »Dieses Ding ist ja grauenhaft. Vielleicht hat die Vogelscheuche gestern am Schloss gezogen. Sie hatte einen der stärksten Zauber, mit denen ich je zu tun hatte. Was war das – was von der letzten Person, für die du geputzt hast, noch übrig ist?«

Sophie stieß ein mattes, gackerndes Lachen aus. Wieder wollte ihr Herz nicht spuren.

Howl merkte, dass mit ihr etwas nicht stimmte. Er sprang über seine Gitarre ins Haus, packte ihren Ellbogen und führte sie zum Sessel. »Ganz ruhig!« Und dann passierte etwas zwischen Howl und Calcifer. Das spürte Sophie, denn Howl berührte sie, und Calcifer beugte sich noch immer aus dem Kamin. Was immer es sein mochte, ihr Herz schlug jedenfalls fast augenblicklich wieder korrekt. Howl sah Calcifer an, zuckte mit den Schultern und wandte sich ab, um Michael jede Menge Anweisungen zu geben, wie er Sophie für den Rest des Tages ruhig halten sollte. Dann hob er seine Gitarre auf und war endlich verschwunden.

Sophie lag im Sessel und gab vor, sich doppelt so krank zu fühlen, als es in Wirklichkeit der Fall war. Sie musste Howl erst außer Sichtweite kommen lassen. Es war wirklich ärgerlich, dass auch er nach Upper Folding wollte, aber sie würde so viel langsamer gehen, dass sie dort eintreffen würde, wenn er sich auf den Rückweg machte. Wichtig war, dass sie ihm unterwegs nicht begegnete. Verstohlen beobachtete sie Michael, der den Zauber ausbreitete und sich bei dessen Anblick am Kopf kratzte. Sie wartete, bis er dicke Lederbände aus dem Regal zog und sich hektisch und niedergeschlagen Notizen machte. Als er ganz darin vertieft zu sein schien, murmelte Sophie mehrere Male »Ganz schön stickig hier«.

Michael achtete nicht darauf. »Entsetzlich stickig«, sagte Sophie, stand auf und humpelte zur Tür. »Frische Luft.« Sie öffnete die Tür und stieg hinaus. Freundlicherweise hielt Calcifer solange das Schloss an. Sophie landete im Heidekraut und schaute sich um, um sich zu orientieren. Die Straße nach Upper Folding war ein sandiger Streifen, der unterhalb des Schlosses durch die Heide führte. Natürlich machte es Calcifer für Howl möglichst bequem. Sophie steuerte die Straße an. Sie war ein wenig traurig. Michael und Calcifer würden ihr fehlen.

Fast hatte sie die Straße erreicht, als jemand ihren Namen rief. Michael kam den Hang heruntergerannt, und das hohe schwarze Schloss wackelte hinter ihm her und stieß aus allen vier Türmen besorgte Rauchschwaden aus.

»Was soll denn das?«, fragte Michael, als er sie eingeholt hatte. Er sah sie an, als glaube er, die Vogelscheuche habe sie um den Verstand gebracht.

»Mir geht es gut«, sagte Sophie beleidigt. »Ich will einfach meine Schwester – meiner anderen Schwester Enkelin besuchen. Sie heißt auch Lettie Hatter. Verstehst du jetzt endlich?«

»Wo wohnt sie denn?«, fragte Michael, als rechnete er damit, dass Sophie das nicht wüsste.

»In Upper Folding«, sagte Sophie.

»Aber das ist über zehn Meilen weit«, sagte Michael. »Ich habe Howl versprochen, dafür zu sorgen, dass du dich ausruhst. Ich kann dich nicht gehen lassen. Ich habe ihm gesagt, ich würde dich nicht aus den Augen lassen.«

Das nahm Sophie gar nicht gut auf. Jetzt war sie für Howl plötzlich nützlich, weil sie für ihn zum König gehen sollte. Natürlich wollte er nicht, dass sie das Schloss verließ. »Ha!«, sagte sie.

»Und außerdem«, sagte Michael, der die Lage langsam erfasste, »ist bestimmt auch Howl nach Upper Folding gegangen.«

»Da bin ich mir ziemlich sicher«, sagte Sophie.

»Und du machst dir Sorgen um dieses Mädchen, weil es deine Großnichte ist«, sagte Michael und traf endlich den Kern der Sache. »Alles klar. Aber ich kann dich nicht gehen lassen.«

»Ich gehe trotzdem«, sagte Sophie.

»Aber wenn Howl dich dort sieht, dann wird er wütend«, erklärte Michael jetzt. »Und weil ich ihm versprochen habe, auf dich aufzupassen, wird er auf uns beide wütend sein. Du solltest dich ausruhen.« Und dann, als Sophie schon Lust hatte, ihn zu schlagen, rief er: »Warte! In der Besenkammer liegt doch ein Paar Siebenmeilenstiefel.«

Er packte Sophies mageres altes Handgelenk und zog sie bergauf zum wartenden Schloss. Sie musste immer wieder kleine Sprünge machen, damit ihre Füße sich nicht im Heidekraut verfingen. »Aber«, keuchte sie, »das sind alte Meilen, und eine alte Meile macht sieben neue Meilen. Da wäre ich doch mit zwei Schritten halbwegs in Porthaven.«

»Nein, das sind zehneinhalb Meilen pro Schritt«, sagte Michael. »Und das ist fast genau bis Upper Folding. Wenn wir jeweils einen Stiefel nehmen und zusammen gehen, dann lasse ich dich nicht aus den Augen, du strengst dich nicht an, und wir sind vor Howl dort, und deshalb erfährt er davon gar nichts. Damit wären unsere Probleme alle wunderbar gelöst.«

Michael war so zufrieden mit sich, dass Sophie es nicht übers Herz brachte, ihm zu widersprechen. Sie zuckte mit den Schultern. Vermutlich war es besser, wenn Michael die Sache mit den beiden Letties erfuhr, ehe ihr Aussehen sich wieder änderte. So wäre es ehrlicher. Aber als Michael die Stiefel aus dem Besenschrank holte, kamen Sophie doch Zweifel. Bisher hatte sie die Stiefel für zwei Ledereimer gehalten, die auf irgendeine Weise ihre Henkel verloren hatten und dann zusammengestaucht worden waren.

»Du musst mit dem Fuß hinein, mit Schuh und allem«, erklärte Michael, als er die beiden schweren eimerförmigen Teile zur Tür schleppte. »Das sind die Prototypen der Stiefel, die Howl für die Armee des Königs angefertigt hat. Die späteren waren dann etwas leichter und stiefelförmiger.« Er und Sophie setzten sich auf die Türschwelle und schoben jeweils einen Fuß in einen Stiefel. »Dreh dich in Richtung Upper Folding, bevor du mit dem Stiefel auftrittst«, schärfte Michael ihr ein. Er und Sophie standen mit dem Fuß auf, der im normalen Schuh steckte, und drehten sich vorsichtig in Richtung Upper Folding um. »Und jetzt auftreten«, sagte Michael.

Wusch! Die Landschaft jagte so rasch an ihnen vorbei, dass sie nur ein Flimmern war, ein graugrünes Flimmern für das Land und ein blaugraues Flimmern für den Himmel.

Der Fahrtwind riss an Sophies Haaren und zog jede Runzel in ihrem Gesicht nach hinten, bis sie das Gefühl hatte, die beiden Hälften ihres Gesichts hingen ihr am Ende hinter den Ohren.

Die wilde Jagd brach ebenso abrupt ab, wie sie eingesetzt hatte. Alles war ruhig und sonnig. Sie standen bis zu den Knien in den Butterblumen auf Upper Foldings Dorfanger. Eine in der Nähe weidende Kuh starrte sie an. Hinter der Kuh schienen Häuschen mit Strohdächern unter den Bäumen zu dösen. Leider war der Stiefeleimer so schwer, dass Sophie beim Landen ins Taumeln geriet.

»Nicht auftreten«, schrie Michael, aber es war schon zu spät.

Wieder machte es wusch, gefolgt von Flimmern und zerrendem Wind. Als es aufhörte, fand Sophie sich im Folding Valley wieder, fast schon in der Folding-Marsch. »Oh verflixt«, sagte sie, drehte sich auf ihrem normalen Schuh vorsichtig um und machte einen weiteren Versuch.

Wusch! Flimmer! Und da stand sie wieder auf dem Dorfanger von Upper Folding und geriet durch das Gewicht des Stiefels ins Taumeln. Sie sah für einen Moment, wie Michael versuchte sie festzuhalten …

Wusch! Flimmer! »Was für ein Mist!«, heulte Sophie. Wieder stand sie in den Hügeln. In der Nähe zog friedlich das krumme schwarze Schloss vorüber. Calcifer amüsierte sich damit, dass er schwarze Rauchringe aus dem Schornstein blies. Mehr sah Sophie nicht, denn ihr Fuß verfing sich im Heidekraut, und sie taumelte abermals vorwärts.

Wusch! Wusch! Diesmal besuchte Sophie rasch hintereinander den Marktplatz von Market Chipping und den Rasen vor einem prachtvollen Landsitz. »Verflixt!«, rief sie. »Mist!« Ein Wort für jeden Ort. Und wieder ging es los, mit ihrer eigenen Schwungkraft und noch einem Wusch!, zu einem Feld irgendwo hinten in diesem Tal. Ein großer roter Stier hob seine beringte Nase aus dem Gras und senkte nachdenklich die Hörner.

»Ich wollte gerade wieder gehen, gutes Tier«, rief Sophie und drehte sich hektisch um sich selbst.

Wusch! Zurück zum Landsitz. Wusch! Zum Marktplatz. Wusch! Und da war wieder das Schloss. Sophie hatte die Sache jetzt langsam im Griff. Wusch! Da war Upper Folding – aber wie sollte sie anhalten? Wusch!

»Oh, zum Henker damit!«, rief Sophie, die inzwischen fast wieder in der Folding-Marsch stand.

Diesmal drehte sie sich sehr vorsichtig um und trat ganz

behutsam auf. Wusch! Und glücklicherweise landete ihr Stiefel in einem Kuhfladen, und sie fiel auf den Hintern. Michael stürzte herzu, ehe Sophie sich bewegen konnte, und zog ihr den Stiefel vom Fuß.

»Danke«, rief Sophie atemlos. »Ich weiß wirklich nicht, warum ich nicht anhalten konnte!«

Sophies Herz hämmerte ein wenig, als sie über den Anger zu Mrs Fairfax' Haus liefen, aber nur so, wie Herzen das nach einer Anstrengung eben so machen. Sie war sehr dankbar für das, was Howl und Calcifer getan hatten, was immer es gewesen sein mochte.

»Nett hier«, sagte Michael und versteckte die Stiefel in Mrs Fairfax' Hecke.

Sophie stimmte zu. Es war das größte Haus im Dorf. Es hatte ein Strohdach und schwarzweißes Fachwerk und, das wusste Sophie noch, weil sie als Kind hier zu Besuch gewesen war, der Weg zur Veranda führte durch einen von Blumen überwucherten und von Bienen nur so schwirrenden Garten. An der Veranda wetteiferten Geißblatt und weiße Kletterrosen darum, den Bienen die meiste Arbeit zu geben. Hier unten in Upper Folding herrschte ein vollkommener heißer Sommermorgen.

Mrs Fairfax kam selbst an die Tür. Sie war eine dieser molligen, freundlichen Damen mit jeder Menge um den Kopf gewickelten buttergelben Haaren, bei deren Anblick das Leben gleich viel besser erscheint. Sophie beneidete Lettie ein ganz klein wenig. Mrs Fairfax sah zuerst Sophie an und dann Michael. Sie hatte Sophie zuletzt ein Jahr zuvor als siebzehnjähriges Mädchen gesehen, und es gab keinen Grund, sie als alte Frau von neunzig zu erkennen. »Ich wünsche einen guten Morgen«, sagte sie höflich.

Sophie seufzte. Michael sagte: »Das ist Lettie Hatters Großtante. Ich habe sie herbegleitet, weil sie Lettie besuchen möchte.«

»Ach, deshalb kam das Gesicht mir so vertraut vor!«, rief Mrs Fairfax. »Offenbar eine starke Familienähnlichkeit. Kommt doch herein. Lettie hat gerade noch zu tun, aber ihr könnt beim Warten ja Kuchen und Honig essen.«

Sie machte die Haustür weiter auf. Sofort quetschte sich ein großer Collie an ihren Röcken vorbei, zwängte sich zwischen Sophie und Michael hindurch und jagte über das nächstgelegene Blumenbeet, wobei er zu beiden Seiten Blumen abriss.

»Ach, haltet ihn fest!«, keuchte Mrs Fairfax und machte sich an die Verfolgung. »Ich will ihn jetzt nicht im Garten haben!«

Es folgte eine einminütige wilde Jagd, während der der Hund hin und her rannte und verstört winselte, während Mrs Fairfax und Sophie hinter ihm herliefen, über Blumenbeete sprangen und sich dauernd gegenseitig im Weg waren. Michael hetzte hinter Sophie her und rief: »Halt! Sonst wirst du nur wieder krank!« Dann verschwand der Hund um eine Hausecke. Michael wurde bewusst, dass er Sophie anhalten würde, wenn der Hund gestoppt wäre. Deshalb lief er quer durch die Blumenbeete, setzte hinter dem Hund her um die Hausecke und konnte zwei Handvoll des dicken Fells packen, als der Hund gerade den hinter dem Haus gelegenen Obstgarten erreicht hatte.

Sophie kam angehumpelt, als Michael den Hund nach hinten zog und ihr dermaßen seltsame Grimassen schnitt, dass sie ihn zuerst für krank hielt. Aber er nickte so oft zum Obstgarten hinüber, dass sie begriff, dass er ihr etwas sagen wollte. Sie lugte um die Hausecke und rechnete mit einem Bienenschwarm.

Aber dort saß Howl mit Lettie. Zwischen blühenden Apfelbäumen und vor einer Reihe von Bienenkörben. Lettie saß auf einer weißen Gartenbank. Howl kniete zu ihren Füßen auf einem Bein im Gras, hielt ihre Hand und sah edel und leidenschaftlich aus. Lettie lächelte ihn liebevoll an. Aber das Schlimmste war, fand Sophie jedenfalls, dass Lettie überhaupt nicht wie Martha aussah. Sie war ihr eigenes wunderschönes Selbst. Sie trug ein Kleid in den gleichen Rosa- und Weißtönen wie die üppigen Apfelblüten hinter ihr. Ihre dunklen Haare fielen in glänzenden Locken über ihre Schultern, und ihre Augen strahlten vor Verliebtheit.

Sophie zog den Kopf zurück und schaute verzweifelt zu Michael hinüber, der den heulenden Collie festhielt. »Bestimmt hatte er einen Zauber bei sich«, flüsterte Michael ebenso verzweifelt.

Mrs Fairfax hatte sie eingeholt, schnappte nach Luft und versuchte eine lose Strähne ihrer buttergelben Haare festzustecken. »Böser Hund«, flüsterte sie dem Collie wütend zu. »Wenn du das noch einmal machst, wirst du verzaubert!« Der Hund kniff die Augen zusammen und duckte sich. Mrs Fairfax streckte einen strengen Finger aus. »Ins Haus! Und da bleibst du!« Der Collie befreite sich aus Michaels Händen und verzog sich. »Vielen Dank«, sagte Mrs Fairfax zu Michael, während sie dem Hund folgten. »Immer will er Letties Besucher beißen! Rein mit dir!«, rief sie im Vorgarten energisch, als der Collie offenbar mit dem Gedanken spielte, um das Haus herumzulaufen und den Obstgarten aus der anderen Richtung zu stürmen. Der Hund schaute sie über seine Schulter hinweg betrübt an und kroch dann traurig über die Veranda ins Haus.

»Da liegt der Hund vielleicht gar nicht so falsch«, sagte Sophie. »Mrs Fairfax, wissen Sie, wer Letties Besucher ist?«

Mrs Fairfax schmunzelte. »Der Zauberer Pendragon oder Howl oder wie immer er sich gerade nennt«, sagte sie. »Aber Lettie und ich verraten nicht, dass wir das wissen. Ich fand es witzig, als er zum ersten Mal hier auftauchte und sich Sylvester Oak nannte, ich konnte sehen, dass er mich vergessen hatte, aber ich hatte ihn nicht vergessen, auch wenn seine Haare in seinen Lehrjahren noch schwarz waren.« Mrs Fairfax hatte jetzt die Hände vor dem Bauch gefaltet und stand kerzengerade da, um den ganzen Tag zu reden, wie Sophie es schon oft bei ihr erlebt hatte. »Er war der allerletzte Schüler meiner alten Lehrerin, weißt du, ehe sie dann in den Ruhestand ging. Als Mr Fairfax noch lebte, freute er sich immer, wenn ich uns ab und zu nach Kingsbury versetzte, um ins Theater zu gehen. Zwei kann ich ganz gut transportieren, wenn ich mir Zeit lasse. Und bei diesen Besuchen habe ich immer bei der alten Mrs Pentstemmon vorbeigeschaut. Sie hält gern den Kontakt zu ihren alten Lehrlingen. Bei einem dieser Besuche hat sie uns den jungen Howl vorgestellt. Ach, was war sie stolz auf ihn. Sie hatte auch Hexenmeister Suliman unterrichtet, weißt du, und sie sagte, Howl sei doppelt so gut …«

»Aber wissen Sie denn nicht, welchen Ruf Howl hat?«, fiel Michael ihr ins Wort.

Sich in Mrs Fairfax' Rede einzuschalten war ungefähr so, wie beim Seilspringen einzusteigen, wenn das Seil schon geschwungen wird. Man muss den richtigen Moment abpassen, aber wer einmal im Spiel ist, bleibt auch darin. Mrs Fairfax drehte sich ein wenig, um Michael anzusehen.

»Ich halte das meiste für Gerede«, sagte sie. Michael machte den Mund auf, um zu widersprechen, aber das Seil drehte sich unbarmherzig weiter. »Und ich habe zu Lettie gesagt: ›Hier ist deine große Chance, Herzchen.‹ Schließlich wusste ich, dass Howl ihr zwanzigmal mehr beibringen kann als ich – ich sag es euch nämlich ganz offen, Letties Verstand übertrifft meinen bei Weitem, und sie könnte es in dieselbe Liga schaffen wie die Hexe der Wüste, nur eben auf gute Weise. Lettie ist ein liebes Mädchen, und ich mag sie sehr. Wenn Mrs Pentstemmon noch unterrichtete, würde ich Lettie gleich morgen zu ihr schicken. Aber sie unterrichtet ja nicht mehr. Also sagte ich: ›Lettie, nun macht Zauberer Howl dir den Hof, und dir könnte Schlimmeres passieren, als dich in ihn zu verlieben und ihn deinen Lehrer sein zu lassen. Ihr beide könntet es weit bringen.‹ Ich glaube nicht, dass Lettie diesen Vorschlag anfangs so aufregend fand, aber seit Neuestem scheint sie weich zu werden, und heute läuft alles ganz wunderbar.«

An dieser Stelle legte Mrs Fairfax eine Pause ein, um Michael wohlwollend anzustrahlen, und Sophie sprang nun ihrerseits über das sich drehende Seil. »Aber ich habe gehört, dass Lettie einen anderen gernhat«, sagte sie.

»Sein Pech, was?«, sagte Mrs Fairfax. Dann senkte sie ihre Stimme. »Es gibt da eine schreckliche Behinderung«, flüsterte sie eindringlich, »und das wäre von jedem Mädchen zu viel verlangt. Das habe ich ihm auch gesagt. Er tut mir ja selber leid …«

Sophie brachte ein ratloses »Ach?« heraus.

»… aber es ist ein entsetzlich starker Zauber. Wirklich sehr traurig«, sagte nun Mrs Fairfax. »Ich musste ihm sagen, dass eine Frau von meinen Fähigkeiten nie im Leben einen Zauber brechen kann, der von der Hexe der Wüste kommt. Howl könnte es schaffen, aber natürlich kann er Howl nicht darum bitten, oder?«

Michael, der aus Angst, Howl könne um die Ecke biegen und sie entdecken, immer wieder nervös um die Hausecke lugte, schaffte es an dieser Stelle, einen Fuß auf das Springseil zu stellen und es durch die Bemerkung anzuhalten: »Ich glaube, wir müssen jetzt gehen.«

»Seid ihr sicher, dass ihr nicht erst noch meinen Honig kosten wollt?«, fragte Mrs Fairfax. »Ich benutze ihn bei fast allen meinen Zaubern, wisst ihr?« Und schon folgte der nächste Wortschwall, bei dem es diesmal um die magischen Fähigkeiten von Honig ging. Michael und Sophie wanderten zielstrebig über den Fußweg zum Tor, und Mrs Fairfax trottete hinter ihnen her, redete ununterbrochen und richtete mit trauriger Miene Pflanzen auf, die der Hund geknickt hatte. Sophie zerbrach sich derweil den Kopf darüber, wie sie herausbekommen konnte, woher Mrs Fairfax wusste, dass Lettie Lettie war, ohne Michael dabei in Verzweiflung zu stürzen. Mrs Fairfax legte eine Atempause ein, um eine große Lupine aufzurichten.

Sophie preschte vor. »Mrs Fairfax, hätte nicht eigentlich meine Großnichte Martha zu Ihnen kommen sollen?«

»Diese frechen Mädchen!«, sagte Mrs Fairfax lächelnd und kopfschüttelnd, als sie sich von der Lupine erhob. »Als ob ich meine eigenen, auf Honig basierenden Zauber nicht erkennen würde! Aber wie ich damals zu ihr gesagt habe, ›ich bin keine, die Lehrlinge gegen ihren Willen bei sich behält, und ich hätte lieber eine Schülerin, die lernen will. Nur‹, sagte ich zu ihr, ›Vorspiegelung falscher Tatsachen wird hier nicht geduldet. Entweder bleibst du als du selbst hier, oder du bleibst eben nicht.‹ Und das war doch eine sehr glückliche Lösung, wie ihr seht. Seid ihr sicher, dass ihr nicht noch bleiben und sie selber fragen wollt?«

»Ich glaube, wir gehen lieber«, sagte Sophie.

»Wir müssen rechtzeitig zu Hause sein«, fügte Michael hinzu und warf noch einen besorgten Blick in Richtung Obstgarten. Er zog die Siebenmeilenstiefel aus der Hecke und stellte einen vor dem Tor für Sophie zurecht. »Und diesmal werde ich dich festhalten«, sagte er dann.

Mrs Fairfax beugte sich über ihr Tor, während Sophie den Fuß in den Stiefel steckte. »Siebenmeiler«, sagte sie. »Stellt euch vor, so was habe ich seit Jahren nicht mehr gesehen. Sehr praktisch für Leute in Ihrem Alter, Mrs … äh … heutzutage hätte ich auch nichts gegen so ein Paar einzuwenden. Lettie hat ihre Zauberkraft also von Ihnen geerbt, ja? Nicht, dass das notwendigerweise in der Familie liegt, aber meistens …«

Michael packte Sophies Arm und zog. Beide Stiefel berührten den Boden, und gleich darauf verschwand Mrs Fairfax' Gerede im Wusch! und im Luftzug. Sofort musste Michael seine Füße in den Boden stemmen, um nicht mit dem Schloss zusammenzustoßen. Die Tür stand offen. Drinnen brüllte Calcifer: »Porthaven-Seite. Seit ihr weg seid, hämmert da jemand dagegen!«

9. KAPITEL

IN WELCHEM MICHAEL PROBLEME MIT EINEM ZAUBER HAT

Vor der Tür stand der Kapitän, der nun endlich seinen Windzauber holen wollte und sich über die lange Wartezeit ärgerte. »Wenn ich die Flut verpasse, Knabe«, sagte er zu Michael, »dann werde ich mich beim Zauberer über dich beschweren. Faule Burschen kann ich nicht leiden.«

Michael war viel zu höflich, fand Sophie, aber sie war zu niedergeschlagen, um sich einzumischen. Als der Kapitän verschwunden war, ging Michael zur Werkbank, um sich stirnrunzelnd wieder seinem Zauber zu widmen, während Sophie schweigend ihre Strümpfe stopfte. Sie hatte nur dieses eine Paar, und ihre knotigen Füße hatten große Löcher hineingescheuert. Ihr graues Kleid war inzwischen ausgefranst und schmutzig. Sie fragte sich, ob sie es wagen sollte, die am wenigsten verschmutzten Stellen aus Howls ruiniertem blau-silbernen Anzug zu trennen und sich daraus einen neuen Rock zu nähen. Aber sie traute sich eben doch nicht so ganz.

»Sophie«, sagte Michael und schaute von seiner elften Notizseite auf. »Wie viele Großnichten hast du?«

Sophie hatte schon befürchtet, dass Michael Fragen stellen würde. »Wenn du in mein Alter kommst, mein Junge«, sagte sie, »dann verlierst du den Überblick. Sie sehen sich alle so ähnlich. Diese beiden Letties könnten Zwillinge sein, wenn du mich fragst.«

»Aber nein, ganz und gar nicht«, widersprach Michael zu ihrer Überraschung. »Die Großnichte in Upper Folding ist nicht so hübsch wie meine Lettie.« Er zerriss die elfte Seite und begann mit einer zwölften. »Ich bin froh, dass Howl meiner Lettie nicht über den Weg gelaufen ist.« Er machte sich an die dreizehnte Seite und zerriss auch sie. »Ich hätte lachen können, als Mrs Fairfax behauptete zu wissen, wer Howl ist, ging dir das nicht auch so?«

»Nein«, sagte Sophie. Auf Letties Gefühle hatte das keinen Einfluss gehabt. Sophie rief sich Letties strahlendes, anbetendes Gesicht unter den Apfelblüten in Erinnerung. »Wahrscheinlich besteht keine Chance«, fragte sie hoffnungslos, »dass Howl diesmal wirklich verliebt sein könnte?«

Calcifer schnaubte grüne Funken den Kamin hoch.

»Ich hatte schon befürchtet, dass du das glaubst«, sagte Michael. »Aber das würdest du dir nur einreden, genau wie Mrs Fairfax.«

»Woher weißt du das?«, fragte Sophie.

Calcifer und Michael tauschten einen Blick. »Hat er heute Morgen vergessen, eine Stunde im Badezimmer zu verbringen?«, fragte Michael.

»Er war zwei Stunden drin«, sagte Calcifer, »und hat Zauber auf sein Gesicht gesprochen. Eitler Narr!«

»Da habt ihr's«, sagte Michael. »Der Tag, an dem Howl das vergisst, wird der Tag sein, an dem ich glaube, dass er wirklich verliebt ist. Vorher glaube ich das nicht.«

Sophie dachte daran, wie Howl im Obstgarten auf dem Knie gelegen und versucht hatte, so romantisch auszusehen wie überhaupt nur möglich, und sie wusste, dass die anderen recht hatten. Sie spielte mit dem Gedanken, ins Badezimmer zu gehen und Howls gesammelte Schönheitszauber in die Toilette zu werfen. Aber das wagte sie nicht. Stattdessen humpelte sie nach oben, holte den blau-silbernen Anzug und schnitt den Rest des Tages kleine blaue Dreiecke aus ihm heraus, um sich daraus eine Art Patchwork-Rock zu nähen.

Michael streichelte freundlich ihre Schulter, als er Calcifer seine insgesamt siebzehn Notizblätter hinwarf. »Irgendwann kommen alle darüber hinweg, weißt du«, sagte er.

Inzwischen wurde deutlich, dass Michael mit dem Zauber Probleme hatte. Er gab die Notizen auf und kratzte ein wenig Ruß vom Kamin. Calcifer reckte den Hals und musterte ihn verwirrt. Michael zog eine verwelkte Wurzel aus einem der Beutel, die von den Dachbalken herunterhingen, und legte sie in den Ruß. Dann, nach langem Nachdenken, drehte er den Türknauf auf Blau und verschwand für zwanzig Minuten nach Porthaven. Er kehrte mit einer großen gewundenen Muschel zurück und legte sie zu Ruß und Wurzel. Danach zerriss er viele Blätter Papier und legte die Fetzen ebenfalls dazu. Das alles legte er vor den Totenschädel und fing an, darauf zu blasen, sodass Ruß und Papierfetzen über die ganze Werkbank gewirbelt wurden.

»Was soll das denn, was meinst du?«, fragte Calcifer Sophie.

Michael hörte auf zu blasen und fing an, mit Mörser und Stößel alles zu zerstampfen, sogar das Papier. Dabei schaute er ab und zu erwartungsvoll die Muschel an. Nichts passierte, und deshalb versuchte er es mit allerlei Zutaten aus Beuteln und Krügen.

»Ich finde es gar nicht gut, Howl nachzuspionieren«, erklärte er dann, als er eine dritte Runde Zutaten im Mörser vernichtete. »Bei Frauen ist er vielleicht treulos, aber mich hat er immer ungeheuer gut behandelt. Er hat mich als unerwünschter Waise aufgenommen, als ich auf seiner Türschwelle in Porthaven saß.«

»Wie bist du denn dahin gekommen?«, fragte Sophie und schnitt ein weiteres blaues Dreieck aus.

»Meine Mutter starb, und mein Vater ertrank bei einem

Sturm«, sagte Michael. »Und wenn so was passiert, dann will niemand etwas von dir wissen. Ich musste unser Haus verlassen, weil ich die Miete nicht bezahlen konnte, und dann versuchte ich auf der Straße zu leben, wurde aber immer wieder von den Türschwellen gejagt und aus den Booten verscheucht, und am Ende kam ich auf die Idee, irgendwo hinzugehen, wo sich niemand einmischen würde, weil alle zu viel Angst hätten. Howl hatte damals gerade als Zauberer Jenkins angefangen. Und alle behaupteten, sein Haus wäre von Teufeln bewohnt, und deshalb schlief ich einige Nächte auf seiner Türschwelle, bis Howl dann eines Morgens auf dem Weg zum Bäcker die Tür öffnete und ich ins Haus fiel. Und da sagte er, ich könnte im Haus warten, solange er etwas zu essen holte. Ich ging hinein, und da war Calcifer, und mit dem habe ich mich dann unterhalten, weil mir noch nie ein Dämon begegnet war.«

»Worüber habt ihr euch unterhalten?«, fragte Sophie, die gern wissen wollte, ob Calcifer auch Michael gebeten hatte, ihm aus seinem Vertrag herauszuhelfen.

»Er hat mir seinen Kummer erzählt und hat auf mich runtergetropft. Oder?«, fragte Calcifer. »Er schien überhaupt nicht auf die Idee zu kommen, dass auch ich Probleme haben könnte.«

»Hast du doch auch nicht. Du meckerst nur gern«, sagte Michael. »An dem Morgen warst du jedenfalls ziemlich nett zu mir, und ich glaube, das fand Howl beeindruckend. Aber du kennst ihn ja. Er hat mir nicht gesagt, dass ich bleiben könnte. Er hat mich nur nicht vor die Tür gesetzt. Also habe ich angefangen, mich nützlich zu machen, wann immer das ging, zum Beispiel habe ich auf das Geld aufgepasst, damit er nicht alles ausgab, sobald er es eingenommen hatte, und so weiter.«

In diesem Moment stieß der Zauber eine Art »wuff« aus und explodierte sanft. Michael wischte Ruß vom Totenschädel und versuchte es mit neuen Zutaten. Sophie legte um ihre Füße herum ein Patchwork aus blauen Dreiecken auf den Boden.

»Anfangs habe ich jede Menge blöder Fehler gemacht«, fuhr Michael fort. »Howl hat das ganz gelassen hingenommen. Eigentlich dachte ich, ich sei darüber hinaus. Und ich glaube, was das Geld angeht, mache ich mich wirklich nützlich. Howl kauft so teure Kleider. Er sagt, niemand würde einem Zauberer einen Auftrag geben, wenn er nicht so aussieht, als ob er durch seine Arbeit Geld verdienen könnte.«

»Er mag einfach seine eleganten Kleider«, sagte Calcifer. Seine orangefarbenen Augen schauten Sophie ziemlich vielsagend an.

»Dieser Anzug war ruiniert«, sagte Sophie.

»Es geht nicht nur um Kleider«, sagte Michael. »Weißt du noch, vergangenen Winter, als du beim letzten Holzscheit angekommen warst und Howl losgezogen ist und den Totenschädel und diese blöde Gitarre gekauft hat? Ich war richtig sauer auf ihn. Aber er meinte, die sähen so gut aus!«

»Was hast du wegen der Holzscheite unternommen?«, fragte Sophie.

»Howl hat von Leuten, die ihm Geld schuldeten, welche besorgt«, sagte Michael. »Das hat er jedenfalls behauptet, und ich kann nur hoffen, dass er die Wahrheit gesagt hat. Und wir haben Seetang gegessen. Howl meint, das sei gesund.«

»Feine Sache«, murmelte Calcifer. »Trocken und knusprig!«

»Ich finde es schrecklich«, sagte Michael und starrte zerstreut in seinen Mörser. »Ich weiß nicht – es müssten sieben Zutaten sein oder vielleicht auch sieben Arbeitsschritte, aber versuchen wir es doch mal mit einem Pentagramm.«

Er stellte den Mörser auf den Boden und zeichnete eine Art fünfzackigen Stern darum.

Das Pulver explodierte mit einer solchen Wucht, dass Sophies Dreiecke in den Herd wehten. Michael fluchte und wischte die Kreidestriche in aller Eile weg.

»Sophie«, sagte er. »Ich komme mit diesem Zauber nicht weiter. Meinst du, du könntest mir vielleicht dabei helfen?«

Wie ein Kind, das mit seinen Hausaufgaben zur Oma kommt, dachte Sophie, las die Dreiecke auf und legte sie geduldig wieder auf den Boden. »Lass mal sehen«, sagte sie skeptisch. »Ich habe doch keine Ahnung von Magie, weißt du?«

Michael drückte ihr rasch ein seltsames, leicht glänzendes Stück Papier in die Hand. Es sah eigenartig aus, sogar für einen Zauber. Es war in schwungvollen Buchstaben gedruckt, allerdings schon irgendwie grau und verwaschen, und an den Kanten sah man graue Flecken wie Sturmwolken, die sich verzogen. »Na, was meinst du?«, fragte Michael.

Sophie las:

»Geh, fang einen Stern, der fällt,
schwängere mir den Alraun,
sag: wo blieb die Zeit der Welt?
Wer hat des Teufels Huf zerhaun.
Lehr mich hör'n der Nixen Singen,
wie der Neider Stachel zwingen,
dass ich find
welcher Wind
einem nutzt, der treu gesinnt.

Bestimme, worum es hier geht

Schreibe die zweite selbst.«

Dieser Zauber versetzte Sophie in großes Erstaunen. Er war ganz anders als die, in die sie schon ihre Nase gesteckt hatte. Sie las ihn zweimal, und dass Michael die ganze Zeit hastig auf sie einredete, war ihr nicht gerade eine große Hilfe. »Weißt du, Howl hat mir gesagt, dass komplizierte Zauber immer ein Rätsel enthalten. Na, zuerst dachte ich, jede Zeile müsste ein Rätsel sein. Ich habe Ruß mit Funken als fallenden Stern benutzt und eine Muschel für das Singen der Nixen. Und ich dachte, ich könnte selber als Kind durchgehen, deshalb habe ich mir eine Alraune geholt, und ich habe eine Liste der vergangenen Jahre aus den Almanachen abgeschrieben, aber ich war mir einfach nicht sicher – und da habe ich vielleicht den Fehler gemacht –, und könnte das Teil, das vor den Stichen schützt, Huflattich sein? Auf die Idee war ich noch gar nicht gekommen – aber egal, das wirkt ja alles nicht!«

»Das wundert mich nicht«, sagte Sophie. »Das Ganze kommt mir komplett unmöglich vor.«

Aber davon wollte Michael nichts wissen. Wenn das alles unmöglich wäre, schlussfolgerte er ganz logisch, dann würde niemand diesen Zauber jemals ausführen können. »Und«, fügte er hinzu, »ich fühle mich so schlecht, weil ich Howl hinterherspioniert habe, dass ich es wiedergutmachen will, indem ich diesen Zauber meistre.«

»Sehr schön«, sagte Sophie. »Dann fangen wir an mit ›Bestimme, worum es hier geht‹. Das müsste Schwung in die Sache bringen, jedenfalls wenn die Entscheidung auch zum Zauber gehört.«

Aber auch auf diesem Ohr war Michael taub. »Nein«, sagte er. »Das hier ist die Sorte Zauber, die sich offenbart, während man sie durchführt. Das sagt uns die letzte Zeile. Wenn du die zweite Strophe schreibst und darin sagst, was der Zauber bedeutet, dann wird er wirksam. Diese Art von Zauber ist wirklich sehr raffiniert. Zuerst müssen wir die erste Strophe knacken.«

Sophie stapelte ihre blauen Dreiecke wieder aufeinander.

»Fragen wir doch mal Calcifer«, schlug sie vor. »Calcifer, wer ...«

Aber auch das wollte Michael nicht durchgehen lassen. »Nein, sag nichts. Ich glaube, dass Calcifer Teil des Zaubers ist. Sieh dir doch nur die Stellen ›sag‹ und ›lehr mich‹ an. Ich dachte zuerst, ich sollte den Totenschädel etwas lehren, aber das hat nicht geklappt, also muss es Calcifer sein.«

»Dann mach es eben selbst, wenn dir meine Vorschläge alle nicht passen«, erklärte Sophie. »Und Calcifer wird ja wohl wissen, wer seinen Fuß gespalten hat.«

Als er das hörte, loderte Calcifer ein wenig auf. »Ich habe keine Füße. Ich bin ein Dämon, kein Teufel!« Als er das gesagt hatte, zog er sich unter seine Holzscheite zurück, und dort konnten sie ihn herumklappern und »was für ein Unsinn« murmeln hören, während Sophie und Michael über den Zauber diskutierten. Inzwischen hatte das Rätsel Sophie gepackt. Sie legte ihre blauen Dreiecke weg, holte Papier und Feder und machte sich ebenso viele Notizen wie vorher Michael. Für den Rest des Tages starrten sie und Michael ins Leere, nagten an ihren Federn und warfen sich gegenseitig Vorschläge zu.

So sah eine typische Seite von Sophies Notizen aus:

Kann Knoblauch Neid abwehren? Ich könnte einen Stern aus Papier ausschneiden und dann fallen lassen. Könnten wir es Howl erzählen? Howl würden Nixen sicher besser gefallen als Calcifer. Glaube nicht, dass Howl treu gesinnt ist. Und Calcifer? Und wo steckt überhaupt die Zeit der Welt? Bedeutet das, dass eine von diesen trockenen Wurzeln Frucht tragen muss? Sollen wir sie pflanzen? Neben Huflattich? In eine Muschel? Gespaltener Huf, alles Mögliche, nur keine Pferde. Ein Pferd mit einer Knoblauchzehe beschlagen? Wind? Geruch? Wind der Siebenmeilenstiefel? Ist Howl ein Teufel? Gespaltene Zehen in Siebenmeilenstiefeln? Gestiefelte Nixen?

Während Sophie das schrieb, fragte Michael ebenso verzweifelt: »Könnte der Wind eine Art Flaschenzug sein? Ein treu gesinnter Mann, der gehenkt wird? Das wäre aber dann schwarze Magie.«

»Essen wir lieber zu Abend«, sagte Sophie.

Sie aßen Brot und Käse und starrten weiterhin ins Leere. Endlich sagte Sophie: »Michael, um Himmels willen, hören wir doch auf zu raten und tun wir genau das, was in dem Zauber steht. Wo ist die beste Stelle, um eine Sternschnuppe zu finden? Draußen in den Hügeln?«

»Die Marsch von Porthaven ist flacher«, sagte Michael. »Geht das denn überhaupt? Sternschnuppen sind schrecklich schnell.«

»Das geht, mit Siebenmeilenstiefeln«, erklärte Sophie.

Erleichtert und glücklich sprang Michael auf. »Ich glaube, du hast es!«, sagte er und stürzte davon, um die Stiefel zu holen. »Also starten wir einen Versuch.«

Diesmal nahm Sophie vorsichtshalber ihren Stock und ihr Tuch mit, denn inzwischen war es ziemlich dunkel geworden. Michael drehte den Knauf gerade auf Blau, als zwei Dinge gleichzeitig passierten. Der Totenschädel auf der Werkbank fing an, mit den Zähnen zu klappern. Und Calcifer loderte in den Schornstein hoch. »Ich will nicht, dass ihr geht«, sagte er.

»Wir sind bald wieder da«, sagte Michael besänftigend.

Sie gingen auf die Straße in Porthaven hinaus. Es war ein heller, lauer Abend. Am Ende der Straße fiel Michael ein, dass Sophie am Morgen noch krank gewesen war, und sofort hatte er Angst, die Nachtluft könnte ihr schaden. Sophie sagte, er solle nicht albern sein. Tapfer humpelte sie mit ihrem Stock weiter, bis die erleuchteten Fenster hinter ihnen lagen und die Nacht sich feucht und kühl ausdehnte. Die Marsch roch nach Salz und Erde. Das Meer glitzerte und schlug sanft gegen das Ufer. Sophie konnte das flache

Land, das sich viele Meilen weit vor ihnen ausstreckte, eher spüren als sehen. Was sie sah, waren Bänder aus tief hängendem bläulichem Nebel und trübes Schimmern von Tümpeln in der Marsch, wieder und wieder, bis sie schließlich eine bleiche Linie bildeten, dort, wo der Himmel begann. Sonst war überall Himmel, er schien riesig. Die Milchstraße sah aus wie ein Nebelband, das aus den Marschen aufgestiegen war, und die keckeren Sterne funkelten hindurch.

Michael und Sophie standen da, jeweils mit einem Stiefel marschbereit auf dem Boden, und warteten darauf, dass ein Stern sich in Bewegung setzte.

Nach ungefähr einer Stunde musste Sophie, die fürchtete, dass Michael sich Sorgen machen könnte, ihr Zittern verbergen.

Eine halbe Stunde später sagte Michael: »Mai ist nicht der richtige Monat. August oder November wären besser.«

Eine weitere halbe Stunde später fragte er besorgt: »Was sollen wir wegen der Alraune machen?«

»Lass uns erst mal das hier beenden, ehe wir an die Alraune denken«, sagte Sophie und biss dabei die Zähne zusammen, aus Angst, sie könnten klappern.

Einige Zeit darauf sagte Michael: »Geh nach Hause, Sophie. Das ist ja schließlich mein Zauber.«

Sophie öffnete schon den Mund und wollte sagen, dass das eine hervorragende Idee war, als sich ein Stern vom Firmament löste und als weißer Strich himmelabwärts schoss. »Da ist einer!«, schrie sie mit schriller Stimme.

Michael knallte den Fuß mit dem Stiefel auf den Boden und war verschwunden. Sophie stützte sich auf ihren Stock und folgte ihm augenblicklich. Wusch! Platsch! Weit hinten auf der Marsch, ringsum nur Nebel, Leere und trübe schimmernde Tümpel, bohrte Sophie ihren Stock in den Boden, um still stehen zu bleiben.

Michaels Stiefel bildete einen dunklen Fleck gleich neben ihr. Von Michael selbst war nur ein planschendes Geräusch wild jagender Füße irgendwo vor ihr zu hören.

Und da war die Sternschnuppe. Sophie konnte sie sehen, eine kleine weiße, nach unten sinkende Flamme, nur wenige Meter vor Michael, dessen Bewegungen zu erahnen waren. Der leuchtende Stern sank nur noch langsam, und Michael schien eine Chance zu haben, ihn zu fangen.

Sophie zog den Schuh aus dem Stiefel. »Na los, Stock«, krähte sie. »Bring mich hin.« So schnell sie humpeln konnte, rannte sie los, sprang über Grasbüschel und watete durch Tümpel, ihre Augen immer auf das kleine weiße Licht gerichtet.

Als sie Michael eingeholt hatte, verfolgte er den Stern noch immer mit leisen Schritten und streckte beide Arme nach ihm aus. Seine Umrisse zeichneten sich vor dem Licht des Sterns ab. Der Stern schwebte auf gleicher Höhe mit Michaels Händen und war nur etwa einen Schritt von ihm entfernt. Er schaute sich nervös zu Michael um. Wie seltsam, dachte Sophie. Der Stern war aus Licht. Er ließ um Michael herum einen weißen Ring aus Gras und Schilf und schwarzen Tümpeln aufleuchten, und doch hatte er große, ängstliche Augen, die Michael anstarrten, und ein kleines, spitzes Gesicht.

Als Sophie auftauchte, machte ihm das offenbar noch mehr Angst. Ziellos schnellte er hin und her und rief mit schriller krähender Stimme: »Was ist denn? Was wollt ihr von mir?«

Sophie wollte Michael sagen: Aufhören, der hat doch schreckliche Angst! Aber ihr fehlte einfach der Atem.

»Ich will dich doch nur fangen«, erklärte Michael. »Ich tu dir nicht weh.«

»Nein! Nein!«, schrie der Stern verzweifelt. »Das geht nicht. Ich soll doch sterben!«

»Aber ich kann dich retten, wenn du dich von mir fangen lässt«, sagte Michael freundlich.

»Nein«, rief der Stern. »Ich will lieber sterben!« Er schlüpfte unter Michaels Fingern hindurch. Michael sprang hinterher, aber der Stern war zu schnell. Er steuerte den nächstgelegenen Marschentümpel an, und das schwarze Wasser loderte für einen kurzen Moment weiß auf. Dann war ein leises, sterbendes Zischen zu hören. Als Sophie angehumpelt kam, sah Michael gerade noch, wie das letzte Licht als kleiner runder Umriss unter dem dunklen Wasser verblasste.

»Wie traurig«, sagte Sophie.

Michael seufzte. »Ja. Der hat irgendwie total an mein Herz gerührt. Gehen wir nach Hause. Ich hab diesen Zauber satt.«

Sie brauchten zwanzig Minuten, um die Stiefel zu finden. Sophie hielt es für ein Wunder, dass sie sie überhaupt fanden.

»Weißt du«, sagte Michael, als sie traurig durch die dunklen Straßen von Porthaven trotteten. »Irgendwie ist mir klar, dass mir dieser Zauber nie gelingen wird. Er ist mir zu kompliziert. Ich werde Howl fragen müssen. Ich finde es schrecklich, mich geschlagen zu geben, aber immerhin werde ich Howl eine vernünftige Antwort entlocken können, jetzt, wo diese Lettie Hatter endlich weich geworden ist.«

Das konnte Sophies Laune nun wirklich nicht heben.

10. KAPITEL

IN DEM CALCIFER SOPHIE EINEN HINWEIS VERSPRICHT

Offenbar war Howl während Sophies und Michaels Abwesenheit zurückgekehrt. Er kam aus dem Badezimmer, während Sophie auf Calcifer das Frühstück briet, und saß dann in eleganter Haltung im Sessel, gepflegt und strahlend und nach Geißblatt duftend.

»Liebe Sophie«, sagte er. »Immer fleißig. Gestern hast du auch hart gearbeitet, nicht wahr, obwohl ich dir davon abgeraten habe? Warum hast du meinen besten Anzug in ein Puzzlespiel zerlegt? Nur eine freundliche Frage, weißt du?«

»Du hast ihn neulich in Aspik verwandelt«, sagte Sophie. »Ich mache wieder was aus ihm.«

»Das kann ich doch auch«, sagte Howl. »Hab ich dir das nicht gezeigt? Ich kann dir auch ein Paar Siebenmeilenstiefel machen, wenn du mir deine Schuhgröße sagst. Praktische Stiefel aus braunem Kalbsleder vielleicht. Wirklich erstaunlich, dass man einen Schritt von zehneinhalb Meilen machen kann und trotzdem immer wieder in einem Kuhfladen landet.«

»Das kann auch ein Stierfladen gewesen sein«, sagte Sophie. »Und ich nehme an, du hast auch Schlamm aus der Marsch daran gefunden. Eine Frau in meinem Alter braucht viel Bewegung.«

»Du hattest also noch mehr zu tun, als mir bewusst war«, sagte Howl. »Denn als ich gestern zufällig meine Blicke für einen Moment von Letties lieblichem Antlitz losriss, hätte ich schwören können, dass deine lange Nase um die Hausecke lugte.«

»Mrs Fairfax ist eine Freundin der Familie«, sagte Sophie. »Woher hätte ich wissen sollen, dass du dort sein würdest?«

»Du hast eben Instinkt, Sophie, daher«, sagte Howl. »Vor dir ist nichts sicher. Wenn ich mich in ein Mädchen verliebte, das mitten im Ozean auf einem Eisberg hauste, dann würde ich dich früher oder später – und vermutlich früher – über mir auf einem Besenstiel schweben sehen. Inzwischen wäre ich sogar enttäuscht, wenn das nicht passierte.«

»Und gehst du heute zum Eisberg?«, erwiderte Sophie. »So, wie Lettie gestern ausgesehen hat, scheinst du dein Ziel bei ihr ja erreicht zu haben.«

»Du tust mir unrecht, Sophie«, sagte Howl. Er schien zutiefst verletzt zu sein. Misstrauisch sah Sophie zu ihm hinüber. Howls Profil hinter dem roten Edelstein, der an seinem Ohr baumelte, sah traurig und edel aus. »Viele Jahre werden vergehen, ehe ich Lettie verlasse«, sagte er. »Und heute muss ich wieder zum König. Zufrieden, Frau Nase?«

Sophie wusste nicht recht, ob sie ihm auch nur ein Wort glauben sollte, auch wenn Howl sich nach dem Frühstück und nachdem er den Türknauf auf Rot gestellt hatte, eindeutig nach Kingsbury begab, während Michael versuchte, mit ihm über den verwirrenden Zauber zu sprechen. Michael ging dann auch, denn er konnte nichts tun. Er sagte, da könne er auch gleich zu Cesari gehen.

Damit war Sophie allein. Sie glaubte noch immer nicht ganz, was Howl über Lettie gesagt hatte, aber sie hatte sich schon früher in ihm getäuscht, und bisher hatten ja nur Michael und Calcifer mit ihr über Howls Benehmen gesprochen. Sie suchte die vielen kleinen blauen Dreiecke aus Stoff hervor und fing mit schlechtem Gewissen an, sie wieder in das silberne Fischernetz zu nähen, das die Überreste des Anzugs jetzt bildeten. Als an die Tür geklopft wurde, fuhr sie entsetzt hoch, denn sie glaubte, es sei die Vogelscheuche.

»Porthaven-Seite«, sagte Calcifer und flackerte sie mit einem lila Grinsen an.

Das konnte ja nicht so gefährlich sein. Sophie humpelte zur Tür und öffnete sie, nachdem der Knauf auf Blau gestellt worden war. Draußen stand ein Pferdekarren. Ein junger Bursche von vielleicht fünfzig Jahren, offenbar der Fuhrmann, fragte, ob Frau Hexe etwas dagegen tun könne, dass sein Pferd immer wieder die Hufeisen abstreifte.

»Mal sehen«, sagte Sophie. Sie humpelte zum Kamin hinüber. »Was soll ich denn jetzt machen?«, flüsterte sie.

»Gelbes Pulver, vierter Krug im zweiten Regal«, flüsterte Calcifer zurück. »Diese Zauber wirken vor allem, weil man daran glaubt. Du darfst nicht unsicher wirken, wenn du es ihm gibst.«

Also schüttete Sophie gelbes Pulver auf ein Stück Papier, wie sie es bei Michael gesehen hatte, faltete daraus eine Tüte und humpelte damit zur Tür. »Bitte sehr, mein Junge«, sagte sie. »Damit sind die Hufeisen fester als mit hundert Nägeln. Hörst du, Pferd? Nächstes Jahr wirst du keinen Schmied mehr brauchen. Das macht einen Penny, danke.«

Es herrschte viel Betrieb heute. Sophie musste mehrmals ihre Näharbeit ruhen lassen und mit Calcifers Hilfe Zauber zum Freibekommen verstopfter Ausgüsse, zum Ziegenanlocken und zum Brauen von schmackhaftem Bier verkaufen. Der einzige Kunde, der ihr Probleme machte, war der, der in Kingsbury an die Tür klopfte. Sophie drehte den Knauf auf Rot und entdeckte vor der Tür einen vornehm gekleideten Jungen, nicht viel älter als Michael. Er war bleich und schweißnass und rang auf der Türschwelle die Hände.

»Gnädige Zauberin, ich flehe Sie an!«, sagte er. »Ich

muss mich morgen in der Dämmerung duellieren. Geben Sie mir etwas, das mir den Sieg sichert. Ich bezahle jeden Preis.«

Sophie schaute sich über die Schulter zu Calcifer um, und Calcifer verzog das Gesicht, um ihr klarzumachen, dass dieses Mittel nicht einfach so bereitliege. »Das wäre nicht richtig«, erklärte Sophie dem Jungen mit strenger Stimme. »Und Duellieren gehört sich nicht.«

»Dann geben Sie mir wenigstens etwas, dass ich eine faire Chance bekomme«, bat der Junge verzweifelt.

Sophie musterte ihn. Er war sehr klein und hatte offenbar entsetzliche Angst. Er hatte das hoffnungslose Aussehen der Menschen, die immer und überall verlieren. »Ich werde sehen, was ich tun kann«, sagte Sophie. Sie humpelte zu den Regalen hinüber und betrachtete die Krüge. Der rote mit dem Etikett CAYENNE kam ihr am brauchbarsten vor. Sophie schüttete eine großzügige Portion auf ein Stück Papier und stellte den Totenschädel daneben. »Weil du mehr Ahnung davon hast als ich«, murmelte sie. Der junge Mann beugte sich ängstlich zur Tür herein, um zuzusehen, was sie da machte. Sophie griff zu einem Messer und vollführte, wie sie hoffte, geheimnisvoll aussehende Bewegungen über dem Papier. »Du musst für einen fairen Kampf sorgen«, murmelte sie. »Einen fairen Kampf. Verstanden?« Sie drehte aus dem Papier eine Tüte und humpelte damit zur Tür. »Wirf das bei Duellbeginn in die Luft«, trug sie dem winzigen jungen Mann auf. »Dann hast du dieselbe Chance wie dein Gegner. Ob du dann gewinnst oder verlierst, liegt an dir.«

Der junge Mann war so dankbar, dass er ihr ein Goldstück geben wollte. Das wiederum wollte Sophie nicht annehmen, deshalb reichte er ihr ein Zwei-Penny-Stück und ging glücklich pfeifend von dannen. »Ich komme mir vor wie eine Betrügerin«, sagte Sophie, als sie das Geld unter dem losen Stein im Kamin verstaute. »Aber bei diesem Duell würde ich schrecklich gern zusehen.«

»Ich auch«, rief Calcifer. »Wann wirst du mich befreien, damit ich all das auch mal erleben kann?«

»Wenn ich einen Hinweis auf diesen Vertrag bekommen habe«, sagte Sophie.

»Vielleicht bekommst du nachher einen«, sagte Calcifer.

Michael kam am späten Nachmittag hereingestürzt. Er schaute sich besorgt um, um sich zu vergewissern, dass Howl noch nicht da war. Dann ging er zu seiner Werkbank und belegte sie mit allerlei Gegenständen, um den Eindruck zu erwecken, er sei den ganzen Tag emsig bei der Arbeit gewesen. Dabei sang er fröhlich vor sich hin.

»Ich beneide dich darum, dass du diesen Weg so einfach zu Fuß gehen kannst«, sagte Sophie und nähte ein blaues Dreieck auf einen silbernen Stoffstreifen. »Wie geht es Ma … meiner Nichte?«

Michael überließ die Werkbank zufrieden ihrem Schicksal und setzte sich vor dem Kamin auf einen Schemel, um ihr zu erzählen, wie sein Tag verlaufen war. Dann erkundigte er sich nach Sophie. Deshalb sah Michael nicht gerade beschäftigt aus, als Howl die Tür mit der Schulter aufstieß, weil er die Arme voller Pakete hatte. In dem Moment wand er sich auf dem Schemel und lachte schallend über den Duellzauber.

Howl drückte die Tür mit dem Rücken zu und lehnte sich dann mit tragischer Miene dagegen. »Nun seht euch das an!«, sagte er. »Ich stehe vor dem Ruin. Ich rackere den ganzen Tag für euch. Und keiner von euch, nicht einmal Calcifer, bringt es über sich, wenigstens Hallo zu sagen.«

Schuldbewusst sprang Michael auf, und Calcifer sagte: »Ich sage niemals Hallo.«

»Stimmt etwas nicht?«, fragte Sophie.

»Das ist schon besser«, sagte Howl. »Jetzt tut wenigstens jemand so, als ob sie mich bemerkt hätte. Wie nett von dir, Sophie, dass du fragst. Ja, es stimmt in der Tat etwas nicht. Der König hat mich offiziell mit der Suche nach seinem Bruder beauftragt – und ziemlich deutlich durchklingen lassen, dass es ihm auch ganz recht wäre, wenn ich dabei die Hexe der Wüste ausschaltete – und ihr sitzt nur rum und lacht.«

Howl war sichtlich schlechter Laune und stand kurz davor, wieder grünen Schleim abzusondern. Eilig legte Sophie ihre Näharbeit beiseite. »Ich mach dir einen heißen Toast mit Butter«, sagte sie.

»Ist das alles, was dir angesichts dieser Tragödie einfällt?«, fragte Howl. »Toast rösten? Nein, bleib sitzen. Ich habe lauter Kram für euch mitgeschleppt, da könntet ihr wenigstens höfliches Interesse heucheln. Hier.« Er ließ einen Stoß Pakete in Sophies Schoß regnen und reichte Michael einen weiteren Stapel.

Gespannt packte Sophie aus: mehrere Paare Seidenstrümpfe, zwei edle Unterröcke aus Batist, mit Spitzen, Volants und Satineinsätzen, ein Paar taubengraue Wildlederstiefel mit elastischem Zug an der Seite, ein Spitzentuch und ein Kleid aus changierender grauer Seide, das mit zum Tuch passenden Spitzen besetzt war. Sophie betrachtete jedes Teil mit Kennerinnenmiene und schnappte nach Luft. Die Spitzen allein waren schon ein Vermögen wert. Staunend fuhr sie mit der Hand über das Seidenkleid.

Michael packte einen eleganten neuen Samtanzug aus. »Du musst doch jede Münze aus dem seidenen Geldbeutel ausgegeben haben«, sagte er undankbar. »Das hier brauche ich nicht. Wenn hier jemand einen neuen Anzug braucht, dann bist das du.«

Howls Stiefel verfing sich in den Überresten des blau-silbernen Anzugs, und er hob ihn schuldbewusst auf. Sophie hatte hart gearbeitet, aber es war noch immer eher ein Fischernetz als ein Anzug. »Was bin ich selbstlos«, sagte er. »Aber ich kann dich und Sophie doch nicht in Lumpen zum König schicken, damit ihr mich dort anschwärzt. Sonst denkt der König ja, dass ich nicht für meine alte Mutter sorge. Na, Sophie? Haben die Stiefel die richtige Größe?«

Sophie hörte auf, bewundernd über das Kleid zu streichen, und blickte ihn an. »Bist du nun nett«, fragte sie, »oder feige? Vielen Dank und nein, ich mach das nicht.«

»So eine Undankbarkeit!«, rief Howl und breitete beide Arme aus. »Dann her mit dem grünen Schleim. Und danach werde ich das Schloss tausend Meilen weit wegschaffen müssen und meine liebliche Lettie niemals wiedersehen.«

Michael schaute Sophie flehend an. Die starrte wütend zurück. Sie sah ein, dass das Glück ihrer beiden Schwestern von ihrer Bereitschaft, zum König zu gehen, abhing. Während der grüne Schleim in den Kulissen wartete. »Du hast mich bisher um nichts gebeten«, sagte sie. »Du hast einfach bestimmt, dass ich es tun soll.«

Howl lächelte. »Und du wirst es doch tun, oder?«

»Ja, gut. Wann soll ich gehen?«, fragte Sophie.

»Morgen Nachmittag«, sagte Howl. »Michael kann dich als dein Diener begleiten. Der König erwartet dich schon.« Er setzte sich auf den Schemel und fing an, sehr deutlich und nüchtern zu erklären, was Sophie sagen sollte. Jetzt, da Howl seinen Willen hatte, schien die Grüne-Schleim-Stimmung verflogen zu sein, fiel Sophie auf. Sie hätte ihn ohrfeigen können. »Ich habe eine sehr schwierige Aufgabe für dich«, sagte Howl. »Der König soll noch mehr Aufträge wie den Transportzauber geben, aber er darf mir keine Dinge wie die Suche nach seinem Bruder anvertrauen. Du musst ihm erzählen, wie ich den Zorn der Hexe der Wüste erregt habe, und zwar so, dass er begreift, wie nutzlos ich bin.«

Howl erklärte die Sache in allen Einzelheiten. Sophie schloss ihre Hände um die Pakete und versuchte, sich alles einzuprägen, aber dabei musste sie immer wieder denken: Wenn ich der König wäre, würde ich vom Gefasel dieser alten Frau nicht ein einziges Wort begreifen.

Michael lauerte neben Howl darauf, ihn nach dem rätselhaften Zauber ausfragen zu können. Howl aber fielen immer neue, peinliche Dinge ein, die Sophie dem König erzählen sollte, und er winkte Michael weg. »Jetzt nicht, Michael. Und dann habe ich mir gedacht, Sophie, dass du vielleicht ein wenig üben musst, falls der Anblick des Palastes dich überwältigt. Wir wollen doch nicht, dass es dir mitten in der Audienz die Sprache verschlägt. Noch nicht, Michael. Also habe ich für dich einen Besuch bei meiner alten Lehrerin Mrs Pentstemmon arrangiert. Sie ist eine wunderbare alte Dame. In mancher Hinsicht viel großartiger als der König. Wenn du danach in den Palast kommst, wird dir alles schon beinahe vertraut vorkommen.«

Sophie wünschte jetzt schon, sie hätte sich niemals zu diesem Einsatz bereit erklärt. Sie war enorm erleichtert, als Howl sich endlich Michael zuwandte.

»Also, Michael. Und jetzt zu dir. Was ist los?«

Michael schwenkte das glänzende graue Papier und erklärte unglücklich und hastig, wie unmöglich der Zauber ihm vorkam.

Howl zeigte sich ein wenig verblüfft, als er das hörte, doch er nahm das Papier und fragte: »Na gut, aber wo ist das Problem?«, und faltete es auseinander. Er starrte es an. Eine seiner Augenbrauen schoss nach oben.

»Ich habe es als Rätsel versucht, und ich habe versucht, das alles wörtlich zu nehmen«, erklärte Michael. »Aber Sophie und ich konnten den fallenden Stern nicht fangen …«

»Großer Gott im Himmel!«, rief Howl. Er fing an zu lachen und biss sich auf die Lippe, um sich zu beruhigen.

»Aber Michael, das ist nicht der Zauber, den ich dir hingelegt habe. Wo hast du das nur her?«

»Der lag auf der Bank, in diesem Stapel, den Sophie um den Schädel herum aufgetürmt hat«, sagte Michael. »Es war der einzige neue Zauber, und da dachte ich …«

Howl sprang auf und sah die Gegenstände auf der Bank durch. »Da hat Sophie wieder zugeschlagen«, sagte er. Er suchte weiter, sodass die Gegenstände nach rechts und links davonstoben. »Das hätte ich mir ja denken können. Nein, der richtige Zauber ist nicht hier.« Er tippte dem Totenschädel nachdenklich auf die braune, glänzende Schädelspitze. »Warst du das, mein Freund? Ich habe so die Vermutung, dass du von dort kommst. Bei der Gitarre bin ich mir sicher. Äh … liebe Sophie …«

»Was denn?«, fragte Sophie.

»Fleißige alte Närrin, ungehorsame Sophie«, sagte Howl. »Gehe ich recht in der Annahme, dass du meinen Türknauf mit dem blauen Tupfer nach unten gedreht und dann deine lange Nase zur Tür hinausgesteckt hast?«

»Nur meinen Finger«, erklärte Sophie mit erhobenem Haupt.

»Aber du hast die Tür aufgemacht«, sagte Howl. »Und dabei muss dieses Ding, das Michael für einen Zauber hält, hereingekommen sein. Ist euch denn nicht der Gedanke gekommen, dass das hier überhaupt nicht wie ein Zauber aussieht?«

»Zaubersprüche sehen oft komisch aus«, sagte Michael. »Aber was ist das denn nun?«

Howl schnaubte höhnisch. »Bestimme, worum es hier geht. Schreib eine zweite Strophe! Großer Gott«, sagte er und stürzte zur Treppe. »Das werde ich euch zeigen«, rief er, während er die Treppe hochpolterte.

»Ich glaube, dass wir heute Nacht durch die Marsch gerannt sind, war Zeitverschwendung«, sagte Sophie. Michael nickte düster. Sophie sah ihm an, wie töricht er sich vorkam. »Es war meine Schuld«, sagte sie. »Ich habe die Tür aufgemacht.«

»Und was war dahinter?«, fragte Michael sehr interessiert.

Aber da kam Howl wieder die Treppe heruntergerannt. »Ich hab das Buch offenbar doch nicht«, sagte er. Er wirkte beunruhigt. »Michael, hast du nicht gesagt, dass ihr eine Sternschnuppe fangen wolltet?«

»Ja, aber die hatte schreckliche Angst und stürzte sich in einen Tümpel und ertrank.«

»Gott sei Dank«, sagte Howl.

»Das war sehr traurig«, sagte Sophie.

»Traurig, ja?«, rief Howl und schien beunruhigter zu sein denn je. »Das war deine Idee, was? Das hätte ich mir ja denken können. Ich kann mir richtig vorstellen, wie du in der Marsch herumhumpelst und ihn anfeuerst. Aber ich kann dir sagen, das war die größte Dummheit, die er in seinem Leben je begangen hat. Er wäre mehr als nur traurig gewesen, wenn er dieses Ding gefangen hätte. Und du …«

Calcifer flackerte schläfrig im Kamin nach oben. »Was regst du dich denn so auf?«, fragte er. »Du hast doch selber auch mal einen gefangen, oder?«

»Ja, und ich …!«, fing Howl an und richtete seinen Glasmurmelblick auf Calcifer. Dann aber riss er sich zusammen und wandte sich wieder Michael zu. »Michael, versprich mir, das nie wieder zu versuchen.«

»Versprochen«, sagte Michael bereitwillig. »Aber was ist denn das für ein Text, wenn es kein Zauber ist?«

Howl musterte das graue Papier in seiner Hand. »Das wird ›Poesie‹ genannt – und das ist es wohl auch. Aber hier steht nicht alles, und an den Rest kann ich mich nicht erinnern.« Er sah aus, als sei ihm ein neuer Gedanke gekommen, einer, der ihm offenbar Sorgen machte. »Ich glaube, die nächste Strophe war wichtig«, sagte er. »Ich gehe damit lieber zurück und sehe nach …« Er ging zur Tür und drehte den Knauf auf Schwarz. Dann hielt er inne. Er schaute sich zu Michael und Sophie um, die natürlich beide den Knauf anstarrten. »Na gut«, sagte er. »Ich weiß, dass Sophie sich irgendwie rausstehlen wird, wenn ich sie hierlasse, und das wäre Michael gegenüber nicht fair. Also kommt beide, damit ich wenigstens ein Auge auf euch haben kann.«

Er öffnete die Tür zum Nichts und ging hinaus. Michael stolperte über den Schemel, so eilig rannte er hinterher. Sophies Pakete prasselten links und rechts in den Kamin, als auch sie aufsprang. »Dass du die ja nicht versengst«, sagte sie noch schnell zu Calcifer.

»Dann musst du versprechen, mir zu erzählen, was da draußen ist«, sagte Calcifer. »Jetzt hast du übrigens deinen Hinweis bekommen.«

»Wirklich?«, sagte Sophie. Sie hatte es viel zu eilig, um auf Calcifer zu achten.

11. KAPITEL

IN DEM HOWL AUF DER SUCHE NACH EINEM ZAUBER EIN FREMDES LAND BESUCHT

Das Nichts war nur einen Daumen breit. Dahinter führte ein Zementweg durch eine graue, nasse Abendstimmung zu einem Gartentor. Howl und Michael standen schon davor. Hinter dem Tor lief eine flache, feste Straße mit Häusern auf beiden Seiten. Sophie schaute in die Richtung, aus der sie gekommen waren. Im Nieselregen fröstelte es sie, und sie stellte fest, dass das Schloss sich in ein gelbes Klinkerhaus mit großen Fenstern verwandelt hatte. Wie alle anderen Häuser war dieses viereckig und neu und hatte eine Eingangstür aus milchigem Glas. Auf der Straße war niemand zu sehen. Das konnte am Nieselregen liegen, aber Sophie hatte das Gefühl, dass es in Wirklichkeit daran lag, dass sie sich an einem Stadtrand befanden.

»Wenn du genug herumgeschnüffelt hast …«, rief Howl. Sein schöner rot-grauer Anzug triefte vor Nässe. Er klapperte mit einem Bund seltsamer Schlüssel, die meisten davon waren flach und gelb und schienen zu den Häusern zu passen. Als Sophie näher kam, sagte er: »Wir müssen so gekleidet sein, dass wir hier nicht auffallen.« Seine prachtvolle Erscheinung verschwamm, als habe sich der Nieselregen plötzlich in Nebel verwandelt. Als er wieder klar zu sehen war, war der Anzug noch immer scharlachrot und grau, aber ganz anders geschnitten. Die hängenden Ärmel waren verschwunden, und der ganze Anzug sah weit und ausgebeult aus. Und dazu abgetragen und verschlissen.

Michaels Wams war zu einem hüftlangen wattierten Kleidungsstück geworden. Er hob seinen Fuß, der in einem Leinenschuh steckte, und starrte das enge blaue Teil an, das seine Beine umschloss. »Ich kann ja kaum die Knie abknicken«, sagte er.

»Daran gewöhnst du dich schon«, sagte Howl. »Na los, Sophie.«

Zu Sophies Überraschung führte Howl sie über den Gartenweg zu dem gelben Haus. Auf dem Rücken seiner ausgebeulten Jacke sah sie die geheimnisvolle Inschrift WALES RUGBY. Michael folgte Howl und trippelte dabei mit kleinen Schritten, was an dem Futteral um seine Beine lag.

Sophie schaute an sich hinunter und sah doppelt so viel von den mageren Beinen wie sonst über ihren klobigen Schuhen. Ansonsten hatte sie sich wohl nicht sehr verändert.

Howl öffnete mit einem seiner Schlüssel die milchige Glastür. An einer Kette daneben hing ein hölzernes Hinweisschild. »Rivendell«, las Sophie, als Howl sie in eine ordentliche, helle Diele schob. Im Haus waren Leute. Hinter der nächstgelegenen Tür waren laute Stimmen zu hören. Als Howl die Tür öffnete, sah Sophie, dass die Stimmen von magischen bunten Bildern kamen, die sich vorne in einer großen, eckigen Kiste bewegten.

»Howell!«, rief eine Frau, die strickend vor der Kiste saß.

Sie ließ ihre Strickerei sinken und sah ein wenig verstimmt aus. Doch ehe sie aufstehen konnte, sprang ein kleines Mädchen, das mit aufgestütztem Kinn und überaus ernster Miene die magischen Bilder beobachtet hatte, auf und stürzte auf Howl zu. »Onkel Howell!«, rief sie, hüpfte an Howl hoch und umschlang ihn mit ihren Beinen.

»Mari!«, brüllte Howl als Antwort. »Wie geht es dir denn, *Cariad?* Warst du ein braves Mädchen?« Er und das kleine Mädchen sprachen rasch und laut in einer fremden

Sprache weiter. Sophie sah, dass sie sehr aneinander hingen. Sie hätte gern gewusst, was das für eine Sprache war. Es klang wie Calcifers albernes Kochtopflied, aber sicher war Sophie sich nicht. In den kurzen Pausen, die in dem fremdsprachigen Geplauder entstanden, warf Howl wie ein Bauchredner ein: »Das sind meine Nichte Mari und meine Schwester Megan Parry. Megan, das sind Michael Fisher und Sophie … äh …«

»Hatter«, sagte Sophie.

Megan schüttelte beiden auf seltsame, missbilligende Weise die Hand. Sie war älter als Howl, sah ihm aber ziemlich ähnlich. Sie hatte das gleiche längliche, eckige Gesicht, doch ihre Augen waren blau und voller Sorgen und ihre Haare dunkel. »Sei jetzt still, Mari«, rief sie mit einer Stimme, die das ausländische Geplapper durchschnitt. »Howell, bleibst du lange?«

»Ich wollte nur einen Moment hereinschauen«, sagte Howl und ließ Mari wieder zu Boden.

»Gareth ist noch nicht da«, sagte Megan mit vielsagendem Blick.

»Wie schade. Wir können nicht lange bleiben«, sagte Howl und lächelte breit und falsch. »Ich wollte dir nur meine Freunde vorstellen. Und dir eine Frage stellen, die sich vielleicht albern anhört. Kann es sein, dass Neil kürzlich seine Englischhausaufgaben verlegt hat?«

»Komisch, dass du das erwähnst«, rief Megan. »Die hat er überall gesucht, letzten Donnerstag. Er hat eine neue Englischlehrerin, weißt du, und die ist sehr streng, achtet nicht nur auf die Rechtschreibung. Sie lehrt sie wirklich die Furcht des Herrn, wenn sie die Hausaufgaben nicht pünktlich erledigen. Was Neil ja nicht schadet, diesem faulen kleinen Teufel. Und am Donnerstag sucht er also das ganze Haus ab, aber er findet nur einen komischen alten Zettel …«

»Ah«, sagte Howl. »Und was hat er mit diesem Zettel gemacht?«

»Ich habe ihm gesagt, er soll ihn seiner Miss Angorian geben«, sagte Megan. »Damit sie sieht, dass er sich einmal Mühe gegeben hat.«

»Und hat er?«, fragte Howl.

»Das weiß ich nicht. Frag ihn doch selbst. Er sitzt mit seinem Apparat im vorderen Schlafzimmer«, sagte Megan. »Aber ein vernünftiges Wort wirst du nicht aus ihm herausbekommen.«

»Na los«, sagte Howl zu Michael und Sophie, die sich beide mit großen Augen in diesem prachtvollen braunen und orangefarbenen Zimmer umschauten. Er nahm Mari an der Hand und führte sie alle aus dem Raum und die Treppe hoch. Dort lag ein Teppich, grün und rosafarben, der die Geräusche der von Howl angeführten Prozession fast vollkommen verschluckte, als sie den rosa-grünen Weg nach oben gingen und dann ein Zimmer mit blauem und gelbem Teppich betraten. Sophie ging jedoch davon aus, dass die beiden Jungen, die sich über verschiedene magische Kisten auf einem großen Tisch vor dem Fenster beugten, auch nicht aufgeschaut hätten, wenn eine Armee mit einer Blaskapelle angerückt wäre. Die größte magische Kiste hatte vorn eine Glasscheibe, wie die unten im Haus, aber hier waren geschriebene Texte und Diagramme zu sehen, keine Bilder. Alle Kisten wuchsen an langen, biegsamen weißen Stängeln, die auf der einen Zimmerseite in der Wand verwurzelt zu sein schienen.

»Neil!«, sagte Howl.

»Nicht stören«, antwortete einer der Jungen. »Sonst kommt er um.«

Da es um Leben und Tod ging, wichen Sophie und Michael zur Tür zurück. Howl dagegen zeigte sich gegenüber der Gefahr, seinen Neffen zu töten, ziemlich gleichgültig, ging zur Wand hinüber und zog die Wurzeln der Kisten heraus. Das Bild auf der Kiste verschwand. Beide Jungen reagierten mit Wörtern, von denen Sophie glaubte, dass nicht einmal Martha sie kannte. Der zweite Junge fuhr herum und schrie: »Mari! Das wird dir noch leidtun!«

»War ich ja gar nicht, Mensch!«, brüllte Mari zurück.

Neil wirbelte noch weiter herum und starrte Howl vorwurfsvoll an. »Na, wie geht's, Neil?«, fragte der freundlich.

»Wer ist das denn?«, fragte der andere Junge.

»Mein nichtsnutziger Onkel«, antwortete Neil. Noch immer starrte er Howl wütend an. Er war ein dunkler Junge mit dicken Augenbrauen, und deshalb wirkte sein Starren beeindruckend. »Was willst du? Steck den Stecker wieder rein!«

»Wie herzlich man hier im Tal empfangen wird«, sagte Howl. »Ich steck ihn wieder rein, wenn du mir eine Frage, die ich dir jetzt stelle, beantwortet hast.«

Neil seufzte. »Onkel Howell, ich bin gerade mitten in einem Computerspiel.«

»Einem neuen?«, fragte Howl.

Die beiden Jungen verzogen unzufrieden die Gesichter. »Nein, das habe ich zu Weihnachten bekommen«, sagte Neil. »Du weißt doch, wie sie immer rumnerven, dass man nicht so viel Zeit und Geld für sinnlose Dinge verschwenden soll. Deshalb krieg ich erst zum Geburtstag wieder eins.«

»Das macht die Sache ja einfach«, sagte Howl. »Wenn du es schon kennst, macht es dir sicher nichts aus, das Spiel zu unterbrechen, und ich kann dich mit einem neuen bestechen …«

»Echt?«, fragten beide Jungen eifrig, und Neil fügte hinzu: »Besorgst du dann wieder so eins, das sonst keiner hat?«

»Ja. Aber sieh dir erst mal das hier an und sag mir, was es

ist«, erwiderte Howl und hielt Neil das glänzende graue Papier hin.

»Das hat Miss Angorian uns vorige Woche als Hausaufgabe gegeben«, sagte der andere Junge. »Ich kann mich noch an ›Wind‹ und ›Flossen‹ erinnern. Es geht um Unterseeboote.«

Während Sophie und Michael angesichts dieser neuen Theorie die Augen aufrissen und nicht begreifen konnten, warum sie nicht selbst darauf gekommen waren, rief Neil: »He! Das ist doch meine verlorene Hausaufgabe! Wo hast du die gefunden? Und dieses komische Geschreibsel, das ich gefunden habe, kam das von dir? Miss Angorian fand es zum Glück sehr interessant und hat es mit nach Hause genommen.«

»Danke«, sagte Howl. »Wo wohnt sie?«

»In der Wohnung über dem Teeladen von Mrs Phillips, in der Cardiff Road«, sagte Neil. »Und wann krieg ich das neue Spiel?«

»Wenn dir der Rest des Gedichts eingefallen ist«, sagte Howl.

»Das ist nicht fair«, protestierte Neil. »Ich kann mich ja nicht mal an den Teil erinnern, der hier steht. Du spielst mit den Gefühlen eines Menschen …!« Er verstummte, als Howl zu lachen anfing, in eine seiner ausgebeulten Taschen griff und ihm ein flaches Paket reichte. »Danke!«, sagte Neil feierlich und wirbelte dann sofort zu seinen magischen Kisten herum. Howl steckte die Wurzeln wieder in die Wand, grinste und winkte Michael und Sophie aus dem Zimmer. Die Jungen überstürzten sich bei ihrer geheimnisvollen Tätigkeit, und Mari schaffte es, sich dazwischenzuschieben und mit dem Daumen im Mund zuzusehen.

Howl stürzte zu der rosa und grünen Treppe, während Michael und Sophie vor der Tür verharrten und sich fragten, was das hier eigentlich alles sollte. Neil dagegen las laut vor. »Du stehst in einem verwunschenen Schloss mit vier Türen. Jede Tür führt in eine andere Dimension. In der ersten Dimension fliegt das Schloss ununterbrochen weiter und kann jeden Moment in Gefahr geraten …«

Sophie staunte, wie vertraut das alles klang, als sie die Treppe hinunterhumpelte. Sie fand Michael auf halber Höhe. Er machte ein verlegenes Gesicht, denn Howl stand unten vor der Treppe und stritt sich mit seiner Schwester.

»Was soll das heißen, du hast alle meine Bücher verkauft?«, hörte sie ihn sagen. »Eins davon brauche ich gerade ganz dringend. Du hattest kein Recht, sie zu verkaufen.«

»Unterbrich mich nicht immer«, antwortete Megan mit leiser, wütender Stimme. »Hör endlich zu. Ich hab dir schon mal gesagt, dass mein Haus kein Lagerraum für deine Sachen ist. Du bist eine Schande für mich und Gareth, wie du in diesen Klamotten rumhängst, statt dir einen richtigen Anzug zu kaufen und einmal im Leben anständig auszusehen. Du treibst dich mit Pennern und Kleinkriminellen herum und bringst sie sogar zu uns ins Haus. Willst du mich mit in den Abgrund ziehen? Du hast so gute Schulen besucht, bemühst dich aber um keine anständige Arbeit, sondern gammelst nur rum, vergeudest deine Zeit im College, vergeudest die Opfer, die andere Leute für dich gebracht haben, vergeudest dein Geld …«

Megan hätte es locker mit Mrs Fairfax aufnehmen können. Sie redete und redete. Allmählich ahnte Sophie, weshalb Howl es sich angewöhnt hatte, sich aus allem herauszuwinden. Megan war die Sorte Mensch, bei der man sich ganz schnell durch die nächstgelegene Tür davonschleichen will. Leider stand Howl mit dem Rücken zur Treppe, und deshalb waren Sophie und Michael hinter ihm gefangen.

»… in deinem Leben noch keinen Tag ehrlich gearbeitet, suchst dir nie eine Anstellung, auf die ich stolz sein könnte, machst mir und Gareth nichts als Schande, kommst her und verwöhnst Mari nach Strich und Faden und verdirbst damit auch noch sie«, schimpfte Megan erbarmungslos weiter.

Sophie stieß Michael beiseite und humpelte nach unten. Dabei versuchte sie, so gebieterisch wie möglich auszusehen. »Komm, Howl«, sagte sie vornehm. »Wir müssen machen, dass wir weiterkommen. Während wir hier herumstehen, läuft uns das Geld durch die Finger, und deine Bediensteten verkaufen womöglich die goldenen Teller. Es war reizend, Sie kennenzulernen«, sagte sie zu Megan, als sie unten an der Treppe angekommen war, »aber wir müssen pressieren. Howl ist so ein viel beschäftigter Mensch.«

Megan schluckte und starrte Sophie an. Sophie nickte huldvoll und stieß Howl auf die milchige Glastür zu. Michael war knallrot angelaufen. Howl drehte sich zu Megan um und fragte: »Steht mein alter Wagen noch im Schuppen oder hast du den auch verkauft?«

»Du hast den einzigen Satz Schlüssel«, fauchte Megan übellaunig.

Das schien das einzige Abschiedswort zu sein, das von ihr zu erwarten war. Die Haustür knallte ins Schloss, und Howl führte die anderen zu einem viereckigen weißen Gebäude am Ende der ebenen schwarzen Straße. Megan erwähnte Howl mit keinem Wort. Als er eine breite Tür in diesem Gebäude öffnete, sagte er: »Ich glaube, dass die gestrenge Englischlehrerin ein Exemplar des Buches hat.«

Den nächsten Teil dieses Ausfluges hätte Sophie anschließend gern vergessen. Sie fuhren in einer pferdelosen Kutsche weiter, die sich in beängstigendem Tempo bewegte und dabei stank und knurrte und zitterte, während sie einige der steilsten Straßen hinunterjagte, die Sophie jemals gesehen hatte – Straßen, so steil, dass sie sich fragte, warum die Häuser am Straßenrand nicht einfach nach unten rutschten und wild durcheinanderpurzelten. Sie kniff die Augen zu, klammerte sich an die Fetzen, die von den Sitzen losgerissen waren, und hoffte, dass alles bald vorüber sein würde.

Was glücklicherweise dann auch der Fall war. Sie erreichten eine flachere Straße, in der sich auf beiden Seiten Häuser drängten, und blieben vor einem Fenster stehen, das von einem weißen Vorhang und einem Schild mit der Aufschrift »HEUTE GESCHLOSSEN« verdeckt war. Trotz dieser abweisenden Botschaft öffnete Miss Angorian, als Howl an einer schmalen Tür neben dem Fenster auf einen Knopf drückte.

Alle starrten sie an. Für eine gestrenge Schullehrerin war Miss Angorian überraschend jung und schlank und hübsch. Um ihr olivbraunes herzförmiges Gesicht hing eine blauschwarze Mähne, und sie hatte riesige dunkle Augen. Das Einzige an ihr, was auf Strenge hinwies, war die kluge und direkte Art, mit der diese riesigen Augen sie alle musterten und sofort zu durchschauen schienen.

»Ich tippe mal, dass Sie Howell Jenkins sind«, sagte Miss Angorian zu Howl. Sie hatte eine tiefe, melodische Stimme, die etwas belustigt und sehr selbstsicher klang.

Howl verschlug es für einen Moment die Sprache. Dann schaltete er sein Lächeln ein. Und damit, dachte Sophie, waren Letties und Mrs Fairfax' schöne Träume ausgeträumt. Denn Miss Angorian war genau die Art von Frau, in die jemand wie Howl sich stehenden Fußes verlieben musste. Und nicht nur Howl. Auch Michael starrte sie voller Bewunderung an. Und obwohl die Häuser in der Straße öde und verlassen aussahen, war Sophie doch sicher, dass es dort von Menschen nur so wimmelte, die Howl und Miss Angorian kannten und die gespannt beobachteten, was jetzt passieren würde. Sie konnte die unsichtbaren Augen dieser Leute spüren. In Market Chipping ging es ja genauso zu.

»Und Sie sind sicher Miss Angorian«, sagte Howl. »Bitte, entschuldigen Sie die Störung, aber mir ist vorige Woche ein blöder Patzer passiert; ich habe die Englischhausaufgaben meines Neffen eingesteckt statt eines ziemlich wichtigen Papiers, das ich gerade bei mir hatte. Und das hat Neil Ihnen offenbar gegeben, um zu beweisen, dass er sich nicht vor der Arbeit drücken wollte.«

»Das stimmt«, sagte Miss Angorian. »Kommen Sie doch herein, dann gebe ich es Ihnen.«

Sophie war überzeugt, dass die unsichtbaren Augen in den anderen Häusern glotzten und die unsichtbaren Hälse sich reckten, als Howl und Michael und sie selbst durch Miss Angorians Tür und dann über eine lange Treppe zu Miss Angorians winzigem, strengem Wohnzimmer gingen.

Fürsorglich bot Miss Angorian Sophie an: »Wollen Sie sich nicht setzen?«

Nach der Fahrt in der pferdelosen Kutsche zitterte Sophie noch immer. Dankbar nahm sie in einem der beiden Sessel Platz. Er war nicht gerade bequem. Miss Angorians Haus war nicht zum Ausruhen eingerichtet, sondern zum Studieren. Obwohl viele der dort befindlichen Gegenstände Sophie fremd waren, begriff sie doch, was es mit den Bücherwänden, den Papierstapeln auf dem Tisch und den auf dem Boden aufgetürmten Ordnern auf sich hatte. Sie beobachtete, wie Michael Miss Angorian dümmlich anglotzte und wie Howl seinen Charme aufdrehte.

»Wie kommt es, dass Sie wissen, wer ich bin?«, fragte Howl schmeichelnd.

»Sie haben in dieser Stadt doch allerlei Klatsch verursacht«, antwortete Miss Angorian und sah eilig die Papiere auf dem Tisch durch.

»Und was haben diese klatschenden Leute Ihnen erzählt?«, fragte Howl. Schmachtend stützte er sich auf die Tischkante und versuchte, Miss Angorians Blick einzufangen.

»Dass Sie ganz unvorhersagbar verschwinden und wieder auftauchen, zum Beispiel«, sagte Miss Angorian.

»Und was sonst noch?« Howl beobachtete Miss Angorians Bewegungen auf eine Weise, die Sophie deutlich machte, dass Lettie nur noch eine Chance hatte: nämlich, wenn Miss Angorian sich jetzt sofort in Howl verliebte.

Aber das war nicht Miss Angorians Art. Sie sagte: »Alles Mögliche und nur wenig Vorteilhaftes«, dann ließ sie Michael erröten, indem sie erst ihn und dann Sophie auf eine Weise ansah, die verriet, dass diese Dinge nicht für ihre Ohren bestimmt waren. Sie hielt Howl ein gelbliches Papier mit gewelltem Rand hin. »Da ist es«, sagte sie mit strenger Stimme. »Wissen Sie, worum es sich dabei handelt?«

»Natürlich«, sagte Howl.

»Dann erzählen Sie es mir«, sagte Miss Angorian.

Howl nahm das Papier. Es gab ein kurzes Handgemenge, denn er versuchte, mit dem Papier auch Miss Angorians Hand zu fassen. Miss Angorian gewann das Handgemenge und versteckte ihre Hände hinter ihrem Rücken. Howl lächelte verführerisch und reichte Michael das Papier. »Sag du es ihr«, meinte er.

Michaels rotes Gesicht strahlte, als er einen Blick auf das Papier warf. »Das ist der Zauber! Ach, den kann ich – es geht um Vergrößerung, nicht wahr?«

»Darauf bin ich auch schon gekommen«, sagte Miss Angorian ziemlich vorwurfsvoll. »Ich wüsste gern, was Sie damit vorhatten.«

»Miss Angorian«, sagte Howl. »Wo Sie doch so viel über mich gehört haben, müssen Sie auch wissen, dass ich meine Doktorarbeit über Zaubersprüche und Verwünschungen geschrieben habe. Aber Sie machen ein Gesicht, als unterstellten Sie mir, ich betriebe schwarze Magie! Ich versichere Ihnen, ich habe in meinem ganzen Leben noch keinen Zauber ausgeführt.« Angesichts dieser frechen Lüge konnte Sophie ein leises Schnauben nicht unterdrücken. »Hand aufs Herz«, fügte Howl hinzu und schaute Sophie mit einem irritierten Stirnrunzeln an. »Dieser Zauber ist nur für Studienzwecke gedacht. Er ist sehr alt und selten. Deshalb hätte ich ihn gern wieder.«

»Na, jetzt haben Sie ihn ja«, sagte Miss Angorian kurz. »Und ehe Sie gehen, würden Sie mir wohl im Gegenzug meine Hausaufgaben zurückgeben? Fotokopien kosten schließlich Geld.«

Howl zog bereitwillig das graue Papier hervor und hielt es so, dass sie nicht ganz rankam. »Also, dieses Gedicht«, sagte er. »Das macht mir wirklich Probleme. Blöd von mir, was? – aber ich kann mich an den Rest nicht erinnern. Es stammt von Walter Raleigh, nicht wahr?«

Miss Angorian bedachte ihn mit einem vernichtenden Blick. »Das nun ganz und gar nicht. Es ist von John Donne und wirklich sehr bekannt. Ich habe das Buch hier, wenn Sie Ihr Gedächtnis auffrischen wollen.«

»Bitte«, sagte Howl, und so, wie seine Blicke Miss Angorian folgten, als sie zu ihrer Bücherwand ging, erkannte Sophie, dass das Gedicht der wahre Grund war, weshalb Howl dieses seltsame Land aufgesucht hatte, in dem seine Familie lebte.

Aber Howl ließ sich die Gelegenheit nicht entgehen, zwei Fliegen mit einer Klappe zu schlagen. »Miss Angorian«, bat er und ließ seine Blicke an ihr entlangwandern, als sie sich nach dem Buch reckte, »könnten Sie es sich vorstellen, heute Abend mit mir essen zu gehen?«

Miss Angorian drehte sich mit einem dicken Buch in der Hand um und sah strenger aus denn je. »Das kann ich nicht«, sagte sie. »Mr Jenkins, ich weiß nicht, was Sie über mich gehört haben, aber bestimmt wissen Sie, dass ich mich noch immer als verlobt mit Ben Sullivan betrachte ...«

»Nie gehört«, sagte Howl.

»Mein Verlobter«, sagte Miss Angorian. »Er ist vor einigen Jahren verschwunden. Und soll ich Ihnen das Gedicht jetzt vorlesen?«

»Bitte«, sagte Howl ohne eine Spur von schlechtem Gewissen. »Sie haben eine so wunderschöne Stimme.«

»Dann fange ich mit der zweiten Strophe an«, sagte Miss Angorian. »Da Sie die erste in der Hand halten.« Sie las sehr gut vor, nicht nur sehr melodisch, sondern auch auf eine Weise, die die zweite Strophe zum Rhythmus der ersten passen ließ, was nach Sophies Meinung überhaupt nicht der Fall war:

»Ist dir Wunderbares kund,
Unsichtbares offenbar,
Reit zehntausend Tage und
Bis dir Alter schneit aufs Haar.
Wenn du heimkehrst, sagst du offen,
Wunder, die du angetroffen,
Schwörst bereit,
Weit und breit,
Ist keine schön mit Lauterkeit.

Findst du ...«

Howl war leichenblass geworden. Sophie sah den Schweiß, der ihm auf die Stirn getreten war. »Danke«, sagte er. »Hören Sie jetzt auf. Ich will Sie nicht weiter bemühen. Sogar die schöne Frau ist in der letzten Strophe untreu, nicht wahr? Jetzt weiß ich es wieder. Dumm von mir. John Donne, natürlich.« Miss Angorian ließ ihr Buch sinken und starrte ihn an. Er rang sich ein Lächeln ab. »Wir müssen jetzt los. Sind Sie sicher, dass Sie sich das mit dem Essen nicht doch noch anders überlegen wollen?«

»Das bin ich«, sagte Miss Angorian. »Ist Ihnen wohl, Mr Jenkins?«

»Ich bin die Gesundheit in Person«, sagte Howl und scheuchte Michael und Sophie die Treppe hinunter und in die entsetzliche pferdelose Kutsche. Die unsichtbaren Beobachter in den anderen Häusern gewannen sicher den Eindruck, dass Miss Angorian sie mit einem Säbel jagte, wenn sie nach dem Tempo urteilten, mit dem Howl seine Begleiter in den Wagen schob und losfuhr.

»Was ist denn los?«, fragte Michael, als die Kutsche brüllend und ächzend bergauf fuhr und Sophie sich in Todesangst an den Sitzfetzen festklammerte. Howl stellte sich taub. Deshalb wartete Michael, bis Howl die Kutsche in den Schuppen eingeschlossen hatte, ehe er die Frage wiederholte.

»Ach, nichts«, sagte Howl leichthin und führte sie zurück zu dem gelben Haus namens »Rivendell«. »Die Hexe der Wüste hat mich mit ihrem Fluch eingeholt, das ist alles. Aber früher oder später musste das ja passieren.« Er schien in Gedanken zu rechnen oder zu zählen, als er das Gartentor öffnete. »Zehntausend«, hörte Sophie ihn murmeln. »Und dann würde es auf den Mittsommertag hinauslaufen.«

»Was würde auf den Mittsommertag hinauslaufen?«, fragte Sophie.

»Bis ich zehntausend Tage gelebt habe«, sagte Howl. »Und das, Frau Nase«, fügte er hinzu und schwang sich über das Tor in den Garten von Rivendell, »ist der Tag, an dem ich zur Hexe der Wüste zurückkehren muss.« Sophie und Michael blieben auf dem Weg stehen und starrten Howls Rücken mit der geheimnisvollen Aufschrift

WALES RUGBY an. »Wenn ich einen Bogen um alle Nixen mache«, hörten sie ihn murmeln, »und keine Alraune anrühre …«

Michael rief: »Müssen wir noch einmal in dieses Haus?«, und Sophie rief: »Was machte die Hexe dann?«

»Ich kriege eine Gänsehaut, wenn ich nur daran denke«, antwortete Howl. »Du musst da nicht wieder rein, Michael.«

Er öffnete die milchige Glastür. Dahinter sahen sie den vertrauten Wohnraum im Schloss. Calcifers verschlafene Flammen färbten die Wände in der Dämmerung leicht blaugrün. Howl streifte seine langen Ärmel zurück und gab ihm ein Stück Holz.

»Sie hat mich eingeholt, Blaugesicht«, sagte er.

»Weiß ich«, sagte Calcifer. »Ich habe es gespürt.«

12. KAPITEL

IN DEM SOPHIE HOWLS ALTE MUTTER WIRD

Sophie sah nicht recht ein, wieso es so wichtig sein sollte, Howl beim König anzuschwärzen, jetzt, wo die Hexe ihm auf der Spur war. Aber Howl behauptete, es sei wichtiger denn je. »Ich werde alle meine Kräfte brauchen, um der Hexe zu entgehen«, sagte er. »Da kann ich mich nicht auch noch mit dem König anlegen.«

Deshalb zog Sophie am folgenden Nachmittag ihre neuen Kleider an, saß elegant, wenn auch ziemlich steif im Sessel und wartete darauf, dass Michael fertig wurde und Howl aus dem Badezimmer kam. Beim Warten erzählte sie Calcifer von dem seltsamen Land, in dem Howls Familie lebte. Das lenkte ihre Gedanken vom König ab.

Calcifer fand das alles hochinteressant. »Ich wusste ja, dass er aus einer fremden Gegend kommt«, sagte er. »Aber das hört sich an wie eine andere Welt. Raffiniert von der Hexe, den Fluch von dort herüberzuschicken. Sehr, sehr raffiniert. Das ist Magie, wie ich sie bewundere. Etwas zu benutzen, das ohnehin schon existiert, und es zu einem Fluch machen. Als du und Michael das Gedicht vorgelesen habt, habe ich mir schon den Kopf darüber zerbrochen. Dieser Trottel Howl hat ihr zu viel über sich erzählt.«

Sophie starrte Calcifers schmales blaues Gesicht an. Calcifers Bewunderung für den Fluch überraschte sie durchaus nicht, ebenso wenig wie es sie überraschte, dass er Howl einen Trottel genannt hatte. Schließlich beleidigte er Howl dauernd. Aber sie konnte nicht sagen, ob Calcifer Howl wirklich hasste. Calcifer blickte immer hasserfüllt drein, weshalb man nur schwer einen Unterschied sah.

Calcifer bewegte seine orangefarbenen Augen und schaute in Sophies. »Ich habe auch Angst«, sagte er. »Ich werde mit Howl leiden müssen, wenn die Hexe ihn erwischt. Wenn du mich nicht vorher aus dem Vertrag herausholst, werde ich dir nicht mehr helfen können.«

Ehe Sophie ihn näher danach fragen konnte, stürzte Howl aus dem Badezimmer und sah eleganter aus denn je. Er füllte das Zimmer mit Rosenduft und schrie nach Michael. Michael kam in seinem neuen blauen Samtanzug die Treppe heruntergerannt. Sophie erhob sich und griff nach ihrem treuen Stock. Die Zeit zum Aufbruch war gekommen.

»Du siehst so reich und vornehm aus«, sagte Michael zu ihr.

»Sie macht mir Ehre«, sagte Howl. »Wenn man mal von diesem scheußlichen alten Stock absieht.«

»Manche Menschen«, sagte Sophie, »denken einfach nur an sich. Dieser Stock kommt mit. Ich brauche ihn als moralische Unterstützung.«

Howl verdrehte die Augen zur Zimmerdecke, sagte aber nichts dazu.

Herrschaftlich betraten sie die Straßen von Kingsbury. Natürlich wollte Sophie wissen, wie das Schloss von hier aus aussah, und drehte sich deshalb um. Sie erblickte einen breiten, gewölbten Torweg und eine kleine schwarze Tür. Ansonsten schien das Schloss nur aus einer blanken Lehmmauer zwischen zwei reich verzierten Steinhäusern zu bestehen.

»Bevor du fragst«, sagte Howl, »in Wahrheit ist es nur ein stillgelegter Stall. Hier lang.«

Sie gingen weiter und sahen mindestens so elegant aus wie die anderen Passanten. Allerdings waren nicht viele Menschen unterwegs. Kingsbury lag weit im Süden, und es war ein brüllend heißer Tag. Die Pflastersteine funkelten.

Sophie entdeckte einen weiteren Nachteil des Alters: Wenn es heiß ist, fühlt man sich gar nicht wohl. Die vornehmen Gebäude tanzten vor ihren Augen. Sie ärgerte sich, weil sie sich die Stadt doch genau ansehen wollte, aber nun hatte sie nur einen vagen Eindruck von goldenen Kuppeln und hohen Häusern.

»Übrigens«, sagte Howl. »Mrs Pentstemmon wird dich mit Mrs Pendragon anreden. Ich nenne mich hier nämlich Pendragon.«

»Wieso das denn?«, fragte Sophie.

»Zur Tarnung«, sagte Howl. »Pendragon ist ein sehr schöner Name, viel schöner als Jenkins.«

»Ich komme mit meinem schlichten Namen gut zurecht«, sagte Sophie, als sie in eine angenehm kühle, enge Gasse abbogen.

»Wir können ja nicht alle wie der verrückte Hutmacher heißen«, sagte Howl.

Mrs Pentstemmons Haus war elegant und hoch und lag fast am Ende der engen Gasse. Zu beiden Seiten der prachtvollen Haustür wuchsen in Kübel eingepflanzte Apfelsinenbäume. Ein älterer Bediensteter in schwarzem Samt öffnete die Tür und führte sie in eine wunderbar kühle, mit Marmor in schwarz-weißem Schachbrettmuster ausgelegte Diele, wo Michael verstohlen versuchte, sich den Schweiß von der Stirn zu wischen. Howl, der fast immer kühl wirkte, behandelte den Bediensteten wie einen alten Freund und scherzte mit ihm.

Der Bedienstete reichte sie an einen Pagen in rotem Samt weiter. Als der Junge sie feierlich eine blank gebohnerte Treppe hochführte, begriff Sophie, warum das hier eine gute Übung für ihre Audienz beim König sein würde. Sie kam sich jetzt schon vor wie in einem Palast. In dem schattigen Salon, in den sie der Junge schließlich führte, gelangte sie sogar zu der Überzeugung, dass nicht einmal ein Palast diese Eleganz erreichen könnte. Alles im Zimmer war in Blau, Gold und Weiß gehalten, alles war klein und vornehm. Mrs Pentstemmon war das Vornehmste von allem. Sie war groß und schlank, saß kerzengerade in einem blauen Sessel mit Goldstickerei und hielt einen Stock mit goldenem Knauf fest in einer mit einem goldenen Spitzenhandschuh bedeckten Hand. Sie trug altgoldene Seide, in einem sehr steifen und altmodischen Stil, und darüber eine altgoldene Haube, die durchaus Ähnlichkeit mit einer Krone hatte und die unter ihrem hageren Adlergesicht mit einem breiten Goldband festgebunden war. Mrs Pentstemmon war die vornehmste und beängstigendste Dame, die Sophie je gesehen hatte.

»Ach, mein lieber Howell«, sagte sie und streckte den goldenen Spitzenhandschuh aus.

Howl verbeugte sich und küsste den Handschuh, wie es offenbar von ihm erwartet wurde. Er machte das auch auf sehr elegante Weise, auch wenn die Geste aus der Rückansicht dadurch verdorben wurde, dass er Michael hinter seinem Rücken mit der anderen Hand wütend zuwinkte. Eine Spur zu langsam begriff Michael, dass er sich neben den Pagen an die Tür stellen sollte. Eilig wich er zurück und wollte nur zu gern so weit von Mrs Pentstemmon fortgelangen wie möglich.

»Mrs Pentstemmon, gestatten Sie mir, Ihnen meine alte Mutter vorzustellen«, sagte Howl und winkte Sophie zu. Da es Sophie genau wie Michael ging, musste Howl heftig mit der Hand wedeln.

»Entzückt. Sehr erfreut«, sagte Mrs Pentstemmon und streckte Sophie ihren goldenen Handschuh hin. Sophie wusste nicht so recht, ob Mrs Pentstemmon auch von ihr einen Handkuss erwartete, aber sie brachte es nicht über sich, auch nur den Versuch zu machen. Deshalb legte sie ihre eigene Hand auf den Handschuh. Die Hand unter den

Spitzen fühlte sich an wie eine alte kalte Klaue. Nachdem sie das gespürt hatte, war Sophie erstaunt darüber, dass Mrs Pentstemmon überhaupt noch am Leben war. »Entschuldigen Sie bitte, dass ich nicht aufstehe, Mrs Pendragon«, sagte Mrs Pentstemmon. »Meine Gesundheit lässt zu wünschen übrig. Sie hat mich vor drei Jahren gezwungen, das Lehren aufzugeben. Bitte, setzt euch, alle beide.«

Sophie gab sich alle Mühe, nicht vor Nervosität zu zittern, und ließ sich vorsichtig Mrs Pentstemmon gegenüber in einem bestickten Sessel nieder. Dabei stützte sie sich auf ihren Stock und hoffte, ebenso elegant auszusehen wie ihre Gastgeberin.

Howl machte es sich im nächststehenden Sessel bequem. Er schien sich hier ganz wie zu Hause zu fühlen, und Sophie beneidete ihn darum.

»Ich bin sechsundachtzig«, verkündete Mrs Pentstemmon. »Wie alt sind Sie, meine liebe Mrs Pendragon?«

»Neunzig«, sagte Sophie, denn das war die erste hohe Zahl, die ihr einfiel.

»So alt?«, fragte Mrs Pentstemmon, möglicherweise mit einem Hauch von vornehmem Neid. »Wie schön für Sie, dass Sie sich noch immer so leichtfüßig bewegen können.«

»Ach, ja, sie ist wunderbar leichtfüßig«, pflichtete Howl ihr bei. »Manchmal ist sie kaum aufzuhalten.«

Mrs Pentstemmon bedachte ihn mit einem Blick, der Sophie verriet, dass sie als Lehrerin mindestens so streng gewesen war wie Miss Angorian. »Ich spreche mit deiner Mutter«, sagte sie. »Ich gehe davon aus, dass sie ebenso stolz auf dich ist wie ich. Wir sind zwei alte Damen, die beide an deiner Erziehung mitgewirkt haben. Du bist, so könnte man sagen, unser gemeinsames Werk.«

»Meinen Sie denn nicht, ich sei auch selbst daran beteiligt gewesen?«, fragte Howl. »Hätte auch ein bisschen von mir dazugetan?«

»Ein bisschen, und das nicht unbedingt mit meinem Einverständnis«, sagte Mrs Pentstemmon darauf. »Aber du möchtest sicher nicht zuhören, wie wir hier über dich reden. Du gehst jetzt nach unten und setzt dich zusammen mit deinem Pagen auf die Terrasse. Dort wird Hunch euch ein kaltes Getränk servieren. Also los.«

Wäre Sophie nicht selbst so nervös gewesen, hätte sie über Howls Gesicht gelacht. Damit hatte er offensichtlich nicht gerechnet. Aber er stand auf, zuckte nur kurz mit den Schultern, warf Sophie einen warnenden Blick zu und scheuchte Michael vor sich her aus dem Salon. Mrs Pentstemmon bewegte ihren starren Oberkörper ein wenig, um ihnen nachzublicken. Dann nickte sie ihrem eigenen Pagen zu, der ebenfalls eilends aus dem Raum verschwand. Danach wandte sie sich wieder an Sophie, und Sophie fühlte sich nervöser denn je.

»Mit den schwarzen Haaren hat er mir besser gefallen«, verkündete Mrs Pentstemmon. »Der Junge wird richtig schlimm.«

»Wer? Michael?«, fragte Sophie verwirrt.

»Nicht der Diener«, sagte Mrs Pentstemmon. »Ich halte ihn nicht für klug genug, um mir seinetwegen Sorgen zu machen. Ich rede von Howell, Mrs Pendragon.«

»Ach«, sagte Sophie und hätte gern gewusst, warum Mrs Pentstemmon »wird« gesagt hatte. Howl war doch offenbar schon vor langer Zeit schlimm geworden.

»Nehmen Sie nur mal seine Erscheinung«, sagte Mrs Pentstemmon verächtlich. »Sehen Sie sich seine Kleider an.«

»Er legt immer großen Wert auf seine Erscheinung«, pflichtete Sophie ihr bei und fragte sich, warum sie es nicht deutlicher ausdrückte.

»Das war immer schon so. Ich lege auch Wert auf meine Erscheinung, und ich wüsste nicht, was daran schlecht sein sollte«, sagte Mrs Pentstemmon. »Aber was gibt ihm das Recht, in einem verzauberten Anzug herumzulaufen? Mit einem schillernden Zauber, der seine Attraktivität steigert und sich an Damen richtet – sehr gut gemacht, das gebe ich zu, und sogar für meinen geübten Blick nur mit Mühe zu entdecken, denn er scheint in die Nähte eingelassen zu sein. Für die Damen wird er damit fast unwiderstehlich. Darin zeigt sich eine Neigung zur schwarzen Kunst, die Ihnen doch sicherlich allerlei mütterlichen Kummer bereitet, Mrs Pendragon.«

Voller Unbehagen dachte Sophie an den rot-grauen Anzug. Sie hatte die Nähte geflickt, ohne dass ihr etwas aufgefallen wäre. Aber Mrs Pentstemmon war hier die Expertin für Magie, während Sophie sich nur mit Kleidern auskannte.

Mrs Pentstemmon legte nun beide Goldhandschuhe auf ihren Stock und bewegte ihren steifen Körper so, dass ihr geübter und durchdringender Blick in Sophies Augen traf. Sophie fühlte sich immer unwohler in ihrer Haut. »Mein Leben ist fast zu Ende«, verkündete Mrs Pentstemmon. »Schon seit einiger Zeit spüre ich, wie der Tod sich anschleicht.«

»Ach, das glaube ich nicht«, sagte Sophie und bemühte sich um einen beruhigenden Tonfall. Es war aber schwer, überhaupt etwas zu sagen, solange Mrs Pentstemmon sie so anstarrte.

»Es ist aber so, das versichere ich Ihnen«, sagte Mrs Pentstemmon. »Deshalb wollte ich Sie noch unbedingt kennenlernen, Mrs Pendragon. Sie müssen wissen, dass Howell mein letzter und mit Abstand mein bester Schüler war. Ich wollte schon in den Ruhestand gehen, als er aus einem fremden Land zu mir kam. Ich dachte, meine Arbeit wäre getan, nachdem ich Benjamin Sullivan – der Ihnen vermutlich besser bekannt ist als Hexenmeister Suliman, seine Seele möge in Frieden ruhen – ausgebildet und ihm den Posten des Königlichen Magiers beschafft hatte. Seltsamerweise kam er aus demselben Land wie Howell. Doch dann tauchte Howell auf, und ich sah sofort, dass er doppelt so viel Fantasie und doppelt so viel Talent besaß. Auch wenn ich zugeben muss, dass sein Charakter in mancher Hinsicht zu wünschen übrig ließ. Ich wusste, dass er viel Gutes würde vollbringen können. Gutes, Mrs Pendragon. Aber jetzt?«

»Ja, was jetzt?«, fragte Sophie.

»Etwas ist mit ihm passiert«, sagte Mrs Pentstemmon und starrte Sophie noch immer durchdringend an. »Und ich bin entschlossen, das vor meinem Tod noch in Ordnung zu bringen.«

»Was glauben Sie denn, was passiert sein könnte?«, fragte Sophie besorgt.

»Das müssen Sie mir erzählen«, sagte Mrs Pentstemmon. »Ich habe das Gefühl, dass er denselben Weg genommen hat wie die Hexe der Wüste. Angeblich war sie früher nicht so böse – obwohl ich das nur vom Hörensagen weiß, da sie älter ist als wir beide und sich durch Zauberei jung hält. Howl ist so begabt wie sie. Anscheinend können Hochbegabte nicht widerstehen, wenn ihre Schläue ihnen besondere, gefährliche Ideen einflößt, und daraus entstehen dann tödliche Charakterfehler, und es beginnt der langsame Abstieg zum Bösen. Haben Sie nicht vielleicht doch eine Idee, was da passiert sein könnte?«

In Gedanken hörte Sophie Calcifer sagen: »Auf Dauer ist der Vertrag für uns beide nicht von Vorteil.« Sie fröstelte ein wenig, obwohl die Hitze durch die offenen Fenster in den schattigen, eleganten Salon hereinwehte. »Ja«, sagte sie. »Er hat mit seinem Feuerdämon eine Art Vertrag abgeschlossen.«

Mrs Pentstemmons Hände auf dem Stock zitterten ein

wenig. »Das muss es sein. Sie müssen diesen Vertrag lösen, Mrs Pendragon.«

»Wenn ich nur wüsste, wie«, sagte Sophie.

»Ihre mütterlichen Gefühle und Ihre eigenen starken magischen Gaben werden Ihnen den Weg schon aufzeigen«, sagte Mrs Pentstemmon. »Ich habe Sie beobachtet, Mrs Pendragon, auch wenn Ihnen das vielleicht nicht aufgefallen ist …«

»Oh doch, das ist mir aufgefallen, Mrs Pentstemmon«, sagte Sophie.

»… und Ihre Gabe gefällt mir«, sagte Mrs Pentstemmon. »Sie erweckt Dinge zum Leben, wie diesen Stock in Ihrer Hand, mit dem Sie offenbar so intensiv gesprochen haben, dass er sich in das verwandelt hat, was der Laie als Zauberstab bezeichnen würde. Ich glaube nicht, dass es Ihnen schwerfallen wird, den Vertrag zu lösen.«

»Ja, aber ich muss die Bedingungen des Vertrags kennen«, sagte Sophie. »Hat Howl mich als Hexe ausgegeben, denn wenn er das getan hat …«

»Das hat er nicht. Sie brauchen nicht so schüchtern zu sein. Verlassen Sie sich auf meine große Erfahrung in diesen Dingen«, sagte Mrs Pentstemmon. Dann schloss sie zu Sophies Erleichterung die Augen. Sophie kam es vor, als sei ein starkes Licht ausgeschaltet worden. »Ich weiß nichts über solche Verträge, und ich will auch nichts darüber wissen«, sagte Mrs Pentstemmon. Ihr Stock wackelte jetzt wieder, als ob ihr schauderte. Den Mund kniff sie ganz schmal zusammen, dass es aussah, als habe sie überraschend auf ein Pfefferkorn gebissen. »Aber jetzt ist mir klar«, fuhr sie dann fort, »was mit der Hexe passiert ist. Sie hat einen Vertrag mit einem Feuerdämon abgeschlossen, und dieser Dämon hat dann im Lauf der Jahre die Kontrolle über sie an sich gezogen. Dämonen haben keine Vorstellung von Gut und Böse. Aber wenn man ihnen etwas

Wertvolles anbietet, etwas, das nur Menschen besitzen, kann man sie dazu verleiten, einen Vertrag einzugehen. Das verlängert das Leben von Mensch und Dämon gleichermaßen, und der Mensch erhält die magische Macht des Dämons zusätzlich zu seiner eigenen.« Mrs Pentstemmon öffnete ihre Augen wieder. »Ich bringe es nicht über mich, mehr über dieses Thema zu sagen«, sagte sie. »Außer dass ich Ihnen rate, herauszufinden, was der Dämon bekommen hat. Und jetzt muss ich mich von Ihnen verabschieden. Ich muss mich eine Weile ausruhen.«

Und wie durch Zauberhand und wahrscheinlich durch Zauberei öffnete sich die Tür, und der kleine Page erschien, um Sophie aus dem Zimmer zu geleiten. Sophie war ausgesprochen froh, dass sie gehen durfte. Vor Verlegenheit hätte sie am liebsten gezappelt. Sie blickte auf Mrs Pentstemmons starre, kerzengerade Gestalt zurück, als die Tür geschlossen wurde, und fragte sich, ob sie sich Mrs Pentstemmon gegenüber auch so elend gefühlt hätte, wenn sie wirklich und wahrhaftig Howls alte Mutter gewesen wäre. »Hut ab vor Howl, dass er sie mehr als einen Tag als Lehrerin ertragen konnte«, murmelte sie.

»Madam?«, fragte der Page, der dachte, Sophie habe mit ihm gesprochen.

»Ich habe gesagt, langsam auf der Treppe, sonst komme ich nicht hinterher«, sagte Sophie. Ihre Knie zitterten. »Ihr jungen Leute habt es immer so eilig«, fügte sie hinzu.

Der Page führte sie langsam und fürsorglich die glänzende Treppe hinunter. Auf halber Höhe hatte Sophie sich so weit von Mrs Pentstemmons Persönlichkeit erholt, dass sie über Mrs Pentstemmons Wort nachdenken konnte. Sie hatte Sophie als Hexe bezeichnet. Seltsamerweise stimmte sie dem problemlos zu. Deshalb waren gewisse Hüte so beliebt gewesen, fiel ihr ein. Damit erklärte sich Jane Farriers Graf Soundso. Und möglicherweise auch die Wut der Hexe der Wüste. Sophie hatte das Gefühl, es immer schon gewusst zu haben. Aber sie hatte es nicht für richtig gehalten, eine magische Begabung zu besitzen, wo sie doch die Älteste von dreien war. Lettie schien ihr in dieser Hinsicht immer viel verständiger gewesen zu sein.

Dann dachte sie an den rot-grauen Anzug und wäre vor Bestürzung fast die Treppe hinuntergefallen. Sie war diejenige, die den Zauber hineingenäht hatte. Sie hörte noch, was sie in den Anzug gemurmelt hatte. »Bist dazu geschaffen, die Mädchen anzulocken«, hatte sie ihm gesagt. Und jetzt tat er das natürlich. Im Obstgarten hatte er Lettie bezaubert. Am Vortag, selbst in Verkleidung, hatte er seine geheime Wirkung bei Miss Angorian entfaltet.

Du meine Güte, dachte Sophie. Jetzt habe ich die Menge der von ihm gebrochenen Herzen verdoppelt. Ich muss ihm den Anzug auf irgendeine Weise abnehmen.

Howl, in selbigen Anzug gekleidet, wartete mit Michael in der kühlen schwarz-weißen Halle. Michael versetzte Howl einen besorgten Rippenstoß, als Sophie langsam hinter dem Pagen die Treppe herunterkam.

Howl sah traurig aus. »Du siehst ziemlich geschafft aus«, sagte er. »Ich glaube, wir sollten die Audienz beim König streichen. Ich werde mich selber anschwärzen, wenn ich dich bei ihm entschuldige. Ich kann ja sagen, dass meine Schandtaten dich krank gemacht haben. Und so, wie du aussiehst, könnte das sogar der Wahrheit entsprechen.«

Tatsächlich wollte Sophie den König nicht sehen. Aber sie dachte an Calcifers Worte. Wenn der König Howl in die Wüste schickte und die Hexe ihn dort fing, dann hätte Sophie ihre letzte Chance eingebüßt, je wieder jung zu werden.

Sie schüttelte den Kopf. »Nach Mrs Pentstemmon«, sagte sie, »wird der König von Ingari ein ganz gewöhnlicher Sterblicher für mich sein.«

13. KAPITEL

IN WELCHEM SOPHIE HOWL ANSCHWÄRZT

Als sie am Palast ankamen, war es Sophie schon wieder mulmig. Die vielen goldenen Kuppeln blendeten sie. Eine breite Treppenflucht führte zum Haupteingang hinauf, und auf jeder sechsten Stufe stand ein scharlachrot gekleideter Wachposten. Bei dieser Hitze müssen die armen Jungs kurz vor einer Ohnmacht sein, dachte Sophie, als sie sich an ihnen vorbeischleppte.

Am Ende der Treppe folgten Torbogen, Hallen, Gänge, Vorräume aufeinander, einer hinter dem anderen. Sophie konnte sie gar nicht alle zählen. In jedem Torbogen wollte ein prachtvoll gekleideter Mensch mit weißen Handschuhen – die trotz der Hitze noch weiß geblieben waren – wissen, was sie herführte, um sie dann zur nächsten Person im nächsten Torbogen zu geleiten.

»Mrs Pendragon zur Audienz beim König«, so hallte die Stimme eines jeden in den Gängen wider.

Auf halber Strecke wurde Howl höflich von Sophie getrennt und gebeten zu warten. Michael und Sophie dagegen wurden von einem Bediensteten zum nächsten weitergereicht. Man führte sie hinauf, wo die prachtvollen Personen nicht mehr Rot, sondern Blau trugen, und dann weiter, bis sie eine in hundert verschiedenen Holzarten getäfelte Vorhalle erreichten. Dort wurde auch Michael abgesondert und zum Warten aufgefordert. Sophie, die inzwischen nicht mehr wusste, ob sie einen seltsamen Traum träumte, wurde durch riesige Doppeltüren geleitet, und diesmal sagte eine hallende Stimme: »Eure Majestät, Mrs Pendragon bittet um Audienz!«

Und da saß der König, nicht auf einem Thron, sondern in einem eckigen Sessel, den nur ein einziges kleines Goldblatt zierte. Er saß ungefähr in der Mitte des Saales und war viel bescheidener gekleidet als seine Bediensteten. Er war allein und wirkte vollkommen normal. Zwar war sein eines Bein königlich ausgestreckt und er sah auf seine mollige, unbestimmte Art auch gut aus, aber Sophie kam er sehr jugendlich vor und schien ein wenig zu stolz auf sein Königtum zu sein. Er war ihr etwas zu selbstsicher für sein Gesicht.

Er sagte: »Na, und worüber möchte Zauberer Howls Mutter mit mir sprechen?«

Plötzlich fühlte Sophie sich überwältigt von der Tatsache, dass sie sich hier einfach so mit dem König unterhielt. Dieser Mann und dieses riesige, wichtige Ding, sein Königtum eben, kamen ihr in ihrem verwirrten Zustand vor wie zwei unterschiedliche Wesen, die nur durch Zufall denselben Sessel besetzten. Und ihr ging auf, dass sie jedes Wort der von Howl sorgsam ausgetüftelten Rede vergessen hatte. Aber sie musste etwas sagen.

»Er hat mich geschickt, um Euch zu sagen, dass er Euren Bruder nicht suchen wird«, sagte sie. »Eure Majestät.«

Sie starrte den König an. Der König starrte zurück. Es war eine Katastrophe.

»Sind Sie sicher?«, sagte der König. »Der Zauberer schien durchaus bereit gewesen zu sein, als ich mit ihm gesprochen habe.«

Das Einzige, was Sophie noch wusste, war, dass sie Howl anschwärzen sollte, und deshalb sagte sie: »Das war gelogen. Er wollte Euch nicht verärgern. Er ist ein Drückeberger, wenn Ihr wisst, was ich meine, Eure Majestät.«

»Und er hofft, sich vor der Suche nach meinem Bruder Justin drücken zu können«, sagte der König. »Ich verstehe. Wollen Sie sich nicht setzen, ich sehe doch, dass Sie nicht mehr jung sind. Und verraten Sie mir dann, welche Gründe der Zauberer für seine Weigerung hat?«

Weit vom König entfernt stand ein anderer schlichter Sessel. Schwerfällig schleppte Sophie sich hinüber und legte im Sitzen die Hände auf den Stock wie Mrs Pentstemmon. Sie hoffte, dass sie sich so besser fühlen würde. Aber vor lauter Lampenfieber herrschte in ihrem Kopf noch immer ein schreckliches Chaos. Ihr fiel nur dieser eine Satz ein: »Nur ein Feigling schickt seine alte Mutter, damit sie für ihn spricht, und daran seht Ihr, was er für einer ist, Eure Majestät.«

»Es ist schon ein ungewöhnlicher Schritt«, sagte der König ernst. »Aber ich habe ihm gesagt, dass sich sein Einverständnis bezahlt machen werde.«

»Ach, für den spielt Geld keine Rolle«, sagte Sophie. »Aber er hat schreckliche Angst vor der Hexe der Wüste, wisst Ihr? Sie hat ihn mit einem Fluch belegt, und der hat ihn gerade eingeholt.«

»Dann hat er wirklich allen Grund, sich zu fürchten«, sagte der König mit leichtem Schaudern. »Aber erzählen Sie mir doch bitte mehr über den Zauberer.«

Mehr über Howl, überlegte Sophie verzweifelt. Ich muss ihn anschwärzen. Ihr Kopf war dermaßen leer, dass sie für einen Moment den Eindruck hatte, dass Howl überhaupt keine Fehler besaß. Was für ein Unsinn! »Na ja, er ist unzuverlässig, achtlos, selbstsüchtig und hysterisch«, sagte sie. »Oft habe ich den Eindruck, dass es ihm völlig egal ist, was aus anderen wird, solange es ihm selbst gut geht – aber dann bekomme ich mit, wie schrecklich nett er zu irgendwem war. Und dann meine ich, dass er nur nett ist, wenn es ihm gerade passt – um dann wieder festzustellen, dass er von armen Leuten nur ganz wenig Geld nimmt. Ich weiß es nicht, Eure Majestät. Er ist das wandelnde Chaos.«

»Ich hatte den Eindruck«, sagte der König, »dass Howl

ein prinzipienloser aalglatter Schurke mit süßer Zunge und klugem Kopf ist. Würden Sie mir da zustimmen?«

»Wie treffend Ihr das ausdrückt«, sagte Sophie herzlich. »Aber Ihr habt nicht erwähnt, wie eitel er ist, und …«

Sie sah den König misstrauisch an, zwischen ihnen erstreckte sich die Weite des Teppichs. Es überraschte sie, wie bereitwillig er ihr half, Howl anzuschwärzen.

Der König lächelte. Es war das leicht unsichere Lächeln, das zu seiner Person passte, nicht aber zu dem König, der er sein sollte. »Danke, Mrs Pendragon«, sagte er. »Ihre Offenherzigkeit hat mir einen Stein von der Seele genommen. Der Zauberer hat sich so rasch bereit erklärt, meinen Bruder zu suchen, dass ich schon dachte, den Falschen ausgesucht zu haben. Ich hatte Angst, er könnte jemand sein, der entweder prahlt oder für Geld alles macht. Aber Sie haben mir gezeigt, dass er genau der Mann ist, den ich brauche.«

»Ach verflixt«, rief Sophie. »Er hat mich doch hergeschickt, damit ich Euch sage, dass er das nicht ist.«

»Was Sie auch getan haben.« Der König rückte seinen Sessel einen Daumenbreit näher an Sophie heran. »Ich möchte jetzt ebenso offenherzig sein«, sagte er. »Mrs Pendragon, ich brauche meinen Bruder wirklich dringend. Nicht nur, weil ich ihn gernhabe und unseren Streit bedaure. Und nicht nur, weil gewisse Leute tuscheln, ich hätte ihn eigenhändig aus dem Weg geschafft. Wer uns beide kennt, weiß, dass das kompletter Unsinn ist. Nein, Mrs Pendragon. Tatsache ist, dass mein Bruder Justin ein brillanter Heerführer ist, und da Ober-Norland und Strangia kurz davor stehen, uns den Krieg zu erklären, kann ich ihn nicht entbehren. Die Hexe hat auch mich bedroht, müssen Sie wissen. Und jetzt, wo alles darauf hindeutet, dass Justin sich in die Wüste begeben hat, bin ich überzeugt, dass die Hexe ihn zurückhalten will, während ich ihn am dringendsten brauche. Ich glaube, sie hat Hexenmeister Suliman als Köder benutzt, um Justin anzulocken. Und daraus ergibt sich, dass ich einen ziemlich raffinierten und skrupellosen Zauberer brauche, um ihn zurückzuholen.«

»Howl wird einfach wegrennen«, warnte Sophie den König.

»Nein«, sagte der König. »Das glaube ich nicht. Sonst hätte er Sie nicht hergeschickt. Dadurch wollte er mir zeigen, dass er ein so großer Feigling ist, dass es ihn nicht kümmert, was ich von ihm halte, oder etwa nicht, Mrs Pendragon?«

Sophie nickte. Sie wünschte, sie hätte sich an Howls geschickte Formulierungen erinnern können. Der König hätte sie verstanden, auch wenn das Sophie nicht gelungen war.

»So handelt jemand nicht, der eitel ist«, sagte der König. »Aber niemand würde das tun, es sei denn, ihm bliebe gar nichts anderes übrig, und das zeigt, dass Zauberer Howl mir meinen Willen lassen wird, wenn ich ihm klarmache, dass sein letzter Ausweg versperrt ist.«

»Ich glaube, Ihr … äh … habt leise Winke aufgeschnappt, die gar nicht da waren, Eure Majestät«, sagte Sophie.

»Das glaube ich nicht«, der König lächelte. Seine etwas unbestimmten Züge waren fester geworden. Er war sich seiner Sache sicher. »Sagen Sie Zauberer Howl, Mrs Pendragon, dass wir ihn mit sofortiger Wirkung zum Königlichen Zauberer ernennen und ihm unseren königlichen Befehl erteilen, bis zum Ende des Jahres Prinz Justin zu finden, tot oder lebendig. Und nun dürfen Sie sich zurückziehen.«

Er hielt Sophie die Hand hin, wie Mrs Pentstemmon, nur deutlich weniger königlich. Sophie richtete sich auf und überlegte, ob sie seine Hand küssen sollte oder nicht. Da ihr aber mehr danach war, ihren Stock zu heben und ihn dem König auf den Kopf zu schlagen, schüttelte sie die

Hand und machte einen kleinen Knicks. Das erschien ihr richtig. Der König lächelte sie freundlich an, als sie auf die doppelte Tür zuhumpelte.

»Ach, verdammt«, murmelte sie vor sich hin. Es war genau das, was Howl nicht wollte. Jetzt würde er das Schloss tausend Meilen weit fortbringen, Lettie, Martha und Michael wären todunglücklich, und zu allem Überfluss würden wohl auch noch Ströme aus grünem Schleim fließen. »Das liegt daran, dass ich die Älteste bin«, murmelte sie, während sie die schweren Türen aufschob, »da kann man einfach nicht gewinnen.«

Und dann stellte sich heraus, dass noch etwas anderes schiefgegangen war. Vor lauter Wut und Enttäuschung hatte Sophie die falsche Doppeltür erwischt. Der Vorraum, den sie jetzt betrat, war komplett mit Spiegeln verkleidet. In diesen Spiegeln konnte sie ihre krumme, humpelnde Gestalt in ihrem feinen grauen Kleid betrachten, dazu jede Menge blau gekleidete Höflinge, andere Leute, die so vornehme Anzüge trugen wie Howl, aber keinen Michael. Michael wartete in dem Vorraum mit der Täfelung aus hundert verschiedenen Holzsorten.

»Ach, zum Henker«, sagte Sophie.

Einer der Höflinge eilte auf sie zu und verbeugte sich. »Madame Zauberin. Kann ich Ihnen behilflich sein?«

Er war ungewöhnlich klein und jung und hatte ziemlich rote Augen. Sophie starrte ihn an. »Du meine Güte!«, sagte sie. »Der Zauber hat also gewirkt!«

»In der Tat«, sagte der kleine Höfling. »Ich konnte ihn entwaffnen, während er nieste, und jetzt will er mich verklagen. Aber wichtiger ist«, ein glückliches Lächeln hellte sein Gesicht auf, »dass meine geliebte Jane zu mir zurückgekehrt ist. Also, was kann ich für Sie tun? Ich fühle mich für Ihr Glück verantwortlich.«

»Ich weiß nicht so recht, ob es nicht eher andersherum

ist«, sagte Sophie. »Sind Sie zufällig der Graf von Catterack?«

»Zu Ihren Diensten«, sagte der kleine Höfling und verbeugte sich.

Jane Farrier muss doch mindestens einen Fuß größer sein als er, dachte Sophie. Das alles ist ganz allein meine Schuld. »Ja, Sie können mir helfen«, sagte sie und erklärte ihm die Sache mit Michael.

Der Graf von Catterack versicherte ihr, dass Michael geholt und in die Eingangshalle zu ihr gebracht würde. Es bereite überhaupt keine Umstände. Er führte Sophie zu einem behandschuhten Bediensteten und ließ sie unter vielen Verbeugungen und strahlendem Lächeln dort zurück. Sophie wurde an einige weitere Bedienstete weitergereicht, und endlich humpelte sie die von Soldaten bewachte Treppe hinunter.

Dort war kein Michael. Und auch kein Howl, aber das war für Sophie eigentlich fast eine kleine Erleichterung. Sie hätte sich denken können, dass es so kommen würde. Graf Catterack gehörte offenbar zu der Sorte Mensch, der nie etwas gelingt, und Sophie selbst gehörte auch dazu. Vermutlich hatte sie es dem Glück zu verdanken, dass sie überhaupt einen Weg aus dem Schloss gefunden hatte. Inzwischen war sie so müde und verschwitzt und mutlos, dass sie beschloss, nicht auf Michael zu warten. Sie wollte sich in den Sessel am Kamin setzen und Calcifer erzählen, was sie hier für ein Unheil angerichtet hatte.

Sie hinkte die Treppenflucht hinunter und humpelte durch eine prachtvolle Allee. Dann schleppte sie sich durch eine weitere Allee, wo Kirchtürme und andere Türme und vergoldete Dächer durcheinanderflimmerten. Da wurde ihr bewusst, dass alles noch schlimmer war, als sie gedacht hatte. Sie hatte sich verirrt. Sie hatte absolut keine Ahnung, wo sie den stillgelegten Stall mit dem Eingang zu Howls

Schloss finden sollte. Sie bog aufs Geratewohl in eine andere elegante Straße ein, aber auch die war ihr unbekannt.

Inzwischen hätte sie nicht einmal den Weg zurück zum Palast gefunden. Sie versuchte, sich bei den Leuten zu erkundigen, die ihr entgegenkamen. Die meisten wirkten ebenso müde und verschwitzt wie sie selbst. »Zauberer Pendragon?«, fragten sie. »Wer soll das denn sein?«

Niedergeschlagen humpelte Sophie weiter. Sie wollte schon aufgeben und sich für die Nacht auf die nächstbeste Türschwelle setzen, als sie das Ende der engen Gasse erblickte, in der Mrs Pentstemmons Haus lag. Gut, dachte sie. Dann kann ich den Diener fragen. Der und Howl schienen sich gut zu verstehen, deshalb wusste er bestimmt, wo Howl wohnte. Sie bog in die Gasse ein.

Und die Hexe der Wüste kam ihr entgegen.

Wie Sophie die Hexe erkannte, lässt sich nicht so leicht sagen. Ihr Gesicht sah anders aus. Ihre Haare waren keine brav frisierten kastanienbraunen Locken mehr, sondern eine wilde rote Mähne, die ihr fast bis auf die Hüfte hing, und sie trug ein fließendes und flatterndes gelbes und rotbraunes Gewand. Sie sah ausnehmend kühl und schön aus. Sophie hatte sie auf den ersten Blick erkannt. Sie zögerte einen Moment, ging dann aber langsam weiter.

Es gibt keinen Grund, warum sie sich an mich erinnern sollte, dachte Sophie. Ich bin doch sicher nur eine von Hunderten, die sie verzaubert hat. Tapfer humpelte Sophie weiter. Mit ihrem Stock stieß sie auf die Pflastersteine und sagte sich immer wieder, dass, sollte es Ärger geben, Mrs Pentstemmon behauptet hatte, der Stock habe große Macht gewonnen.

Das war ein weiterer Fehler. Die Hexe flatterte durch die Gasse, lächelte, drehte ihren Sonnenschirm und wurde von zwei griesgrämig aussehenden Pagen in orangefarbenem Samt begleitet. Als sie Sophie erreichte, blieb sie stehen, und ein herbes Parfüm füllte Sophies Nase. »Sieh an, das ist ja Miss Hatter«, sagte die Hexe lachend. »Ich vergesse niemals ein Gesicht, schon gar nicht dann, wenn ich es selbst gemacht habe. Was willst du denn hier, in diesem feinen Putz? Wenn du die alte Mrs Pentstemmon aufsuchen willst, kannst du dir die Mühe sparen. Die alte Vettel ist tot.«

»Tot?«, fragte Sophie. Fast hätte sie hinzugefügt: Aber vor einer Stunde hat sie doch noch gelebt. Aber das verkniff sie sich, denn so ist der Tod eben: Alle leben noch, bis sie sterben.

»Ja, tot«, sagte die Hexe. »Sie wollte mir nicht den Aufenthaltsort von jemandem verraten, den ich unbedingt finden muss. Sie sagte ›nur über meine Leiche‹, und da habe ich sie beim Wort genommen.«

Sie sucht Howl!, dachte Sophie. Was mache ich denn jetzt? Wenn sie nicht schon wegen der Hitze und der Müdigkeit kaum mehr einen Gedanken hätte fassen können, dann nun vor lauter Angst. Denn Stock hin, Stock her, eine Hexe, die Mrs Pentstemmon umbringen konnte, würde mit Sophie leichtes Spiel haben. Und sollte sie auch nur für einen Moment glauben, Sophie wüsste, wo Howl war, könnte das Sophies Ende bedeuten. Vielleicht war es nur gut, dass Sophie sich nicht an den Eingang zum Schloss erinnern konnte.

»Ich weiß ja nicht, wer diese Person ist, die du umgebracht hast«, sagte sie. »Aber das macht dich zu einer gemeinen Mörderin.«

Die Hexe schien jedoch einen Verdacht zu haben. Sie sagte: »Hast du nicht gesagt, dass du zu Mrs Pentstemmon willst?«

»Nein«, sagte Sophie. »Das hast du gesagt. Ich brauche sie nicht zu kennen, um dich deshalb eine gemeine Mörderin zu nennen.«

»Wo wolltest du denn dann hin?«, fragte die Hexe. Sophie hätte der Hexe gern geraten, sich um ihren eigenen Kram zu kümmern, aber das hätte ihr bestimmt nur Ärger eingebracht. Deshalb sagte sie das Einzige, was ihr sonst noch einfiel: »Ich will mit dem König sprechen.«

Die Hexe lachte ungläubig. »Aber will der König auch mit dir sprechen?«

»Ja, natürlich«, erklärte Sophie, die vor Angst und Wut zitterte. »Ich habe eine Audienz bei ihm. Ich – ich will einen Antrag stellen zur Verbesserung der Arbeitsbedingungen von Hutmacherinnen. Wie du siehst, mache ich das immer noch, auch nach allem, was du mir angetan hast.«

»Dann gehst du in die falsche Richtung«, sagte die Hexe. »Der Palast ist hinter dir.«

»Ach, wirklich?«, fragte Sophie. Sie brauchte ihre Überraschung gar nicht zu spielen. »Dann muss ich im Kreis gelaufen sein. Seit du mich so verhext hast, habe ich Probleme mit den Richtungen.«

Die Hexe lachte schallend, glaubte ihr aber kein Wort. »Dann komm mit«, sagte sie. »Ich zeige dir den Weg zum Palast.«

Sophie schien keine andere Wahl zu haben, als kehrtzumachen und neben der Hexe herzuhumpeln, während die beiden Pagen mit verstimmten Gesichtern hinter ihnen trotteten. Wut und Hoffnungslosigkeit überkamen Sophie. Sie sah die Hexe an, die graziös neben ihr schwebte, und ihr fiel ein, dass Mrs Pentstemmon sie als ungeheuer alte Frau bezeichnet hatte. Das ist nicht fair, dachte Sophie, aber sie konnte nun einmal nichts daran ändern.

»Warum hast du mich eigentlich so werden lassen?«, fragte sie auf einem Boulevard, an dessen Ende ein Springbrunnen stand.

»Du warst mir im Weg, um an Informationen zu kommen, die ich brauchte«, sagte die Hexe. »Am Ende habe ich die natürlich doch bekommen.« Über diese Antwort konnte Sophie nur staunen. Sie fragte sich, ob es etwas bringen würde, wenn sie sagte, dass hier doch sicher ein Missverständnis vorlag, aber da fügte die Hexe hinzu: »Obwohl ich annehmen würde, dass du davon keine Ahnung hattest.« Dann lachte sie, als wäre das der größte Witz an der ganzen Sache. »Hast du je von einem Land namens Wales gehört?«, fragte sie.

»Nein«, sagte Sophie. »Liegt das unter dem Meer?«

Die Hexe fand das noch viel komischer. »Im Moment nicht«, sagte sie. »Der Zauberer Howl kommt von dort. Du kennst doch Zauberer Howl, oder?«

»Nur vom Hörensagen«, log Sophie. »Er frisst Mädchen. Er ist genauso böse und tückisch wie du.« Ihr war recht kalt, und das lag sicher nicht an dem Springbrunnen, an dem sie gerade vorbeikamen. Hinter dem Springbrunnen, auf der anderen Seite eines mit rosa Marmor gepflasterten Platzes, ragte die steinerne Treppe auf, über der sich der Palast erhob.

»Da hast du ihn. Das ist der Palast«, sagte die Hexe. »Bist du sicher, dass du die Treppenstufen schaffst?«

»Das kann dir ja wohl egal sein«, sagte Sophie. »Mach mich wieder jung, dann renne ich sie hoch, sogar bei dieser Hitze.«

»Das wäre aber nicht halb so komisch«, sagte die Hexe. »Los, hoch mit dir. Und wenn du den König überreden kannst, dich zu empfangen, dann erinnere ihn daran, dass sein Großvater mich in die Wüste geschickt hat und ich ihm deshalb immer noch böse bin.«

Verzweifelt betrachtete Sophie die Treppenflucht. Immerhin standen darauf nur Soldaten. Bei dem Pech, das sie heute verfolgte, hätte es sie nicht überrascht, wenn Michael und Howl erschienen wären. Da die Hexe offenbar warten wollte, bis Sophie im Palast verschwunden war, blieb ihr nichts anderes übrig, als die Treppe hochzusteigen. Also humpelte sie noch einmal nach oben, vorbei an den schwitzenden Soldaten, den ganzen Weg zum Palasteingang, und mit jeder Stufe hasste sie die Hexe mehr. Oben drehte sie sich keuchend um. Die Hexe stand noch immer da. Sie war eine verschwommene braunrote Gestalt, die unten neben zwei kleinen orangefarbenen Figuren schwebte und die freudig darauf wartete, mit ansehen zu können, wie Sophie aus dem Palast geworfen wurde.

»Zum Henker mit ihr«, sagte Sophie. Sie humpelte zu den Posten im Torbogen hinüber. Ihr Pech hielt noch immer an. Nirgendwo war auch nur eine Spur von Michael oder von Howl zu sehen. Deshalb musste sie den Wachposten sagen: »Vorhin beim König habe ich noch etwas vergessen.«

Die Wachposten erinnerten sich an sie. Sie ließen sie eintreten und reichten sie an einen Bediensteten mit weißen Handschuhen weiter. Und noch ehe Sophie sich besonnen hatte, hatte sich die Maschinerie des Palastes wieder in Bewegung gesetzt, und sie wurde, wie beim ersten Mal, von einem zum anderen weitergereicht, bis sie vor derselben Doppeltür wie vorhin stand und dieselbe Person in Blau verkündete: »Mrs Pendragon möchte Euch noch einmal sehen, Eure Majestät.«

Es ist ein Albtraum, dachte sie, als sie abermals den Saal betrat. Ihr schien nichts anderes übrig zu bleiben, als Howl noch einmal anzuschwärzen. Das Problem war, dass ihr Kopf nach allem, was passiert war, und weil sie jetzt schon wieder Lampenfieber hatte, leerer war denn je.

Der König stand in einer Ecke vor einem hohen Pult und versetzte mit besorgter Miene Fähnchen auf einer Landkarte. Er schaute auf und sagte liebenswürdig: »Ich höre, Sie wollten mir noch etwas mitteilen?«

»Ja«, sagte Sophie. »Howl meint, dass er sich nur dann auf die Suche nach Prinz Justin macht, wenn Ihr ihm die

Hand Eurer Tochter versprecht.« Wie bin ich denn bloß auf diesen Gedanken gekommen, wunderte sie sich. Bestimmt schickt er mich jetzt aufs Schafott.

Der König musterte sie besorgt. »Mrs Pendragon, Sie müssen doch wissen, dass das nicht infrage kommt«, sagte er. »Ich verstehe ja, dass Sie sich solche Sorgen um Ihren Sohn machen, dass Sie mir mit so etwas kommen, aber Sie können ihn nicht ewig an Ihren Rockzipfel binden, wissen Sie, und mein Entschluss steht fest. Bitte, kommen Sie näher und nehmen Sie in diesem Sessel Platz. Sie scheinen müde zu sein.«

Sophie schleppte sich zu dem niedrigen Sessel, auf den der König gezeigt hatte, ließ sich hineinsinken und fragte sich, wann die Palastwache sie wohl festnehmen würde.

Der König schaute sich suchend um. »Meine Tochter war doch eben noch hier«, sagte er. Zu Sophies nicht geringer Überraschung bückte er sich und schaute unter dem Pult nach. »Valeria«, rief er. »Vallie, komm raus. Ja, hier lang, braves Mädchen.«

Es raschelte. Gleich darauf rutschte Prinzessin Valeria im Sitzen unter dem Pult hervor und grinste freundlich. Sie hatte vier Zähne. Aber sie war noch nicht so alt, dass sie überall auf dem Kopf Haare hatte, sondern nur einen Flaumring über den Ohren. Als sie Sophie sah, grinste sie noch breiter, streckte die Hand aus, an der sie bisher herumgelutscht hatte, und packte Sophies Kleid. Dieses zeigte einen immer breiter werdenden feuchten Fleck, während die Prinzessin sich daran auf die Füße zog. Valeria sagte etwas Nettes zu ihr in ihrer ganz eigenen fremden Sprache.

»Oh«, sagte Sophie und kam sich wie eine gewaltige Närrin vor.

»Ich weiß, wie es Eltern zumute ist, Mrs Pendragon«, sagte der König.

14. KAPITEL

IN DEM SICH EIN KÖNIGLICHER ZAUBERER ERKÄLTET

In einer von vier Pferden gezogenen Kutsche des Königs wurde Sophie zum Kingsbury-Ausgang des Schlosses gebracht. Mit ihr fuhren außerdem ein Kutscher, ein Stallbursche und ein Diener. Ein Sergeant und sechs Königliche Gardisten marschierten als Wache hinterher. Das alles hatte sie Prinzessin Valeria zu verdanken. Die war Sophie davor sogar auf den Schoß geklettert. Als die Kutsche nun den kurzen abschüssigen Weg hinunterklapperte, war Sophies Kleid noch immer mit den feuchten Beweisen für Valerias königliche Huld bedeckt. Sophie musste schmunzeln. Vielleicht lag Martha mit ihrem Wunsch nach vielen Kindern doch nicht so falsch, obwohl ihr zehn Valerias dann doch ein bisschen übertrieben vorkamen. Während Valeria auf ihr herumgeklettert war, war Sophie eingefallen, dass die Hexe das Kind angeblich bedroht hatte, und deshalb ertappte sie sich dabei, wie sie zu Valeria sagte: »Die Hexe wird dir nichts tun. Das lasse ich nicht zu.«

Dazu hatte der König nichts gesagt. Aber er hatte für Sophie eine königliche Kutsche kommen lassen.

Lärmend kam das Gefährt vor dem getarnten Stall zum Stehen. Michael kam aus der Tür gestürzt und stand dem Diener im Weg, der Sophie beim Aussteigen half. »Wo hast du dich denn herumgetrieben?«, fragte Michael. »Ich hab mir solche Sorgen gemacht. Und Howl ist ganz außer sich …«

»Das kann ich mir vorstellen«, sagte Sophie zaghaft.

»Weil Mrs Pentstemmon tot ist«, sagte Michael.

Nun kam auch Howl zur Tür. Er wirkte bleich und sah niedergeschlagen aus. In der Hand hielt er eine Schriftrolle mit dem daran herunterbaumelnden roten und blauen königlichen Siegel, das Sophie mit einem schuldbewussten Blick bedachte. Howl gab dem Sergeanten ein Goldstück und sagte kein Wort, bis die Kutsche und die Gardisten sich klappernd und klirrend entfernt hatten. Dann sagte er: »Vier Pferde und zehn Männer, nur um eine einzelne alte Frau loszuwerden. Was hast du dem König bloß getan?«

Sophie folgte Howl und Michael ins Haus und rechnete damit, den Raum von grünem Schleim überflutet vorzufinden. Aber das war nicht der Fall, und Calcifer loderte den Kamin hoch und zeigte sein lila Grinsen. Sophie ließ sich in den Sessel sinken. »Ich glaube, der König hatte irgendwann genug davon, dass ich immer wieder kam und dich anschwärzte. Ich war zweimal bei ihm«, sagte sie. »Alles ging schief. Und mir ist die Hexe begegnet, nachdem sie gerade Mrs Pentstemmon umgebracht hatte. Was für ein Tag!«

Während Sophie einige ihrer Erlebnisse schilderte, lehnte Howl sich an den Kamin und ließ die Schriftrolle nach unten hängen, als ob er Calcifer damit füttern wollte. »Seht euch den neuen Königlichen Zauberer an«, sagte er. »Mein Name ist ganz schwarz.« Dann lachte er, was Sophie und Michael sehr überraschte. »Und was hat sie mit dem Grafen von Catterack angestellt?«, fragte er lachend. »Ich hätte sie niemals zum König lassen dürfen.«

»Aber ich habe dich wirklich angeschwärzt«, protestierte Sophie.

»Das weiß ich. Da habe ich mich verrechnet«, sagte Howl. »Aber wie komme ich jetzt zur Beerdigung der armen Mrs Pentstemmon, ohne dass die Hexe davon erfährt? Hast du einen Vorschlag, Calcifer?«

Es war offensichtlich, dass die Sache mit Mrs Penstemmon Howl viel mehr zu schaffen machte als alles andere.

Michael dagegen machte sich wegen der Hexe Sorgen. Am nächsten Morgen gestand er, die ganze Nacht von Albträumen gequält worden zu sein. Er hatte geträumt, dass sie das Schloss durch alle Eingänge gleichzeitig beträte. »Wo ist Howl?«, fragte er besorgt.

Howl war sehr früh weggegangen und hatte das Badezimmer mit dem üblichen parfümierten Rauch gefüllt. Seine Gitarre hatte er nicht mitgenommen und den Türknauf auf Grün gestellt. Mehr wusste nicht einmal Calcifer. »Macht bloß nicht die Tür auf«, sagte Calcifer. »Die Hexe kennt alle Eingänge, bis auf den in Porthaven.«

Das machte Michael solche Angst, dass er Bretter aus dem Hinterhof holte und sie kreuzweise vor der Tür verkeilte. Dann setzte er sich an den Zauber, den Miss Angorian ihnen zurückgegeben hatte.

Eine halbe Stunde darauf drehte sich der Türknauf urplötzlich auf Schwarz. Die Tür hüpfte in ihren Angeln. Michael klammerte sich an Sophie. »Keine Angst«, sagte er zitternd. »Ich pass schon auf dich auf.«

Eine Zeit lang hüpfte die Tür wütend hin und her. Dann hielt sie inne. Erleichtert ließ Michael Sophie los, als es eine heftige Explosion gab. Die Bretter gingen klappernd zu Boden. Calcifer ließ sich unten in den Kamin fallen, und Michael ließ sich in die Besenkammer fallen, sodass Sophie allein dastand, als Howl hereingeplatzt kam.

»Das geht zu weit, Sophie«, sagte er. »Ich wohne schließlich hier.« Er war triefnass. Sein rot-grauer Anzug war braun-schwarz angelaufen. Seine Ärmel und die Haarspitzen tropften.

Sophie schaute den Türknauf an, der noch immer auf Schwarz stand. Miss Angorian, dachte sie. Und er hat sie in seinem verzauberten Anzug besucht. »Wo warst du denn?«, fragte sie.

Howl nieste. »Hab im Regen gestanden. Geht dich nichts an«, sagte er heiser. »Wozu sollten denn diese Bretter gut sein?«

»Die hab ich angebracht«, sagte Michael, der sich aus der Besenkammer herauszwängte. »Die Hexe ...«

»Du meinst wohl, ich hätte überhaupt keine Ahnung von meiner Arbeit«, sagte Howl gereizt. »Ich kenne so viele Verirrzauber, dass die meisten Leute uns gar nicht finden würden. Sogar der Hexe gebe ich drei Tage. Calcifer, ich brauche etwas Heißes zu trinken.«

Calcifer war zwischen seinen Holzscheiten nach oben geklettert, doch als Howl zum Kamin hinüberging, ließ er sich wieder fallen. »Komm nicht so dicht an mich heran! Du bist nass!«, fauchte er.

»Sophie!«, flehte Howl.

Mitleidlos verschränkte Sophie die Arme vor der Brust. »Was ist mit Lettie?«, fragte sie.

»Ich bin triefnass«, sagte Howl. »Ich brauche wirklich etwas Heißes zu trinken.«

»Und ich habe gesagt, was ist mit Lettie Hatter?«, beharrte Sophie.

»Ach, zum Henker mit dir«, sagte Howl. Er schüttelte sich. Das Wasser bildete auf dem Boden einen sauberen Kreis. Howl trat heraus, und seine Haare waren trocken und glänzend und sein Anzug grau und scharlachrot und nicht einmal mehr feucht. Er ging den Kochtopf holen. »Auf der Welt wimmelt es nur so von hartherzigen Frauen, Michael«, sagte er. »Ich kann dir drei nennen, ohne auch nur nachdenken zu müssen.«

»Und eine davon ist Miss Angorian?«, fragte Sophie.

Howl gab keine Antwort. Für den Rest des Morgens ignorierte er sie fast vollständig und diskutierte mit Michael und Calcifer über den nächsten Flug des Schlosses. Howl wollte tatsächlich das Weite suchen, wie er es dem König angekündigt hatte, dachte Sophie, als sie weitere blaue Dreiecke und silberne Anzugteile aneinandernähte. Sie wusste, dass sie Howl so schnell wie möglich aus dem rot-grauen Anzug herausholen musste.

»Ich glaube nicht, dass wir den Porthaven-Eingang versetzen müssen«, sagte Howl. Er zauberte ein Taschentuch aus der Luft und putzte sich so laut die Nase, dass Calcifer nervöses flackerte. »Aber ich will das fliegende Schloss weit weg von allen Orten haben, wo es jemals war, und der Kingsbury-Eingang soll geschlossen werden.«

Dann klopfte es an die Tür. Sophie sah, dass Howl zusammenzuckte und sich ebenso nervös umschaute wie Michael. Keiner von beiden ging zur Tür. Feiglinge!, dachte Sophie voller Verachtung. Sie fragte sich, warum sie sich am Vortag wegen Howl so viel Mühe gemacht hatte. »Ich muss wahnsinnig gewesen sein!«, murmelte sie in den blau silbernen Anzug hinein.

»Was ist mit dem schwarzen Ausgang?«, fragte Michael, als das Klopfen verstummt war.

»Der bleibt«, sagte Howl und zauberte mit einer Handbewegung, die alle weiteren Diskussionen abschnitt, noch ein Taschentuch herbei.

Natürlich, dachte Sophie. Dahinter wohnt ja Miss Angorian. Arme Lettie!

Gegen Mitte des Vormittags zauberte Howl Taschentücher paarweise und zu dreien herbei. Eigentlich handelte es sich aber, wie Sophie sah, um Vierecke aus weichem Papier. Er nieste die ganze Zeit und wurde immer heiserer. Bald beschwor er sie halbdutzendweise herbei. Die Asche der verbrauchten Tücher türmte sich um Calcifer herum auf.

»Ach, warum bringe ich aus Wales eigentlich jedes Mal

eine Erkältung mit?«, krächzte Howl und zauberte ein ganzes Taschentuchbündel hervor.

Sophie schnaubte.

»Hast du etwas gesagt?«, fragte Howl heiser.

»Nein, aber ich habe etwas gedacht, und zwar, dass Leute, die vor allem davonlaufen, jede Erkältung verdient haben«, sagte Sophie. »Leute, denen der König einen Auftrag erteilt und die stattdessen lieber im Regen herumpoussieren, sind selbst schuld an ihrem Elend.«

»Du hast keine Ahnung, was ich alles tue, Frau Moralistin«, sagte Howl. »Soll ich dir eine Liste machen, ehe ich das nächste Mal aus dem Haus gehe? Ich habe tatsächlich nach Prinz Justin gesucht. Wenn ich ausgehe, dann poussiere ich nicht die ganze Zeit.«

»Wann hast du gesucht?«, fragte Sophie.

»Ach, wie deine Ohren wackeln und deine lange Nase zuckt!«, krächzte Howl. »Ich habe ihn gesucht, nachdem er gerade verschwunden war, natürlich. Ich wollte wissen, was Prinz Justin hier oben zu suchen hatte, wo doch alle Welt wusste, dass Suliman in der Wüste war. Ich glaube, irgendwer hat ihm einen gefälschten Findezauber angedreht, denn er ist gleich ins Folding Valley gegangen und hat sich bei Mrs Fairfax noch einen gekauft. Und das hat ihn natürlich hierher zurückgeführt, wo er auf dem Schloss Station gemacht hat, und dann hat Michael ihm noch einen Findezauber und einen Verkleidungszauber aufgeschwatzt …«

Michael schlug sich die Hand vor den Mund. »War der Mann in der grünen Uniform etwa Prinz Justin?«

»Ja, das habe ich nur nicht erwähnt«, sagte Howl, »weil der König sonst vielleicht gemeint hätte, du hättest auch so klug sein können, ihm eine weitere Fälschung unterzujubeln. Das Ganze hat mir ein schlechtes Gewissen gemacht. Ein schlechtes Gewissen. Merk dir das, Frau Langnase. Ich hatte ein schlechtes Gewissen.« Howl zauberte ein weiteres Bündel Taschentücher herbei und funkelte Sophie darüber hinweg aus roten und wässrigen Augen an. Dann stand er auf. »Ich fühle mich nicht wohl«, sagte er. »Ich gehe ins Bett, und da werde ich vielleicht sterben.« Selbstmitleidig trottete er die Treppe hoch. »Begrabt mich neben Mrs Pentstemmon«, jammerte er, als er sich ins Bett schleppte.

Sophie vertiefte sich energischer denn je in ihre Näharbeit. Das war ihre Chance, Howl den rot-grauen Anzug wegzunehmen, ehe er Miss Angorians Herz verletzen konnte – es sei denn, Howl ginge angezogen ins Bett, was sie ihm durchaus zutraute. Howl war also offenbar auf der Suche nach Prinz Justin gewesen, als er nach Upper Folding gekommen und dort Lettie begegnet war. Die arme Lettie!, dachte Sophie und nähte das siebenundfünfzigste blaue Dreieck mit raschen, winzigen Stichen fest. Jetzt blieben ihr nur noch vierzig oder so.

Da hörte sie Howls Stimme, die ermattet schrie: »Hilf mir doch wer. Ich sterbe hier oben noch an Vernachlässigung!«

Sophie schnaubte. Michael überließ den neuen Zauber seinem Schicksal. Von nun an wurde es hektisch. In der Zeit, die Sophie brauchte, um zehn weitere Dreiecke anzunähen, rannte Michael mit Zitrone und Honig nach oben, mit einem Buch, mit Hustenmedizin, mit einem Löffel für die Hustenmedizin und dann mit Nasentropfen, Halspastillen, Gurgelmittel, Schreibfedern, Papier, drei weiteren Büchern und einer Tasse Weidenrindentee. Immer wieder klopfte es derweil an die Tür, Sophie fuhr hoch, und Calcifer flackerte besorgt. Wenn die Tür dann nicht geöffnet wurde, hämmerten manche Leute fünf Minuten oder länger weiter, weil sie ganz richtig glaubten, dass man sie ignorierte.

Inzwischen machte Sophie sich Sorgen wegen des blau-silbernen Anzugs. Der wurde immer kleiner. Man kann nicht solche Mengen von Dreiecken festnähen, ohne an den Nähten ziemlich viel Stoff zu verbrauchen. »Michael«, sagte sie, als er abermals nach unten gestürzt kam, weil Howl zu Mittag eine Speckschnitte essen wollte. »Michael, gibt es eine Methode, kleine Kleidungsstücke größer werden zu lassen?«

»Aber sicher«, sagte Michael. »Darum geht es doch bei meinem neuen Zauber – ich hab nur nie Zeit, daran zu arbeiten. Er möchte sechs Scheiben gebratenen Speck auf seinem Brot. Könntest du Calcifer bitten?«

Sophie und Calcifer wechselten einen vielsagenden Blick. »Ich glaube nicht, dass er im Sterben liegt«, sagte Calcifer.

»Du kriegst die Schwarte, wenn du den Kopf einziehst«, sagte Sophie und legte ihre Näharbeit weg. Es war einfacher, Calcifer zu bestechen, als ihn zu etwas zu zwingen.

Zu Mittag gab es für alle Speckbrote, allerdings musste Michael während des Essens nach oben stürzen. Er kehrte mit der Nachricht zurück, dass Howl ihn nach Market Chipping schicken wollte, um Dinge zu besorgen, die für das Versetzen des Schlosses vonnöten waren.

»Aber die Hexe – ist das denn nicht gefährlich?«, fragte Sophie.

Michael leckte sich das Fett von den Fingern und verschwand in der Besenkammer. Als er wieder zum Vorschein kam, hatte er sich einen der verstaubten Samtumhänge um die Schultern gelegt. Genauer gesagt, die Person, die mit diesem Umhang zum Vorschein kam, war ein kräftiger Mann mit einem roten Bart. Dieser Mann leckte sich die Finger und sagte mit Michaels Stimme: »Howl meint, dass mir so nicht viel passieren kann. Es ist ein Verirrzauber und gleichzeitig eine Verkleidung. Ich bin ja gespannt, ob Lettie mich erkennt.« Der kräftige Mann drehte den Knauf auf Grün, öffnete die Tür und sprang hinaus in die langsam dahingleitenden Hügel.

Friede breitete sich über den Wohnraum. Calcifer kam zur Ruhe und ließ die Holzscheite ein wenig knacken. Howl war offenbar bewusst, dass Sophie seinetwegen nicht hin und her rennen würde. Oben blieb alles still. Sophie stand auf und humpelte vorsichtig zur Besenkammer hinüber. Das war ihre Chance, Lettie zu besuchen. Lettie fühlte sich bestimmt sehr elend. Sophie war überzeugt, dass Howl sich seit dem Tag im Obstgarten nicht mehr bei ihr hatte blicken lassen. Vielleicht würde es etwas bringen, wenn Sophie ihr erzählte, dass ihre Gefühle einem verzauberten Anzug zuzuschreiben waren. Und sie war Lettie die Wahrheit schuldig.

Die Siebenmeilenstiefel standen nicht in der Besenkammer. Zuerst traute Sophie ihren Augen nicht. Sie stellte alles auf den Kopf. Aber sie fand nur normale Eimer, Besen und den zweiten Samtumhang. »Zum Henker mit dem Kerl!«, rief Sophie. Offenbar hatte Howl sichergehen wollen, dass sie ihm nicht noch einmal folgte.

Eben war sie damit beschäftigt, alles wieder zurück in die Besenkammer zu stellen, als abermals an die Tür geklopft wurde. Wie immer zuckte Sophie zusammen und hoffte, dass der Gast wieder gehen würde. Aber diese Person erschien ihr entschlossener als die meisten anderen. Wer immer dort stand – er oder sie klopfte weiter und ließ sich vielleicht sogar gegen die Tür fallen, denn es war weniger ein Klopfen als ein stetiges Wump, Wump, Wump. Nach fünf Minuten hatte es noch immer nicht aufgehört.

Sophie betrachtete das nervöse grüne Flackern, das von Calcifer zu sehen war. »Ist das die Hexe?«

»Nein«, sagte Calcifer erstickt unter seinen Holzscheiten. »Es ist die Schlosstür. Jemand scheint neben uns herzurennen. Wir sind gerade ziemlich schnell.«

»Ist das die Vogelscheuche?«, fragte Sophie, und ihr Herz flatterte bei der bloßen Vorstellung.

»Nein, aus Fleisch und Blut«, sagte Calcifer. Sein blaues Gesicht kletterte in den Kamin, und er wirkte verwirrt. »Ich weiß nicht, was es ist, aber es will unbedingt herein. Ich glaube nicht, dass es uns etwas tun will.«

Da das Hämmern nicht aufhörte, beschlich Sophie das Gefühl, dass es wirklich dringend sein musste, und sie beschloss, die Tür zu öffnen und der Sache ein Ende zu machen. Außerdem war sie neugierig. Sie hielt noch immer den Samtumhang aus der Besenkammer in der Hand, und deshalb warf sie ihn sich um die Schultern, während sie zur Tür ging. Calcifer glotzte sie an. Und dann senkte er zum ersten Mal, seit sie ihn kannte, freiwillig den Kopf. Er lachte unter den grünen Kräuselflammen laut und gackernd auf. Sophie fragte sich, in was der Umhang sie wohl verwandelt hatte, und öffnete die Tür.

Ein riesiger dürrer Windhund sprang von den Hügeln zwischen den mahlenden schwarzen Steinquadern des Schlosses auf und landete mitten im Zimmer. Sophie ließ ihren Umhang fallen und wich eilig zurück. Vor Hunden hatte sie schon immer Angst gehabt, und Windhunde boten wahrlich keinen vertrauenerweckenden Anblick. Dieser hier stellte sich zwischen sie und die Tür und glotzte sie an. Sophie schaute sehnsüchtig auf die draußen vorüberjagenden Felsen und das Heidekraut. Zu gerne hätte sie gewusst, ob es etwas bringen würde, wenn sie nach Howl riefe.

Der Hund machte seinen ohnehin schon krummen Rücken noch krummer und stellte sich auf seine mageren Hinterbeine. Nun war er fast so groß wie Sophie. Er streckte die Vorderbeine aus und richtete sich noch weiter auf. Als Sophie den Mund aufmachte, um Howl zu rufen, schien das Wesen sich durch einen unglaublichen Kraftaufwand in einen Mann in einem zerknitterten braunen Anzug zu verwandeln. Er hatte fuchsrote Haare und ein bleiches, unglückliches Gesicht.

»Komme aus Upper Folding!«, keuchte der Hundemann. »Liebe Lettie – Lettie mich geschickt – Lettie weint und ganz unglücklich – zu dir geschickt – soll dir sagen …« Er krümmte sich und schrumpfte, ehe er seinen Satz vollenden konnte. Dann stieß er ein verzweifeltes und wütendes Hundegeheul aus. »Nicht Zauberer sagen!«, jaulte er und verschwand wieder in dem roten lockigen Fell eines Hundes. Eines anderen Hundes. Diesmal sah er aus wie ein roter Setter. Der rote Setter wedelte mit dem zottigen Schwanz und starrte Sophie aus feuchten, traurigen Augen flehend an.

»Du meine Güte«, sagte Sophie und schloss die Tür. »Du hast echt Probleme, mein Freund? Du warst dieser Collie, was? Jetzt verstehe ich, wovon Mrs Fairfax geredet hat. Diese Hexe müsste man umbringen, wirklich! Aber warum hat Lettie dich hierher geschickt? Wenn ich Howl nichts sagen soll …«

Als dieser Name fiel, knurrte der Hund leise. Aber er wedelte auch mit dem Schwanz und starrte Sophie herzzerreißend an.

»Na gut, ich sag es ihm nicht«, versprach Sophie. Der Hund schien beruhigt zu sein. Er trottete zum Kamin, schaute Calcifer ein wenig misstrauisch an und legte sich dann als mageres rotes Bündel vor das Kamingitter. »Calcifer, was meinst du?«, fragte Sophie.

»Dieser Hund ist ein verzauberter Mensch«, erklärte Calcifer unnötigerweise.

»Das weiß ich, aber kannst du ihn von diesem Zauber befreien?«, fragte Sophie. Sie nahm an, dass Lettie wie viele andere Leute auch gehört hatte, dass bei Howl jetzt auch eine Hexe arbeitete. Und es schien ihr sehr angeraten, aus diesem Hund wieder einen Mann zu machen und ihn nach Upper Folding zu schicken, ehe Howl aus dem Bett kam und ihn hier fand.

»Nein. Das würde ich nur mit Howl zusammen hinkriegen«, sagte Calcifer.

»Dann versuche ich es selber«, sagte Sophie. Die arme Lettie. Howl brach ihr das Herz, und ihr einziger anderer Verehrer musste die meiste Zeit als Hund durch die Gegend laufen. Sophie legte die Hand auf den weichen runden Hundekopf. »Werde wieder der Mann, der du sein sollst«, sagte sie. Sie sagte es viele Male, aber der Hund schien davon nur in tiefen Schlaf gelullt zu werden. Er schnarchte und zuckte vor Sophies Beinen.

Inzwischen war von oben her allerlei Stöhnen und Jammern zu hören. Sophie redete weiterhin leise auf den Hund ein und achtete nicht darauf. Dann folgte ein lautes, hohles Husten, das bald in leises Stöhnen überging. Auch darauf achtete Sophie nicht. Ohrenbetäubendes Niesen folgte dem Husten, und jedes Mal klirrten Fenster und Türen. Sophie fiel es schon schwerer, nicht darauf zu achten, aber sie schaffte es doch. Puuut-puuut, hörte sie dann ein mit Jammern vermischtes Schnäuzen. Dann ging der Husten wieder los, untermalt von Stöhnen. Niesen gesellte sich zum Husten und Stöhnen, und diese Geräusche steigerten sich zu einem Crescendo, in dem Howl es offenbar schaffte, gleichzeitig zu husten, zu stöhnen, sich die Nase zu putzen, zu niesen und leise zu heulen. Die Türen klapperten, die Deckenbalken bebten, und ein Holzscheit kullerte aus Calcifers Kamin.

»Schon gut, schon gut, ich hab ja verstanden«, sagte Sophie und legte das Holzscheit zurück. »Als Nächstes gibt's dann grünen Schleim. Calcifer, sorg dafür, dass der Hund bleibt, wo er ist.« Und sie stieg die Treppe hinauf und murmelte gut vernehmlich: »Echt mal, diese Zauberer. Man sollte meinen, er wäre der erste Mensch mit einer Erkältung. Also, was ist los?«, fragte sie und humpelte durch die Schlafzimmertür auf den verdreckten Teppich.

»Ich sterbe vor Langeweile«, winselte Howl. »Oder vielleicht sterbe ich auch einfach so.«

Er lag auf schmutzig grauen Kissen und sah ziemlich elend aus unter dem, was einst wohl eine Flickendecke gewesen war, jetzt aber dieselbe Farbe aufwies wie der Staub. Die Spinnen, die er so zu lieben schien, spannen eifrig unter dem Betthimmel über ihm.

Sophie legte ihm die Hand auf die Stirn. »Du hast tatsächlich leichtes Fieber.«

»Ich liege im Delirium«, sagte Howl. »Vor meinen Augen kriechen Flecken herum.«

»Das sind Spinnen«, sagte Sophie. »Warum heilst du dich nicht mit einem Zauber?«

»Weil es für Erkältungen keine Heilung gibt«, sagte Howl kläglich. »Alles dreht sich in meinem Kopf – oder vielleicht dreht sich mein Kopf um alles. Ich grüble immer wieder über den Fluch der Hexe. Mir war gar nicht klar, dass sie mich dermaßen entlarven könnte. Das ist nicht gut, auch wenn alles, was bisher passiert ist, auf mich selbst zurückgeht. Ich warte darauf, dass der Rest passiert.«

Sophie dachte an das rätselhafte Gedicht zurück. »Was für Dinge? Sag: wo blieb die Zeit der Welt?«

»Ach, das weiß ich«, sagte Howl. »Meine eigene oder die von sonst jemandem. Sie sind alle da, so wie immer schon. Ich könnte die böse Fee auf meiner eigenen Taufe spielen, wenn ich das wollte. Vielleicht hab ich das ja auch getan, und das ist jetzt mein Problem. Nein, es gibt nur drei Dinge, auf die ich warte: die Nixen, die Alraune und den Wind, der einem nützt, der treu gesinnt. Und wohl auch darauf, ob ich weiße Haare bekomme, aber ich werde den Zauber nicht aufheben, um das in Erfahrung zu bringen. Es bleiben nur noch drei Wochen, in denen sich alles erfüllen kann, und sobald das passiert ist, holt mich die Hexe. Aber das Treffen des Rugby-Clubs ist am Mittsommerabend, und da werde ich wenigstens hingehen können. Der Rest ist schon vor langer Zeit passiert.«

»Du meinst die Sternschnuppe und die erfolglose Suche nach einer schönen, lauteren Frau?«, fragte Sophie. »Das überrascht mich nicht, so, wie du dich aufführst. Mrs Pentstemmon hat mir gesagt, dass du noch richtig schlimm werden würdest. Und damit hat sie recht, was?«

»Ich muss auf ihre Beerdigung, und wenn das meinen Tod bedeutet«, sagte Howl traurig. »Mrs Pentstemmon hatte immer eine viel zu hohe Meinung von mir. Ich habe sie mit meinem Charme geblendet.«

Wasser lief aus seinen Augen. Sophie wusste nicht, ob er weinte oder ob es an seiner Erkältung lag. Aber sie stellte fest, dass er sich schon wieder vor einem Problem zu drücken versuchte.

»Ich meine die Art, wie du Frauen fallen lässt, sobald du sie dazu gebracht hast, dich zu lieben«, sagte sie. »Warum tust du das eigentlich?«

Howl zeigte mit zitternder Hand zu seinem Betthimmel hoch. »Deshalb liebe ich Spinnen. ›Wenn du es beim ersten Mal nicht schaffst, dann unternimm noch einen und noch einen und noch einen Versuch.‹ Ich unternehme einen Versuch nach dem anderen«, sagte er tieftraurig. »Aber ich habe es mir selbst eingebrockt, als ich vor einigen Jahren eine Abmachung gebrochen habe, und ich weiß, dass ich niemals mehr in der Lage sein werde, wahrhaft zu lieben.«

Das Wasser, das aus Howls Augen lief, hatte sich jetzt

eindeutig in Tränen verwandelt. Sophie war ganz betroffen. »Howl, nicht weinen …«

Draußen waren tapsende Schritte zu hören. Sophie schaute nach und sah, wie der Hundemann sich in einem Halbkreis an der Tür vorbeischlich. Sie streckte die Hand aus und packte ihn an seinem roten Fell. Sie glaubte, er würde Howl jetzt bestimmt beißen. Aber der Hund drückte sich einfach nur an ihre Beine, weshalb sie zurück gegen die Wand taumelte, von der die Farbe abblätterte.

»Was ist das denn?«, fragte Howl.

»Mein neuer Hund«, sagte Sophie und hielt das lockige Fell gepackt. Jetzt, wo sie an der Wand lehnte, konnte sie aus dem Schlafzimmerfenster blicken. Es hätte eigentlich auf den Hof hinausgehen müssen, aber stattdessen zeigte es einen gepflegten viereckigen Garten, in dessen Mitte eine metallene Kinderschaukel stand. Die untergehende Sonne ließ die an der Schaukel hängenden Regentropfen blau und rot funkeln. Noch während Sophie hinüberstarrte, kam Howls Nichte Mari durch das nasse Gras gerannt. Howls Schwester Megan folgte ihr. Offenbar rief sie, Mari solle sich nicht auf die nasse Schaukel setzen, aber es war kein Laut zu hören. »Ist das der Ort, der Wales genannt wird?«, fragte Sophie.

Howl lachte und schlug mit der Faust auf seine Decke. Staubwolken wirbelten auf.

»Verflixter Hund!«, schimpfte er. »Ich hatte mit mir selbst gewettet, dass ich dich daran hindern könnte, aus dem Fenster zu schauen, während du hier bist.«

»Ach, wirklich?«, sagte Sophie, ließ den Hund los und hoffte, dass er Howl richtig beißen würde. Doch der Hund schmiegte sich weiterhin an sie und schob sie auf die Tür zu. »Das ganze Getue war also nur ein Spiel, was?«, fragte sie. »Hätte ich mir ja denken können.«

Howl ließ sich in seine grauen Kissen zurücksinken und

wirkte verletzt und beleidigt. »Manchmal«, sagte er vorwurfsvoll, »hörst du dich an wie Megan.«

»Manchmal«, antwortete Sophie und scheuchte den Hund vor sich her aus dem Zimmer, »kann ich verstehen, wieso Megan so geworden ist.« Und sie schlug die Tür vor den Spinnen, dem Staub und dem Garten zu, dass es knallte.

15. KAPITEL

IN DEM HOWL VERKLEIDET EINE BEERDIGUNG BESUCHT

Der Hundemann rollte sich mit seinem ganzen Gewicht auf Sophies Zehen zusammen, als Sophie wieder an ihrer Näharbeit saß. Vielleicht hoffte er, sie könne den Zauber aufheben, wenn er in ihrer Nähe blieb. Als ein großer rotbärtiger Mann mit einem riesigen Karton in den Händen ins Zimmer platzte, seinen Samtumhang fallen ließ und sich in Michael mit einem riesigen Karton in den Händen verwandelte, sprang der Hundemann auf und wedelte mit dem Schwanz. Er ließ sich von Michael streicheln und die Ohren kraulen.

»Ich hoffe, er bleibt hier«, sagte Michael. »Ich hab mir schon immer einen Hund gewünscht.«

Howl hörte Michaels Stimme. Er wickelte sich in seine braune Flickendecke und kam die Treppe herunter. Sophie hörte auf zu nähen und hielt den Hund gut fest. Aber der Hund blieb auch Howl gegenüber brav. Er wehrte sich nicht, als Howl eine Hand aus seiner Decke hervorschob und ihn streichelte.

»Na?«, krächzte Howl und verteilte Staubwolken, indem er weitere Taschentücher hervorzauberte.

»Ich habe alles«, sagte Michael. »Und wir haben richtig Glück, Howl. Unten in Market Chipping steht ein Laden leer und zum Verkauf. Da war früher ein Hutladen drin. Glaubst du, wir könnten das Schloss dahin versetzen?«

In seinem Aufzug wie ein römischer Senator stieg Howl auf einen hohen Hocker und überlegte. »Kommt auf den Preis an«, sagte er. »Ich hätte schon Lust, den Porthaven-Eingang nach dort zu versetzen. Aber leicht wird das nicht, denn dann müssen wir auch Calcifer transportieren. Calcifer hält sich momentan eigentlich in Porthaven auf. Was meinst du, Calcifer?«

»Man müsste ungeheuer vorsichtig vorgehen, um mich zu versetzen«, sagte Calcifer. Bei dieser Vorstellung wurde er um mehrere Farbtöne blasser. »Ich finde, ihr solltet mich lassen, wo ich bin.«

Fanny will den Laden also verkaufen, dachte Sophie, während die anderen drei den Umzug diskutierten. So viel zu Howls Gewissen! Aber vor allem dachte sie über das rätselhafte Betragen des Hundes nach. Obwohl Sophie ihm wiederholt gesagt hatte, dass sie ihn nicht von dem Zauber befreien konnte, wollte er offenbar bleiben. Er traf keine Anstalten, Howl zu beißen. Er ließ sich von Michael an diesem Abend und am nächsten Morgen auf der Marsch von Porthaven Gassi führen. Er schien unbedingt ein Teil des Haushaltes werden zu wollen.

»Aber wenn ich du wäre, würde ich in Upper Folding bleiben und Lettie trösten«, sagte Sophie zu ihm.

Howl konnte sich den ganzen folgenden Tag nicht entscheiden, ob er nun im Bett liegen wollte oder nicht. Wenn er im Bett war, musste Michael die Treppen hinauf- und hinunterjagen. Wenn Howl aufstand, musste Michael hin und her rennen und das Schloss ausmessen und jede einzelne Ecke mit Metallbeschlägen versehen.

Zwischendurch tauchte Howl immer wieder auf, in seine Decke und Staubwolken gehüllt, um Fragen zu stellen und Dinge zu verkünden, die zumeist Sophie betrafen.

»Sophie, da du alle Striche, die wir beim Bau des Schlosses gezogen haben, übertüncht hast, kannst du mir vielleicht sagen, wo die Striche in Michaels Zimmer waren?«

»Nein«, sagte Sophie und nähte ihr siebzigstes blaues Dreieck an. »Das kann ich nicht.«

Howl nieste traurig und zog sich zurück. Bald darauf war er wieder da. »Sophie, wenn wir diesen Hutladen übernähmen, was könnten wir dann dort verkaufen?«

Sophie fand, dass sie für den Rest ihres Lebens genug von Hüten hatte. »Jedenfalls keine Hüte«, sagte sie. »Du kannst den Laden kaufen, aber nicht das Geschäft, weißt du?«

»Beschäftige deinen teuflischen Verstand mal mit der Frage«, sagte Howl. »Oder mache dir gar Gedanken, falls du weißt, wie das geht.« Und damit marschierte er wieder nach oben.

Fünf Minuten später kam er wieder nach unten. »Sophie, hast du irgendwelche Wünsche, was die anderen Eingänge angeht? Was meinst du, wo sollen wir leben?«

Sophie ertappte sich dabei, wie sie sofort an Mrs Fairfax' Haus dachte. »Ich hätte gern ein schönes Haus mit vielen Blumen«, sagte sie.

»Alles klar«, krächzte Howl und verzog sich wieder.

Als er das nächste Mal auftauchte, war er umgezogen. Schon zum dritten Mal an diesem Tag, und Sophie hatte sich nichts dabei gedacht.

Doch jetzt legte Howl den Samtumhang an, den Michael benutzt hatte, und verwandelte sich in einen blassen, hustenden, rotbärtigen Mann mit einem großen roten Schnupftuch an der Nase. Damit war klar, dass Howl ausgehen wollte. »Das ist nicht gut für deine Erkältung«, sagte sie.

»Ich werde sterben, dann seht ihr alt aus«, sagte der rotbärtige Mann, drehte den Türknauf auf Grün und verschwand.

Während der nächsten Stunde konnte Michael sich seinem Zauber widmen. Sophie dagegen schaffte ihr vierundachtzigstes blaues Dreieck. Dann kehrte der rotbärtige Mann zurück. Er warf den Samtumhang ab und wurde wieder zu Howl, der schlimmer hustete denn je und sich, falls das überhaupt möglich war, noch mehr bemitleidete.

»Ich habe den Laden gekauft«, teilte er Michael mit. »Im Hinterhof steht ein brauchbarer Schuppen und nebenan ein Wohnhaus, und ich habe das ganze Grundstück genommen. Ich weiß nur nicht, womit ich das bezahlen soll.«

»Was ist mit dem Geld, das du für die Suche nach Prinz Justin bekommen hast?«, fragte Michael.

»Vergiss nicht«, sagte Howl, »dass es bei dieser Operation doch gerade darum geht, Prinz Justin nicht zu suchen. Wir tauchen unter.« Und dann ging er hustend nach oben und ins Bett, wo er bald darauf mit seinem Niesen wieder die Dachbalken zum Beben brachte, um die Aufmerksamkeit der anderen zu erregen.

Michael musste den Zauber liegen lassen und nach oben rennen. Sophie wäre vielleicht auch gegangen, nur kam ihr dabei der Hundemann in die Quere. Auch das war Teil seines seltsamen Verhaltens. Er wollte nicht, dass Sophie sich um Howl kümmerte. Das konnte Sophie gut nachvollziehen. Sie widmete sich dem fünfundachtzigsten Dreieck.

Guter Dinge kam Michael wieder nach unten und machte sich an seinen Zauber. Er war so glücklich, dass er in Calcifers Kochtopflied einstimmte und bei der Arbeit mit dem Totenschädel plauderte, so, wie Sophie es sonst tat. »Wir werden in Market Chipping leben«, teilte er dem Schädel mit. »Und dann kann ich jeden Tag meine Lettie besuchen.«

»Hast du Howl deshalb von dem Laden erzählt?«, fragte Sophie und fädelte ihre Nadel ein. Inzwischen war sie beim neunundachtzigsten Dreieck angelangt.

»Ja«, strahlte Michael. »Lettie hat ihn erwähnt, als wir uns gefragt haben, wie wir uns jemals wiedersehen könnten. Und da habe ich ihr gesagt …«

Er wurde von Howl unterbrochen, der in seine Decke

gewickelt die Treppe herunterkam. »Das ist garantiert mein letzter Auftritt«, krächzte er. »Ich habe vergessen zu sagen, dass Mrs Pentstemmon morgen auf ihrem Landsitz bei Porthaven beigesetzt wird und dass der Anzug deshalb gereinigt werden muss.« Unter seiner Decke zog er den rot-grauen Anzug hervor und ließ ihn in Sophies Schoß fallen. »Du hast dich an den falschen Anzug gesetzt«, sagte er zu ihr. »Das hier ist mein Lieblingsanzug, aber ich habe nicht die Energie, ihn selber sauber zu machen.«

»Du brauchst doch nicht zu dieser Beerdigung zu gehen, oder?«, fragte Michael besorgt.

»Ich würde nicht mal im Traum daran denken, nicht hinzugehen«, sagte Howl. »Mrs Pentstemmon hat mich zu dem Zauberer gemacht, der ich bin. Ich muss ihr diese letzte Ehre erweisen.«

»Aber deine Erkältung ist schlimmer geworden«, sagte Michael.

»Er hat sie selbst schlimmer gemacht«, sagte Sophie, »weil er aufgestanden ist und sich herumgetrieben hat.«

Sofort setzte Howl seine edelste Miene auf. »Es wird schon gehen«, sagte er heiser, »solange ich mich aus dem Seewind halte. Das ist ein rauer Ort, der Landsitz der Pentstemmons. Die Bäume krümmen sich alle zur Seite, und es gibt meilenweit keinen Schutz vor dem Wind.«

Sophie wusste, dass er nur Mitleid erregen wollte. Sie schnaubte.

»Und was ist mit der Hexe?«, fragte Michael.

Howl hustete erbarmungswürdig. »Ich werde mich verkleiden, vermutlich als weitere Leiche«, sagte er und wanderte zur Treppe zurück.

»Dann brauchst du ein Leichentuch, aber nicht diesen Anzug«, rief Sophie ihm hinterher. Wortlos trottete Howl nach oben, und Sophie sagte nichts weiter. Jetzt, wo sie den verzauberten Anzug zu fassen bekommen hatte, durfte sie sich die Gelegenheit nicht entgehen lassen. Sie griff zu ihrer Schere und hackte das rot-graue Kleidungsstück in sieben ausgefranste Teile. So würde Howl ihn wohl kaum anziehen wollen. Dann machte sie sich an die letzten Dreiecke des blau-silbernen Anzugs, vor allem noch die kleinen Stücke vom Halsausschnitt. Der Anzug war tatsächlich sehr klein. Selbst für Mrs Pentstemmons Pagen schien er eine Nummer zu klein zu sein.

»Michael«, sagte sie. »Beeil dich mit dem Zauber. Die Zeit drängt.«

»Bin bald fertig«, sagte Michael.

Eine halbe Stunde später ging er seine Liste durch und glaubte, fertig zu sein. Er brachte Sophie eine winzige Schale mit einer Prise grünem Pulver auf dem Boden. »Wo soll das hin?«

»Hierhin«, sagte Sophie und biss die letzten Fäden ab. Den schlafenden Hundemann schob sie beiseite und legte den Kinderanzug vorsichtig auf den Boden. Michael, ebenso vorsichtig, hielt die Schale schräg und verteilte das Pulver auf den Anzug.

Dann warteten sie gespannt.

Eine Sekunde verging. Michael seufzte erleichtert auf. Langsam wurde der Anzug größer. Sie sahen zu, wie er wuchs und wuchs, bis eine Seite sich am Hundemann hochschob und Sophie sie wegziehen musste, damit sie sich ausbreiten konnte.

Nach ungefähr fünf Minuten waren beide der Meinung, dass der Anzug groß genug für Howl war. Michael hob ihn hoch und bürstete das überschüssige Pulver vorsichtig in den Kamin. Calcifer fauchte und loderte laut auf. Der Hundemann zuckte im Schlaf zusammen.

»Seht euch das an!«, sagte Calcifer. »Das war stark!«

Sophie nahm den Anzug und humpelte auf Zehenspitzen nach oben. Howl schlief auf seinen grauen Kissen, und um ihn herum webten die Spinnen eifrig neue Netze. Im Schlaf sah er edel und traurig aus. Sophie legte den blau-silbernen Anzug auf eine alte Kommode vor dem Fenster und versuchte sich einzureden, dass der Anzug auf der Treppe nicht größer geworden sei. »Aber wenn er dafür sorgt, dass du nicht zu dieser Beerdigung gehst, ist es auch nicht schlimm«, murmelte sie, als sie kurz aus dem Fenster schaute.

Die Sonne stand tief über dem gepflegten Garten. Ein großer dunkler Mann warf Howls Neffen Neil voller Begeisterung einen roten Ball zu. Neil hielt einen Schläger in der Hand und machte ein leidendes und schicksalsergebenes Gesicht. Man sah dem Mann an, dass er Neils Vater war.

»Schon wieder schnüffeln, was?«, sagte Howl plötzlich hinter ihr. Schuldbewusst fuhr Sophie herum und stellte fest, dass Howl nur zur Hälfte wach war. Vielleicht glaubte er sogar, es sei noch gestern, denn er sagte: »›Wie der Neider Stachel zwingen‹ – aber das ist alles Vergangenheit. Ich liebe Wales, aber Wales liebt mich nicht. Megan ist neidisch, weil sie ein respektables Leben führt und ich nicht.« Dann wurde er wacher und fragte: »Was machst du denn da?«

»Ich wollte dir deinen Anzug zurechtlegen«, sagte Sophie und humpelte eilig davon.

Howl musste wieder eingeschlafen sein. An diesem Abend ließ er sich nicht mehr blicken. Er war auch nicht zu hören, als Sophie und Michael am nächsten Morgen aufstanden. Sie gaben sich alle Mühe, ihn nicht zu stören. Sie hielten es beide für keine gute Idee, dass er zu Mrs Pentstemmons Beerdigung wollte. Michael stahl sich hinaus, um mit dem Hundemann in den Hügeln eine Runde zu drehen. Auf Zehenspitzen schlich Sophie umher, machte Frühstück und hoffte, dass Howl verschlafen würde. Als

Michael zurückkam, hatte Howl sich noch immer nicht sehen lassen. Der Hundemann hatte entsetzlichen Hunger. Sophie und Michael waren gerade dabei, die Speisekammer nach Hundefutter zu durchsuchen, als sie hörten, wie Howl langsam nach unten kam.

»Sophie«, sagte Howl vorwurfsvoll.

Mit einem Arm, der ganz und gar in einem gewaltigen silbernen und blauen Ärmel verschwand, hielt er die Tür zur Treppe auf. Seine Füße auf der untersten Treppenstufe standen in der oberen Hälfte einer riesigen blau-silbernen Jacke. Howls anderer Arm war zu kurz, um in den zweiten gewaltigen Ärmel zu reichen. Sophie erahnte seinen Umriss aufgrund der ruckartigen Bewegungen unter einem breiten Spitzenkragen. Hinter Howl zog sich eine blausilberne Schleppe bis zu seinem Schlafzimmer hinauf.

»Ach du meine Güte«, sagte Michael. »Howl, das ist meine Schuld, ich …«

»Deine Schuld? Blödsinn!«, sagte Howl. »Ich kann noch meilenweit Sophies Tun erkennen. Und dieser Anzug reicht ja auch meilenweit. Sophie, meine Liebe, wo ist mein anderer Anzug?«

Sophie holte rasch die Stücke des rot-grauen Anzugs aus der Besenkammer, wo sie sie versteckt hatte.

Howl sah sich die Bescherung an. »Na, immerhin«, sagte er. »Ich hatte nicht erwartet, dass man ihn mit bloßem Auge noch erkennen würde. Gib her, alle sieben Stücke.« Sophie hielt ihm das Bündel aus grauem und rotem Tuch hin. Nach einigem Suchen fand Howl zwischen den vielen blauen und silbernen Ärmelfalten eine Hand und schob sie zwischen zwei riesigen Stichen hindurch. Er riss ihr das Bündel aus der Hand. »Und jetzt«, sagte er, »mache ich mich für die Beerdigung bereit. Ihr beide verkneift euch bitte solange jegliche Tätigkeit. Ich weiß ja, dass Sophie gerade in Spitzenform ist, und ich möchte diesen

Raum bei meiner Rückkehr in seiner normalen Größe wiederfinden.«

Würdevoll watete er in seinem blauen und silbernen Anzug zum Badezimmer. Die blau-silberne Schleppe folgte ihm, schlurfte eine Treppenstufe nach der anderen herunter und raschelte über den Boden. Als Howl im Badezimmer verschwunden war, lag der Großteil der Jacke auf dem Zimmerboden, und die Hose tauchte auf der Treppe auf. Howl lehnte die Badezimmertür an und schien den Anzug hineinziehen zu wollen. Sophie, Michael und der Hundemann sahen zu, wie ein Meter blauer oder silberner Stoff nach dem anderen über den Boden schleifte, ab und zu von einem mühlsteingroßen Silberknopf und enormen Stichen verziert. Bestimmt maß das ganze Kleidungsstück fast eine Meile.

»Ich glaube, diesen Zauber habe ich nicht ganz richtig gemacht«, sagte Michael, als endlich die letzte riesige Steppkante hinter der Badezimmertür verschwunden war.

»Das hat er ja auch deutlich zum Ausdruck gebracht«, sagte Calcifer. »Bitte, noch ein Stück Holz.«

Michael gab Calcifer sein Holz. Sophie fütterte den Hundemann. Aber solange Howl im Badezimmer blieb, wagten sie nicht, irgendetwas anderes zu machen, als im Stehen Brot und Honig zu frühstücken.

Zwei Stunden später erschien er in einer Dampfwolke aus nach Verbena duftenden Zaubersprüchen. Er war ganz und gar in Schwarz gekleidet. Sein Anzug war schwarz, seine Stiefel waren schwarz, und auch seine Haare waren schwarz. Es war dasselbe blauschwarze Rabenschwarz wie bei Miss Angorian. An seinem Ohr hing ein langer Ohrring. Sophie hätte gern gewusst, ob er die schwarzen Haare zu Ehren von Mrs Pentstemmon trug. Sie musste Mrs Pentstemmon recht geben, dass schwarze Haare Howl gut standen. Seine glasig grünen Augen passten besser dazu.

Aber sie fragte sich, welcher Anzug der schwarze nun eigentlich war.

Howl zauberte ein schwarzes Taschentuch herbei und putzte sich damit die Nase. Das Fenster klapperte. Er nahm ein Stück Honigbrot von der Werkbank und winkte dem Hundemann zu. Der Hundemann machte ein misstrauisches Gesicht. »Ich will nur einen Blick auf dich werfen können«, sagte Howl. Er war noch immer schrecklich erkältet. »Komm her, Wuschel!« Als der Hund widerstrebend mitten ins Zimmer kroch, fügte Howl hinzu: »Meinen anderen Anzug wirst du im Badezimmer nicht finden, Frau Schnüfflerin. Meine Kleider kriegst du nicht mehr in die Finger.«

Sophie, die gerade dabei war, sich auf Zehenspitzen zum Badezimmer zu schleichen, blieb stehen und sah zu, wie Howl um den Hundemann herumlief, sein Honigbrot aß und sich zwischendurch die Nase putzte.

»Was hältst du von der Verkleidung?«, fragte er. Er schnippte das schwarze Taschentuch zu Calcifer hinüber und ließ sich dann auf Hände und Knie sinken. Kaum hatte er zu der Bewegung angesetzt, war er verschwunden. Und als er am Boden ankam, hatte er sich in einen roten Setter mit lockigem Fell verwandelt, genau wie der Hundemann.

Der Hundemann war dermaßen verblüfft, dass sein Instinkt mit ihm durchging. Sein Fell sträubte sich, er senkte die Ohren und knurrte. Entweder erging es Howl genauso, oder er spielte einfach nur mit. Die beiden Zwillingshunde umkreisten einander, starrten sich wütend an, knurrten, bleckten die Zähne und schickten sich zu einem Kampf an.

Sophie packte den einen, den sie für den Hundemann hielt, am Schwanz. Michael griff nach dem, den er für Howl hielt. Gleich darauf nahm Howl wieder seine eigene Gestalt an. Vor Sophie stand ein hochgewachsener schwarzer Mensch. Sie ließ das Rückenteil von Howls Jackett los. Der Hundemann kauerte sich zu Michaels Füßen nieder und starrte traurig vor sich hin.

»Gut«, sagte Howl. »Wenn ich einen anderen Hund täuschen kann, kann ich alle Welt an der Nase herumführen. Keiner der Trauergäste wird auf einen streunenden Hund achten, der sein Bein an einem Grabstein hebt.« Er ging zur Tür und drehte den Knauf auf Blau.

»Moment mal«, sagte Sophie. »Wenn du als roter Setter auf diese Beerdigung gehst, warum hast du dir dann die Mühe gemacht, dich ganz und gar schwarz auszustaffieren?«

Howl hob sein Kinn und machte ein vornehmes Gesicht. »Aus Respekt vor Mrs Pentstemmon«, sagte er und öffnete die Tür. »Sie legte Wert darauf, solche Einzelheiten zu beachten.« Und dann ging er hinaus auf die Straße von Porthaven.

16. KAPITEL

IN WELCHEM ALLERLEI HEXENKÜNSTE EINE ROLLE SPIELEN

Einige Stunden verstrichen. Der Hundemann hatte wieder Hunger. Michael und Sophie beschlossen, ebenfalls zu Mittag zu essen. Sophie trat mit der Bratpfanne vor Calcifer.

»Warum könnt ihr nicht ausnahmsweise einmal Brot und Käse essen?«, grummelte Calcifer.

Trotzdem senkte er den Kopf. Sophie wollte gerade die Pfanne auf die grünen Kräuselflammen stellen, als Howls Stimme heiser aus dem Nirgendwo erklang. »Pass gut auf, Calcifer! Sie hat mich gefunden.«

Calcifer sprang hoch. Die Bratpfanne fiel über Sophies Knie. »Du musst warten!«, brüllte Calcifer und loderte ziellos im Kamin hoch. Fast im selben Moment teilte er sich in vielleicht ein Dutzend verschwommener blauer Flammengesichter auf, als werde er heftig hin und her geschüttelt, und er brannte mit lautem, kehligem Knacken.

»Das bedeutet wohl, dass sie kämpfen«, flüsterte Michael.

Sophie lutschte an ihrem angesengten Finger, zupfte sich mit der anderen Hand Speckscheiben vom Rock und starrte Calcifer an. Er peitschte im Kamin hin und her. Seine verschwommenen Gesichter wechselten pulsierend von Tiefblau zu Himmelblau und dann fast zu Weiß. In einem Moment hatte er eine Vielzahl von orangefarbenen Augen, im nächsten war es eine Reihe von silbernen Sternen. So etwas hätte sie nie für möglich gehalten.

Etwas fegte zischend über sie hinweg und landete mit einem Knall und Dröhnen, das alles im Raum erbeben ließ.

Ein zweites Etwas folgte mit einem langen schrillen Schrei. Calcifer wurde fast schwarz-weiß, und Sophies Haut brannte im Rückstoß der magischen Entladung.

Michael stürzte zum Fenster. »Sie sind ganz in der Nähe!«

Auch Sophie humpelte ans Fenster. Der Zaubersturm schien die Hälfte aller Gegenstände im Zimmer erfasst zu haben. Der Schädel klapperte so hart mit den Zähnen, dass er Kreise auf der Werkbank zog. Pakete hüpften auf und ab. Puder kochte in den Krügen. Ein Buch fiel aus einem Regal und knallte auf den Boden, sodass seine Blätter hin und her fächelten. Hinten im Zimmer quoll parfümierter Dampf aus dem Badezimmer, auf der anderen Seite stieß Howls Gitarre plärrende verstimmte Töne aus. Und Calcifer jagte wütender denn je hin und her.

Michael stellte den Schädel in den Ausguss, damit er nicht auf den Boden hüpfte, öffnete das Fenster und lehnte sich hinaus. Was immer dort passierte, es war zu seinem großen Ärger außer Sichtweite. Die Menschen in den gegenüberliegenden Häusern waren zu Türen und Fenstern geeilt und zeigten auf etwas, das sich mehr oder weniger über ihnen befand. Sophie und Michael rannten zum Besenschrank, schnappten sich die Samtumhänge und warfen sie sich über. Sophie nahm den, der seinen Träger oder seine Trägerin in einen rotbärtigen Mann verwandelte. Jetzt wusste sie, warum Calcifer neulich über sie gelacht hatte. Michael war ein Pferd. Aber jetzt blieb ihnen keine Zeit zum Lachen. Sophie öffnete die Tür und stürzte auf die Straße hinaus, gefolgt vom Hundemann, der die ganze Sache überraschend gelassen aufnahm. Michael trabte hinter ihr her, dass die nicht existierenden Hufe klapperten, während Calcifer im Kamin abwechselnd blau und weiß aufblitzte.

Auf der Straße wimmelte es nur so von Leuten, die nach

oben starrten. Niemand hatte Zeit, auf Pferde zu achten, die aus Häusern stürmten. Auch Sophie und Michael sahen hoch und erblickten eine riesige Wolke, die dicht über den Schornsteinen hin und her waberte. Sie war schwarz und drehte sich in hohem Tempo um sich selbst. Weiße Blitze, die nicht wirklich aus Licht zu bestehen schienen, bohrten sich in die Dunkelheit. Kaum waren Michael und Sophie auf die Straße gerannt, da nahm die geballte Magie die Form eines nebelhaften Knotens aus kämpfenden Schlangen an. Dann zerriss der Knoten in zwei Teile und fauchte dabei wie riesige kämpfende Katzen. Ein Teil jagte johlend über die Dächer und hinaus aufs Meer, der andere fuhr schreiend hinterher.

Einige Umstehende zogen sich in ihre Häuser zurück. Sophie und Michael schlossen sich dem Strom der Mutigeren an, die durch die Gassen hinunter zum Hafen eilten. Die geschwungene Hafenmauer hielten die meisten für den besten Aussichtspunkt. Sophie humpelte weiter, um ebenfalls dorthin zu gelangen, aber sie kam nicht weiter als bis zum Unterstand des Hafenmeisters. Zwei Wolken hingen auf der anderen Seite der Hafenmauer in der Luft, ein Stück weit über dem Meer. Die einzigen beiden Wolken am ruhigen blauen Himmel. Deshalb waren sie sehr gut zu sehen. Ebenso wie die schwarze Sturmfront, die zwischen den Wolken über der See wütete und hohe, weiß schäumende Wellen aufpeitschte. Ein unseliges Schiff war in diesen Sturm geraten. Seine Masten wurden hin und her geschleudert. Die Menschen am Ufer beobachteten, wie das Wasser von allen Seiten über das Schiff hereinbrach. Die Mannschaft versuchte verzweifelt, die Segel einzuholen, aber mindestens eins hatte der Sturm bereits in graue Lumpen zerfetzt.

»Können die nicht ein wenig Rücksicht auf das Schiff nehmen?«, rief eine empörte Stimme.

Dann prallte der Sturm mit Wind und Wellen gegen die Hafenmauer. Weißes Wasser spülte darüber hinweg, und die Mutigen auf der Mauer eilten zurück zu den Kais, wo die vertäuten Schiffe sich hoben und senkten und an ihren Tauen rissen. In all das mischte sich das Geschrei von lauten singenden Stimmen. Sophie hielt ihr Gesicht in den Wind hinter dem Unterstand, denn von dort kam das Geschrei, und sie stellte fest, dass das magische Toben mehr aufgeschreckt hatte als nur das Meer und das unglückliche Schiff. Etliche glitschig nasse Damen mit wogenden grünbraunen Haaren zogen sich auf die Hafenmauer, sie schrien und streckten lange, nasse Arme nach weiteren schreienden Damen aus, die von den Wellen hin und her geworfen wurden. Anstelle von Beinen hatten die Damen Fischschwänze.

»Ja, verflixt«, sagte Sophie. »Die Nixen aus dem Fluch!« Das bedeutete, dass jetzt nur noch zwei weitere unmögliche Dinge in Erfüllung gehen mussten.

Sie schaute zu den Wolken hoch. Howl kniete auf der einen, viel größer und näher, als Sophie erwartet hatte. Er trug noch immer Schwarz. Über die Schulter starrte er die verzweifelten Nixen an. Typisch. Sein Blick wirkte aber nicht so, als ob er sich daran erinnerte, dass sie eine Rolle bei dem Fluch gespielt hatten.

»Achtung, die Hexe«, schrie das Pferd neben Sophie.

Da tauchte die Hexe auch schon auf, sie stand auf der rechten Wolke in einem Wirbel aus flammend roten Roben und wogenden roten Haaren. Mit erhobenen Armen beschwor sie weitere Magie herauf. Als Howl sich umdrehte und sie ansah, senkte sie den Blick. Howls Wolke zerbarst in einer Fontäne aus rosafarbenen Flammen. Eine Hitzewelle fegte über den Hafen, und die Mauersteine dampften.

»Alles gut!«, keuchte das Pferd.

Howl fand sich auf dem schwankenden, sinkenden Schiff wieder. Er war nur noch als winzige schwarze Gestalt zu sehen, die sich an den springenden Toppmast lehnte. Hämisch winkte er der Hexe zu, weil sie ihn nicht erwischt hatte. Das sah die Hexe sofort. Mitsamt der Wolke und allem verwandelte sich die Hexe in einen wütenden roten Vogel, der auf das Schiff herabstürzte.

Das Schiff verschwand. Die Nixen sangen ihren Schmerz hinaus. Dort, wo das Schiff gewesen war, waren nur noch trübe wogende Wellen zu sehen. Aber der fallende Vogel war zu schnell. Wild spritzend knallte er ins Wasser.

Auf den Kais wurde gejubelt. »Ich wusste doch, dass es kein echtes Schiff war«, sagte jemand hinter Sophie.

»Ja, das war sicher eine Illusion«, bemerkte das Pferd weise. »Es war zu klein.«

Wie zum Beweis dafür, dass das Schiff viel näher gewesen war, als es ausgesehen hatte, erreichten die vom Sturz des Vogels ausgelösten Wellen die Hafenmauer, noch ehe Michael diesen Satz beendet hatte. Ein mehr als sechs Meter hoher grüner Wasserhügel glitt seitwärts darüber hinweg, fegte die schreienden Nixen ins Hafenbecken, schleuderte sämtliche vertäuten Schiffe zur Seite und umspülte polternd den Unterstand des Hafenmeisters. Aus der Seite des Pferdes kam ein Arm heraus und zog Sophie zurück zum Kai. Keuchend stolperte Sophie durch kniehohes Wasser. Der Hundemann sprang neben ihnen her, er war tropfnass bis zu den Ohren.

Eben hatten sie den Kai erreicht, und die Schiffe im Hafen hatten sich gerade wieder aufgerichtet, als sich ein zweiter Wasserberg über die Hafenmauer ergoss. Aus seiner glatten Seite brach ein Ungeheuer hervor. Es war ein langes schwarzes Ding mit Klauen, zur Hälfte Katze und zur Hälfte Seelöwe, und es rannte die Mauer entlang auf die Kais zu. Als die Welle ins Hafenbecken knallte, brach ein zweites Ungeheuer hervor, auch dieses lang und flach, aber geschuppter, und es nahm die Verfolgung des ersten Ungeheuers auf.

Jetzt war allen klar, dass der Kampf noch nicht beendet war. Eilig und triefend zogen die Leute sich zu den Schuppen und Häusern an den Kais zurück. Sophie stolperte zuerst über ein Seil und dann über eine Türschwelle. Ein Arm wurde herausgestreckt und zog sie wieder hoch, während die beiden Ungeheuer in einer Woge aus Salzwasser vorbeiwirbelten. Eine weitere Welle ergoss sich über die Hafenmauer, und zwei weitere Ungeheuer brachen daraus hervor. Sie sahen genauso aus wie die beiden anderen, nur hielt sich das schuppige jetzt dichter an das katzenhafte. Und der nächste Brecher brachte wieder zwei, die noch dichter hintereinander kamen.

»Was ist denn da los?«, keuchte Sophie, als das dritte Paar vorbeistürmte und die Steine der Hafenbefestigung zum Beben brachte.

»Illusionen«, sagte Michaels Stimme im Pferd. »Einige jedenfalls. Sie versuchen beide, ihr Gegenüber dazu zu bringen, dem falschen hinterherzulaufen.«

»Und welches ist wer?«, fragte Sophie.

»Keine Ahnung«, sagte das Pferd.

Einige der Zuschauer fanden die Ungeheuer zu entsetzlich. Viele gingen nach Hause. Andere sprangen in die umhergeworfenen Schiffe, um sie vom Kai abzustoßen. Sophie und Michael schlossen sich dem harten Kern der Neugierigen an, die die Ungeheuer durch die Straßen von Porthaven verfolgten. Zuerst folgten sie einem Fluss aus Meerwasser, dann riesigen feuchten Pfotenabdrücken und endlich weißen Rissen und Kratzern, wo die Krallen der Wesen Pflastersteine aus dem Boden gerissen hatten. Die Spuren führten alle aus der Stadt heraus in die Marsch, dorthin, wo Sophie und Michael die Sternschnuppe gejagt hatten.

Inzwischen waren alle sechs Ungeheuer zu hüpfenden schwarzen Punkten geworden, die in der flachen Landschaft verschwanden. Die Menge verteilte sich in einer Zickzacklinie am Ufer und starrte, hoffte auf mehr und hatte Angst davor, was wohl noch kommen würde. Nach einer Weile war nur noch öde Marsch zu sehen. Nichts passierte. Einige wollten schon gehen, als einige schrien: »Da!« Träge erhob sich in der Ferne ein Feuerball in die Luft. Er musste riesig sein. Der Knall der Explosion drang erst zu den Schaulustigen, als sich der Feuerball in eine breiter werdende Rauchsäule verwandelt hatte. Die Zuschauer schrien, als der dumpfe Donner ertönte. Sie beobachteten den Rauch, der sich verteilte und endlich mit dem Nebel über der Marsch verschmolz. Danach herrschten Friede und Stille. Im Wind raschelten die Marschgräser, und die Vögel wagten wieder zu rufen.

»Bestimmt haben sie sich gegenseitig umgebracht«, sagten die Leute. Die Menge löste sich nach und nach auf, die Menschen kehrten zu allerlei nur halb erledigten Arbeiten zurück.

Sophie und Michael warteten bis ganz zuletzt, als wirklich alles vorüber war. Dann gingen sie langsam nach Porthaven zurück. Sie wollten beide nichts sagen. Nur der Hundemann schien zufrieden zu sein. Er sprang so munter neben ihnen her, dass Sophie überzeugt war, dass er Howl für tot hielt. Er war dermaßen zufrieden mit seinem Dasein, dass er, als sie in die Straße mit Howls Haus einbogen und ihnen eine streunende Katze über den Weg lief, glücklich losbellte und der Katze hinterherrannte. Schnell und entschlossen jagte er sie vor die Türschwelle des Schlosses, wo sie sich umdrehte und ihn wütend anstarrte.

»Weg da!«, maunzte sie. »Das hat mir nun wirklich noch gefehlt!«

Der Hund wich zurück und schien sich zu schämen.

Michael stürzte zur Tür. »Howl!«, brüllte er.

Die Katze schrumpfte auf Kätzchengröße und schien sich selbst leidzutun. »Ihr beide seht einfach lächerlich aus«, sagte sie. »Macht die Tür auf. Ich kann nicht mehr.«

Sophie öffnete die Tür, und die Katze kroch hinein. Sie schleppte sich zum Kamin, wo Calcifer zu einem winzigen blauen Flimmern geschrumpft war, und schaffte es mit großer Mühe, die Vorderpfoten auf den Sessel zu heben. Und dann verwandelte sie sich ganz langsam in einen zusammengekrümmten Howl.

»Hast du die Hexe umgebracht?«, fragte Michael eifrig, legte seinen Umhang ab und wurde ebenfalls wieder er selbst.

»Nein«, sagte Howl. Er drehte sich um, ließ sich in den Sessel fallen und streckte sich erschöpft aus. »Und das alles zu meiner Erkältung noch dazu!«, krächzte er. »Sophie, um Himmels willen, nimm diesen schrecklichen roten Bart ab und hol den Schnaps aus dem Schrank – falls du ihn nicht ausgetrunken oder in Terpentin verwandelt hast!«

Sophie legte ihren Umhang weg und holte die Schnapsflasche und ein Glas. Howl trank das erste Glas wie Wasser. Dann goss er ein weiteres ein, und statt zu trinken, beträufelte er Calcifer vorsichtig damit. Calcifer loderte auf und zischte und schien sich ein wenig zu beleben. Howl goss ein drittes Glas ein und ließ sich zurücksinken, um daran zu nippen. »Glotzt mich nicht so an!«, sagte er. »Ich weiß nicht, wer gewonnen hat. Es ist verdammt schwer, der Hexe beizukommen. Sie überlässt das meiste ihrem Feuerdämon und hält sich aus dem Ärger raus. Aber ich glaube, wir haben ihr Stoff zum Nachdenken gegeben, was, Calcifer?«

»Er ist alt«, sagte Calcifer unter seinen Holzscheiten mit schwachem Knistern. »Ich bin stärker, aber er weiß Dinge, die mir noch nie in den Sinn gekommen sind. Sie hat ihn seit Jahrhunderten. Und er hätte mich fast umgebracht.« Er knisterte noch ein wenig, dann kletterte er ein Stück aus seinen Holzscheiten heraus und grummelte: »Du hättest mich warnen können.«

»Hab ich doch, du alter Betrüger«, sagte Howl müde. »Du weißt alles, was ich weiß.«

Howl nippte weiter an seinem Schnaps, während Michael Brot und Würstchen auftischte. Vom Essen fühlten sie sich gestärkt, außer vielleicht der Hundemann, der ziemlich kleinlaut wirkte, jetzt, wo Howl doch wieder zurückgekehrt war. Calcifer brannte höher und war wieder sein normales blaues Selbst.

»So geht das nicht«, sagte Howl. Er zog sich auf die Füße hoch. »Überleg doch mal, Michael! Die Hexe weiß, dass wir in Porthaven sind. Es reicht nicht mehr, dass wir das Schloss und den Kingsbury-Eingang versetzen. Ich werde Calcifer in das Haus vom Hutladen bringen müssen.«

»Mich in das Haus bringen?«, rief Calcifer mit lautem Knistern. Er war himmelblau vor Entsetzen.

»Genau«, sagte Howl. »Du hast die Wahl zwischen Market Chipping und der Hexe. Also mach keinen Ärger.«

»Verdammt!«, heulte Calcifer und tauchte tief im Kamin unter.

17. KAPITEL

IN DEM DAS FLIEGENDE SCHLOSS UMZIEHT

Howl machte sich so energisch an die Arbeit, als hätte er sich eben erst eine Woche lang ausgeruht. Wenn Sophie nicht gesehen hätte, wie er eine Stunde zuvor noch einen entsetzlichen magischen Kampf bestritten hatte, hätte sie das nie im Leben geglaubt. Er und Michael liefen hin und her, riefen einander Maße zu und machten mit Kreide seltsame Zeichen an die Stellen, wo sie zuvor Metallklammern angebracht hatten. Sie schienen jede Ecke mit Kreide kennzeichnen zu müssen, sogar im Hinterhof. Sophies Unterschlupf unter der Treppe und die seltsam geformte Stelle unter der Badezimmerdecke bereiteten ihnen einige Probleme. Sophie und der Hundemann wurden hin und her gestoßen, damit Michael auf dem Boden kriechen und in einen Kreis einen fünfzackigen Stern aufmalen konnte.

Als er damit gerade fertig war und sich Staub und Kreide von den Knien wischte, kam Howl hereingestürzt. Seine schwarzen Kleider waren voller weißer Farbflecken. Wieder wurden Sophie und der Hundemann beiseitegestoßen, damit diesmal Howl kriechen und Zeichen in und um den Stern und den Kreis malen konnte. Sophie und der Hundemann setzten sich auf die Treppe. Der Hundemann zitterte. Die Magie schien ihm nicht zu gefallen.

Howl und Michael jagten hinaus auf den Hof. Howl kam zurückgerannt. »Sophie!«, brüllte er. »Schnell! Was sollen wir in dem Laden verkaufen?«

»Blumen«, sagte Sophie, die wieder an Mrs Fairfax denken musste.

»Perfekt«, sagte Howl und rannte mit einem Farbtopf

und einem kleinen Pinsel zur Tür. Er tunkte den Pinsel in den Topf und malte den blauen Tupfer mit großer Sorgfalt gelb an. Er tunkte den Pinsel wieder ein. Diesmal hatte der Pinsel sich lila gefärbt. Damit übermalte er den grünen Tupfer. Beim dritten Eintunken war die Farbe orange, und damit wurde der rote Tupfer überdeckt. Den schwarzen rührte Howl nicht an. Er wandte sich ab, und ein Zipfel seines Ärmels geriet zusammen mit dem Pinsel in den Farbtopf. »Verflixt!«, sagte Howl und zog den Zipfel heraus, der nun alle Regenbogenfarben aufwies. Howl schüttelte ihn, und schon war er wieder schwarz.

»Welcher Anzug ist das eigentlich?«, fragte Sophie.

»Hab ich vergessen. Unterbrich mich nicht. Jetzt wird es erst richtig schwierig«, sagte Howl und lief mit dem Farbtopf zur Werkbank. Er griff zu einem kleinen Gefäß voll Pulver. »Michael! Wo ist die Silberschaufel?«

Michael eilte mit einem großen, funkelnden Spaten vom Hof herein. Der Griff war aus Holz, der Rest jedoch schien aus solidem Silber zu bestehen. »Draußen ist alles so weit«, sagte er.

Howl legte die Schaufel auf sein Knie, um Griff und Schaufelblatt mit Kreidezeichen zu versehen. Er ließ rotes Pulver aus dem Gefäß darauf rieseln. Dann versah er auch jede Zacke des Sterns mit einer Prise desselben Pulvers und schüttete den gesamten Rest in die Mitte. »Aus dem Weg, Michael«, sagte er. »Aus dem Weg, alle zusammen. Bist du so weit, Calcifer?«

Calcifer erschien als langer blauer Flammenfaden zwischen seinen Holzscheiten. »So weit, wie ich irgend sein kann«, sagte er. »Du weißt, dass ich dabei umkommen kann, nicht wahr?«

»Sieh es positiv«, riet ihm Howl. »Vielleicht komme auch ich um. Halt dich fest. Eins, zwei, drei.« Er schob die Schaufel in den Kamin, sehr langsam und ruhig, und hielt sie dabei auf einer Höhe mit dem Kamingitter. Eine Sekunde lang bewegte er sie vorsichtig hin und her, um sie unter Calcifer zu bugsieren. Dann, noch langsamer und behutsamer, hob er sie hoch. Michael hielt gänzlich den Atem an. »Geschafft«, sagte Howl. Holzscheite kippten zur Seite. Sie schienen nicht zu brennen. Howl richtete sich auf und drehte sich um. Calcifer trug er auf seiner Schaufel.

Das Zimmer füllte sich mit Rauch. Der Hundemann heulte und zitterte. Howl hustete. Es fiel ihm schwer, die Schaufel gerade zu halten. Sophies Augen tränten, und sie konnte kaum klar sehen, aber soweit sie erkennen konnte, hatte Calcifer – wie er ihr gesagt hatte – keine Füße und auch keine Beine. Er bestand aus einem langen, spitzen blauen Gesicht, das in einem leise glühenden schwarzen Klumpen wurzelte. Der schwarze Klumpen war an der Vorderseite eingekerbt, was auf den ersten Blick den Eindruck erweckte, Calcifer würde auf winzigen, gekrümmten Beinen knien. Aber Sophie erkannte nun, dass dieser Eindruck trog, denn als der Klumpen sich ein wenig bewegte, zeigte sich, dass er unten abgerundet war. Calcifer fühlte sich offensichtlich schrecklich ausgesetzt. Seine orangefarbenen Augen waren groß vor Angst, und er ließ auf beiden Seiten schwache kleine Flammenarme hervorschießen, ein sinnloser Versuch, die Seiten der Schaufel zu umklammern.

»Ist gleich vorbei«, keuchte Howl, um ihn zu beruhigen. Aber er kniff die Lippen zusammen und blieb einen Moment stehen, um ein Husten zu unterdrücken. Die Schaufel wackelte, und Calcifer erschrak zu Tode. Dann riss Howl sich zusammen. Er machte einen langen, vorsichtigen Schritt in den Kreidekreis und dann noch einen in die Mitte des fünfzackigen Sterns. Dort hielt er die Schaufel gerade vor sich, drehte sich langsam einmal um sich selbst, und Calcifer drehte sich mit ihm, himmelblau und außer sich vor Panik.

Der ganze Raum schien sich mit ihnen zu drehen. Der Hundemann presste sich an Sophie. Michael schwankte. Sophie hatte das Gefühl, ihr kleines Stück Dasein habe sich losgerissen und wackele und schwinge im Kreis herum, und ihr wurde schlecht. Sie konnte es Calcifer nicht verdenken, dass er so verängstigt war. Noch immer schwang und schaukelte alles, als Howl wieder lange, vorsichtige Schritte machte und Stern und Kreis verließ. Neben dem Kamin kniete er nieder, ließ Calcifer unendlich vorsichtig wieder hineingleiten und legte um ihn herum die Holzscheite aufeinander. Calcifer ließ grüne Flammen aufflackern. Howl stützte sich hustend auf die Schaufel.

Das Zimmer wackelte noch einmal und kam dann zur Ruhe. Einige Sekunden lang, noch während überall der Rauch hing, sah Sophie zu ihrem Erstaunen die vertrauten Umrisse des Wohnzimmers in dem Haus, in dem sie geboren worden war. Sie erkannte es, obwohl der Fußboden jetzt aus nackten Brettern bestand und an den Wänden keine Bilder hingen. Das Zimmer des Schlosses schien sich in diesem Wohnzimmer seinen Platz zu suchen, dehnte es hier aus, zog es dort zusammen, zerrte die Decke auf die Höhe seiner eigenen Balken herunter, bis beide Zimmer miteinander verschmolzen und zu einem Schlosszimmer wurden, nur dass es jetzt vielleicht ein wenig höher und eckiger war als zuvor.

»Hast du es geschafft, Calcifer?«, hustete Howl.

»Ich glaube schon«, sagte Calcifer und loderte in den Kamin hoch. Die Reise auf der Schaufel schien ihm nicht weiter geschadet zu haben. »Du solltest aber lieber mal nachsehen.«

Howl zog sich an der Schaufel hoch und öffnete die Tür, nachdem er den Knauf auf Gelb gestellt hatte. Draußen sahen sie die Straße in Market Chipping, die Sophie ihr Leben lang gekannt hatte. Alte Bekannte liefen vorbei und machten vor dem Essen noch einen Abendspaziergang, wie man das im Sommer eben so macht. Howl nickte Calcifer zu, schloss die Tür, stellte den Knauf auf Orange und machte sie wieder auf.

Eine breite, überwucherte Auffahrt führte von der Tür fort durch Baumgruppen, die sehr romantisch von der tief stehenden Sonne angeleuchtet wurden. »Wo ist das denn?«, fragte Howl.

»Ein leer stehender Landsitz hinten im Tal«, sagte Calcifer abwehrend. »Das ist das schöne Haus, das ich für dich suchen sollte. Es ist wirklich ausgesprochen schön.«

»Davon bin ich überzeugt«, sagte Howl. »Ich hoffe nur, dass die rechtmäßigen Besitzer nichts dagegen haben.« Er schloss die Tür und drehte den Knauf auf Lila. »Und jetzt zum fliegenden Schloss«, sagte er.

Draußen hatte schon beinahe die Abenddämmerung eingesetzt. Ein warmer Wind voller unterschiedlicher Düfte schwebte durch die Tür. Sophie sah dunkle Blätter vorüberziehen, zwischen denen große lila Blüten saßen. Die Blätter entfernten sich langsam und wichen weißen Lilien und der Sonne, die weiter hinten über dem Wasser unterging. Der Duft war so himmlisch, dass Sophie schon halb bei der Tür war, ehe sie es merkte.

»Nein, deine lange Nase bleibt bis morgen hier drin«, sagte Howl und knallte die Tür zu. »Diese Gegend liegt unmittelbar an der Grenze zur Wüste. Gut gemacht, Calcifer. Perfekt. Ein schönes Haus und jede Menge Blumen, wie bestellt.« Er ließ die Schaufel fallen und ging zu Bett. Bestimmt war er entsetzlich müde. Die anderen hörten kein Stöhnen, kein Rufen und fast kein Husten.

Auch Sophie und Michael waren erschöpft. Michael ließ sich in den Sessel fallen, streichelte den Hundemann und starrte vor sich hin. Sophie hockte auf dem Schemel und kam sich komisch vor. Sie waren umgezogen. Alles war wie sonst, aber anders, und das war verwirrend. Und warum stand das fliegende Schloss jetzt an der Grenze zur Wüste? Zog der Fluch Howl etwa in Richtung der Hexe? Oder hatte Howl dermaßen versucht, sich zu drücken, dass er sich sozusagen um sich selbst gedreht hatte und das geworden war, was die meisten Leute als ehrlich bezeichnen würden?

Sophie beobachtete Michael und wollte seine Gedanken erraten. Michael schlief, der Hundemann ebenso. Also schaute Sophie zu Calcifer hinüber, der schläfrig zwischen rosa Holzscheiten flackerte und seine orangefarbenen Augen fast geschlossen hatte. Sie dachte daran, wie Calcifer pulsiert hatte, wie er fast weiß gewesen war, mit weißen Augen, und dann dachte sie an Calcifers verängstigtes Gesicht, als er auf der schwankenden Schaufel gesessen hatte. Das erinnerte sie an etwas. Seine Gestalt erinnerte sie an etwas.

»Calcifer«, fragte sie. »Warst du früher eine Sternschnuppe?«

Calcifer öffnete ein orangefarbenes Auge und sah sie an. »Sobald du es weißt, kann ich darüber sprechen. Das erlaubt der Vertrag.«

»Und Howl hat dich gefangen?«, fragte Sophie.

»Vor fünf Jahren«, sagte Calcifer. »Bei Porthaven draußen in der Marsch, kurz nachdem er sich dort als Zauberer Jenkins niedergelassen hat. Er hat mich mit Siebenmeilenstiefeln gejagt. Ich hatte grauenhafte Angst vor ihm. Ich hatte ohnehin grauenhafte Angst. Wenn man zur Sternschnuppe wird, weiß man, dass man sterben muss. Ich hätte alles getan, um nicht zu sterben. Als Howl mir anbot, mich am Leben zu erhalten, so, wie Menschen am Leben bleiben, habe ich sofort den Vertrag vorgeschlagen. Wir wussten beide nicht, worauf wir uns da einließen. Ich war dankbar, und Howl hatte es nur angeboten, weil ich ihm leidtat.«

»Wie bei Michael«, sagte Sophie.

»Was sagst du da?«, fragte Michael, der jetzt aufwachte. »Sophie, ich wünschte, wir säßen nicht so dicht an der Grenze zur Wüste. Ich wusste nicht, dass das der Plan war. Ich fühle mich hier überhaupt nicht sicher.«

»Im Haus eines Zauberers ist niemand sicher«, sagte Calcifer voller Mitgefühl.

Am nächsten Morgen war der Türknauf auf Schwarz gestellt, und zu Sophies großem Ärger ließ sich die Tür bei überhaupt keiner Farbe öffnen. Aber Sophie wollte die Blumen sehen, Hexe hin oder her. Deshalb agierte sie ihre Ungeduld aus, indem sie einen Eimer Wasser holte und die Kreidezeichen vom Boden putzte.

Howl kam dazu, während sie noch damit beschäftigt war. »Arbeit, Arbeit, Arbeit«, sagte er und stieg über die schrubbende Sophie hinweg. Er sah ein wenig seltsam aus. Sein Anzug war noch immer tiefschwarz, aber seine Haare waren wieder blond. Über der schwarzen Kleidung wirkten sie weiß. Sophie warf einen Blick auf ihn und dachte an den Fluch. Möglicherweise hatte Howl auch gerade daran gedacht. Er nahm den Schädel aus dem Ausgussbecken und hielt ihn in der Hand. »Ach, armer Yorick«, sagte er. »Sie hat Nixen gehört, also muss etwas faul sein im Staate Dänemark. Ich habe eine immer währende Erkältung erwischt, aber zum Glück bin ich entsetzlich unehrlich. Daran klammere ich mich.« Er hustete mitleiderregend. Aber seine Erkältung wurde besser, und er hörte sich nicht übermäßig überzeugend an.

Sophie wechselte einen Blick mit dem Hundemann, der sie beobachtete und ebenso tragisch aussah wie Howl. »Du solltest zu Lettie zurückgehen«, murmelte sie. »Was ist los?«, fragte sie Howl. »Läuft's nicht gut mit Miss Angorian?«

»Es läuft beschissen«, sagte Howl. »Lily Angorian hat das Herz eines gekochten Steins.« Er stellte den Schädel zurück in den Ausguss und rief nach Michael. »Essen! Arbeit!«, schrie er.

Nach dem Frühstück räumten sie die Besenkammer vollständig aus. Dann schlugen Michael und Howl ein Loch in die Seitenwand, Staub wirbelte aus der Tür der Besenkammer, und ein seltsames Klopfen war zu hören. Am Ende brüllten beide nach Sophie. Sophie kam und hielt entschlossen einen Besen in der Hand. Und sie sah einen Türbogen, wo die Wand gewesen war, und dieser Türbogen führte zu der Treppe, die seit jeher Laden und Haus miteinander verbunden hatte. Howl winkte ihr mitzukommen und sich den Laden anzusehen. Der war leer, und jedes Geräusch hallte von den Wänden wider. Den Boden bedeckten schwarz-weiße Fliesen wie die Halle von Mrs Pentstemmons Haus, und auf den Regalen, die einst Hüte enthalten hatten, stand eine Vase voller Rosen aus gewachster Seide und einem kleinen Sträußchen aus samtenen Himmelsschlüsseln. Sophie begriff, dass sie das alles bewundern sollte, und gerade deshalb sparte sie sich jedes Wort.

»Die Blumen habe ich hinten im Schuppen gefunden«, sagte Howl. »Und jetzt wirf mal einen Blick nach draußen.«

Er öffnete die Vordertür, sodass die Ladenglocke bimmelte, die Sophie ihr ganzes Leben lang gehört hatte. Sophie humpelte auf die Straße hinaus, die am frühen Morgen leer war. Erst vor Kurzem war das Ladenschild in Grün und Gelb neu bemalt worden. Verschnörkelte Buchstaben über dem Fenster sagten: H. JENKINS TÄGLICH FRISCHE BLUMEN.

»Das mit den schnöden Namen siehst du jetzt wohl anders, was?«, fragte Sophie.

»Das dient nur zur Tarnung«, sagte Howl. »Pendragon ist mir lieber.«

»Und woher sollen wir frische Blumen nehmen?«, fragte Sophie. »Du kannst nicht damit werben und dann Wachsblumen für Hüte verkaufen.«

»Warte ab«, sagte Howl und führte sie in den Laden zurück.

Durch das Gebäude gingen sie auf den Hof, den Sophie ihr Leben lang gekannt hatte. Er war jetzt nur noch halb so groß, denn Howls Hinterhof aus dem fliegenden Schloss nahm eine Seite davon in Anspruch. Sophie schaute an der Klinkerwand von Howls Hof entlang zu ihrem eigenen Haus hinüber. Mit dem neuen Fenster, das zu Howls Schlafzimmer gehörte, sah es ziemlich seltsam aus, und Sophie wurde noch mulmiger, als sie sich bewusst machte, dass Howls Fenster nicht auf die Dinge hinausblickte, die sie jetzt sah. Über dem Laden war noch das Fenster ihres alten Schlafzimmers. Auch das weckte in ihr ein seltsames Gefühl, denn anscheinend gab es keine Möglichkeit, dort hinaufzugehen.

Als Sophie Howl wieder ins Haus folgte und die Treppen zum Besenschrank hochhumpelte, wurde ihr bewusst, dass sie zu schroff war. Ihr altes Zuhause so zu sehen, erfüllte sie mit beängstigend gemischten Gefühlen. »Das ist alles sehr hübsch«, sagte sie.

»Wirklich?«, fragte Howl. Sie hatte seine Gefühle verletzt. Er wird doch so gern gelobt, dachte Sophie seufzend, als Howl zur Schlosstür ging und den Knauf auf Lila stellte. Andererseits meinte sie, Howl ohnehin nie gelobt zu haben, genauso wenig wie Calcifer, und sie wusste nicht, weshalb sie jetzt damit anfangen sollte.

Die Tür ging auf. Große, mit Blüten übersäte Büsche

schwebten an ihnen vorbei, verharrten dann aber auf der Stelle, sodass Sophie hinaustreten konnte. Zwischen den Büschen führten mit hohem, leuchtend grünem Gras bewachsene Wege in alle Himmelsrichtungen. Howl und Sophie folgten dem nächstgelegenen, und das Schloss kam hinter ihnen her und fegte dabei Blütenblätter von den Büschen. Obwohl das Schloss hoch, schwarz und klobig war und ab und zu aus einem Turm kleine Rauchwolken ausstieß, wirkte es hier seltsamerweise gar nicht fehl am Platz. Der Ort hier barg irgendeine Magie, da war Sophie sich sicher. Und das Schloss passte auf irgendeine Weise dazu.

Die heiße, stickige Luft war vom Duft der Blumen erfüllt, der unendlich vielen Blumen. Fast hätte Sophie gestichelt, dass der Geruch sie an das Badezimmer erinnerte, wenn Howl sich dort aufgehalten hatte, aber sie verkniff es sich. Hier war es wirklich wunderschön. Zwischen den Büschen und ihrer Last aus lila, roten und weißen Blüten wimmelte es im feuchten Gras nur so von kleineren Blumen: rosafarbenen mit nur drei Blütenblättern, riesigen Stiefmütterchen, wildem Phlox, Lupinen in allen erdenklichen Farben, orangefarbenen Lilien, hohen weißen Lilien, Iris und Myriaden anderer. Es gab Schlingpflanzen, deren Blüten man wegen ihrer Größe als Hut hätte benutzen können, es gab Kornblumen, Mohn und Pflanzen mit seltsamen Formen und noch seltsamer gefärbten Blättern. Obwohl das alles kaum Ähnlichkeit mit Sophies Traum von einem Garten wie dem von Mrs Fairfax hatte, vergaß sie ihre schlechte Laune und war einfach begeistert.

»Da siehst du's«, sagte Howl. Er streckte einen Arm aus, und sein schwarzer Ärmel scheuchte mehrere hundert blaue Schmetterlinge auf, die auf einem gelben Rosenstrauch ein Festmahl veranstaltet hatten. »Wir können jeden Morgen einen Arm voll Blumen schneiden und sie noch mit Tau benetzt in Market Chipping verkaufen.«

Am Ende des grünen Weges wurde es matschig. Unter den Büschen wuchsen riesige Orchideen. Plötzlich gelangten Howl und Sophie zu einer dampfenden, von Seerosen überwucherten Quelle. Das Schloss machte einen Bogen um die Quelle und folgte dann einem anderen Weg mit noch mehr Blumen.

»Wenn du mal allein herkommst, dann nimm deinen Stock mit, um den Boden abzutasten«, sagte Howl. »Hier wimmelt es von Quellen und Sumpflöchern. Und geh nicht weiter in die Richtung da.«

Er zeigte nach Südosten, wo die Sonne als grimmige weiße Scheibe in der diesigen Luft hing. »Da liegt die Wüste – sie ist heiß und öde und voller Hexen.«

»Wer hat die Blumen gemacht, so direkt am Rand der Wüste?«, fragte Sophie.

»Hexenmeister Suliman hat vor einem Jahr damit angefangen«, sagte Howl und drehte sich zum Schloss um. »Ich glaube, er wollte die Wüste zum Blühen bringen und die Hexe auf diese Weise vertreiben. Er hat heiße Quellen an die Oberfläche geholt und damit für das Wachstum gesorgt. Das ging auch alles ganz gut, bis die Hexe ihm auf die Schliche kam.«

»Mrs Pentstemmon hat einen anderen Namen genannt«, sagte Sophie. »Er kam mehr oder weniger aus derselben Gegend wie du, nicht wahr?«

»Mehr oder weniger«, sagte Howl. »Da ist er mir aber nie begegnet. Ich kam dann ein paar Monate nach ihm hierher und nahm seine Arbeit wieder auf. Ich fand die Idee gut. Auf diese Weise habe ich dann die Hexe kennengelernt. Das fand sie wohl keine gute Idee.«

»Warum nicht?«, fragte Sophie.

Das Schloss wartete auf sie. »Sie sieht in sich selbst gern eine Blume«, sagte Howl und öffnete die Tür. »Eine einsame Orchidee, die in der Wüste blüht. Wirklich lachhaft.«

Sophie schaute noch einmal auf die Blumenpracht, ehe sie Howl in das Schloss folgte. Rosen, Tausende von Rosen. »Merkt die Hexe denn nicht, dass du hier bist?«

»Ich habe getan, was sie am wenigsten von mir erwartet«, sagte Howl.

»Und willst du jetzt Prinz Justin suchen?«, fragte Sophie. Aber Howl drückte sich vor der Antwort, indem er durch die Besenkammer jagte und dann »Michael« brüllte.

18. KAPITEL

DAS UNS EIN WIEDERSEHEN MIT DER VOGELSCHEUCHE UND MIT MISS ANGORIAN BESCHERT

Am nächsten Tag eröffneten sie den Blumenladen. Wie Howl schon gesagt hatte, war es ein Kinderspiel. Morgens brauchten sie nur den Türknauf auf Lila zu stellen und hinaus in den schwimmenden grünen Dunst zu treten, um Blumen zu holen. Das wurde bald zur Routine. Sophie nahm ihren Stock und ihre Schere und humpelte los. Dabei unterhielt sie sich mit dem Stock, betastete damit den sumpfigen Boden oder zog hoch oben wachsende, besonders schöne Rosen damit herunter. Michael benutzte eine eigene Erfindung, auf die er sehr stolz war. Und zwar eine große, mit Wasser gefüllte Zinnwanne, die in der Luft schwebte und Michael folgte, wann immer er zwischen den Büschen unterwegs war. Der Hundemann kam ebenfalls mit. Er rannte nur zu gern über die feuchten grünen Wege, jagte Schmetterlinge oder versuchte, die winzigen bunten Vögel zu fangen, die auf den Blumen saßen. Während er umhersprang, schnitt Sophie büschelweise Iris, Lilien, gekräuselte Orangenblüten oder blaue Hibiskuszweige ab, und Michael belud seine Wanne mit Orchideen, Rosen, weißen Sternblumen, leuchtend roten Blüten oder was ihm sonst noch gefiel. Alle genossen diese Ausflüge.

Ehe die Hitze bei den Büschen dann zu arg wurde, kehrten sie mit ihrer Ausbeute zum Laden zurück und arrangierten die Blumen in einer bunten Mischung aus Krügen und Eimern, die Howl auf seinem Hinterhof ausgebuddelt hatte. Bei zwei von den Eimern handelte es sich übrigens um die Siebenmeilenstiefel. Beim Ordnen der Blumen kam Sophie der Gedanke, dass das wohl der endgültige Beweis dafür war, dass Howl sein Interesse an Lettie verloren hatte. Inzwischen war ihm egal, ob Sophie die Stiefel benutzte oder nicht.

Howl war fast nie zu Hause, wenn sie Blumen holten. Und der Türknauf war fast immer auf Schwarz gestellt. Meistens kehrte Howl zu einem späten Frühstück zurück, trug noch immer seine schwarze Kleidung und machte ein verträumtes Gesicht. Er wollte Sophie partout nicht erzählen, welcher Anzug der schwarze in Wirklichkeit war. »Ich trage Trauer um Mrs Pentstemmon«, mehr sagte er nicht. Und wenn Sophie oder Michael fragten, warum Howl so früh schon aus dem Haus ging, machte er ein gekränktes Gesicht und sagte: »Wenn man mit einer Lehrerin reden will, muss man da sein, ehe die Schule anfängt.« Und dann verschwand er für die nächsten zwei Stunden im Badezimmer.

Sophie und Michael zogen derweil ihre guten Kleider an und öffneten den Laden. Howl bestand darauf, dass sie sich fein machten. Er behauptete, das würde Kundschaft anziehen. Sophie bestand darauf, dass sich alle Schürzen vorbanden. Und nach ein paar Tagen, an denen die Leute aus Market Chipping nur durchs Fenster gestarrt hatten, aber nicht hereingekommen waren, wurde der Laden allmählich beliebt. Es hatte sich herumgesprochen, dass es bei Jenkins Blumen gab, wie sie noch nie jemand gesehen hatte. Menschen, die Sophie ihr Leben lang gekannt hatte, kauften bündelweise Blumen. Niemand erkannte sie, und sie kam sich uralt vor. Man hielt sie für Howls betagte Mutter. Aber Sophie hatte es satt, als Howls alte Mutter zu gelten. »Ich bin seine Tante«, erzählte sie Mrs Cesari. Und von da an war sie als Tante Jenkins bekannt.

Wenn Howl im Laden auftauchte, mit einer schwarzen

Schürze, die zu seinem Anzug passte, dann war meistens schon sehr viel los. Und sobald er da war, war gleich noch mehr los. Deshalb wuchs in Sophie die Gewissheit, dass der schwarze Anzug in Wirklichkeit der verzauberte rotgraue war. Die Frauen, die von Howl bedient wurden, kauften am Ende mindestens zweimal so viele Blumen, wie sie verlangt hatten. Meistens konnte Howl sie sogar dazu bringen, zehnmal so viele zu nehmen. Schon bald entdeckte Sophie Frauen, die in den Laden lugten und nicht hereinkamen, wenn sie Howl sahen. Sie machte ihnen keine Vorwürfe. Wer nur eine Rose für ein Knopfloch brauchte, wollte sich schließlich nicht drei Dutzend Orchideen aufschwatzen lassen. Deshalb hatte sie nichts dagegen, als Howl anfing, viele Stunden im Arbeitsschuppen im Hinterhof zu verbringen.

»Ich muss Verteidigungsmaßnahmen gegen die Hexe entwickeln, falls du das fragen wolltest«, sagte er. »Und wenn ich damit fertig bin, wird sie unmöglich in dieses Haus eindringen können.«

Manchmal stellten die unverkauften Blumen ein Problem dar. Sophie ertrug den Anblick nicht, wenn sie über Nacht verwelkten. Sie stellte fest, dass die Blumen einigermaßen frisch blieben, wenn sie mit ihnen redete. Deshalb sprach sie viel mit ihnen. Sie ließ sich von Michael einen Pflanzenwuchszauber machen und experimentierte mit Eimern im Ausguss herum und mit Wannen im Alkoven, in dem sie früher Hüte dekoriert hatte. Sie stellte fest, dass manche Pflanzen dadurch tagelang frisch blieben. Weshalb sie natürlich weitere Experimente anstellte. Sie holte Ruß aus dem Hof und pflanzte Blumen hinein und murmelte dabei emsig vor sich hin. Auf diese Art zog sie eine marineblaue Rose, mit der sie sehr zufrieden war. Die Knospen waren kohlschwarz, und die Blüten wurden nach dem Öffnen blauer und blauer, bis sie fast denselben Farbton hatten wie Calcifer. Sophie war davon so begeistert, dass sie Wurzeln aus sämtlichen von den Dachbalken hängenden Säcken nahm und auch damit experimentierte. Sie redete sich ein, in ihrem ganzen Leben noch nie so glücklich gewesen zu sein.

Das war jedoch nicht die Wahrheit. Etwas stimmte nicht, und Sophie kam einfach nicht dahinter, was es war. Manchmal meinte sie, das Problem sei, dass niemand in Market Chipping sie erkannte. Sie traute sich nicht, Martha zu besuchen, aus Angst, von ihr nicht erkannt zu werden. Aus demselben Grund traute sie sich nicht, die Blumen aus den Siebenmeilenstiefeln zu nehmen und zu Lettie zu gehen. Sie ertrug einfach die Vorstellung nicht, ihren Schwestern als alte Frau gegenüberzutreten.

Michael zog immer wieder mit Sträußen aus unverkauften Blumen los, um Martha zu besuchen. Manchmal dachte Sophie, dass vielleicht das ihr Problem war. Michael war so fröhlich, und sie saß immer häufiger allein im Laden. Aber das schien auch nicht der wahre Grund zu sein. Eigentlich genoss es Sophie, wenn sie allein Blumen verkaufte.

Manchmal schien ihr Calcifer das Problem zu sein. Calcifer langweilte sich. Er hatte nichts anderes zu tun, als das Schloss langsam über die Graswege ziehen zu lassen, die verschiedenen Tümpel und Seen zu umrunden und dafür zu sorgen, dass sie jeden Morgen eine neue Stelle mit neuen Blumen erreichten. Wenn Sophie und Michael mit Blumen hereinkamen, lehnte sich sein blaues Gesicht immer neugierig aus dem Kamin. »Ich möchte sehen, was da draußen ist«, sagte er. Sophie brachte ihm würzig duftende Blätter, die er verbrennen konnte, und deshalb roch es im Schlosszimmer ebenso stark wie im Bad. Aber Calcifer sagte, was er sich wirklich wünsche, sei Gesellschaft. Sie verbrachten den ganzen Tag im Laden und ließen ihn allein.

Also ließ Sophie Michael jeden Morgen mindestens eine Stunde lang allein den Laden schmeißen, während sie sich mit Calcifer unterhielt. Sie erfand Ratespiele, um Calcifer zu beschäftigen, während sie arbeiten musste. Aber Calcifer war noch immer unzufrieden. »Wann wirst du meinen Vertrag mit Howl lösen?«, fragte er sie immer häufiger.

Und Sophie wich der Antwort aus. »Ich arbeite daran«, sagte sie. »Jetzt dauert es nicht mehr lange.« Aber das stimmte nicht. Sophie dachte nur an ihr Versprechen, wenn sie dazu gezwungen war. Wenn sie das, was Mrs Pentstemmon gesagt hatte, und das, was Howl und Calcifer ihr erzählt hatten, zusammenzählte, dann ergab sich für sie daraus ein solides und grauenhaftes Bild des Vertrags. Sie war überzeugt, dass weder Howl noch Calcifer eine Auflösung des Vertrags überleben würde. Howl hatte es vielleicht nicht besser verdient, Calcifer aber schon. Und da Howl ziemlich hart zu arbeiten schien, um sich vor den Folgen des Hexenfluchs zu schützen, wollte Sophie nur Dinge tun, die ihm helfen konnten.

Manchmal kam Sophie der Gedanke, dass der Hundemann ihr einfach schlechte Laune machte. Er war ein so trauriges Geschöpf. Er schien nur glücklich zu sein, wenn er morgens über die Graswege zwischen den Büschen rannte. Ansonsten trottete er düster hinter Sophie her und seufzte tief. Da Sophie auch für ihn nichts tun konnte, war sie froh, als es zum Mittsommertag hin immer heißer wurde und der Hundemann die meiste Zeit im schattigen Hinterhof lag und hechelte.

In der Zwischenzeit entwickelten sich die Wurzeln, die Sophie gepflanzt hatte, auf interessante Weise. Aus der einen war eine kleine Palme gewachsen, die jetzt winzige, nach Zwiebeln riechende Nüsse produzierte. Aus einer anderen Wurzel wuchs eine Art rosa Sonnenblume. Nur eine wollte zuerst gar nicht wachsen. Als dann doch noch zwei runde grüne Blätter sprossen, konnte Sophie es kaum erwarten, was aus denen wohl werden würde. Am nächsten Tag sah die Pflanze aus wie eine angehende Orchidee. Sie hatte spitze, malvenrot gesprenkelte Blätter und einen langen Stängel mit einer dicken Knospe. Noch einen Tag später ließ Sophie die frischen Blumen in der Zinnwanne liegen und stürzte in den Alkoven, um nach dieser seltsamen Pflanze zu sehen.

Die Knospe hatte sich zu einer rosafarbenen Blüte geöffnet, die aussah wie eine frisch gemangelte Orchidee. Sie war flach und saß gleich unter einer runden Spitze am Stängel fest. Aus einer dicken rosa Mitte wuchsen vier Blütenblätter, zwei zeigten nach unten und zwei, die aus der oberen Hälfte herauswuchsen, zur Seite. Als Sophie sie noch anstarrte, verkündete der starke Geruch von Frühlingsblumen ihr, dass Howl eingetreten war und hinter ihr stand.

»Was ist das denn da?«, fragte er. »Wenn du mit einem ultravioletten Veilchen oder einer infraroten Geranie gerechnet haben solltest, dann hast du dich geirrt, Frau verrückte Wissenschaftlerin.«

»Ich finde, das sieht aus wie eine Kürbisblüte«, sagte Michael, der dazugetreten war.

Und das stimmte. Howl warf Michael einen entsetzten Blick zu und hob den Blumentopf hoch. Er ließ die Blume aus dem Topf in seine Hand gleiten, wo er die weißen, madigen Wurzeln vorsichtig vom Ruß und den Resten des Düngezaubers säuberte, bis die braune, gegabelte Wurzel, die Sophie als Ableger benutzt hatte, ganz zu sehen war.

»Hätte ich mir ja denken können«, sagte er. »Eine Alraunenwurzel. Sophie schlägt wieder zu. Du hast wirklich ein Händchen dafür, was, Sophie?« Vorsichtig legte er die Pflanze wieder in den Topf, reichte ihn Sophie und ging mit einigermaßen bleichem Gesicht hinaus.

Und damit hätte sich also fast der gesamte Fluch erfüllt, dachte Sophie, während sie die frischen Blumen im Schaufenster arrangierte. Der Alraun war geschwängert worden. Damit fehlte nur noch eins: der Wind, der einem treu Gesinnten nützt. Wenn das bedeutete, dass Howl treue Gesinnung entwickeln müsste, dachte Sophie, dann bestand durchaus die Chance, dass der Fluch niemals wahr werden würde. Außerdem sagte sie sich, dass Howl es nicht besser verdient hatte, wo er doch jeden Morgen in einem verzauberten Anzug Miss Angorian den Hof machte. Trotzdem machte sie sich schreckliche Sorgen und fühlte sich schuldig. Sie arrangierte eine Garbe aus weißen Lilien in einem Siebenmeilenstiefel. Dann kletterte sie ins Fenster, um sie zurechtzurücken, und hörte von der Straße ein regelmäßiges Klappern. Es klang nicht wie ein Pferd. Sondern wie ein Stock, der immer wieder auf die Pflastersteine schlug.

Sophies Herz machte seltsame Dinge, noch ehe sie es wagte, einen Blick aus dem Fenster zu werfen. Und wirklich, da kam die Vogelscheuche. Langsam und zielstrebig hüpfte sie über die Straße. Nur noch wenige und noch grauere Fetzen hingen ihr von den ausgestreckten Armen herunter, und die Kopfrübe war verwelkt, eine Grimasse der Verbissenheit, als wäre die Vogelscheuche, nachdem Howl sie weggeschleudert hatte, gehüpft und gehüpft, bis sie nun endlich ihr Ziel erreicht hatte.

Sophie war nicht die Einzige, die sich fürchtete. Die wenigen Menschen, die so früh schon unterwegs waren, nahmen die Beine in die Hand, um sich vor der Vogelscheuche in Sicherheit zu bringen. Aber die achtete gar nicht auf sie und hüpfte weiter.

Sophie wandte das Gesicht ab, um nicht erkannt zu werden. »Wir sind nicht hier«, flüsterte sie der Vogelscheuche wütend zu. »Du weißt nicht, dass wir hier sind. Du kannst uns nicht finden. Mach, dass du wegkommst!«

Das Klappern des hüpfenden Stocks wurde langsamer, als die Vogelscheuche sich dem Laden näherte. Sophie wollte nach Howl rufen, aber offenbar brachte sie nichts anderes heraus als immer wieder: »Wir sind nicht hier. Mach, dass du fortkommst.«

Das Hüpf-Hüpf wurde schneller, wie sie befohlen hatte, und die Vogelscheuche hüpfte am Laden vorbei und dann weiter durch Market Chipping. Sophie glaubte schon, gleich in Ohnmacht fallen zu müssen. Aber offenbar hatte sie nur zu sehr den Atem angehalten. Sie holte tief Luft und zitterte vor Erleichterung. Wenn die Vogelscheuche zurückkehrte, würde sie sie wieder wegschicken können.

Howl war nicht da, als Sophie in das Schlosszimmer ging. »Er war ganz außer sich«, sagte Michael. Sophie schaute zur Tür hinüber. Der Knauf war auf Schwarz gedreht. So schrecklich außer sich kann er nicht gewesen sein, dachte sie.

Auch Michael verließ an diesem Morgen das Haus und ging zu Cesari, sodass Sophie allein im Laden stand. Es war sehr heiß. Trotz der Zaubersprüche welkten die Blumen, und es kam nur ganz wenig Kundschaft. Das, die Alraune und die Vogelscheuche waren einfach zu viel. Sophie fühlte sich rundum elend.

»Vielleicht lauert der Fluch ringsum, um sich Howl zu schnappen«, seufzte sie den Blumen zu. »Aber ich glaube, es liegt daran, dass ich die Älteste bin. Seht mich doch an! Ich wollte mein Glück suchen und bin genau da gelandet, wo ich angefangen habe, und noch dazu so alt wie Methusalem!«

In diesem Moment steckte der Hundemann seine glänzende rosa Schnauze durch die Hoftür und heulte. Sophie seufzte. Nicht eine Stunde verging, ohne dass diese Töle ihr auf die Finger sah. »Ja, ich bin noch immer hier«, sagte sie. »Was hast du denn erwartet?«

Der Hundemann kam in den Laden. Er setzte sich auf die Hinterbeine und streckte mit steifer Geste die Pfoten aus. Sophie begriff, dass er versuchte, sich in einen Mann zu verwandeln. Das arme Wesen. Sie nahm sich vor, wieder nett zu ihm zu sein, er war ja trotz allem noch schlimmer dran als sie.

»Streng dich an«, sagte sie. »Spann deinen Rücken an. Du kannst ein Mann sein, wenn du es wirklich willst.«

Der Hund reckte sich und machte seinen Rücken gerade und mühte sich fürchterlich ab. Und als Sophie schon glaubte, er würde aufgeben oder rückwärts umkippen, da erhob er sich auf die Hinterbeine und richtete sich als verstörter, rothaariger Mann auf.

»Beneide – Howl«, keuchte er. »Macht das – so leicht. Ich war – Hund in der Hecke – von dir – geholfen. Lettie gesagt – ich kenne dich – würde aufpassen. Ich war – schon mal hier –« Nun krümmte er sich wieder zu einem Hund zusammen und heulte verzweifelt. »Mit Hexe in Laden!«, jammerte er und fiel dann vorwärts auf seine Hände, wobei ihm eine Menge grauer und weißer Haare wuchsen.

Sophie starrte den großen, zottigen Hund an, der jetzt vor ihr stand. »Du warst mit der Hexe hier«, sagte sie. Jetzt erinnerte sie sich wieder. Der besorgte rothaarige Mann, der sie so entsetzt angestarrt hatte. »Dann weißt du, wer ich bin, und du weißt, dass ein Zauber auf mir lastet. Weiß Lettie das auch?«

Der große zottige Kopf nickte.

»Und sie hat dich Gaston genannt«, erinnerte Sophie sich. »Ach, mein Freund, was hat sie dir angetan! Die Vorstellung, bei diesem Wetter mit diesem Fell herumlaufen zu müssen! Geh lieber wohin, wo es kühl ist.«

Wieder nickte der Hund und trottete traurig auf den Hof.

»Aber warum hat Lettie dich hergeschickt?«, überlegte

Sophie. Sie war zutiefst beunruhigt und verwirrt von dieser Entdeckung. Sie ging die Treppe hoch und durchquerte die Besenkammer, um mit Calcifer zu sprechen.

Calcifer war ihr keine große Hilfe. »Es spielt keine Rolle, wie viele Leute wissen, dass man unter einem Zauber steht«, sagte er. »Dem Hund hat es ja wohl auch nichts genützt, oder?«

»Nein, aber …«, setzte Sophie an, aber in diesem Moment wurde die Schlosstür mit einem Knacken geöffnet. Sophie und Calcifer schauten hinüber. Der Türknauf war noch immer auf Schwarz gestellt, und deshalb rechneten sie mit Howl. Es war schwer zu sagen, wer am Ende überraschter war, als sich der Eindringling, der vorsichtig hereinschlüpfte, als Miss Angorian entpuppte.

Miss Angorian war ebenso verblüfft. »Ach, ich bitte um Entschuldigung«, sagte sie. »Ich dachte, ich würde Mr Jenkins vielleicht hier antreffen.«

»Der ist unterwegs«, sagte Sophie steif und fragte sich, wo Howl hingegangen sein mochte, wenn nicht zu Miss Angorian.

Miss Angorian ließ die Tür los, an der sie sich vor Schreck festgehalten hatte. Die Tür schwang ins Nichts hinaus, während Miss Angorian mit flehender Miene auf Sophie zukam. Sophie ertappte sich dabei, dass sie bereits aufgesprungen war und durch das Zimmer lief. Als wolle sie Miss Angorian den Zutritt versperren. »Bitte«, sagte Miss Angorian, »sagen Sie Mr Jenkins nicht, dass ich hier war. Um ganz ehrlich zu sein, ich habe ihn nur ermutigt, weil ich hoffte, dadurch vielleicht etwas über meinen Verlobten zu erfahren, Ben Sullivan, Sie wissen schon. Ich bin sicher, dass Ben genau denselben Ort aufgesucht hat, zu dem Mr Jenkins sich immer wieder wegstiehlt. Nur ist Ben nicht zurückgekehrt.«

»Hier gibt es keinen Mr Sullivan«, sagte Sophie und

dachte: So heißt doch Hexenmeister Suliman. Ich glaube davon kein Wort!

»Ach, das weiß ich doch«, sagte Miss Angorian. »Aber es kommt mir wie die richtige Stelle vor. Stört es Sie, wenn ich mich ein wenig umschaue, um eine Vorstellung von dem Leben zu bekommen, das Ben jetzt führt?« Sie schob sich eine Strähne ihrer schwarzen Haare hinters Ohr und versuchte weiter ins Zimmer hereinzukommen. Sophie stand ihr im Weg. Deshalb musste Miss Angorian mit flehender Miene und auf Zehenspitzen seitwärts zur Arbeitsbank ausweichen. »Wie seltsam«, sagte sie und schaute die Flaschen und Krüge an. »Was für eine seltsame kleine Stadt«, sagte sie und schaute aus dem Fenster.

»Die heißt Market Chipping«, sagte Sophie, drehte sich um und schob Miss Angorian wieder zur Tür.

»Und wohin führt die Treppe da?«, fragte Miss Angorian und zeigte auf die offene Tür zur Treppe.

»Howls Zimmer«, sagte Sophie unnachgiebig und schob Miss Angorian weiter zurück.

»Und da hinter der anderen Tür?«, fragte Miss Angorian.

»Ein Blumenladen«, sagte Sophie. Neugierige Ziege, dachte sie.

Inzwischen hatte Miss Angorian nur noch die Option, entweder rückwärts in den Sessel zu fallen oder das Schloss durch die Tür zu verlassen. Mit einem unsicheren Stirnrunzeln starrte sie Calcifer an, als wisse sie nicht so recht, was sie dort sah, und Calcifer starrte zurück, ohne auch nur ein einziges Wort zu sagen. Das linderte Sophies schlechtes Gewissen, weil sie so ungastlich war. Denn nur wer Calcifer verstand, war in Howls Haus wirklich willkommen.

Aber jetzt sprang Miss Angorian um den Sessel herum und entdeckte Howls in der Ecke lehnende Gitarre. Sie griff keuchend danach, fuhr herum und drückte sie besitzergreifend an ihre Brust. »Wo haben Sie die her?«, fragte sie mit leiser, heftiger Stimme. »Ben hatte so eine Gitarre. Das könnte Bens Gitarre sein!«

»Soviel ich weiß, hat Howl sie vorigen Winter gekauft«, sagte Sophie. Und dann rückte sie weiter vor und versuchte, Miss Angorian aus ihrer Ecke und durch die Tür zu scheuchen.

»Ben ist etwas zugestoßen!«, sagte Miss Angorian verzweifelt. »Nie im Leben hätte er sich von seiner Gitarre getrennt. Wo ist er? Ich weiß, dass er nicht tot ist. Das sagt mir mein Herz.«

Sophie fragte sich, ob sie Miss Angorian erzählen sollte, dass die Hexe Hexenmeister Suliman gefangen hatte. Sie schaute zu dem Totenschädel hinüber. Kurz war sie versucht, ihn Miss Angorian vors Gesicht zu halten und zu behaupten, er wäre Suliman. Aber der Schädel lag im Ausguss, hinter einem Eimer mit Farnwedeln versteckt, und Sophie war klar, dass Miss Angorian weiter ins Zimmer eindringen würde, wenn sie ihn holen ging. Außerdem wäre es grausam gewesen.

»Darf ich die Gitarre mitnehmen?«, fragte Miss Angorian heiser und drückte das Instrument an sich. »Zur Erinnerung an Ben?«

Miss Angorians klagende Stimme ging Sophie auf die Nerven. »Nein«, sagte sie. »Es gibt keinen Grund, hier so ein Drama zu machen. Sie können doch gar nicht beweisen, dass es seine war.« Sie humpelte zu Miss Angorian und packte die Gitarre am Hals. Miss Angorian starrte sie über das Instrument hinweg aus riesigen, gequälten Augen an. Sophie zog. Miss Angorian hielt fest. Die Gitarre gab entsetzliche, schräge Töne von sich. Sophie entriss sie Miss Angorians Armen. »Seien Sie nicht so närrisch«, sagte sie. »Sie haben kein Recht, in andrer Leute Schlösser einzudringen und dort Gitarren mitzunehmen. Ich habe Ihnen bereits gesagt, dass Mr Sullivan nicht hier ist. Und jetzt gehen Sie zurück nach Wales. Na los, gehen Sie endlich.« Und sie nahm die Gitarre und schob Miss Angorian damit durch die offene Tür.

Miss Angorian trat zurück ins Nichts und war zur Hälfte verschwunden. »Sie sind hart«, sagte sie vorwurfsvoll.

»Ja, das bin ich«, sagte Sophie und knallte die Tür zu. Sie drehte den Knauf auf Orange, um zu verhindern, dass Miss Angorian noch einmal hereinkam. Dann warf sie die aufjammernde Gitarre zurück in ihre Ecke. »Und wag es ja nicht, Howl zu erzählen, dass sie hier war«, sagte sie ungerechterweise zu Calcifer. »Ich wette, sie wollte Howl sehen. Der Rest war einfach nur gelogen. Suliman hat hier gelebt, schon jahrelang. Wahrscheinlich ist er hergekommen, weil er ihre grässliche, penetrante Stimme nicht mehr ausgehalten hat!«

Calcifer kicherte. »Ich hab noch nie gesehen, dass jemand so schnell rausgeschmissen wurde!«, sagte er.

Worauf Sophie sich grausam und schuldig fühlte. Schließlich war sie ungefähr auf dieselbe Weise in das Schloss eingedrungen und dabei doppelt so neugierig gewesen wie Miss Angorian. »Grr«, sagte sie.

Sie humpelte ins Badezimmer und starrte in den Spiegeln ihr runzliges altes Gesicht an. Sie griff zu einer Tüte mit der Aufschrift HAUT und ließ sie wieder fallen. Auch jung und knusprig hätte sie es wohl kaum mit Miss Angorian aufnehmen können. »Grr«, sagte sie. »Pfui!« Hastig humpelte sie zurück und riss Farn und Lilien aus dem Ausguss. Mit den tropfenden Pflanzen hinkte sie in den Laden und stopfte sie in einen Eimer voller Düngezauber. »Seid Osterglocken«, befahl sie ihnen mit wütendem, irrem Krächzen. »Seid Osterglocken im Juni, ihr miesen Dinger!«

Der Hundemann steckte sein zottiges Gesicht durch die

Hoftür. Als er sah, in welcher Laune Sophie war, wich er eilig zurück. Kurz darauf kam Michael gut gelaunt mit einer großen Pastete zur Tür herein, doch Sophie starrte ihn so wütend an, dass Michael sich sofort an einen Zauber erinnerte, den er für Howl herstellen sollte, und durch die Besenkammer entfloh. »Grr«, fauchte Sophie ihm hinterher. Sie beugte sich wieder über ihren Eimer. »Seid Osterglocken! Seid Osterglocken«, krächzte sie. Ihr war bewusst, wie blödsinnig dieses Benehmen war, aber das machte ihre Laune auch nicht besser.

19. KAPITEL

IN DEM SOPHIE IHRE GEFÜHLE DURCH UNKRAUTVERTILGUNGSMITTEL ZUM AUSDRUCK BRINGT

Am späten Nachmittag öffnete Howl die Ladentür und schlenderte pfeifend herein. Er schien die Sache mit der Alraune überwunden zu haben. Dass er nicht in Wales gewesen war, hob Sophies Stimmung allerdings auch nicht. Sie bedachte ihn mit ihrem allerwütendsten Blick.

»Gnädiger Himmel«, sagte Howl. »Jetzt hast du mich aber in Stein verwandelt. Was ist los?«

Sophie fauchte: »Welchen Anzug hast du da an?«

Howl schaute an seiner schwarzen Kleidung hinab. »Spielt das eine Rolle?«

»Ja!«, knurrte Sophie. »Und komm mir bloß nicht damit, dass du Trauer trägst. Welcher Anzug ist das?«

Howl zuckte mit den Schultern und hob einen hängenden Ärmel, als wüsste er nicht so recht, um welchen Anzug es sich handelte. Die schwarze Farbe lief von der Schulter in den spitzen, hängenden Ärmelzipfel hinunter. Das Schulterstück und der obere Teil des Ärmels wurden erst braun, dann grau, während der spitze Zipfel immer schwärzer wurde, bis Howl am Ende einen schwarzen Anzug mit einem blau-silbernen Ärmel trug, dessen Zipfel aussah wie in Teer getaucht. »Der hier«, sagte er und ließ die schwarze Farbe wieder zu seiner Schulter hochwandern.

Aus irgendeinem Grunde war Sophie empörter denn je. Vor Wut schnaubte sie unartikuliert.

»Sophie!«, sagte Howl lachend und flehend zugleich.

Der Hundemann stieß die Hoftür auf und kam hereingetrottet. Er ließ Sophie nie lange allein mit Howl reden.

Howl starrte ihn an. »Jetzt hast du auch noch einen Bobtail«, sagte er und schien sich über die Ablenkung zu freuen. »Zwei Hunde brauchen aber sehr viel Futter.«

»Es gibt nur einen Hund«, sagte Sophie wütend. »Er ist verzaubert.«

»Ach, wirklich?«, fragte Howl und stürzte in einem Tempo auf den Hund zu, das zeigte, wie froh er darüber war, von Sophie loszukommen. Aber natürlich war das das Letzte, was der Hundemann wollte. Er wich zurück. Howl streckte die Hände aus und packte den Hund am zottigen Fell, ehe der die Tür erreicht hatte. »Ja, das ist er«, sagte er und kniete nieder, um in die Augen des Bobtails zu sehen. »Sophie«, sagte er. »Wieso hast du mir das nicht längst erzählt? Dieser Hund ist ein Mann! Und er ist in einem entsetzlichen Zustand!« Howl wirbelte auf einem Knie herum und hielt den Hund dabei noch immer fest. Sophie blickte in Howls Glasmurmelaugen und stellte fest, dass Howl wütend war, richtig wütend.

Gut. Sophie war in Kampflaune. »Das hättest du ja auch selbst merken können«, sagte sie, erwiderte seinen wütenden Blick und forderte Howl geradezu heraus, nach Kräften mit grünem Schleim um sich zu werfen. »Und der Hund wollte sowieso nicht ...«

Howl war zu wütend, um zuzuhören. Er sprang auf und schleifte den Hund über den Boden. »Das hätte ich auch, wenn ich nicht andere Sorgen gehabt hätte«, sagte er. »Jetzt komm. Ich will dich bei Calcifer haben.« Der Hund stemmte seine vier zottigen Füße in den Boden. Howl zerrte an seinem Fell, hielt dagegen und rutschte aus. »Michael!«, schrie er.

Dieser Schrei hatte einen ganz besonderen Beiklang, der Michael sofort herbeistürzen ließ.

»Hast du gewusst, dass dieser Hund in Wirklichkeit ein Mann ist?«, fragte Howl, als er und Michael den widerstrebenden Berg von Hund die Treppe hochzogen.

»Das ist nicht wahr, oder?«, fragte Michael schockiert.

»Dann bist du entschuldigt und ich mache nur noch Sophie Vorwürfe«, sagte Howl und zerrte den Hund durch die Besenkammer. »So was geht immer auf Sophies Konto. Aber du hast es gewusst, Calcifer, oder?«, fragte er, als die beiden den Hund vor den Kamin zerrten.

Calcifer wich zurück und presste sich an die Rückwand des Kamins. »Du hast mich nie gefragt«, sagte er.

»Muss ich dich denn erst fragen?«, erwiderte Howl. »Na gut, es hätte mir selbst auffallen müssen. Aber du widerst mich trotzdem an, Calcifer! Im Vergleich zu der Behandlung, die die Hexe ihrem Dämon zukommen lässt, hast du hier ein unverschämt bequemes Leben, und im Gegenzug erwarte ich nur, dass du mir die Dinge erzählst, die ich wissen muss. Aber jetzt hast du mich schon zweimal enttäuscht. Also hilf mir auf der Stelle, diesem Wesen seine Gestalt zurückzugeben.«

Calcifer wies einen ungewöhnlich kränklichen Blauton auf. »Na gut«, sagte er griesgrämig.

Der Hundemann unternahm einen Fluchtversuch, aber Howl schob ihm die Schulter unter die Brust und presste, und deshalb musste der Hundemann sich auf die Hinterbeine stellen, ob er nun wollte oder nicht. Dann hielten Howl und Michael ihn in dieser Stellung fest. »Warum wehrt sich dieses blöde Vieh eigentlich so?«, keuchte Howl. »Das riecht ja wieder total nach einem Zauber der Hexe der Wüste, was?«

»Ja. Er hat mehrere Schichten«, sagte Calcifer.

»Nehmen wir doch erst mal den Hundeteil weg«, sagte Howl.

Calcifer loderte in einem tiefen, rauschenden Blau auf.

Sophie, die klugerweise von der Tür der Besenkammer aus zusah, beobachtete, wie der zottige Hund im Umriss des Mannes verschwand. Dann wurde er wieder zum Hund, dann wieder zum Mann, verschwamm und festigte sich wieder. Endlich hielten Howl und Michael jeder einen Arm eines fuchsroten Mannes in einem zerknitterten braunen Anzug. Sophie war nicht überrascht, dass sie ihn nicht erkannt hatte. Abgesehen von seinem ängstlichen Blick hatte sein Gesicht nichts Bemerkenswertes an sich.

»Und wer bist du nun, mein Freund?«, fragte Howl.

Der Mann hob die Hände und betastete zitternd sein Gesicht. »Ich – ich bin nicht sicher.«

Calcifer sagte: »Der Name, auf den er zuletzt gehört hat, war Percival.«

Der Mann schaute Calcifer an. Es schien ihm gar nicht recht zu sein, dass Calcifer das wusste. »Wirklich?«, fragte er.

»Dann werden wir dich fürs Erste Percival nennen«, entschied Howl. Er drehte den Ex-Hund um und drückte ihn in den Sessel. »Bleib erst mal da sitzen und ruh dich aus und erzähl uns, woran du dich erinnern kannst. So, wie du aussiehst, hat die Hexe dich eine ganze Zeit lang in ihrer Gewalt gehabt.«

»Ja«, sagte Percival und rieb sich wieder das Gesicht. »Sie hat mir den Kopf abgenommen. Ich – ich weiß noch, wie ich auf einem Regal stand und den Rest meines Körpers ansah.«

Michael staunte. »Aber dann wärst du doch tot!«, widersprach er.

»Nicht unbedingt«, sagte Howl. »Du hast dich noch nicht mit dieser Sorte Hexenkunst beschäftigt, aber wenn ich es richtig anstelle, könnte ich dir jeden beliebigen Körperteil abnehmen, und der Rest würde am Leben bleiben.« Er betrachtete den Ex-Hund stirnrunzelnd. »Aber ich bin nicht sicher, ob die Hexe den hier wieder richtig zusammengesetzt hat.«

Calcifer, der offenbar unter Beweis stellen wollte, wie sehr er sich in Howls Diensten abrackerte, sagte: »Der Mann ist unvollständig, und er hat auch Teile von einem anderen.«

Percival sah verzweifelter aus denn je.

»Mach ihm keine Angst, Calcifer«, sagte Howl. »Er fühlt sich bestimmt auch so schon elend genug. Weißt du, warum die Hexe dir den Kopf abgenommen hat, mein Freund?«, fragte er Percival.

»Nein«, sagte Percival. »Ich kann mich an gar nichts erinnern.«

Sophie wusste, dass das nicht stimmte. Sie schnaubte.

Plötzlich hatte Michael eine überaus interessante Idee. Er beugte sich zu Percival hinüber und fragte: »Hast du jemals auf den Namen Justin gehört – oder auf Eure Königliche Hoheit?«

Wieder schnaubte Sophie. Sie wusste, dass diese Frage lächerlich war, noch ehe Percival antwortete: »Nein, die Hexe hat mich Gaston genannt, aber das ist nicht mein richtiger Name.«

»Du darfst ihn nicht so bedrängen, Michael«, sagte Howl. »Und bring Sophie nicht wieder zum Schnauben. So, wie sie gerade drauf ist, bringt sie sonst noch das Schloss zum Einsturz.«

Zwar schien das zu heißen, dass Howl nicht mehr wütend war, doch Sophie fühlte sich wütender denn je. Sie stampfte in den Laden, knallte mit Töpfen, schloss die Tür und räumte für die Nacht alles weg. Sie ging nach ihren Osterglocken sehen. Irgendetwas war katastrophal schiefgegangen. Sie hingen als nasse braune Dinger aus einem Eimer heraus, in dem eine Flüssigkeit stand, die übler roch als alles, was Sophie kannte.

»Oh, zum Henker mit allem!«, schrie Sophie.

»Was ist denn hier schon wieder los?«, fragte Howl, der ebenfalls in den Laden kam. Er beugte sich über den Eimer und schnüffelte. »Da hast du offenbar ein ungeheuer wirksames Unkrautvertilgungsmittel hergestellt. Probier es doch mal an dem Unkraut in der Auffahrt zum Landsitz aus.«

»Das werde ich machen«, sagte Sophie. »Ich bin gerade in der richtigen Stimmung, um etwas auszutilgen.« Mit viel Geschepper suchte sie eine Gießkanne, dann stampfte sie mit der Kanne und dem Eimer durch das Schloss, drehte den Knauf auf Orange und riss die Tür zum Landsitz auf.

Percival schaute besorgt auf. Sie hatten ihm die Gitarre gegeben, so, wie man einem Baby eine Rassel gibt, und nun saß er im Sessel und produzierte entsetzliche Misstöne.

»Geh mit ihr, Percival«, sagte Howl. »In der Stimmung vergiftet sie sonst noch alle Bäume.«

Percival legte die Gitarre weg und nahm Sophie vorsichtig den Eimer aus der Hand. Sophie stampfte in den goldenen Sommerabend hinaus. Bisher waren sie alle viel zu beschäftigt gewesen, um sich um den Landsitz zu kümmern. Er war viel größer, als Sophie gedacht hatte. Von einer mit Unkraut überwucherten Terrasse, die von Statuen begrenzt wurde, führte eine Treppe zur Auffahrt hinab. Unter dem Vorwand, Percival zur Eile zu mahnen, drehte Sophie sich um und sah, dass das Haus sehr groß war und viele Fenster hatte. Auf seinem Dach standen noch mehr Statuen. Aber es war sehr heruntergekommen. Von den Fenstern liefen grüne Schimmelflecken an den abgeplatzten Wänden hinunter. Viele Fenster waren eingeschlagen, und die grauen, verwitterten Fensterläden waren nicht an die Wand geklappt, sondern hingen schief in ihren Angeln.

»Puh!«, sagte Sophie. »Ich finde, Howl könnte das Haus

ja wenigstens ein wenig bewohnter aussehen lassen. Aber nein! Für ihn ist es viel wichtiger, sich in Wales herumzutreiben! Steh nicht bloß rum, Percival! Gieß etwas von diesem Zeug in die Kanne und folge mir dann.«

Percival gehorchte brav. Deshalb machte es gar keinen Spaß, ihn herumzukommandieren. Sophie vermutete, dass Howl ihn ihr genau deswegen mitgegeben hatte. Sie schnaubte und ließ ihre Wut am Unkraut aus. Woraus das Mittel, das die Osterglocken umgebracht hatte, auch immer bestehen mochte, es war stark. Das Unkraut auf der Auffahrt ging beim ersten Tropfen bereits ein. Das galt auch für das Gras am Rand der Auffahrt, bis Sophie sich ein wenig beruhigte.

Die Abendstimmung besänftigte sie. Von den fernen Hügeln wehte eine frische Brise herbei, und es raschelte majestätisch in den Baumgruppen am Rand der Auffahrt.

Sophie arbeitete sich Unkraut vertilgend ein Viertel der Auffahrt hinunter. »Du kannst dich an sehr viel mehr erinnern, als du zugeben willst«, warf sie Percival vor, während er die Gießkanne nachfüllte. »Was hatte die Hexe mit dir vor? Warum hat sie dich damals mit in den Laden gebracht?«

»Sie wollte mehr über Howl erfahren«, sagte Percival.

»Howl?«, fragte Sophie. »Aber den kanntest du doch gar nicht, oder?«

»Nein, aber ich muss etwas gewusst haben. Es hing mit dem Fluch zusammen, den sie ihm auferlegt hat«, erklärte Percival. »Aber ich habe keine Ahnung, worum es damals ging. Verstehst du, sie hat das erst gemacht, nachdem wir im Laden gewesen sind. Das war schrecklich. Ich wollte verhindern, dass sie es erfährt, denn ein Fluch ist eine schlimme Sache, und das ist mir gelungen, indem ich an Lettie gedacht habe. Ich weiß nicht, woher ich sie kannte, denn Lettie meinte, sie hätte mich noch nie zuvor gesehen.

Ich dagegen wusste alles über sie – genug jedenfalls, um der Hexe zu erzählen, dass sie einen Hutladen in Market Chipping hatte. Deshalb ist die Hexe dorthin gegangen, um uns beiden eine Lektion zu erteilen. Und da warst dann du. Sie hat dich für Lettie gehalten. Ich war starr vor Entsetzen, ich hatte doch gar nicht gewusst, dass Lettie eine Schwester hat.«

Sophie hob die Kanne hoch, vernichtete große Mengen Unkraut und wünschte sich an dessen Stelle die Hexe herbei. »Und gleich danach hat sie dich in einen Hund verwandelt?«

»Gleich nachdem wir die Stadt verlassen hatten«, sagte Percival. »Kaum hatte sie von mir erfahren, was sie wollte, öffnete sie die Tür der Kutsche und sagte: Na, dann los mit dir. Ich rufe dich, wenn ich dich brauche. Und ich rannte los, weil ich spürte, dass irgendeine Art von Zauber mich verfolgte. Er holte mich ein, als ich gerade einen Bauernhof erreicht hatte, und die Leute dort mussten mit ansehen, wie ich mich in einen Hund verwandelte. Sie hielten mich für einen Werwolf und wollten mich umbringen. Ich musste einen von ihnen beißen, um zu entkommen. Aber ich konnte mich nicht von dem Stock befreien, und der blieb in der Hecke hängen, als ich da durchwollte.«

Sophie vernichtete Unkraut bis zu einer weiteren Kurve der Auffahrt und hörte zu. »Dann bist du zu Mrs Fairfax gegangen?«

»Ja. Ich wollte zu Lettie. Sie waren beide sehr gut zu mir«, sagte Percival, »obwohl sie mich nie zuvor gesehen hatten. Und immer wieder kam Zauberer Howl, um Lettie den Hof zu machen. Lettie wollte ihn nicht und bat mich, ihn zu beißen, damit er wegbliebe, aber dann fing Howl plötzlich an, sie nach dir auszufragen und …«

Sophie hätte fast das Vertilgungsmittel auf ihre Schuhe gegossen. Da der Kies an den Stellen dampfte, wo das Mittel darauf tropfte, war es sicher besser, das nicht zu tun. »Was?«

»Er hat gesagt: ›Ich kenne eine gewisse Sophie, die dir ein wenig ähnlich sieht.‹ Und Lettie sagte, ohne nachzudenken: ›Das ist meine Schwester‹«, erzählte Percival. »Und dann machte sie sich schreckliche Sorgen, vor allem, weil Howl sie immer weiter nach ihrer Schwester ausfragte. Lettie sagte, sie hätte sich die Zunge abbeißen mögen. Als du dann kamst, war sie nett zu Howl, weil sie herausfinden wollte, wie es kam, dass er dich kannte. Howl sagte, du seist eine alte Frau. Und Mrs Fairfax sagte, sie habe dich gesehen. Lettie weinte und weinte. Sie sagte: ›Sophie ist etwas Schreckliches passiert! Und das Schlimmste ist, dass sie glaubt, vor Howl in Sicherheit zu sein. Sophie ist viel zu lieb, um zu erkennen, wie herzlos Howl ist!‹ Sie war so betrübt, dass es mir gelang, mich kurz in einen Mann zu verwandeln und ihr zu versprechen, dass ich auf dich aufpassen würde.«

Sophie vergoss Unkrautvertilgungsmittel in einem breiten, rauchenden Bogen. »Mensch, Lettie! Das ist sehr nett von ihr, und ich liebe sie wirklich dafür. Ich habe mir um sie auch so große Sorgen gemacht. Aber ich brauche wirklich keinen Wachhund!«

»Doch, das brauchst du«, sagte Percival. »Genauer gesagt, du hättest einen gebraucht. Ich bin viel zu spät gekommen.«

Sophie fuhr herum, das Unkrautvertilgungsmittel in Händen. Percival musste ins Gras springen und hinter den nächstbesten Baum flüchten, um sich zu retten. Hinter ihm starb das Gras in langen braunen Schwaden. »Zum Henker mit euch allen!«, rief Sophie. »Ich hab euch alle satt!« Sie ließ die rauchende Gießkanne mitten auf die Auffahrt fallen und marschierte durch das Unkraut auf den steinernen Torbogen zu. »Zu spät«, murmelte sie dabei. »Was für ein

Unsinn! Howl ist nicht nur herzlos, er ist unmöglich. Und außerdem«, fügte sie hinzu, »bin ich eine alte Frau.«

Aber sie konnte nicht leugnen, dass sich etwas verändert hatte, seit das fliegende Schloss weitergeflogen war, oder vielleicht war es auch vorher schon so geschehen. Und es schien damit zu tun zu haben, dass Sophie es aus geheimnisvollen Gründen nicht fertigbrachte, einer ihrer Schwestern unter die Augen zu treten.

»Und was ich dem König erzählt habe, hat gestimmt!«, fuhr sie fort. Sie würde ganz ohne Siebenmeilenstiefel loswandern und nicht mehr zurückkommen. Sie würde es allen zeigen! Wen interessierte es schon, dass die arme Mrs Pentstemmon sich darauf verlassen hatte, dass Sophie Howl davon abhielt, richtig schlimm zu werden? Sophie war schlicht eine Versagerin. Das lag daran, dass sie die Älteste war. Und Mrs Pentstemmon hatte Sophie ohnehin für Howls alte liebende Mutter gehalten. Oder nicht? Oder doch? Voller Unbehagen dämmerte es Sophie, dass eine Dame, die mit ihrem geübten Blick einen in einen Anzug eingenähten Zauber entdecken konnte, noch viel leichter die stärkere Magie des Hexenfluches erkennen musste.

»Ach, zum Henker mit dem rot-grauen Anzug!«, sagte Sophie. »Ich will einfach nicht glauben, dass er auch auf mich gewirkt hat!« Das Problem war, dass der blau-silberne Anzug offenbar dieselbe Wirkung gehabt hatte. Sophie stapfte noch ein paar Schritte. »Aber egal«, sagte sie, zutiefst erleichtert, »Howl kann mich ja sowieso nicht leiden.«

Der Gedanke war so tröstlich, dass Sophie für den Rest der Nacht weitergewandert wäre, wenn sie nicht plötzlich von einer vertrauten Unruhe erfasst worden wäre. Aus der Ferne hatte sie ein »tock, tock, tock« vernommen. Sie kniff die Augen zusammen und schaute sich im Licht der tief stehenden Sonne um. Und dort, auf der Straße, die sich hinter dem steinernen Tor davonschlängelte, sah sie eine Gestalt mit ausgestreckten Armen, die hüpfte und hüpfte.

Sophie raffte ihre Röcke, wirbelte herum und eilte den Weg zurück, den sie gekommen war. Um sie herum stoben Staub- und Kieswolken auf. Percival stand neben Eimer und Gießkanne verloren in der Auffahrt. Sophie packte ihn und zog ihn hinter den nächsten Baum.

»Stimmt was nicht?«, fragte er.

»Pst! Da ist wieder die Vogelscheuche«, keuchte Sophie. Sie schloss die Augen. »Wir sind nicht hier«, sagte sie. »Du kannst uns nicht finden. Geh weg. Geh weg, schnell, schnell.«

»Aber warum …?«, fragte Percival.

»Halt den Mund! Nicht hier, nicht hier, nicht hier!«, sagte Sophie verzweifelt. Sie öffnete ein Auge. Die Vogelscheuche, die die Torpfosten fast erreicht hatte, blieb stehen und schwankte unsicher hin und her. »Gut so«, sagte Sophie. »Wir sind nicht hier. Mach, dass du wegkommst. Zweimal so schnell, dreimal so schnell, zehnmal so schnell. Hau ab!«

Zögernd drehte die Vogelscheuche sich auf ihrem Stock um und fing an, zur Straße zurückzuhüpfen. Nach den ersten Hüpfern folgten gewaltige Sprünge, immer schneller, so, wie Sophie es ihr aufgetragen hatte. Sophie wagte kaum zu atmen und ließ Percivals Ärmel erst los, als die Vogelscheuche nicht mehr zu sehen war.

»Was ist los mit ihr?«, fragte Percival. »Warum willst du nichts mit ihr zu tun haben?«

Sophie schauderte. Da die Vogelscheuche jetzt auf der Straße unterwegs war, traute sie sich nicht mehr von der Auffahrt weg. Sie hob die Gießkanne auf und humpelte zum Haus zurück. Ein Flattern zog ihren Blick auf sich. Sie schaute zum Haus hinüber. Das Flattern stammte von langen weißen Gardinen, die aus einer offenen Fenstertür hinter den auf der Terrasse stehenden Statuen wehten. Die Steinstatuen standen jetzt sauber und weiß da, und in den meisten Fenstern sah Sophie Vorhänge und Glasscheiben. Die Fensterläden waren ordentlich aufgeklappt und schienen erst kürzlich weiß gestrichen worden zu sein. Nicht ein grüner Fleck, nicht ein Stück abgeblätterter Farbe entstellten den cremeweißen Verputz der Hausfassade. Die Eingangstür war ein Meisterwerk aus schwarzer Farbe und goldenen Beschlägen, die sich um einen goldenen Löwen mit einem Ring als Türklopfer im Mund schlangen.

»Hu!«, sagte Sophie.

Sie widerstand der Versuchung, durch die offene Fenstertür ins Haus zu gehen und sich dort umzusehen. Genau das erwartete Howl doch von ihr. Sie marschierte geradewegs auf die Eingangstür zu, hob den Türklopfer und riss die Tür lärmend auf. Howl und Michael standen an der Werkbank und zerlegten in aller Eile einen Zauber. Ein Teil davon hatte wohl dazu gedient, das Haus zu verändern, aber der Rest, das wusste Sophie nur zu gut, gehörte bestimmt zu irgendeiner Art von Lauschzauber. Als Sophie hereingestürmt kam, wandten sich ihr sofort zwei besorgte Gesichter zu. Calcifer ließ sich augenblicklich unter seine Holzscheite fallen.

»Bleib hinter mir, Michael!«, sagte Howl.

»Ihr belauscht mich!«, brüllte Sophie. »Ihr Schnüffler!«

»Was ist denn los?«, fragte Howl. »Hast du dir die Fensterläden auch schwarz und golden gewünscht?«

»Du unverschämter ...«, stammelte Sophie. »Du hast noch mehr gehört. Du ... du ... wie lange wusstest du schon, dass ich ... dass ich ...«

»Dass du verzaubert bist?«, fragte Howl. »Na ja ...«

»Ich hab es ihm gesagt«, sagte Michael und schaute Howl nervös an. »Meine Lettie ...«

»Du!«, kreischte Sophie.

»Die andere Lettie hat die Katze ebenfalls aus dem Sack gelassen«, warf Howl rasch dazwischen. »Das weißt du doch. Und Mrs Fairfax hat an diesem Tag auch ziemlich viel erzählt. Plötzlich schien alle Welt es mir erzählen zu wollen. Sogar Calcifer – als ich ihn gefragt habe. Aber meinst du wirklich, ich beherrschte mein Handwerk so schlecht, dass ich einen starken Zauber nicht erkennen würde, wenn ich ihn vor der Nase habe? Ich habe mehrere Male versucht, dich davon zu befreien, als du gerade nicht hingeschaut hast. Ich bin mit dir zu Mrs Pentstemmon gegangen in der Hoffnung, dass sie etwas ausrichten könnte, aber das war ja offenbar nicht der Fall. Und deshalb bin ich zu dem Schluss gekommen, dass du diese Verkleidung willst.«

»Verkleidung!«, schrie Sophie.

Howl lachte. »So muss man es doch nennen, wo du sie freiwillig aufrechterhältst«, sagte er. »Was seid ihr für eine seltsame Familie! Heißt du in Wirklichkeit vielleicht auch Lettie?«

Das war zu viel für Sophie. Gerade jetzt quetschte Percival sich furchtsam in die Küche, mit dem noch halb vollen Eimer Unkrautvertilgungsmittel in der Hand. Sophie ließ die Gießkanne fallen, entriss ihm den Eimer und schleuderte ihn Howl ins Gesicht. Howl duckte sich. Auch Michael wich dem Eimer aus. Ein Schwall Unkrautvertilgungsmittel, der vom Boden bis zur Decke reichte, ging in einer grün zischenden Flamme auf. Der Eimer fiel klirrend in den Ausguss, wo die verbliebenen Blumen augenblicklich ihren Geist aufgaben.

»Autsch«, sagte Calcifer unter seinen Holzscheiten. »Das war heftig!«

Vorsichtig zog Howl den Totenschädel unter den dampfenden braunen Überresten der Blumen hervor und trocknete ihn mit einem Ärmel ab. »Natürlich war das heftig«, sagte er. »Sophie macht nie halbe Sachen.« Während Howl ihn abwischte, wurde der Totenschädel strahlend weiß, und der Ärmel, den er dazu benutzte, wies jetzt einen verwaschenen blau-silbernen Flicken auf. Howl stellte den Schädel auf die Bank und schaute reuevoll seinen Ärmel an.

Sophie hatte nicht übel Lust, wieder aus dem Schloss hinaus- und die Auffahrt hinunterzustampfen, aber da war die Vogelscheuche. Also stampfte sie stattdessen zum Sessel, setzte sich hinein und überließ sich ganz ihrem Schmollen. Ich werde mit keinem von ihnen reden, dachte sie.

»Sophie«, sagte Howl. »Ich habe mein Bestes gegeben. Ist dir nicht aufgefallen, dass die Schmerzen und Stiche in letzter Zeit besser geworden sind? Oder haben die dir auch Spaß gemacht?« Sophie antwortete nicht. Howl gab auf und wandte sich an Percival. »Es freut mich zu sehen, dass du doch ein wenig Grips hast«, sagte er. »Ich habe mir schon Sorgen gemacht.«

»Ich kann mich wirklich nicht an viel erinnern«, sagte Percival. Aber er führte sich nicht mehr wie ein Halbidiot auf. Er nahm die Gitarre und stimmte sie. In Sekundenschnelle klang sie sehr viel besser.

»Da legst du einen Finger auf eine wunde Stelle von mir«, sagte Howl dramatisch. »Ich wurde als unmusikalischer Waliser geboren. Hast du Sophie das alles erzählt? Oder weißt du tatsächlich, was die Hexe in Erfahrung bringen wollte?«

»Sie wollte allerlei über Wales wissen«, sagte Percival.

»Das hatte ich mir schon gedacht«, sagte Howl nüchtern. »Na, egal.« Er ging ins Badezimmer und blieb dort während der nächsten beiden Stunden verschwunden. Während dieser Zeit spielte Percival langsam und nachdenklich einige Stücke auf der Gitarre, als bringe er sich selber das Spielen bei, während Michael mit einem dampfenden Wischlappen über den Boden kroch und das Unkrautvertilgungsmittel zu entfernen versuchte. Sophie saß in ihrem Sessel und sagte kein einziges Wort. Immer wieder wippte Calcifer nach oben, schaute verstohlen zu ihr hinüber und verschwand dann wieder unter seinen Holzscheiten.

Howl kam aus dem Badezimmer. Sein Anzug war glänzend schwarz, seine Haare glänzend weiß, und die Dampfwolke, die ihn einhüllte, roch nach Enzian. »Es könnte spät werden«, sagte er zu Michael. »Nach Mitternacht fängt der Mittsommertag an, und vielleicht hat die Hexe irgendetwas vor. Also, sei wachsam und vergiss nicht, was ich dir gesagt habe, bitte.«

»Alles klar«, sagte Michael und ließ die dampfenden Überreste des Wischlappens in den Ausguss fallen.

Howl wandte sich an Percival. »Ich glaube, ich weiß, was dir passiert ist«, sagte er. »Es wird ziemlich schwierig sein, da Ordnung zu schaffen, aber ich starte morgen, wenn ich wieder hier bin, einen Versuch.« Howl ging zur Tür. Mit der Hand auf dem Knauf blieb er stehen. »Sophie, redest du noch immer nicht mit mir?«, fragte er unglücklich.

Sophie wusste, dass Howl noch im Himmel unglücklich klingen konnte, wenn es ihm in den Kram passte. Und eben noch hatte er sie benutzt, um Percival auszufragen. »Nein!«, fauchte sie.

Howl seufzte und ging hinaus. Sophie schaute auf und sah, dass der Knauf auf Schwarz gedreht war. Jetzt reicht es aber, dachte sie. Mir doch egal, ob morgen Mittsommer ist. Ich gehe!

20. KAPITEL

IN WELCHEM SOPHIE ABERMALS PROBLEME BEIM VERLASSEN DES SCHLOSSES HAT

Der Mittsommertag zog herauf. Und ungefähr in dem Moment, als es zu dämmern begann, fiel Howl dermaßen laut mit der Tür ins Haus, dass Sophie aus ihrem Verschlag hervorschoss, überzeugt davon, dass die Hexe ihm dicht auf den Fersen war.

»Die denken so viel über mich nach, dass sie immer ohne mich spielen!«, brüllte Howl. Sophie merkte, dass er nur versuchte, Calcifers Kochtopflied zu singen. Deshalb legte sie sich wieder hin, worauf Howl über den Sessel fiel und mit dem Fuß am Schemel hängen blieb, der durch den Raum geschleudert wurde. Danach versuchte er, durch die Besenkammer und dann durch den Hof nach oben zu gehen. Das schien ihn ein wenig zu verwirren. Aber endlich entdeckte er die Treppe, nicht aber die unterste Stufe, und fiel auf die Nase. Das ganze Schloss bebte.

»Was ist denn los?«, fragte Sophie und schob ihr Gesicht durchs Geländer.

»Treffen des Rugby-Clubs«, erwiderte Howl mit betrunkener Würde. »Hast wohl nicht gewusst, dass ich für meine Universität den Flügel gemacht habe, was, Frau Nase?«

»Wenn du fliegen wolltest, dann hast du offenbar vergessen, wie«, sagte Sophie.

»Ich wurde mit seltsamen Visionen geboren«, sagte Howl, »von unsichtbaren Dingen, und ich wollte gerade zu Bett gehen, als du mich unterbrochen hast. Ich weiß, wo die Zeit der Welt ist und wer des Teufels Huf gespalten hat.«

»Geh ins Bett, du Trottel«, sagte Calcifer schläfrig. »Du bist ja blau.«

»Wer, ich?«, fragte Howl. »Ich versichere euch, ihr Lieben, ich bin stocknüchtern.« Er erhob sich und zog sich nach oben, und dabei betastete er die Wand, als fürchte er, sie könnte ihm sonst davonlaufen. Seine Schlafzimmertür dagegen entzog sich ihm. »Das war so was von gelogen!«, stellte Howl fest, als er gegen die Mauer lief. »Meine strahlende Unehrlichkeit wird mich noch retten!« Er lief noch einige Male gegen die Wand, an unterschiedlichen Stellen, dann entdeckte er seine Schlafzimmertür und fiel auch mit der ins Zimmer. Sophie hörte, wie er herumpolterte und behauptete, sein Bett weiche ihm aus.

»Er ist einfach unmöglich«, sagte Sophie und beschloss, sich sofort auf den Weg zu machen.

Unglücklicherweise hatte der Lärm Michael und Percival geweckt, der auf dem Boden in Michaels Zimmer schlief. Michael kam nach unten und meinte, sie seien ja jetzt alle so wach, dass sie auch gleich die Blumen für die Mittsommergirlanden holen könnten, solange es noch kühl war. Sophie war nicht traurig über die Möglichkeit, noch einmal die Blumen zu besuchen. Draußen hing ein warmer, milchiger Dunst in der Luft, erfüllt von würzigem Duft und halb versteckten Farben. Sophie humpelte weiter, tastete den Sumpfboden mit ihrem Stock ab und lauschte dem Zwitschern und Tirilieren von Tausenden von Vögeln, und dabei fühlte sie schreckliches Bedauern. Sie streichelte eine feuchte seidenweiche Lilie und fuhr mit dem Finger über die gezackten lila Blüten mit den langen mit Puder beklebten Stängeln. Sie schaute zurück auf das hohe schwarze Schloss, das hinter ihnen den Nebel durchbrach. Sie seufzte.

»Er hat es viel besser gemacht«, bemerkte Percival, während er einen Armvoll Hibiskus in Michaels schwebende Wanne legte.

»Wer denn?«, fragte Michael.

»Howl«, sagte Percival. »Anfangs gab es nur Büsche, und die waren ganz klein und ausgedörrt.«

»Du erinnerst dich daran, dass du schon einmal hier warst?«, fragte Michael aufgeregt. Er hatte die Idee, dass Percival vielleicht Prinz Justin war, durchaus noch nicht fallen lassen.

»Ich glaube, ich war mit der Hexe hier«, sagte Percival ohne große Überzeugung.

Sie holten zwei Wannenladungen Blumen. Als sie zum zweiten Mal in das Schloss kamen, fiel Sophie auf, dass Michael den Knauf über der Tür mehrmals herumdrehte. Das hatte wahrscheinlich etwas damit zu tun, dass die Hexe nicht so leicht hereinkam. Dann mussten sie sich natürlich an die Mittsommergirlanden setzen. Damit waren sie lange beschäftigt. Sophie hatte die Arbeit Michael und Percival überlassen wollen, aber Michael war zu sehr damit beschäftigt, Percival Fangfragen zu stellen, und Percival arbeitete sehr langsam. Sophie wusste, weshalb Michael so aufgeregt war. Percival machte den Eindruck, als erwarte er, dass demnächst etwas passieren werde. Sophie fragte sich, wie sehr er noch unter der Herrschaft der Hexe stand. Die meisten Girlanden musste sie selbst winden. Falls sie überhaupt vorgehabt hatte, Howl im Kampf gegen die Hexe zu helfen, dann verflogen diese Pläne spätestens jetzt. Howl, der alle Girlanden durch eine einzige Handbewegung hätte fertigstellen können, schnarchte so laut, dass sie ihn bis in den Laden hören konnte.

Sie brauchten so lange für die Girlanden, dass sie den Laden öffnen mussten, noch ehe sie damit fertig waren. Michael holte Brot und Honig, und sie aßen, während sie den ersten Kundenansturm bedienten. Obwohl sich der Mittsommertag, wie es Feiertage so an sich haben, in Market Chipping zu einem kühlen und grauen Tag entwickelt hatte, kam die halbe Stadt in Sonntagskleidern, um für das Fest Girlanden und Blumen zu kaufen. Auf den Straßen herrschte das übliche Gedränge. Im Laden ging es so hoch her, dass Sophie erst kurz vor Mittag die Treppe hoch- und durch die Besenkammer schleichen konnte. Während sie umherschlich und einige Lebensmittel und ihre alten Kleider in einem Bündel verstaute, dachte Sophie, dass sie so viel Geld eingenommen hatten, dass Michaels Schatz unter dem losen Stein im Kamin um das Zehnfache anwachsen würde.

»Willst du mit mir sprechen?«, fragte Calcifer.

»Gleich«, sagte Sophie, und als sie durchs Zimmer ging, versteckte sie das Bündel hinter ihrem Rücken. Sie wollte nicht, dass Calcifer sich wegen des Vertrags aufregte.

Sie streckte gerade die Hand aus, um ihren Stock vom Stuhl zu nehmen, als irgendwer an die Tür klopfte. Sophie erstarrte mit ausgestreckter Hand und schaute Calcifer fragend an.

»Das ist die Landsitztür«, sagte Calcifer. »Jemand aus Fleisch und Blut und harmlos.«

Wieder wurde geklopft. Immer passiert das, wenn ich gerade wegwill, dachte Sophie. Sie drehte den Knauf auf Orange und öffnete die Tür.

In der Auffahrt unterhalb der Statuen stand eine Kutsche, gezogen von einem Paar edler Pferde. Um sie zu sehen, musste Sophie an dem kräftigen Diener vorbeischauen, der geklopft hatte.

»Mrs Sacheverell Smith möchte der neuen Herrschaft ihre Aufwartung machen«, sagte der Diener.

Ausgerechnet jetzt, dachte Sophie. Daran waren nur Howls neue Farbe und die Vorhänge schuld. »Wir sind nicht zu H…«, setzte sie an. Doch Mrs Sacheverell Smith schob den Diener beiseite und kam herein.

»Warten Sie beim Wagen, Theobald«, sagte sie zu ihm,

als sie an Sophie vorbeirauschte und dabei ihren Sonnenschirm zusammenfaltete.

Es war Fanny – und sie sah in der cremefarbenen Seide traumhaft wohlhabend aus. Sie trug einen mit Rosen besetzten cremefarbenen Seidenhut, an den Sophie sich nur zu gut erinnern konnte. Ihr fiel ein, was sie zu diesem Hut gesagt hatte, als sie die Rosen aufgenäht hatte: »Du wirst Geld heiraten müssen.« Und wie es schien, hatte Fanny das offenbar auch getan.

»Du meine Güte«, sagte Fanny und sah sich um. »Hier handelt es sich offenbar um ein Missverständnis. Das sind doch die Gesinderäume.«

»Na ja … äh … wir sind noch nicht richtig eingezogen, Madam«, sagte Sophie und fragte sich, was Fanny wohl sagen würde, wenn sie wüsste, dass der alte Hutladen gleich hinter der Besenkammer lag.

Fanny fuhr herum und starrte Sophie an. »Sophie!«, rief sie. »Ach gütiger Himmel, Kind, was ist denn mit dir passiert? Du siehst aus wie neunzig! Warst du krank?« Und zu Sophies Überraschung warf Fanny Hut und Sonnenschirm von sich und legte ihr vornehmes Getue ab, riss sie in ihre Arme und weinte. »Ach, ich wusste doch nicht, was aus dir geworden war«, schluchzte sie. »Ich bin zu Martha gegangen und habe bei Lettie nachfragen lassen, aber die wussten es beide nicht. Sie haben ihre Plätze getauscht, diese törichten Mädchen, wusstest du das? Aber niemand wusste auch nur das Geringste über dich. Die Belohnung, die ich ausgesetzt habe, gilt noch immer. Und jetzt bist du hier, arbeitest als Dienerin, und dabei könntest du mit mir und Mr Smith oben auf dem Hügel in Luxus leben!«

Sophie merkte, dass sie ebenfalls weinte. Rasch ließ sie ihr Bündel fallen und führte Fanny zum Sessel. Sie zog den Schemel heran, setzte sich neben Fanny und hielt ihre Hand. Mittlerweile lachten und weinten beide zur selben Zeit. Sie freuten sich unermesslich über das Wiedersehen.

»Das ist eine lange Geschichte«, sagte Sophie, nachdem Fanny sie sechsmal gefragt hatte, was ihr denn widerfahren sei. »Als ich in den Spiegel blickte und so aussah, war das so ein Schock, dass ich sozusagen einfach auf und davon bin …«

»Überarbeitet«, sagte Fanny verzweifelt. »Ach, ich hab mir ja solche Vorwürfe gemacht!«

»Das nicht so sehr«, sagte Sophie. »Und du brauchst dir keine Sorgen zu machen, denn Zauberer Howl hat mich bei sich aufgenommen …«

»Zauberer Howl!«, rief Fanny. »Dieser durch und durch böse Mann! Hat er dir das angetan? Wo ist er? Den knöpf ich mir vor!«

Sie packte ihren Sonnenschirm und sah so kriegerisch aus, dass Sophie sie festhalten musste. Sophie mochte sich nicht ausmalen, wie Howl reagieren würde, wenn Fanny versuchte, ihn mit ihrem Sonnenschirm zu erstechen, und ihn damit weckte. »Nein, nein!«, sagte sie. »Howl war sehr gut zu mir.« Und das stimmte, wie sie nun merkte. Howl zeigte seine Güte auf recht seltsame Weise, aber wenn sie sich überlegte, was sie alles angestellt hatte, um ihn zu verärgern, dann war er wirklich sehr gut zu ihr gewesen.

»Aber es heißt, er frisst Frauen bei lebendigem Leibe«, sagte Fanny, die sich noch immer wehrte, um auf die Füße zu kommen.

Sophie drückte den wedelnden Sonnenschirm nach unten. »Das tut er gar nicht«, sagte sie. »Nun hör mir doch zu. Er ist überhaupt nicht böse.« Sie hörte ein leises Zischen aus dem Kamin, wo Calcifer ihr interessiert zuhörte. »Ist er wirklich nicht«, sagte Sophie, ebenso sehr an Calcifer gerichtet wie an Fanny. »In meiner ganzen Zeit hier habe ich ihn nicht bei einem einzigen bösen Zauber ertappt.« Was abermals stimmte, wie ihr nun klar war.

»Dann muss ich dir wohl glauben«, sagte Fanny und entspannte sich, »obwohl es sicher dein Verdienst ist, wenn er sich gebessert hat. Dafür hattest du ja immer schon ein Händchen, Sophie. Du konntest Martha beschwichtigen, wenn sie ihre Wutanfälle hatte und ich hilflos war. Und ich habe immer gesagt, dass ich es dir zu verdanken habe, dass Lettie nur jedes zweite Mal ihren Willen durchgesetzt hat. Aber du hättest mir sagen müssen, wo du warst, Herzchen.«

Sophie wusste, dass Fanny recht hatte. Sophie hatte sich einfach Marthas Bild von Fanny zu eigen gemacht, wo sie Fanny doch eigentlich hätte besser kennen müssen. Sie schämte sich.

Fanny konnte es kaum erwarten, Sophie von Mr Sacheverell Smith zu erzählen. Sie setzte zu einem langen und begeisterten Bericht an, wie sie Mr Smith noch in der Woche kennengelernt hatte, in der Sophie verschwunden war, und wie sie ihn dann noch vor Ende derselben Woche geheiratet hatte. Sophie sah ihr beim Reden zu. Aufgrund ihres Alters hatte sie einen ganz anderen Blickwinkel auf Fanny. Fanny war noch immer jung und hübsch und hatte sich im Hutladen ebenso sehr gelangweilt wie Sophie. Aber sie hatte durchgehalten und ihr Bestes getan, für den Laden und für die drei Mädchen – bis Mr Hatter gestorben war. Dann hatte sie plötzlich Angst bekommen, so zu werden wie Sophie: alt und ohne irgendeinen Erfolg in jüngeren Jahren.

»Und da du nicht da warst, um ihn zu erben, sah ich keinen Grund, warum ich den Laden nicht verkaufen sollte«, sagte Fanny gerade, als sie dröhnende Schritte aus der Besenkammer hörten.

Michael tauchte auf und sagte: »Wir haben den Laden

geschlossen. Und schau mal, wer hier ist!« Er hielt Martha an der Hand.

Martha war dünner und blonder und sah fast wieder aus wie sie selbst. Sie ließ Michael los, stürzte zu Sophie und rief: »Sophie, das hättest du mir sagen müssen.« Sie fiel ihr um den Hals. Dann fiel sie auch Fanny um den Hals, als hätte sie niemals schlecht über sie gesprochen.

Aber damit noch nicht genug. Hinter Martha tauchten aus der Besenkammer Lettie und Mrs Fairfax auf, die zwischen sich einen großen Korb trugen, und hinter ihnen kam Percival, der lebendiger aussah, als Sophie ihn je erlebt hatte. »Wir sind beim ersten Tageslicht mit der Postkutsche gekommen«, sagte Mrs Fairfax, »und rat mal, was wir mitgebracht haben – Himmel! Da ist ja Fanny!« Sie ließ ihre Seite des Korbes los und fiel Fanny um den Hals. Lettie ließ ebenfalls den Korb los und fiel Sophie um den Hals.

Das Umhalsen wurde von so vielen Ausrufen und Freudenlärm begleitet, dass Sophie es als ein Wunder ansah, dass Howl nicht davon geweckt wurde. Aber sie konnte sein Schnarchen durch den ganzen Lärm hindurch hören. Heute Abend muss ich gehen, dachte sie. Ihre Freude, die anderen wiederzusehen, war zu groß, um jetzt aufzubrechen.

Lettie schien Percival sehr zu mögen. Während Michael den Korb zur Werkbank brachte und kaltes Brathuhn und Wein und Honigpudding auspackte, hing Lettie voller Besitzerinnenstolz, den Sophie nicht so ganz gutheißen konnte, an Percivals Arm und ließ sich von ihm alles erzählen, woran er sich erinnerte. Percival schien das nichts auszumachen. Und Lettie sah so wunderschön aus, dass Sophie ihm da auch keine Vorwürfe machen konnte.

»Er tauchte einfach bei uns auf und verwandelte sich in einen Mann und dann in alle möglichen Hunde und behauptete steif und fest, mich zu kennen«, sagte Lettie zu Sophie. »Ich wusste, dass ich ihn noch nie gesehen hatte, aber das war ja egal.« Sie streichelte Percivals Schulter, als sei er noch immer ein Hund.

»Aber Prinz Justin hast du mal gesehen?«, fragte Sophie.

»Ach, sicher«, sagte Lettie gleichgültig. »Der hat sich zwar mit einer grünen Uniform verkleidet, aber er war es eindeutig. Selbst wenn er sich über die Findezauber ärgerte, war er noch glatt und höfisch. Ich musste ihm mehrere davon machen, weil sie Hexenmeister Suliman immer irgendwo zwischen uns und Market Chipping hinsetzten, und er schwor, dass das nicht sein könnte. Und wenn ich sie machte, unterbrach er mich immer wieder und nannte mich sarkastisch ›holde Dame‹ und fragte mich, wer ich sei und wo meine Familie lebe und wie alt ich sei. Ich fand das ganz schön frech! Lieber hätte ich Zauberer Howl zur Gesellschaft gehabt, und das sagt einiges!«

Inzwischen standen alle wild durcheinander und aßen Brathuhn und tranken Wein. Calcifer spielte den Schüchternen. Er hatte sich zu grünem Flackern reduziert, und niemand schien auf ihn zu achten. Sophie wollte ihm Lettie vorstellen und ihn deshalb hervorlocken.

»Ist das wirklich der Dämon, der für Howl alles regelt?«, fragte Lettie und schaute ziemlich ungläubig auf das grüne Flackern hinunter.

Sophie blickte auf, um Lettie zu versichern, dass Calcifer echt war, doch dann sah sie Miss Angorian schüchtern und unsicher in der Tür stehen. »Ach, bitte, entschuldigen Sie. Ich komme sehr ungelegen, nicht wahr?«, fragte Miss Angorian. »Ich wollte nur kurz mit Howell sprechen.«

Sophie erhob sich und wusste nicht recht, was sie tun sollte. Sie schämte sich, wenn sie daran dachte, wie sie Miss Angorian bei ihrem erstem Besuch verscheucht hatte. Und alles nur, weil sie wusste, dass Howl Miss Angorian den

Hof machte. Andererseits hieß das noch lange nicht, dass sie sie mögen musste.

Michael nahm Sophie die Sache aus der Hand, denn er begrüßte Miss Angorian mit einem strahlenden Lächeln und einem lauten Willkommen. »Howl schläft gerade«, sagte er. »Trinken Sie doch solange ein Glas Wein mit uns.«

»Sehr freundlich«, sagte Miss Angorian.

Miss Angorian war anzumerken, dass sie sich nicht wohl in ihrer Haut fühlte. Sie lehnte den Wein ab, lief nervös hin und her und knabberte an einem Hühnerbein. In dem Zimmer saßen nur Leute, die einander sehr gut kannten, während sie hier die Außenseiterin war. Fanny machte die Sache nicht einfacher, denn sie unterbrach ihre angeregte Unterhaltung mit Mrs Fairfax und sagte: »Was für seltsame Kleider!«

Auch Martha machte es nicht einfacher. Sie hatte gesehen, mit welcher Bewunderung Michael Miss Angorian begrüßt hatte. Deshalb tat sie alles, damit er nur noch mit ihr selbst und mit Sophie sprach. Und Lettie ignorierte Miss Angorian und setzte sich mit Percival auf die Treppe.

Miss Angorian schien ziemlich schnell an den Punkt zu kommen, wo es ihr reichte. Plötzlich bemerkte Sophie, wie sie die Tür zu öffnen versuchte. Eilig lief sie hinüber und hatte ein schlechtes Gewissen. Schließlich musste Howl Miss Angorian sehr wichtig sein, sonst wäre sie nicht extra hergekommen. »Bitte, gehen Sie noch nicht«, sagte Sophie. »Ich wecke Howl.«

»Ach, nein, das dürfen Sie nicht«, sagte Miss Angorian mit nervösem Lächeln. »Ich habe heute frei, es macht mir nichts aus zu warten. Ich dachte, ich schaue mich draußen etwas um. Durch dieses komische grüne Feuer ist es hier drinnen doch recht stickig.«

Darin witterte Sophie die perfekte Lösung, sich Miss Angorians zu entledigen. Höflich öffnete sie ihr die Tür.

Aus irgendeinem Grund – sicher hing das mit den Verteidigungsmaßnahmen zusammen, die Michael auf Howls Befehl hin hatte ergreifen sollen – war der Knauf auf Lila gestellt. Draußen hing eine dunstige, heiße Sonne, und die roten und lila Blumen glühten.

»Was für wunderbarer Rhododendron«, rief Miss Angorian mit ihrer heisersten und ergreifendsten Stimme. »Den muss ich mir ansehen!« Aufgeregt sprang sie hinaus in das sumpfige Gras.

»Gehen Sie nicht nach Südosten«, rief Sophie hinter ihr her.

Das Schloss bewegte sich seitwärts. Miss Angorian vergrub ihr liebliches Gesicht in einem Büschel weißer Blüten. »Ich gehe nicht weit«, sagte sie.

»Du meine Güte«, sagte Fanny, die hinter Sophie getreten war. »Was ist denn mit meiner Kutsche passiert?«

Sophie erklärte es, so gut das eben möglich war. Aber Fanny war so beunruhigt, dass Sophie den Knauf auf Orange stellen und die Tür öffnen musste, um ihr die Auffahrt zum Landhaus zu zeigen. Unter grauen Wolken saßen der Diener und Fannys Kutscher auf dem Kutschendach, aßen kalte Würstchen und spielten Karten. Jetzt endlich glaubte ihr Fanny, dass die Kutsche nicht auf geheimnisvolle Weise weggezaubert worden war. Sophie wollte gerade erklären, ohne es eigentlich selber zu verstehen, wie eine Tür zu verschiedenen Orten führen konnte, als Calcifer brüllend aus seinen Holzscheiten hochfuhr.

»Howl«, schrie er und füllte den Kamin mit blauen Flammen. »Howl!!! Howell Jenkins, die Hexe hat die Familie deiner Schwester gefunden!«

Von oben her hörten sie zweimal ein lautes Dröhnen. Howls Schlafzimmertür knallte gegen die Wand, und Howl kam die Treppe heruntergestürzt. Lettie und Percival wurden zur Seite geschleudert. Fanny stieß bei seinem

Anblick einen matten Schrei aus. Howls Haare sahen aus wie ein Heuhaufen, und seine Augen hatten rote Ränder. »Hat meine Schwachstelle gefunden, der Teufel soll sie holen!«, brüllte er, als er mit schwarzen, wehenden Ärmeln durch das Zimmer schoss. »Das hatte ich befürchtet. Danke, Calcifer!« Er schob Fanny zur Seite und riss die Tür auf.

Sophie hörte die Tür hinter Howl ins Schloss knallen, als sie nach oben humpelte. Ihr war bewusst, dass es naseweis war, aber sie musste einfach sehen, was passierte. Als sie durch Howls Schlafzimmer humpelte, hörte sie, dass die anderen ihr allesamt folgten.

»Was für ein dreckiges Zimmer!«, rief Fanny.

Sophie schaute aus dem Fenster. In dem gepflegten Garten fiel Nieselregen. Die Schaukel war von Tropfen übersät. Die rote, wogende Mähne der Hexe war davon betaut. Sie lehnte an der Schaukel, groß und gebieterisch in ihren roten Gewändern, und sie winkte unablässig jemanden heran. Howls Nichte Mari schlurfte durch das feuchte Gras auf die Hexe zu. Sie schien das nicht zu wollen, aber offenbar blieb ihr keine andere Wahl. Hinter ihr trottete Howls Neffe Neil, noch langsamer, und er schien vor Wut zu schäumen. Schließlich kam hinter den beiden Kindern noch Howls Schwester Megan. Sie fuchtelte mit den Armen, ihr Mund ging immer wieder auf und zu. Offenbar sagte sie der Hexe ordentlich die Meinung, wurde aber trotzdem zu ihr hingezogen.

Da stürmte Howl auf den Rasen. Er hatte sich nicht die Mühe gemacht, etwas anderes anzuziehen. Er gab sich auch nicht mehr mit irgendwelchen Zaubern ab, sondern stürzte sich einfach auf die Hexe. Diese wollte Mari packen, doch Mari war noch zu weit von ihr entfernt. Howl bekam Mari als Erster zu fassen, schleuderte sie hinter sich und stürmte weiter. Da nahm die Hexe die Beine in die

Hand. Sie rannte wie eine Katze, die von einem Hund verfolgt wird, über den Rasen, sprang über den gepflegten Zaun, sodass ihr flammenfarbenes Kleid flatterte. Howl war einen halben Schritt hinter ihr und schloss immer weiter auf. Die Hexe verschwand als rotes Flackern hinter dem Zaun. Howl sprang als schwarzes Flackern mit hängenden Ärmeln hinterher. Dann verdeckte der Zaun die beiden vor den Blicken der anderen.

»Ich hoffe, er holt sie ein«, sagte Martha. »Die Kleine weint.«

Unten legte Megan ihren Arm um Mari und ging mit den beiden Kindern ins Haus. Niemand konnte sagen, was aus Howl und der Hexe geworden war. Lettie, Percival, Martha und Michael gingen wieder nach unten. Fanny und Mrs Fairfax waren wegen Howls Schlafzimmer vor Ekel wie erstarrt.

»Nun sieh dir diese Spinnen an«, sagte Mrs Fairfax.

»Und den Staub auf den Vorhängen«, meinte Fanny. »Annabel, ich habe in dem Durchgang vorhin ein paar Besen gesehen.«

»Die holen wir uns«, sagte Mrs Fairfax. »Ich stecke dir das Kleid hoch, Fanny, und dann machen wir uns an die Arbeit. Ich kann es nicht ertragen, dass ein Zimmer so aussieht.«

Ach, armer Howl, dachte Sophie. Er liebt diese Spinnen. Sie drückte sich auf der Treppe herum und fragte sich, wie sie Mrs Fairfax und Fanny von ihrem Vorhaben abbringen sollte.

Von unten rief Michael: »Sophie! Wir wollen uns das Herrenhaus ansehen. Kommst du mit?«

Das schien die ideale Methode zu sein, um die beiden Damen vom Putzen abzuhalten. Sophie sagte Fanny Bescheid und humpelte eilig nach unten. Lettie und Percival öffneten schon die Tür. Lettie hatte nicht zugehört, als Sophie Fanny deren Funktion erklärt hatte. Und Percival begriff die Sache offenbar auch nicht. Jetzt machten sie sich fälschlicherweise daran, die auf Lila gestellte Tür zu öffnen. Während Sophie noch durchs Zimmer humpelte, um sie daran zu hindern, hatten sie sie schon geöffnet.

In der Tür, vor den Blumen, stand die Vogelscheuche.

»Zumachen!«, schrie Sophie. Sie begriff, was geschehen war. Als sie der Vogelscheuche in der vergangenen Nacht befohlen hatte, zehnmal so schnell zu hüpfen wie bisher, hatte sie ihr damit geholfen. Die Vogelscheuche war ganz einfach zum Schlosseingang gerast und hatte versucht, sich dort Eintritt zu verschaffen. Aber da draußen war auch Miss Angorian. Sophie fragte sich, ob sie schon ohnmächtig im Gebüsch lag. »Nein, doch nicht«, sagte sie mit schwacher Stimme.

Aber es hörte ohnehin niemand auf sie. Letties Gesicht hatte die Farbe von Fannys Kleid angenommen, und sie klammerte sich an Martha. Percival glotzte nur, und Michael versuchte, den Totenschädel aufzufangen, dessen Zähne dermaßen klapperten, dass er von der Bank zu fallen und eine Weinflasche mitzureißen drohte. Und der Schädel schien auf die Gitarre einen seltsamen Einfluss auszuüben. Die gab lange, summende Töne von sich: Niii-iii-iiiich Bööööös! Niii-iii-iii-ich Bööööös!

Calcifer loderte wieder im Kamin hoch. »Das Ding redet. Es will sagen, dass es nichts Böses vorhat. Ich glaube, es sagt die Wahrheit. Es wartet auf deine Erlaubnis hereinzukommen.«

Tatsächlich stand die Vogelscheuche einfach nur da. Sie versuchte nicht wie beim ersten Mal, mit Gewalt ins Haus einzudringen. Und offenbar hatte Calcifer Vertrauen zu ihr. Er hatte das Schloss angehalten. Sophie betrachtete das Rübengesicht und die flatternden Lumpen. Jetzt kam ihr die Vogelscheuche doch nicht mehr so beängstigend vor.

Einmal hatte sie sie sogar als Schicksalsgenossin betrachtet. Ihr kam der Verdacht, dass sie die Vogelscheuche einfach als passenden Vorwand genommen hatte, das Schloss nicht zu verlassen, weil sie ja hatte bleiben wollen. Nun brachte das nichts mehr. Sophie musste gehen, da Howl Miss Angorian vorzog.

»Bitte, komm rein«, sagte sie ein wenig krächzend.

»Ooooomme«, sagte die Gitarre. Mit einem kräftigen Seitwärtssprung hüpfte die Vogelscheuche ins Zimmer. Dann schwankte sie auf ihrem einen Bein hin und her und schien etwas zu suchen. Der Blumenduft, der mit ihr hereingekommen war, konnte ihren staubigen, fauligen Rübengestank nicht überdecken.

Der Totenschädel in Michaels Hand klapperte wieder los. Die Vogelscheuche fuhr herum und fiel seitwärts auf den Schädel. Michael unternahm einen Versuch, ihn zu retten, und brachte sich dann eilig in Sicherheit. Denn als die Vogelscheuche über die Werkbank fiel, war das Zischen starker Magie zu hören, und der Totenschädel verschmolz mit dem Rübenkopf der Vogelscheuche. Er schien in die Rübe zu schlüpfen und sie auszufüllen. Die Rübe ähnelte jetzt mehr und mehr einem zerfurchten Gesicht. Dummerweise saß das Gesicht über dem Rücken der Vogelscheuche. Die Vogelscheuche schüttelte sich hölzern, richtete sich unsicher auf und wirbelte ihren Körper dann rasch herum, sodass die Vorderseite unter das zerfurchte Rübengesicht geriet. Langsam ließ sie ihre ausgestreckten Arme sinken.

»Jetzt kann ich sprechen«, sagte sie etwas breiig.

»Ich falle gleich in Ohnmacht«, verkündete Fanny auf der Treppe.

»Unsinn«, sagte Mrs Fairfax hinter Fanny. »Das ist doch nur ein Golem. Er muss tun, was sein Zauberer verlangt. Solche Dinger sind ziemlich harmlos.«

Lettie schien ebenfalls kurz vor einer Ohnmacht zu stehen. Der Einzige aber, der wirklich ohnmächtig wurde, war Percival. Er sank ganz sacht zu Boden und rollte sich dort zusammen wie zum Schlafen. Ungeachtet ihrer Angst rannte Lettie zu ihm hinüber, fuhr dann aber zurück, als die Vogelscheuche abermals einen Sprung machte und vor Percival zum Stehen kam.

»Das ist einer der Teile, die ich suchen sollte«, sagte sie mit ihrer breiigen Stimme. Sie wackelte auf ihrem Stock hin und her, bis sie Sophie zugewandt war. »Ich muss mich bei dir bedanken«, sagte sie. »Mein Schädel war weit weg, und mir war längst die Kraft ausgegangen, ehe ich ihn gefunden hätte. Ich hätte bis in alle Ewigkeit in der Hecke gelegen, wenn du nicht gekommen wärst und mir mit deinen Worten Leben eingehaucht hättest.« Dann drehte sie sich zu Mrs Fairfax und dann zu Lettie um. »Ich danke auch euch beiden«, sagte sie.

»Wer hat dich geschickt? Und was sollst du hier tun?«, fragte Sophie.

Die Vogelscheuche wackelte unsicher hin und her. »Noch mehr Teile«, sagte sie. »Es fehlen noch welche.« Alle warteten, die meisten waren zu geschockt, um etwas zu sagen. Derweil wirbelte die Vogelscheuche hin und her und schien nachzudenken.

»Wovon ist Percival ein Teil?«, fragte Sophie.

»Die soll sich selbst zusammensetzen«, sagte Calcifer. »Niemand hat sie gebeten, sich zu erklären, ehe ...« Plötzlich verstummte er und schrumpfte, bis nur noch eine grüne Flamme zu sehen war. Michael und Sophie wechselten einen besorgten Blick.

Dann ertönte aus dem Nirgendwo eine neue Stimme. Sie war laut und verzerrt, als spreche sie in einer Kiste, aber sie war unverkennbar die Stimme der Hexe. »Michael Fisher«, sagte sie. »Sag deinem Herrn Howl, dass er auf meinen

Trick hereingefallen ist. Ich halte die Frau, die sich Lily Angorian nennt, in meiner Festung in der Wüste gefangen. Sag ihm, dass ich sie nur gehen lasse, wenn er sie selbst holen kommt. Ist das klar, Michael Fisher?«

Die Vogelscheuche wirbelte herum und hüpfte auf die offene Tür zu.

»Nichts da«, schrie Michael. »Haltet sie auf! Bestimmt hat die Hexe sie geschickt, um sich bei uns Zutritt zu verschaffen!«

21. KAPITEL

IN DEM VOR ZEUGEN EIN VERTRAG GESCHLOSSEN WIRD

Fast alle rannten hinter der Vogelscheuche her. Sophie lief in die andere Richtung, durch den Besenschrank und in den Laden, und unterwegs schnappte sie sich ihren Stock.

»Das ist meine Schuld«, murmelte sie. »Ich bin ein Genie, wenn es darum geht, das Falsche zu tun. Ich hätte Miss Angorian im Haus halten können. Ich hätte nur höflich mit der Armen sprechen müssen. Howl hat mir zwar schon alles Mögliche verziehen, aber das hier verzeiht er mir nicht so bald.«

Im Blumenladen zog sie die Siebenmeilenstiefel aus dem Schaufenster und kippte Hibiskus, Rosen und Wasser auf den Boden. Sie schloss die Ladentür auf und zerrte die nassen Stiefel auf die überfüllte Straße hinaus. »Entschuldigung«, bat sie allerlei Schuhe und hängende Ärmel, die ihr im Weg waren. Sie schaute hoch zur Sonne, die an dem bewölkten grauen Himmel nicht so leicht zu finden war. »Mal sehen. Südosten. Da lang. Verzeihung, Verzeihung«, sagte sie und verschaffte sich zwischen den Feiernden ein wenig Platz für die Stiefel. Sie stellte sie so auf den Boden, dass sie in die richtige Richtung blickten. Dann stieg sie hinein und machte einen Schritt.

Zip-zip, zip-zip, zip-zip, zip-zip, zip-zip, zip-zip. Es ging so schnell, alles verschwamm noch viel mehr, als wenn sie nur mit einem Stiefel lief, und sie geriet noch mehr außer Atem. Zwischen den langen Schritten konnte Sophie Dinge erkennen: den Landsitz hinten im Tal, der zwischen den Bäumen leuchtete, und Fannys Kutsche, die davor stand;

Farn an einem Hang, einen Bach, der in ein grünes Tal hinunterschoss, denselben Bach, der sich durch ein viel breiteres Tal wand, dasselbe Tal, aber inzwischen so breit, dass es in der Ferne endlos und blau aussah, und weit, weit weg einen hohen Häuserhaufen, bei dem es sich um Kingsbury handeln musste; die Ebene, die sich vor den Bergen wieder verengte, einen Berg, der unter ihren Stiefeln so steil abfiel, dass sie stolperte, obwohl sie doch ihren Stock hatte, worauf sie am Rand einer tiefen, mit blauem Dunst gefüllten Schlucht landete, tief unter sich die Baumwipfel sah und einen weiteren Schritt machen oder abstürzen musste.

Und sie trat auf körnigen gelben Sand. Sie bohrte ihren Stock hinein und schaute sich gründlich um. Hinter ihrer rechten Schulter, einige Meilen entfernt, verhüllte weißer, dampfender Nebel fast die Berge, durch die sie eben geprescht war. Unter dem Nebel zog sich ein dunkelgrünes Band. Sophie nickte. Obwohl sie das fliegende Schloss aus dieser Entfernung nicht sehen konnte, war sie doch sicher, dass der Nebel über den Blumen schwebte. Sie machte einen weiteren vorsichtigen Schritt. Zip. Es war entsetzlich heiß. Der tongelbe Sand breitete sich jetzt in alle Richtungen aus und flimmerte in der Hitze. Felsen lagen wild durcheinander. Hier wuchsen nur vereinzelt ein paar elend aussehende graue Büsche. Die Berge sahen aus wie am Horizont aufsteigende Wolken.

»Wenn das die Wüste ist«, sagte Sophie, der der Schweiß durch die Runzeln floss, »dann tut mir die Hexe leid, dass sie hier leben muss.«

Sie machte noch einen Schritt. Der Wind, der dabei entstand, verschaffte keinerlei Kühlung. Felsen und Büsche hatten sich nicht verändert, der Sand jedoch sah jetzt eher grau aus, und die Berge schienen hinter dem Horizont versunken zu sein. Mit zusammengekniffenen Augen suchte Sophie das flimmernde graue Glühen vor ihr ab und glaubte, etwas sehen zu können, das um einiges höher war als ein Felsen. Sie machte einen weiteren Schritt.

Nun kam sie sich vor wie in einem Backofen. Aber eine Viertelmeile vor sich sah sie einen seltsam geformten Turm auf einer leichten Anhöhe in einer von Felsen übersäten Landschaft. Eigentlich handelte es sich eher um eine fantastische Ansammlung von gezwirbelten kleinen Türmen, die sich zu einem Hauptturm vereinigten. Wie ein knotiger alter Finger ragte er etwas windschief in den Himmel. Sophie stieg aus den Stiefeln. Es war zu heiß, um so schwere Dinge zu tragen, und deshalb machte sie sich nur mit ihrem Stock auf Entdeckungsreise.

Der Turm schien aus dem gelbgrauen Wüstensand errichtet worden zu sein. Zuerst überlegte Sophie, ob es sich um einen seltsamen Ameisenhaufen handeln könne. Aber im Näherkommen erkannte sie, dass er aus Tausenden von körnigen gelben Blumentöpfen zu bestehen schien, die irgendwer zu einem wackeligen Haufen aufgetürmt hatte. Sie grinste. In ihren Augen hatte das fliegende Schloss oft eine bemerkenswerte Ähnlichkeit mit der Innenseite eines Schornsteins. Und bei diesem Bauwerk handelte es sich um eine Sammlung von Schornsteindeckeln. Bestimmt war auch hier ein Feuerdämon am Werk gewesen.

Als Sophie keuchend den Hang hochstieg, verflogen plötzlich sämtliche Zweifel daran, dass sie wirklich die Festung der Hexe vor sich hatte. Zwei kleine orangefarbene Gestalten traten aus dem Turm und warteten auf sie. In ihnen erkannte Sophie die beiden Pagen der Hexe. Überhitzt und außer Atem, wie sie war, versuchte sie doch, höflich mit ihnen zu sprechen und ihnen zu versichern, dass sie nichts gegen die Knaben hatte. »Guten Abend«, sagte sie.

Die beiden musterten sie übellaunig. Einer machte eine Verbeugung und streckte die Hand aus. Er zeigte auf den schiefen Torbogen zwischen den krummen Säulen aus

Schornsteindeckeln. Sophie zuckte mit den Schultern und folgte dem Pagen ins Haus. Der andere Page folgte ihr. Und natürlich verschwand der Eingang, sobald sie eingetreten war. Wieder zuckte Sophie mit den Schultern. Das Problem würde sie bei ihrer Rückkehr lösen.

Sie zog ihr Spitzentuch gerade, strich ihre verrutschten Röcke glatt und ging weiter. Sie kam sich ein wenig vor wie in dem Augenblick, als sie durch die Schlosstür getreten und der Knauf auf Schwarz gedreht war. Einen Moment herrschte das Nichts und dann trübes Licht. Das Licht stammte von grünlich gelben Flammen, die überall brannten und flackerten, aber da sie keine Wärme spendeten und nicht sehr hell waren, wirkte alles schattenhaft. Wenn Sophie ihren Blick auf sie richtete, waren sie nicht mehr dort, wohin sie blickte, sondern immer im Augenwinkel. Aber das war eben Magie. Sophie zuckte mit den Schultern und folgte dem Pagen durch das Gewirr dünner Pfeiler, die ebenso aus Schornsteindeckeln bestanden wie das restliche Gebäude.

Am Ende führte der Page sie zu einer Art zentraler Höhle. Vielleicht war es aber auch nur ein freier Zwischenraum zwischen den Pfeilern. Sophie fand das alles verwirrend. Die Festung kam ihr riesengroß vor, obwohl sie mutmaßte, dass der Eindruck täuschte, wie es ja auch beim Schloss der Fall war. Die Hexe erwartete sie bereits. Wieder wusste Sophie nicht so recht, woher sie wusste, dass es die Hexe war – aber es konnte einfach niemand anders sein. Die Hexe war riesengroß und mager, und ihre blonden Haare lagen als dicker seilartiger Pferdeschwanz über ihrer knochigen Schulter. Sie trug ein weißes Kleid. Als Sophie auf sie zumarschierte und den Stock schwang, wich die Hexe zurück.

»Ich lasse mich nicht bedrohen!«, sagte die Hexe und hörte sich müde und zerbrechlich an.

»Dann gib mir Miss Angorian heraus, und ich bedrohe

dich nicht«, sagte Sophie. »Ich nehme sie mit und verschwinde.«

Die Hexe wich noch weiter zurück und fuchtelte mit beiden Händen. Die Pagen zerliefen zu klebrigen orangefarbenen Blasen, die in die Luft aufstiegen und auf Sophie zuflogen. »Igitt! Weg da!«, rief Sophie und schlug mit dem Stock nach ihnen. Die orangefarbenen Blasen wollten sich nicht auf den Stock einlassen. Sie wichen aus, wirbelten durch die Luft und flogen hinter Sophie.

Sophie glaubte schon, die Blasen besiegt zu haben, als sie feststellte, dass die beiden sie an einen Schornsteinpfeiler hinter ihr geklebt hatten. Sie wollte sich bewegen, aber zwischen ihren Fußknöcheln spannte sich orangefarbene Klebmasse, und ihre Haare ziepten schmerzhaft.

»Da wäre mir grüner Schleim ja fast noch lieber«, sagte Sophie. »Ich hoffe, das waren keine echten Jungen.«

»Nur Trugbilder«, sagte die Hexe.

»Lass mich los«, sagte Sophie.

»Nein«, sagte die Hexe. Sie wandte sich ab und schien jegliches Interesse an Sophie verloren zu haben.

Sophie fürchtete schon, sie habe wie üblich die ganze Sache verpatzt. Das klebrige Zeug schien mit jeder Sekunde härter und elastischer zu werden. Als sie versuchte, sich zu bewegen, wurde sie zurück an den Pfeiler gezogen. »Wo ist Miss Angorian?«, fragte sie.

»Die findest du nicht«, sagte die Hexe. »Wir warten, bis Howl kommt.«

»Der kommt nicht«, sagte Sophie. »Dazu ist er zu gescheit. Dein Fluch hat ja auch nicht gewirkt.«

»Der wird schon noch wirken«, sagte die Hexe mit einem kleinen Lächeln. »Jetzt, wo du auf unseren Trug hereingefallen und hergekommen bist. Da wird Howl ausnahmsweise einmal ehrlich sein müssen.« Sie winkte abermals, diesmal den trüben Flammen, und zwischen zwei

Pfeilern rumpelte ein Thron hervor und stellte sich vor die Hexe. Auf dem Thron saß ein Mann, der eine grüne Uniform und lange, glänzende Stiefel trug. Erst meinte Sophie, er schliefe, denn er hatte den Kopf so zur Seite gelegt, dass sie ihn nicht richtig sehen konnte. Doch die Hexe winkte ein weiteres Mal. Der Mann setzte sich gerade auf. Und auf seinen Schultern saß kein Kopf. Sophie nahm an, dass sie die Überreste von Prinz Justin vor sich hatte.

»Wenn ich Fanny wäre«, sagte Sophie, »dann würde ich jetzt mit einer Ohnmacht drohen. Setz ihm sofort den Kopf wieder auf. Der sieht ja scheußlich aus.«

»Ich habe mich schon vor Monaten beider Köpfe entledigt«, sagte die Hexe. »Hexenmeister Sulimans Kopf habe ich zusammen mit seiner Gitarre verkauft. Prinz Justins Kopf treibt sich irgendwo mit den restlichen übrig gebliebenen Teilen herum. Dieser Körper ist eine perfekte Mischung aus Prinz Justin und Hexenmeister Suliman. Er wartet nur noch auf Howls Kopf, dann ist er der vollkommene Mensch. Haben wir Howls Kopf, dann haben wir auch den neuen König von Ingari, und ich werde als Königin regieren.«

»Du bist verrückt!«, sagte Sophie. »Du hast kein Recht, aus Menschen Puzzlespiele zu machen. Und ich glaube nicht, dass Howls Kopf tun wird, was du willst. Er wird sich schon irgendwie davor drücken.«

»Howl wird genau das tun, was wir ihm sagen«, sagte die Hexe mit einem schlauen und geheimnisvollen Lächeln. »Wir werden seinen Feuerdämon in unsere Macht bringen.«

Sophie merkte, dass sie tatsächlich große Angst hatte. Ihr war bewusst, dass sie wieder nur Chaos angerichtet hatte. »Wo ist Miss Angorian?«, fragte sie und fuchtelte mit ihrem Stock.

Der Hexe behagte es nicht, dass Sophie mit ihrem Stock

wedelte. Sie wich zurück. »Ich bin sehr müde«, sagte sie. »Immer wieder durchkreuzt ihr meine Pläne. Zuerst wollte Hexenmeister Suliman nicht in die Wüste kommen, und ich musste Prinzessin Valeria bedrohen, damit der König ihn herbefahl. Als er dann kam, hat er einfach nur Bäume wachsen lassen. Danach hat sich der König monatelang geweigert, Prinz Justin nach Suliman suchen zu lassen, und als Justin sich dann endlich auf den Weg machte, ging dieser blöde Trottel aus unerfindlichen Gründen nach Norden, und ich musste alle meine Künste aufwenden, um ihn herzuschaffen. Howl hat mir noch mehr Ärger gemacht. Einmal ist er mir entwischt. Ich musste einen Fluch anwenden, um ihn zurückzuholen, und während ich mir das Wissen über ihn verschaffte, um ihn mit dem Fluch belegen zu können, hast du dich in die Überreste von Sulimans Gehirn geschlichen und mir noch mehr Ärger gemacht. Und jetzt, wo ich dich hier habe, fuchtelst du mit dem Stock herum und widersprichst mir. Ich habe sehr hart für diesen Moment gearbeitet und dulde keinen Widerspruch.« Sie wandte sich ab und verschwand im trüben Dämmerlicht.

Sophie starrte der hohen weißen Gestalt nach, die sich zwischen den trüben Flammen bewegte. Ich glaube, bei ihr macht sich das Alter bemerkbar, dachte sie. Sie ist verrückt! Ich muss mich befreien und Miss Angorian vor ihr retten! Da erinnerte sie sich, dass der orangefarbene Kleister und die Hexe ihrem Stock ausgewichen waren. Sie schob den Stock über ihrer Schulter nach hinten und bewegte ihn dort hin und her, wo der Klebekram den Schornsteindeckelpfeiler berührte. »Hau ab da«, sagte sie. »Lass mich los!« Ihre Haare ziepten ganz schrecklich, während gummiartige orange Teile seitwärts davonflogen. Sophie bewegte ihren Stock noch heftiger hin und her.

Eben hatte sie Kopf und Schultern befreit, als sie ein dumpfes Dröhnen hörte. Die bleichen Flammen flackerten, und der Pfeiler hinter Sophie bebte. Mit einem Krach, als fielen tausend Teeservice eine Treppe hinunter, wurde ein Stück der Festungsmauer weggesprengt. Durch ein längliches gezacktes Loch fiel blendendes Licht, und durch das Loch sprang eine Gestalt. Sophie fuhr herum und hoffte, Howl zu erblicken. Aber der schwarze Umriss hatte nur ein Bein. Es war die Vogelscheuche.

Vor Wut stieß die Hexe einen Schrei aus und jagte auf die Vogelscheuche zu. Dabei peitschte ihr blonder Pferdeschwanz, und sie streckte die knochigen Arme aus. Es knallte erneut, und eine magische Wolke hüllte Hexe und Vogelscheuche ein, wie die, die während des Kampfes zwischen Howl und der Hexe über Porthaven gehangen hatte. Die Wolke raste hin und her, und Schreie und Poltern ließen die staubige Luft erzittern. Sophie standen die Haare zu Berge. Die Wolke war nur wenige Meter von ihr entfernt und jagte zwischen den Schornsteindeckelpfeilern hindurch. Und das Loch in der Mauer war ebenfalls ziemlich nah. Wie Sophie vermutet hatte, war die Festung nicht besonders groß. Wann immer die Wolke sich vor dem blendend weißen Loch bewegte, konnte sie die beiden mageren Gestalten erkennen, die in der Mitte miteinander kämpften. Ohne den Blick davon abzuwenden, bewegte sie hinter ihrem Rücken den Stock hin und her.

Bis auf ihre Beine hatte sie sich bereits befreit, als die Wolke noch einmal vor dem Loch vorüberjagte. Und da sah Sophie eine andere Gestalt durch das Loch springen. Diese Gestalt hatte fliegende schwarze Ärmel. Es war Howl. Sophie konnte deutlich seine Umrisse ausmachen, er hatte die Arme übereinandergeschlagen und beobachtete den Kampf. Für einen Moment sah es aus, als wolle er die Hexe und die Vogelscheuche einfach gewähren lassen. Dann flatterten die langen Ärmel, und Howl hob die Arme. Howls Stimme drang durch das Schreien und Dröhnen, ein seltsames langes Wort, dem ein ausgedehntes Donnergrollen folgte. Die Vogelscheuche und die Hexe fuhren beide zurück. Zwischen den Schornsteindeckelpfeilern hallte der Lärm wider, und jedes Echo trug etwas von der magischen Wolke mit sich davon. Fetzenweise verschwand sie und wirbelte in Form trüber Blitze davon. Als nur noch ein hauchdünner weißer Dunst von ihr geblieben war, geriet die hohe Gestalt mit dem Pferdeschwanz ins Schwanken. Die Hexe schien sich zusammenzufalten und wurde dünner und weißer denn je. Als der Dunst sich ganz und gar verzogen hatte, fiel sie mit leisem Klirren zu Boden. Als die unzähligen leisen Echos vollends verhallten, schauten Howl und die Vogelscheuche einander über einem Knochenhaufen nachdenklich an.

Gut, dachte Sophie. Sie befreite ihre Beine und ging zu der kopflosen Gestalt auf dem Thron hinüber, denn sie ging ihr auf die Nerven.

»Nein, mein Freund«, sagte Howl zu der Vogelscheuche. Die Vogelscheuche war zwischen die Knochen gesprungen und stieß sie mit ihrem Bein auseinander. »Nein, hier wirst du ihr Herz nicht finden. Sicher hat es ihr Feuerdämon. Ich glaube, der hat sie schon lange in seiner Gewalt. Wirklich schade.« Als Sophie ihr Tuch abnahm und es über Prinz Justins kopflose Schultern drapierte, sagte Howl: »Ich glaube, der Rest von dem, was du gesucht hast, ist dahinten.« Er ging zu dem Thron, und die Vogelscheuche hüpfte neben ihm her. »Typisch«, sagte er zu Sophie. »Ich riskiere Kopf und Kragen, um herzukommen, und du räumst in aller Seelenruhe auf.«

Sophie schaute zu ihm hoch. Und wie sie es befürchtet hatte, zeigte ihr das harte, schwarz-weiße Tageslicht, das durch die zerbrochene Mauer fiel, dass Howl sich nicht die Mühe gemacht hatte, sich zu rasieren oder zu kämmen. Er hatte noch immer rote Ränder um die Augen, und seine schwarzen Ärmel waren an mehreren Stellen zerrissen. Eigentlich unterschied Howl sich nicht sonderlich von der Vogelscheuche. Du meine Güte, dachte Sophie. Er muss Miss Angorian von ganzem Herzen lieben. »Ich wollte Miss Angorian holen«, erklärte sie.

»Und ich dachte, du hältst ausnahmsweise mal still, wenn ich dafür sorge, dass deine Familie dich besucht«, sagte Howl genervt. »Aber nein …«

An dieser Stelle hüpfte die Vogelscheuche zu Sophie. »Hexenmeister Suliman hat mich geschickt«, sagte sie mit ihrer breiigen Stimme. »Nachdem die Hexe ihn gefangen hat, sollte ich seine Büsche vor den Vögeln der Wüste schützen. Was er an Magie entbehren konnte, legte er auf mich und befahl mir, ihn zu retten. Aber die Hexe hatte ihn schon auseinandergenommen, und die Stücke waren überall verteilt. Es war harte Arbeit. Wenn du nicht gekommen wärst und mir mit deinen Worten wieder Leben eingeflößt hättest, hätte ich versagt.«

Nun beantwortete sie Sophie all die Fragen, die sie gestellt hatte, ehe sie davongestürzt waren.

»Als Prinz Justin Findezauber bestellt hat, haben sie offenbar immer auf dich gezeigt«, sagte sie. »Aber warum?«

»Auf mich oder auf seinen Schädel«, sagte die Vogelscheuche. »Zusammen ergeben wir den Großteil von ihm.«

»Und Percival besteht aus Suliman und Justin?«, fragte Sophie. Sie war sich nicht sicher, ob Lettie das gern hören würde.

Die Vogelscheuche nickte mit ihrem zerfurchten Rübengesicht. »Beide Teile haben gesagt, die Hexe und ihr Feuerdämon seien nicht mehr zusammen und ich könnte die Hexe besiegen, wenn sie allein wäre«, sagte sie. »Ich danke dir, dass du meine Geschwindigkeit verzehnfacht hast.«

Howl winkte sie beiseite. »Nimm diesen Körper mit zurück in das Schloss«, sagte er. »Ich werde euch dann auseinandersortieren. Sophie und ich müssen zurück, ehe der Feuerdämon eine Möglichkeit findet, meine Verteidigungswerke zu knacken.« Er packte Sophies mageres Handgelenk. »Na los. Wo sind die Siebenmeilenstiefel?«

Sophie bewegte sich nicht. »Aber Miss Angorian ...!«

»Begreifst du denn nicht?«, fragte Howl und zog sie weiter. »Miss Angorian ist der Feuerdämon. Und wenn er erst in das Schloss gelangt, ist Calcifer geliefert und ich auch.«

Sophie schlug die Hände vor den Mund. »Wusst ich doch, dass ich alles verpatzt habe«, sagte sie. »Er war schon zweimal dort. Aber sie – er ist wieder weggegangen.«

»Oh Gott«, stöhnte Howl. »Hat er etwas angefasst?«

»Die Gitarre«, gestand Sophie.

»Dann ist er noch da«, sagte Howl. »Jetzt komm doch endlich!« Er zog Sophie zum Loch in der Mauer. »Folge uns vorsichtig«, rief er der Vogelscheuche zu. »Ich werde Wind machen müssen. Keine Zeit, die Stiefel zu suchen«, sagte er zu Sophie, als sie durch das scharfkantige Loch in das heiße Sonnenlicht hinauskletterten. »Renn einfach los. Und renn immer weiter, sonst kann ich dich nicht antreiben.«

Sophie stützte sich auf ihren Stock und trabte humpelnd los, wobei sie zwischen den Felsen immer wieder stolperte. Howl rannte neben ihr her und zog sie. Wind kam auf, pfeifend, dann brüllend, heiß und sandig, und grauer Sand wirbelte auf, und ein Sturm pfiff um die Schornsteindeckelfestung. Inzwischen rannten sie nicht mehr, sondern flogen mit riesigen Zeitlupensprüngen dahin. Der Felsboden jagte unter ihnen dahin. Staub und Sand wirbelten um sie herum, türmten sich hoch über sie und bildete einen langen Schweif in ihrem Rücken. Es war sehr laut und überhaupt nicht angenehm, aber die Wüste sauste an ihnen vorüber.

»Es war nicht Calcifers Schuld«, schrie Sophie. »Ich hatte ihm verboten, etwas zu sagen!«

»Das hätte er ohnehin nicht getan«, brüllte Howl zurück. »Ich weiß, dass er einen anderen Feuerdämon niemals verraten würde. Er war immer schon meine Schwachstelle.«

»Ich dachte, das sei Wales«, schrie Sophie.

»Nein! Von dort bin ich doch absichtlich weg«, brüllte Howl. »Mir war klar, dass, wenn sie dort etwas probieren würde, ich so wütend wäre, das ich sie aufhalten könnte. Ich musste ihr eine Angriffsfläche präsentieren, verstehst du? Die einzige Chance, die ich hatte, Prinz Justin zu finden, lag darin, dass ich den Fluch benutzte, den sie mir auferlegt hatte, um in ihre Nähe zu gelangen.«

»Du wolltest den Prinzen also wirklich retten«, rief Sophie. »Warum hast du so getan, als ob du weglaufen wolltest? Um die Hexe zu täuschen?«

»Wohl kaum«, schrie Howl. »Ich bin ein Feigling. Ich kann so gefährliche Dinge nur tun, wenn ich mir einrede, dass ich sie nicht tun werde.«

Du meine Güte, dachte Sophie und schaute den wirbelnden Sand an. Er ist ehrlich. Und das ist ja mal ein Wind. Der letzte Teil des Fluches ist in Erfüllung gegangen.

Der heiße Sand schlug ihr ins Gesicht, und Howls Griff tat ihr weh. »Weiterrennen«, schrie Howl. »Bei diesem Tempo tust du dir sonst weh!« Sophie schnappte nach Luft und setzte ihre Beine wieder in Bewegung. Sie konnte die Berge und darunter das grüne Band der blühenden Büsche jetzt deutlich sehen. Obwohl immer wieder gelber Sand vor ihren Augen herumwirbelte, schienen die Berge zu wachsen, und das grüne Band jagte ihnen entgegen, bis es so hoch aufragte wie eine Hecke. »Ich hatte auf allen Seiten Schwachstellen«, brüllte Howl. »Ich hatte mich darauf verlassen, dass Suliman noch lebte. Und als Percival dann offenbar alles war, was von ihm noch übrig war, hatte ich solche Angst, dass ich mich betrinken musste. Und dann ziehst du los und spielst der Hexe in die Hände!«

»Ich bin die Älteste«, kreischte Sophie. »Ich bin eine Versagerin!«

»Quatsch!«, schrie Howl. »Du lässt dir nur nie Zeit zum Nachdenken!« Howl wurde langsamer. Staub wirbelte in dichten Wolken um sie auf. Dass die Büsche jetzt sehr nahe waren, erkannte Sophie lediglich daran, dass der sandige Wind in den Blättern knisterte und raschelte. Krachend brachen sie durch das Gebüsch und liefen noch immer so schnell, dass Howl abschwenken musste und Sophie auf einen langgezogenen Flug über einen See mit sich zog. »Und du bist zu nett«, fügte er hinzu, während das Wasser schwappte und Sand auf Seerosen rieselte. »Ich hatte mich darauf verlassen, dass du zu eifersüchtig sein würdest, um den Dämon hereinzulassen.«

Etwas langsamer erreichten sie das dampfende Ufer. Die Büsche auf beiden Seiten der grünen Gasse schlugen und raschelten, als sie hindurchschossen, und hinter ihnen stoben Vögel und Blütenblätter in die Luft. Das Schloss jagte ihnen durch die Gasse entgegen, und sein Rauch trieb im Wind hinter ihm her. Howl wurde langsamer, stieß die Tür auf und ließ sich und Sophie hineinfallen.

»Michael!«, rief er.

»Ich habe die Vogelscheuche nicht hereingelassen«, sagte Michael schuldbewusst.

Alles sah ganz normal aus. Verblüfft fiel Sophie auf, wie kurz sie eigentlich fort gewesen war. Irgendwer hatte ihr Bett unter der Treppe hervorgezogen, und Percival lag darauf, noch immer bewusstlos. Lettie und Martha und Michael standen um das Bett herum. Von oben konnte Sophie die Stimmen von Mrs Fairfax und Fanny hören sowie Unheil verkündendes Wischen und Klopfen, das darauf hindeutete, dass Howls Spinnen gerade sehr unglücklich waren.

Howl ließ Sophie los und hechtete zur Gitarre. Ehe er sie

berühren konnte, barst sie mit einem langen, melodischen »Buuuuum!«. Die Saiten peitschten hin und her. Holzsplitter flogen Howl entgegen. Er musste zurückweichen und sich einen zerfetzten Ärmel vor das Gesicht halten.

Plötzlich stand Miss Angorian neben dem Kamin und lächelte. Howl hatte recht gehabt. Sie hatte offenbar die ganze Zeit in der Gitarre gesteckt und auf den richtigen Moment gewartet.

»Deine Hexe ist tot«, sagte Howl zu ihr.

»Ja, was für ein Pech«, sagte Miss Angorian reichlich ungerührt. »Jetzt kann ich mir einen neuen Menschen machen, der viel besser ist. Der Fluch ist in Erfüllung gegangen. Jetzt kann ich dein Herz an mich reißen.« Und sie griff in den Kamin und zog Calcifer heraus. Calcifer wackelte auf ihrer geballten Faust hin und her und sah äußerst verängstigt aus. »Niemand bewegt sich«, warnte Miss Angorian.

Niemand wagte sich zu rühren. Vor allem Howl regte sich nicht. »Hilfe«, sagte Calcifer mit schwacher Stimme.

»Dir kann niemand helfen«, sagte Miss Angorian. »Aber du wirst mir dabei helfen, meinen neuen Menschen zu beherrschen. Ich muss nur fester zupacken.« Die Hand, die Calcifer hielt, drückte zu, bis die Fingerknöchel sich blassgelb verfärbten.

Howl und Calcifer schrien beide. Calcifer zuckte gequält hin und her. Howls Gesicht wurde bläulich, und er schlug wie ein gefällter Baum auf dem Boden auf und blieb ohnmächtig liegen, genau wie Percival. Sophie war überzeugt, dass er nicht mehr atmete.

Miss Angorian staunte. Sie starrte Howl an. »Er verstellt sich«, sagte sie.

»Nein, das tut er nicht«, schrie Calcifer und krümte sich zu einer zuckenden Spirale. »Sein Herz ist wirklich ziemlich weich. Lass mich los!«

Sophie hob langsam und sanft ihren Stock. Diesmal dachte sie einen Moment lang nach, ehe sie handelte. »Stock«, murmelte sie, »schlag Miss Angorian, aber lass alle anderen unversehrt!« Dann schwenkte sie den Stock und traf Miss Angorians verkrampfte Fingerknöchel so hart, wie sie nur konnte.

Miss Angorian zischte wie ein feuchtes Stück Holz im Feuer und ließ Calcifer fallen. Der arme Calcifer kullerte hilflos über den Boden, flammte seitlich über die Steine und brüllte heiser vor Angst. Miss Angorian hob einen Fuß, um ihn zu zertreten. Sophie musste ihren Stock loslassen und sich fallen lassen, um Calcifer zu retten. Überrascht stellte sie fest, dass ihr Stock ganz allein auf Miss Angorian einschlug, ein ums andere Mal. Aber natürlich, dachte Sophie. Sie hatte diesem Stock doch mit ihren Worten Leben eingehaucht. Das hatte Mrs Pentstemmon ihr erzählt.

Miss Angorian zischte und schwankte. Sophie erhob sich mit Calcifer in der Hand und sah, wie der Stock immer weiter auf Miss Angorian einschlug und aufgrund ihrer Hitze dampfte. Calcifer dagegen schien es nicht sonderlich heiß zu finden. Er war vor Schock milchblau. Sophie spürte, dass der dunkle Klumpen nur ganz schwach zwischen ihren Fingern schlug. Bestimmt war es Howls Herz, was sie da in Händen hielt. Um ihn am Leben zu erhalten, hatte er es Calcifer als Teil des Vertrags vermacht. Calcifer musste ihm schrecklich leidgetan haben, aber dennoch: Was für eine Riesendummheit!

Fanny und Mrs Fairfax kamen mit Besen in der Hand die Treppe heruntergerannt. Ihr Anblick schien Miss Angorian davon zu überzeugen, dass ihr Plan fehlgeschlagen war. Sie rannte zur Tür, und Sophies Stock hing über ihr in der Luft und prügelte noch immer auf sie ein.

»Haltet sie!«, brüllte Sophie. »Lasst sie nicht entkommen! Bewacht alle Türen!«

Alle beeilten sich, ihrem Befehl nachzukommen. Mrs Fairfax stellte sich mit hoch erhobenem Besen in die Besenkammer. Fanny stand auf der Treppe. Lettie sprang auf und trat in die Tür zum Hof, und Martha stand vor dem Badezimmer. Michael stürzte zur Schlosstür. Aber Percival sprang von seinem Bett und rannte ebenfalls zu dieser Tür. Sein Gesicht war weiß, und seine Augen waren geschlossen, aber er war sogar noch schneller als Michael. Er kam als Erster an und riss die Tür auf.

Da Calcifer machtlos war, bewegte sich das Schloss nicht mehr. Miss Angorian sah die Büsche draußen im Dunst still stehen und stürzte mit unmenschlicher Geschwindigkeit zur Tür. Doch ehe sie sie erreicht hatte, vertrat ihr die Vogelscheuche den Weg, mit Prinz Justins Kopf und Sophies Spitzentuch über der Schulter. In der Tür breitete die Vogelscheuche ihre Stockarme aus. Miss Angorian wich zurück.

Inzwischen hatte der auf sie einschlagende Stock Feuer gefangen. Seine Metallzwinge glühte. Sophie begriff, dass es nicht mehr lange so weitergehen konnte. Glücklicherweise war Miss Angorian so wütend, dass sie Michael packte und zu sich zog. Dem Stock war aufgetragen worden, Michael nichts zu tun. Er schwebte lodernd in der Luft. Martha sprang herbei und versuchte, Michael wegzuziehen. Der Stock musste auch sie verschonen. Wie üblich hatte Sophie alles verpatzt.

Doch durfte sie keine Zeit verlieren.

»Calcifer«, sagte sie. »Ich werde deinen Vertrag auflösen müssen. Wird dich das umbringen?«

»Das wäre passiert, wenn jemand anders ihn gebrochen hätte«, sagte Calcifer heiser. »Deshalb habe ich doch dich darum gebeten. Ich wusste, dass du Dingen mit deinen Worten Leben einhauchen kannst. Sieh dir doch nur an, was du für die Vogelscheuche und den Schädel getan hast.«

»Dann sollst du noch weitere tausend Jahre leben«, sagte Sophie und wünschte es sich dabei ganz heftig für den Fall, dass die Worte allein nicht reichten. Das Ganze hatte ihr große Sorgen bereitet. Sie nahm Calcifer und schnippte ihn vorsichtig von dem schwarzen Klumpen weg, so, wie sie eine verwelkte Knospe von einem Stängel schnippen würde. Calcifer wirbelte hin und her und schwebte wie eine blaue Träne neben ihrer Schulter.

»Ich fühle mich so leicht!«, sagte er. Dann begriff er, was passiert war. »Ich bin frei!«, brüllte er. Er wirbelte zum Schornstein und verschwand darin. »Ich bin frei!« Sophie hörte ihn von oben leise rufen, als er über dem Hutladen aus dem Schornstein huschte.

Mit dem fast toten schwarzen Klumpen in der Hand drehte sie sich zu Howl um und hatte trotz der Eile Zweifel. Jetzt durfte sie keinen Fehler begehen, aber sie wusste nicht, wie sie es machen sollte. »Na, dann los«, sagte sie. Sie kniete neben Howl nieder und legte vorsichtig den schwarzen Klumpen auf seine Brust, auf die Stelle links, wo sie ihr Herz spürte, wenn es ihr Probleme machte, und dann drückte sie. »Rein mit dir«, sagte sie zu dem Herzen. »Rein mit dir und an die Arbeit!« Und sie drückte und drückte. Das Herz sank hinein und fing an, heftiger zu schlagen. Sophie versuchte, die Flammen und das Handgemenge an der Tür zu ignorieren und gleichmäßig weiterzudrücken. Immer wieder waren ihr ihre Haare im Weg. Sie fielen ihr als rötliche Strähnen ins Gesicht, aber sie versuchte, auch das zu ignorieren. Sie drückte.

Das Herz verschwand in Howls Brust. Gleich darauf fing Howl an, sich zu bewegen. Er stöhnte laut und drehte sich auf den Bauch. »Meine Fresse«, sagte er. »Was hab ich für einen Kater!«

»Nein, du bist mit dem Kopf auf den Boden geknallt«, sagte Sophie.

Howl erhob sich mühsam auf alle viere. »Ich muss los«, sagte er. »Ich muss diese Närrin Sophie retten.«

»Ich bin hier«, sagte Sophie. »Aber Miss Angorian auch. Steh auf und mach was dagegen! Schnell!«

Mittlerweile brannte der Stock lichterloh. Marthas Haare wurden angesengt. Und Miss Angorian hatte erkannt, dass auch die Vogelscheuche brennen würde. Sie versuchte, den schwebenden Stock zur Tür zu locken. Wie üblich, dachte Sophie, habe ich mir das alles nicht gut überlegt.

Howl reichte ein Blick. Er sprang auf, streckte einen Arm aus und bildete einen Satz aus jenen Wörtern, die sich in Donner auflösten. Gips rieselte von der Decke. Alle zitterten. Aber der Stock verschwand, und Howl trat mit einem kleinen, schwarzen harten Ding in der Hand zurück. Es hätte ein Ascheklumpen sein können, aber es hatte dieselbe Form wie das, was Sophie eben in Howls Brust gedrückt hatte. Miss Angorian heulte wie ein nasses Feuer und streckte flehend die Arme aus.

»Ich fürchte, nein«, sagte Howl. »Du hast deine Chance gehabt. Es hat ganz den Anschein, als wolltest du dir auch ein neues Herz besorgen. Du wolltest meins und Calcifer sterben lassen, nicht wahr?« Er legte das schwarze Ding zwischen seine Handflächen und presste die Hände zusammen. Das Hexenherz zerbröselte zu schwarzem Sand und Ruß und verging. Miss Angorian verblasste. Als Howl seine leeren Hände öffnete, war auch Miss Angorian aus der Tür verschwunden.

Dann passierte noch etwas. Sowie Miss Angorian verschwunden war, war auch die Vogelscheuche fort. Hätte Sophie zur Tür geschaut, hätte sie dort zwei große Männer gesehen, die einander anlächelten. Der eine mit dem zerfurchten Gesicht hatte fuchsrote Haare. Der mit der grünen Uniform hatte weniger markante Züge, und um die Schultern seiner Uniform war ein schwarzes Spitzentuch drapiert. Aber jetzt wandte Howl sich an Sophie. »Grau steht dir nicht«, sagte er. »Das dachte ich schon, als ich dich zum ersten Mal gesehen habe.«

»Calcifer ist nicht mehr da«, sagte Sophie. »Ich musste euren Vertrag auflösen.«

Howl sah ein wenig traurig aus, doch dann sagte er: »Das hatten wir beide gehofft. Keiner von uns wollte enden wie die Hexe und Miss Angorian. Würdest du deine Haare als fuchsrot bezeichnen?«

»Rotgold«, sagte Sophie. An Howl hatte sich nicht viel verändert, soweit sie sehen konnte, nur dass seine Augen vielleicht eine tiefere Farbe aufwiesen – mehr wie Augen und weniger wie Glasmurmeln. »Und anders als bei gewissen Leuten«, sagte sie, »ist das die natürliche Farbe.«

»Ich habe nie begriffen, warum Leute so großen Wert darauf legen, dass etwas natürlich ist«, sagte Howl, und nun wusste Sophie, dass er sich kaum verändert hatte.

Hätte Sophie noch einen Funken Aufmerksamkeit zu vergeben gehabt, dann hätte sie mitbekommen, wie Prinz Justin und Hexenmeister Suliman einander die Hände schüttelten und sich glücklich auf die Schultern klopften. »Ich sollte wohl machen, dass ich zu meinem königlichen Bruder zurückkomme«, sagte Prinz Justin. Er wandte sich an Fanny und verbeugte sich tief und höfisch vor ihr. »Spreche ich mit der Dame des Hauses?«

»Äh – nicht ganz«, sagte Fanny und versuchte, den Besen hinter ihrem Rücken zu verstecken. »Die Dame des Hauses ist Sophie.«

»Jedenfalls wird sie das in Kürze sein«, sagte Mrs Fairfax und strahlte wohlwollend.

Howl sagte zu Sophie: »Ich habe mich schon die ganze Zeit gefragt, ob du dich als das wunderschöne Mädchen entpuppen würdest, das mir am Maifeiertag begegnet ist. Warum hattest du damals solche Angst?«

Wenn Sophie darauf geachtet hätte, hätte sie gesehen, wie Hexenmeister Suliman zu Lettie trat. Jetzt, wo er wieder er selbst war, war klar, dass Suliman mindestens so dickköpfig war wie Lettie. Nervös sah Lettie zu ihm auf, als Suliman groß neben ihr aufragte. »Offenbar hatte ich die Erinnerung des Prinzen an dich und gar nicht meine eigene«, sagte er.

»Das macht doch nichts«, sagte Lettie tapfer. »Das war ein Missverständnis.«

»War es nicht!«, widersprach Hexenmeister Suliman. »Darf ich dich denn wenigstens als Schülerin annehmen?« Lettie lief feuerrot an und schien nicht zu wissen, was sie sagen sollte.

Sophie fand, dass das Letties Problem war. Sie hatte ihr eigenes. Howl sagte: »Ich finde, wir sollten jetzt glücklich leben bis ans Ende unserer Tage«, und sie glaubte, dass er das ehrlich meinte. Sophie wusste, dass es sehr viel ereignisreicher sein würde, mit Howl bis ans Ende ihrer Tage glücklich zu leben, als es sich in irgendeiner Geschichte anhörte, aber sie wollte es doch versuchen. »Da werden uns bestimmt die Haare zu Berge stehen«, sagte Howl.

»Und du wirst mich ausnutzen«, sagte Sophie.

»Und du wirst alle meine Anzüge zerschneiden, um mir eine Lehre zu erteilen«, sagte Howl.

Wenn Sophie oder Howl noch irgendeinen Rest an Aufmerksamkeit für andere übrig gehabt hätten, dann wäre ihnen aufgefallen, dass Prinz Justin, Hexenmeister Suliman und Mrs Fairfax alle versuchten, mit Howl zu sprechen, und dass Fanny, Martha und Lettie an Sophies Ärmeln zupften, während Michael an Howls Jacke zerrte.

»So schön gesetzte Worte der Macht habe ich selten gesehen«, sagte Mrs Fairfax. »Ich hätte nicht gewusst, was ich mit dieser Kreatur anfangen sollte. Wie ich oft sage …«

»Sophie«, sagte Lettie, »ich brauche deinen Rat.«

»Zauberer Howl«, sagte Hexenmeister Suliman. »Ich muss mich dafür entschuldigen, dass ich so oft versucht habe, dich zu beißen. Normalerweise würde ich nicht einmal im Traum daran denken, meine Zähne in einen Landsmann zu schlagen.«

»Sophie, ich glaube, dieser Herr ist ein Prinz«, sagte Fanny.

»Mein Herr«, sagte Prinz Justin, »ich muss Ihnen wohl dafür danken, dass Sie mich vor der Hexe gerettet haben.«

»Sophie«, sagte Martha, »der Zauber lastet nicht mehr auf dir! Hast du gehört?«

Aber Sophie und Howl hielten einander an den Händen und lächelten und lächelten und konnten einfach nicht aufhören. »Belästigt mich jetzt nicht damit«, sagte Howl. »Mir ging es doch nur ums Geld.«

»Lügner!«, sagte Sophie.

»Ich habe gesagt«, brüllte Michael, »dass CALCIFER WIEDER DA IST!«

Das erregte nun doch Howls und ebenfalls Sophies Aufmerksamkeit. Sie schauten zum Kamin hinüber, und wirklich, dort flackerte zwischen den Holzstücken das vertraute blaue Gesicht.

»Das musst du nicht«, sagte Howl.

»Es macht mir nichts aus, solange ich kommen und gehen kann, wie ich will«, sagte Calcifer. »Und außerdem regnet es draußen in Market Chipping.«

CALCIFERS LIED

Sospan fach yn berwi ar y tan, sospan fawr yn berwi ar y llawr, a'r gath …

Mae bys Mari-Ann wedi brifo, a Dafydd y gwas ddim yn iach.
Mae'r baban yn y crud yn crio, a'r gath wedi scrapo Sioni bach.

Sospan fach …

Mae bys Mari-Ann wedi gwella, a Dafydd y gwas yn ei fedd.
Mae'r baban yn y crud wedi tyfu, a'r gath wedi huno mewn hedd.
Dai bach y soldiwr, Dai bach y soldiwr, a chwt ei grys e mas.

Sospan fach …

♦

Der kleine Topf kocht auf dem Feuer, der große Topf kocht über, und die Katze …

Mari-Ann hat sich in den Finger geschnitten und dem Knecht Dafydd geht es gar nicht gut.
Das Baby in der Wiege weint, und die Katze hat den kleinen Sioni zerkratzt.

Der kleine Topf …

Mari-Anns Finger ist geheilt, und der Knecht Dafydd ruht im Grab.
Das Baby in der Wiege ist erwachsen geworden, und die Katze ist friedlich verstorben.
Der kleine Soldat Dai, der kleine Soldat Dai, ihm hängt das Hemd aus der Hose.

Der kleine Topf …

Das gesamte Fantasy-Abenteuer über die magische Armee der Grisha und den Krieg in Ravka im aufwendig veredelten Schuber

LEIGH BARDUGO

DIE GRISHA-TRILOGIE

ALLE 3 BÄNDE IM SCHUBER

Alina ist eine einfache Kartografin in der Ersten Armee des Zaren von Ravka. Jemand, der entbehrlich ist – ganz anders als ihr Kindheitsfreund Malyen, der erfolgreiche Fährtenleser und Frauenschwarm. Doch als Alina Malyen bei einem Überfall auf unerklärliche Weise das Leben rettet, ändert sich ihr Dasein auf einen Schlag, denn man entdeckt, dass sie eine Grisha ist, die über mächtige Magie verfügt.

Alina wird ins Trainingslager der Grisha versetzt, der magischen und militärischen Elite Ravkas. Dort findet sie einen besonderen Mentor: Den ältesten und mächtigsten der Grisha, der nur der Dunkle genannt wird.

Als in Ravka ein blutiger Bürgerkrieg ausbricht, wird Alina darin zur Schlüsselfigur – ebenso wie ein anderer, der mehr ist, als er zu sein vorgibt: Nikolai Lantsov. Freibeuter, Soldat und Bastard eines mächtigen Mannes.

»Das beste magische Universum seit Harry Potter.« Bustle

Eine junge Diebin, das New York der Gangs und Gaslaternen und ein uralter Krieg der Magier.

LISA MAXWELL

DER LETZTE MAGIER VON MANHATTAN

ROMAN

Seit Jahrhunderten herrscht Krieg zwischen zwei Fraktionen von Magiern: Während die einen sich dem mächtigen Orden Ortus Aurea angeschlossen haben, fristen die anderen ein Schattendasein im Untergrund. Zu ihnen gehört die junge Diebin Esta, die von ihrem Mentor ins New York des Jahres 1901 geschickt wird, um ein Buch zu stehlen, das als Waffe gegen den Orden dienen soll. Esta schließt sich einer Gang von Magiern an, die wie sie den Orden bekämpfen. Sie gewinnt deren Vertrauen und mehr – und weiß doch, dass sie jeden in der Vergangenheit betrügen muss, wenn sie die Zukunft retten will.

KNAUR